The Mister
伯爵先生

E L James

《格雷的五十道陰影》暢銷天后 E L 詹姆絲 —— 著　康學慧 —— 譯

獻給艾爾芭阿姨——
感謝妳的智慧、力量、幽默與明理，
最感謝的，是妳的愛。

daily/’dālī/ 名詞

【口】

一、日報

除週日外每天出刊的報紙。

「所有知名日報都刊登了那次審判相關的新聞。」

【英】【古】

二、通勤女傭

「通勤女傭每天來我家……」

序章

不、不、不，不要又是一片漆黑。不要又是令人窒息的黑暗。不要又是塑膠袋。恐慌排山倒海而來，擠出她肺裡的空氣。我無法呼吸。我無法呼吸。帶著金屬味的恐懼湧上喉嚨。我必須這麼做，這是唯一的辦法。別亂動，要冷靜。慢慢呼吸。淺淺呼吸。就像那個人說的一樣。很快就過去了。結束之後我就自由了。

快走。就是現在。跑啊，跑啊，跑啊。快走。她拚命加快速度，沒有回頭。恐懼驅使她往前奔跑，她閃過幾個深夜出來買東西的人，一心只想逃脫。她運氣不錯——自動門開著，她從俗豔的節慶裝飾下飛奔出門口，來到外面的停車場，她繼續不停奔跑，從停放的車輛中間跑向樹林。她為了活命而狂奔，經過泥土小徑，穿過刺灌木叢，小樹枝拍打她的臉。她跑到肺快炸開了。快跑、快跑、快跑，不要停下腳步。

好冷。好冷。冷得受不了。疲憊讓她頭腦不清，又累又冷。風在樹木間呼嘯，吹透她的衣物，鑽進她的骨頭。她縮在一叢灌木下，麻木雙手蒐集落葉做成一個窩。睡吧。她需要睡眠。她躺在冰冷堅硬的地上，累到不知恐懼、累到無法哭泣。其他人，她們逃離魔掌了嗎？她閉上雙眼。她們順利逃脫了嗎？希望她們得到自由，希望她們不會受凍……事情怎麼會變成這樣？

她醒來。她躺在垃圾桶中間，裹著報紙和紙箱。她在發抖，她好冷，但必須上路。她有地址。感謝外婆的神，至少她有這個地址。她用顫抖的手指打開摺起的紙條。她必須去這裡。快走、快走、快走。

一腳放在另一腳前面，繼續走。她別無選擇。走，走，走啊。她窩在別人家門口睡覺，醒來繼續走。走。她在麥當勞的洗手台喝自來水。食物的香氣太誘人。

她很冷，飢餓的利爪扒著她的胃。她走了又走，跟隨地圖的指示——偷來的地圖，在一家商店偷來的。那家店裡掛著閃耀的小燈，播放聖誕歌曲。她用僅存的些微力量抓緊那張紙條，因為藏在靴子裡太久，紙張變得破破爛爛。好累。真的好累。好髒。又髒又冷又害怕。這個地方是她唯一的希望。

她舉起顫抖的手，按下電鈴。

瑪格達知道她會來，媽媽事先寫信通知她了。她敞開懷抱迎接，然後急忙放開。

老天，孩子，發生了什麼事？我以為妳上個星期就會到呢！

1

頭腦空空的性愛——好處多多。沒有承諾、沒有期望、沒有失望，我只需要記住她們的名字就好。上次是誰？喬喬？吉妮？都一樣。她只是個沒有名字的床伴，在床上很愛呻吟，在床下很愛抱怨。我躺著，仰望天花板上泰晤士河倒映的水波，無法入睡。因為太焦躁而難以成眠。

今晚的女人是卡洛琳。她不屬於沒有名字的類別，她從不屬於那個類別。我到底在想什麼？我閉上眼，想要讓心中不停質疑的細小聲音閉嘴，我怎麼會蠢到跟最好的朋友上床……而且是第二次？她在我身邊沉睡，光滑身軀沐浴在一月的銀色月光下，長腿纏著我的腿，頭枕在我的胸口。

這樣不對，大錯特錯。我搓揉臉，想抹去自我厭惡，她動了動，從睡夢中醒來，一隻修飾精美的指甲輕輕從我的胃部畫過，往下經過腹肌，在我的肚臍繞圈，指尖滑向我的陰毛，我感覺她在惺忪中露出微笑。我抓住她的手，舉到唇邊。「我們昨晚闖的禍還不夠嗎，卡洛？」我輪流親吻每根手指，減輕拒絕的傷害。不請自來的罪惡感不停齧咬我的內心，我感到疲憊與沮喪。天哪，她可是卡洛琳，我最好的朋友兼大嫂。我哥的前妻。

不對，不是前妻。是他的遺孀。

這個悲傷寂寞的詞彙，用在悲傷寂寞的狀況。

「噢，麥克辛，拜託，讓我遺忘。」她呢喃，在我胸前印上溫暖濕潤的吻。她將頭髮往後甩，從長長的睫毛下注視我，眼眸蘊藏需求與哀傷。

我捧著她漂亮的臉，搖頭拒絕。「我們不該這樣。」

「不要。」她按住我的唇，不讓我說話。「拜託，我需要。」

我唉聲嘆氣。我會下地獄。

「拜託。」她懇求。

可惡，真要命。

因為我也很心痛——因為我也很思念他，加上卡洛琳是我與他之間的連結，因此我吻上她的唇，輕輕讓她躺下。

我醒來時，明亮冬陽照亮整個房間，刺得我瞇起眼。我翻身，發現卡洛琳已經離開，我鬆了一口氣，她留下一絲殘存的遺憾——以及一張放在我枕頭上的字條。

我得和老爸跟巫婆後母一起吃晚餐，陪我好嗎？

拜託一定要來。

他們也很傷心。

愛你（吻）

該死。

這不是我想要的。我閉上眼睛，很慶幸獨自在床上，很慶幸我們決定在葬禮過後兩天就回倫敦，儘管我們夜裡做了那些事情。

情況怎麼會這麼失控？

喝一杯就好，她說。我凝望她滿是悲傷的藍色大眼，知道她想要什麼。得知基特發生意外、英年早逝的那天晚上，她也用同樣的眼神看著我。之前我們好幾次差點擦槍走火，但那天晚上我對命運認輸，無法避免的事情終於發生：我睡了我大嫂。

現在我們又上床了，基特入土為安才兩天而已。

我板著臉注視天花板。毫無疑問，我是個爛人，但卡洛琳也一樣。至少她有個藉口：她哀悼亡夫，對未來感到不安，而我是她最好的朋友，她需要陪伴的時候還能找誰？我只是安慰哀傷的寡婦，雖然做得太過火。

我皺眉將她的字條揉成一團扔在木地板上，紙團滾向沙發，上面堆滿我的衣物。水光倒影在上方浮動，光影似乎在奚落我，我閉起眼睛不去看。

基特是個好人。

基特。親愛的基特。所有人的最愛——也一樣是卡洛琳的，畢竟她選擇了他。基特悽慘破碎的遺體躺在醫院太平間，上面蓋著床單，這個畫面入侵我的心。我深呼吸，想要趕跑回憶，喉嚨哽塞。我們對不起他，親愛的卡洛和我——他的廢物弟弟。他不該遭受這種……背叛。

靠，我想騙誰？

卡洛琳和我發生關係只是剛好而已。她搔到我的癢處，我搔到她的，雙方你情我願，而且可以說都是單身成年人。她喜歡，我也喜歡，況且這是我最擅長的事，和飢渴美女床戰到黎明，也是我最喜歡的休閒活動，讓我有事可做——有人可上。性愛讓我保持健美，在激情中我學會關於女人我所需要知道的每件事：如何讓她香汗淋漓，她在高潮時會叫還是哭。

卡洛琳是哭的那種。

她剛喪夫。

去你的。

而我失去了哥哥，這些年我唯一的指引之光。

去你的。

我閉上眼睛，再次看到基特毫無生氣的慘白臉龐，失去他猶如在我內心開了一個大洞。他到底為什麼在冰冷寒夜騎摩托車出門？我無法理解。基特——生前——是最理智的哥哥，是最值得信賴的那雙手，是可靠的化身。我們兩兄弟之中，只有基特會光宗耀祖，維持家族名聲，表現出責任感。他在市區上班，同時一手打理龐大的家族事業。他不會衝動行事，他不會瘋狂飆車，他是腳踏實地的大哥。遇到困難他總是挺身迎戰，絕不退縮逃避。我是爛人敗家子，但他不一樣。我和基特完全相反，我的專長是讓家族蒙羞，沒有人對我懷有任何指望，我總是胡作非為，向來如此。

我坐起身，在刺眼的清晨陽光中，我的心情很灰暗。該去地下室的健身房發洩一下了，跑步、性愛與擊劍，這些運動讓我保持身材。

舞曲敲打我的耳朵，汗水滾落背脊，我用力吸氣。落在跑步機上的腳步聲趕跑雜念，我專注將體能逼到極限。通常跑步的時候我都很專心，慶幸至少能有點感覺——即使只是肺部和四肢快要爆炸的疼痛。今天我什麼都不想感覺，這個星期簡直糟糕透頂，我只想要操練與堅持帶來的痛，而不是失去親人的痛。

跑。呼吸。跑。呼吸。

不要想基特。不要想卡洛琳。

跑，跑，跑。

跑步機放慢速度，我的體溫降低，五英里衝刺的最後一段以慢跑結束，我讓狂亂的思緒回到腦海。長久以來第一次，我有很多事要處理。

基特過世之前，一般徹夜狂歡的第二天，白天我都用來恢復精神，計劃晚上要怎麼玩，沒有其他事情要做——這就是我的人生。我不喜歡探究自己的存在有多空虛，不過內心深處我很清楚我有多廢。滿二十一歲可以動用大筆信託基金之後，我再也沒有認真工作過，不像我哥，他很勤奮，不過話說回來，他別無選擇。

然而今天不一樣。我是基特遺囑的執行人，簡直笑話。選我當執行人是他最後的惡作劇，絕對沒錯——不過現在他埋進了家族墓穴，勢必要公開他的遺囑並且……唉，執行。

基特身後沒有留下子嗣。

跑步機停止，我打個哆嗦，不願去想這代表什麼。我還沒準備好。

我拿起**iPhone**，將毛巾掛在脖子上，小跑步回六樓的家。

我脫光衣服，扔在床上，走進臥房的浴室。我站在花灑下洗頭，思考該如何應付卡洛琳。我們早在中學時期就認識了，我們在彼此身上看到相似之處，因此越走越近——兩個十三歲的寄宿生，同樣父母離異。我是剛轉學進去的新生，她將我納入羽翼下，我們變得形影不離。她永遠是我的初戀，也是我的性愛初體驗……慘不忍睹的初體驗。幾年之後，她選擇了我哥，不是我。儘管如此，我們成功維持好友關係，不染指對方——直到基特過世。

*該死。*不能再這樣下去，我不想要這麼複雜的關係，也不需要。我刮鬍子的時候，嚴肅的綠眸在鏡中回望著我。*卡洛琳的事要謹慎處理。她是你的朋友，你沒幾個朋友，而她是跟你最好的那個。找她談談，和她講理。*她很清楚我們不適合，我對著鏡中倒影點點頭，下定決心要跟她講清楚。我擦掉臉上的刮鬍泡，將毛巾扔在地上，走進衣帽間。我拿起胡亂塞在層架中的黑色牛仔褲，很慶幸架子上掛著剛燙好的白襯衫和乾洗過的黑色輕便西裝外套。今天我要和家族律師共進午餐。我穿上靴子，拿起大衣禦寒，外面很冷。

今天是星期一。

我想起波蘭老女傭克麗絲汀娜晚一點會來打掃。我拿出皮夾，將一些現金放在走道的長桌上，設定好保全，信步走出家門。鎖好門之後，我決定不搭電梯，走樓梯下去。

我踏出公寓，走上切爾西堤岸，空氣清澈冷冽，只有我呼吸時冒出的白霧。隔著馬路，對面是陰沉灰暗的泰晤士河，我眺望對岸的和平塔。我想要的就是這個，一點和平寧靜，但恐怕要過很久才能得到。我有很多問題，希望午餐時能得到答案。我舉起手招計程車，告訴司機我要去梅菲爾區。

裴馬賀聯合事務所位在布魯克街，辦公室是堂皇的喬治王風格建築。從一七七五年開始，他們一直擔任我們的家族律師。「該長大了。」我對自己低聲說，推開精美的木門。

「您好。」年輕的櫃台小姐對我燦爛微笑，橄欖色肌膚染上紅暈。她有種低調的美，在平常的狀況下，我只要聊個五分鐘就能要到她的電話號碼，但今天我來這裡不是為了把妹。

「我和拉賈先生有約。」

「請問貴姓大名？」

「麥克辛．崔佛衍。」

她瀏覽電腦螢幕，搖頭皺眉。「稍坐一下。」她比了比牆面有木鑲板裝飾的大廳，那裡擺著兩張棕色切斯特菲爾德真皮釘釦沙發，我走向比較接近的那張沉沉坐下，拿起今早的《金融時報》。櫃台小姐在講電話，語氣有些急迫，我的視線掃過頭版標題，卻什麼都沒看進去。我抬起頭，拉賈親自出來迎接，他大步從雙扇門走出來，對我伸出手。

我站起身。

「崔夫希克伯爵，很遺憾您痛失親人，請容我致哀。」拉賈和我握手。

「拜託叫我崔夫希克就好，」我回答，「我還不太習慣用我哥的頭銜。」

這個頭銜現在是……我的了。

「沒問題。」拉賈先生頷首，他太過拘謹敬重的態度讓我很受不了。「請跟我來。午餐設在合夥人餐室，我得炫耀一下，我們的藏酒在倫敦可是數一數二呢。」

我坐在梅菲爾區的俱樂部，失神望著壁爐裡舞動的火焰。

崔夫希克伯爵。

那是我了。從今以後。

難以想像。難以承受。

年輕時我很羨慕哥哥的頭銜和他在家族中的地位。基特從一出生就是天之驕子，我媽更是對他寵愛有加，因為他是嗣子，不是備胎。他一出生就擁有波士端子爵的頭銜，二十歲那年父親驟逝，於是他繼承了第十二代崔夫希克伯爵的爵位；二十八歲的我，成為第十三代，真是幸運數字。儘管我曾經覬覦爵銜和伴隨而來的一切，但現在真的成為伯爵之後，我卻覺得好像入侵了哥哥的領域。

昨晚你睡了他的伯爵夫人，這比入侵領域更過分。

我喝了一大口格蘭路斯威士忌，舉起酒杯。「敬亡魂。」我低喃，因為覺得太諷刺而笑出來。格蘭路斯是我父親最喜歡的威士忌品牌，我哥也一樣——從今天起，這瓶一九九二年份的陳釀屬於我了。

我終於平靜接受基特繼承爵位的事實，也接受他就是那樣的人，我無法確切說出是什麼時候，但那時我應該已經將近二十歲了。他繼承爵位、娶到我喜歡的女生，而我只能接受，但現在一切都屬於我了。所有的一切。

包括你的妻子。唉，至少昨晚她在我床上。

出乎意料，基特沒有在遺囑中留給卡洛琳任何東西。

完全沒有。

這是她最不樂見的結果。

他怎麼會這麼疏忽？四個月前他重立遺囑，竟然沒有為她設想。他們才結婚兩年……

他到底在想什麼？

當然，她可以打官司爭產。又有誰能怪她？

我揉搓臉。

我該怎麼辦？

我的手機震動。

——你在哪裡？

是卡洛琳傳來的簡訊。

我關機，再點一杯酒。今晚我不想見她，我想在別人懷中忘卻自己。新鮮的人。沒有牽絆，說不定可以來點古柯鹼。我拿出手機，開啟 Tinder 交友程式。

「麥克辛，這間公寓太驚人了。」她望著黑暗的泰晤士河，和平塔的燈光映在水面上。

我接過她的外套，披在沙發椅背上。

「來杯酒？還是要更厲害的東西？」我問。我們不會在客廳太久。她將帶著光澤的黑長髮甩到肩後，畫著整圈黑眼線的榛色眼眸注視著我。

她舔舔紅唇，挑起一邊眉問：「更厲害的東西？」她的語氣充滿誘惑。「你喝什麼？」

啊……她沒聽懂暗示，看來不用拿出古柯鹼招待了，不過她比我更積極。我走近，讓她不得不抬頭看著我，我小心不碰到她。

「海瑟，我不想喝酒。」我壓低聲音，很高興記住了她的名字。她吞嚥了一下，嘴唇分開。

「我也是。」她低喃，笑容與眼神都流露魅惑。

「妳想要什麼？」我看著她的視線移到我唇上。這是邀請。我停頓一下，確認沒有會錯意，然後彎腰親吻她——只是蜻蜓點水，嘴唇碰一下，就此打住。

「你應該知道我想要什麼。」她伸手將指尖探入我髮間，將我拉回她溫暖渴切的唇上。她口中有白蘭地的滋味，加上一絲菸味，這個味道讓我分神，印象中在俱樂部沒看到她抽菸。我用力將她的頭拉近，一手按住她的腰，另一手沿著曲線玲瓏的身軀往下遊走。她的腰很細，胸部飽滿堅挺，此刻以充滿情慾暗示的動作壓著我——觸感很棒，我想知道滋味是否也一樣美好。我的手悄悄往下移動到她臀部，同時吻得更深入，探索她積極配合的嘴。

「妳想要什麼？」我貼著她的唇低語。

「你。」她喘息道，語氣急迫。她亢奮了，很激動。她動手解開我的襯衫鈕釦，我站著不動，讓她將襯衫從我的肩膀撥下，落在地板上。

要在這裡做嗎？還是去床上？舒適佔了上風，我牽起她的手。「跟我來。」我輕輕拉她一下，她隨我走出客廳，經過走道，進入臥房。

房間很整潔，一如預期。

上帝保佑克麗絲汀娜。

我按下牆上的開關，打開床邊的燈，帶她走到床前。「轉身。」

海瑟聽從，但高跟鞋害她站不穩。「小心。」我握住她的肩膀，讓她緊緊貼在身上，接著將她的頭轉過來，讓我能夠看到她的眼眸。她注視我的嘴唇，而後抬起視線看我的眼睛，明亮、清澈、專注，還算清醒。我用鼻尖磨蹭她的頸子，舌尖品嘗她柔嫩芬芳的肌膚。「我覺得該躺下了。」我拉開紅色小禮服的拉鍊，從她肩上往下脫，看到藏在紅色胸罩下的乳峰上緣，我停下來用拇指撥弄蕾絲布料，她低低呻吟著拱起背，將胸部推進我掌中。

噢，真棒。

我的手指探入精緻布料下，繞著她挺立的乳尖轉圈，她的手往後伸，尋覓我的牛仔褲鈕釦。「我們有整夜的時間。」我低喃，放開她，後退一步，她的小禮服滑落腳邊，紅色丁字褲露出翹臀。

「轉過來，我想看妳。」

海瑟將長髮甩到肩後，轉過身，睫毛下的眼神火熱。她的胸部令人讚嘆。

我微笑，她微笑。

肯定很有意思。

她伸手抓住我的褲腰用力一拉，一雙豪乳再次貼在我胸前。「吻我。」她沙啞地說，聲音低沉，語氣霸道。她沿著上排牙齒舔過一圈，我的身體做出回應，胯下越來越緊。

「樂意遵命，女士。」

我捧著她的頭，手指探入她絲滑的秀髮，這次我的吻比較粗魯，她回應，雙手抓住我的頭髮，我們唇舌交纏。她停下來，抬頭看我，眼眸閃耀情慾光芒，彷彿終於看清我，而且很滿意。她再次火熱地吻上我的唇。

老天，她真的很想要。

靈敏的手指找到我的牛仔褲第一顆鈕釦，她用力一拉，我大笑著抓住她的雙手，輕輕將她推倒，和她一起落在床上。

海瑟。她的名字叫海瑟，在我身邊睡得很熟。我看一眼床邊的時鐘：凌晨五點十五分。她是不錯的床伴，毫無疑問，但現在我希望她離開。我得躺在這裡聽她輕柔的呼吸多久？早知道就去她家了，那樣我就可以離開，但我家比較近——我們兩個都很猴急。我望著天花板，回想昨晚的經過，努力回憶她有沒有告訴我關於她的事，如果有，她說了些什麼。她在影視業界工作——她的說法是「電視圈」，必須一大早上班，換言之，她應該很快就會走，對吧？她住在普特尼區。她很辣，很積極，沒錯，非常積極。她喜歡趴著來，高潮的時候很安靜，「嘴上功夫」很厲害，能夠讓軟掉的男人重振雄風。想起昨晚，我的下體騷動，考慮是否該把她叫醒再來一回合。她的黑髮披散開在枕頭上，熟睡的神情十分安寧。她的安寧讓我感到嫉妒，我不理會那樣的感受，很想知道如果進一步瞭解她，是否也能得到同樣的平靜？

噢，見鬼的平靜。我想要她離開。

你有親密關係障礙。卡洛琳叨唸的聲音在我腦海中響起。

卡洛琳。可惡。

卡洛琳傳了三則抱怨的訊息，有好幾通未接來電，害我心情惡劣。我的牛仔褲扔在地上皺成一團，我從後口袋拿出手機，看看身邊熟睡的身影——不用擔心，她連動都沒動——讀取卡洛琳的訊息。

——你在哪？打給我！（噘嘴）

她有什麼毛病？她很清楚我是怎樣的人，她認識我夠久了。在床上翻滾一夜並不會改變我對她的感覺。頭頂上，泰晤士河倒映的水光搖曳，自由自在，無拘無束，嘲弄著我，提醒我失去了什麼。

自由。

現在的我背負著什麼。

責任。

可惡。

罪惡感鋪天蓋地而來。這種感覺陌生又討厭——基特將所有財產全部留給我，**所有財產**。他什麼都沒有給卡洛琳。她是我大嫂，我們睡了，難怪我會有罪惡感。內心深處，我知道她也一樣，所以才會在半夜離開，沒有叫醒我，也沒有道別。真希望現在睡在我身邊的女人也那麼做。

我匆匆輸入給卡洛琳的訊息。

——今天很忙。妳還好嗎？

現在是淩晨五點，卡洛琳一定在睡覺。我不用擔心，可以晚一點再應付她……不然等明天好了。

海瑟動了動，眨了眨眼，睜開。

「嗨。」她給我一個試探的笑容，我回以微笑，但她的笑容消失了。「我該走了。」她說。

「走？」希望在我胸口膨脹。「妳不必急著走。」我盡可能不要太虛假。

「我真的得走了。我要上班，而且我的紅色小禮服不太適合穿去公司。」她坐起來，抓著蠶絲被遮掩身體。「昨晚……很愉快，麥克辛。我留電話號碼給你，你會打給我嗎？我比較喜歡用電話聊，比留Tinder訊息好。」

「當然。」我撒謊，但說得很順。我將她拉過來，臉朝向我，溫柔親吻她，她的笑容中帶著惆悵。她站起身，用被子裹著身體，開始收拾地上的衣物。

「我幫妳叫計程車好嗎？」我問。

「我可以用Uber。」

「我來。」

「好，謝謝。我要去普特尼區。」

她告所我地址，我站起來，穿上扔在一旁的牛仔褲，拿起手機，走出臥房給她一點隱私。真的很奇怪，有些女人在第二天早上的態度會截然不同：害羞、安靜。她不再是昨晚那個慾火高漲、需索無度的妖女。

我叫好了車，望著泰晤士河對面的公園等候。她終於出來了，交給我一張紙。「我的電話號碼。」

「謝謝。」我放進牛仔褲後口袋。「妳的車再過五分鐘就到。」

她彆扭地站著，性愛之後的害羞佔了上風。沉默越拉越長，她觀察客廳，到處看，就是不看我。

「這間公寓很美。」她說，我明白我們只能藉閒聊排解尷尬。她看到我的吉他和鋼琴。「你會彈？」她走向小型平台鋼琴。

「嗯。」

「所以你的手才那麼靈巧。」她驚覺自己把內心話說了出來，臉蛋羞紅的模樣很迷人。

「妳會彈嗎？」我問，裝作沒聽到那句話。

「不會——我只學了兩年音樂，到直笛團體課就停了。」她似乎安心了，表情變得柔和，大概是因為我裝作沒聽見她說我手靈巧。「那些設備又是什麼？」她指著混音台和角落桌上的iMac電腦。

「我是DJ。」

「哦？」

「嗯。一個月幾次，在霍克斯頓的夜店登台。」

「所以才有那麼多黑膠唱片。」她看著佔據整個牆面的唱片架，我蒐集的唱片都在那裡。

我點點頭。

「你也玩攝影？」她指了指客廳掛著的黑白風景照，全部輸出成大型無框畫。

「對，偶爾我也站在鏡頭前。」

她一臉困惑。

「模特兒。主要是平面。」

「噢，很合理。你真是多才多藝。」她揚唇一笑，感覺比較有自信了。她應該要有自信，她可是女神級的美人。

「什麼都玩玩，但全都不精。」我自嘲一笑，她的笑容消失，換上不解的蹙眉。

「怎麼了嗎？」她問。

怎麼了？她是什麼意思？「沒有。沒事。」我的手機震動，是Uber的訊息，通知我車子來了。

「我再打給妳。」說著，我拿起她的外套，抖開等她穿上。

「你才不會打呢。不過別擔心，Tinder就是這樣。昨晚我很愉快。」

「我也是。」我不打算反駁她。

我送她到門口。「要我陪妳下去嗎？」

「不用了，謝謝，我是大人了。再見，麥克辛，很高興認識你。」

「我也是……海瑟。」

「不錯喔。」她燦爛一笑，很高興我記得她的名字，我很難不回以微笑。「這樣好多了，」她說。「希望你找到尋覓的東西。」她踮起腳尖，保守地吻一下我的臉頰，轉身，踩著高跟鞋走向電梯。我蹙眉望著她離去的身影，看著她的翹臀在紅色小禮服下扭動。

找到我尋覓的東西？到底是什麼意思？

我擁有一切。我才剛擁有過妳，明天還會擁有別人。我還需要什麼？

不知為何，她的那句話讓我心情煩躁，但我甩開壞心情回到床上，因為她終於走了而鬆一口氣。我脫掉牛仔褲，鑽進被窩，她臨別時挑釁的話語再次在我心中迴盪。

希望你找到尋覓的東西。

她到底為什麼說那種話？

我才剛繼承了祖產，包括位於康瓦爾佔地廣大的莊園，在牛津郡的另一座莊園，還有一座位在諾森伯蘭，以及倫敦的一小部分——但代價是什麼？

我的腦海中浮現基特毫無生氣的慘白臉孔。

可惡。

現在有太多人依賴我，太多太多了：佃農、莊園員工、四棟住宅的家務員工、梅菲爾的承包廠商……

要命。

去你的，基特。去你的，竟然死掉。

我閉上眼睛，忍住不讓眼淚落下，入睡前，海瑟的臨別話語依然在我腦海中盤旋。

2

艾莉希亞穿著米赫爾的舊防水外套，將雙手更埋進口袋裡，想讓冰冷的手指暖起來，但一點用也沒有。她縮在圍巾裡，在冬季刺骨的小雨中跋涉，往切爾西堤岸那一整排公寓走去。今天是星期三，她第二次自己來，沒有克麗絲汀娜的陪伴。她又可以去有鋼琴的那間大公寓了。

儘管天氣惡劣，她卻滿懷成就感，因為她成功搭乘擁擠的火車來到這裡，而且沒有像平常那樣引發焦慮。她漸漸開始明白，倫敦就是這樣：太多人，太吵雜，交通太壅塞。但她最難適應的，其實是這裡的人都不交談，頂多只有推擠到她時說聲「借過」或「請往車廂內移動」。每個人都躲在免費報紙後面，不然就是戴著耳機聽音樂，也有人滑手機、看電子書，盡可能避免視線交會。

今天早上，艾莉希亞運氣不錯，在火車上找到空位，但坐在她旁邊的女人幾乎整段車程都對著手機大吼大叫，因昨晚失敗的約會而大發牢騷。艾莉希亞不理她，閱讀免費報紙增進英文程度，但她好希望能戴上耳機聽音樂，不用聽那個女人的高聲抱怨。讀完報紙後，她閉起眼睛做白日夢，想著白雪靄靄的雄偉群山，以及草原上百里香的氣息與蜜蜂嗡嗚。她很想家，想念那裡的平和與寧靜。她想念媽媽，也想念她的鋼琴。

她想著暖身曲，手指在口袋裡跟著動，心中清楚聽見每個音符，看到繽紛絢爛的色彩。她多久沒彈琴了？想到在那間公寓裡等她的鋼琴，她越來越興奮。

她走進古老建築的大門，走向電梯，幾乎壓抑不住熱切。電梯上到最頂樓的公寓，每週一、三、五，她可以獨享這個美妙的地方幾個小時，它有著寬敞的大房間、深色木地板與小型平台鋼琴。她開門，準備關掉保全警鈴，卻愕然發現沒有警示音響起。說不定是故障了，也可能是屋主忘記設定，或否有人活動的跡象。她什麼都沒聽見。

Mirë。

不對。「很好。」英文。要用英文思考。

一定是屋主忘記設定保全了。她從來沒有遇到過那個人，但她知道他一定有很厲害的工作，因為這間公寓很大，如果沒有一流的工作，怎麼可能負擔得起？她嘆息。雖然他很有錢，但生活習慣非常差，她已經來這裡三次了，前兩次和克麗絲汀娜一起，每次屋裡都一團亂，得花好幾個小時整理、清潔。

灰暗天色由走道盡頭的天窗滲入，艾莉希亞按下開關，頭頂的水晶燈瞬間被點亮，照耀門廳。她解下羊毛圍巾，和防水外套一起掛在大門邊的櫃子裡。她從塑膠袋裡拿出瑪格達給她的運動鞋，先脫掉濕答答的靴子和襪子才穿上，慶幸鞋子是乾的，這樣她冰冷的腳才能暖起來。她身上的單薄針織衫和T恤無法禦寒，她迅速搓搓手臂稍微恢復暖意。她經過廚房，走進洗衣間，將塑膠袋扔在流理台上，拿出克麗絲汀娜留給她的不合身尼龍罩袍穿上，繫上淺藍色頭巾，盡可能讓粗麻花辮不要亂甩。她從水槽下面的櫥櫃拿出清潔用具籃，接著拿起放在洗衣機上的洗衣籃，直接往他的臥房走去。如果動作快一點，她可以在預定時間之前完成清掃，剩下一點時間可以彈鋼琴。

她打開門，站在門口呆住。

他在家。

那個人！

他呈大字形趴在大床上，身體赤裸。她站著不動，同時感到震撼與驚奇，她呆望著他，腳彷彿在木地板上生了根。他伸展的身體和床一樣長，被子纏在他身上，他全身光溜溜……一絲不掛。他的臉朝向她，但是被凌亂的棕髮遮住，他的一隻手塞在枕頭下，另一隻伸向她。他的肩膀很寬，線條分明，二頭肌上有個精美的刺青，被寢具蓋住了一部分。他的背曬成古銅色，越往下方顏色越淺，他的髖部很窄，頂端有兩個小窩，下面則是白皙結實的臀部。

臀部。

他沒穿任何衣服！

Lakuriq！裸體！

Zot！老天！

他的腿修長健壯，下半部被灰色被子和銀色絲質床單蓋住，但他的腳伸出床墊邊緣。他動了動，背肌鼓動，眼睫眨動，睜開，露出昏沉但晶亮的綠眸。艾莉希亞停止呼吸，以為他會因為被吵醒而發脾氣，他們的視線交會，但他只是換個姿勢，將臉轉開。他重新安靜下來，繼續睡覺，她放心了，深深吁口氣。

Shyqyr Zotit！感謝老天！

她因為難為情而臉紅，躡手躡腳離開他的臥室，衝過長長的走道進入客廳，她將用具籃放在地上，動手撿拾他亂丟的衣物。

他在家？他怎麼會還在睡覺？這個時間？

他上班應該遲到了吧？

她看一眼鋼琴，覺得很失望。今天她原本打算要彈琴，星期一她不敢亂碰，但現在非常想彈。今天應該是第一次！她腦中響起巴哈的C小調前奏曲，她的手指憤怒地敲出音符，旋律在她腦中迴盪，明亮的紅、黃、橘色調，完美為她的惱怒伴奏。樂曲抵達最高點，而後慢慢降低到完結，她將亂丟的T恤扔進洗衣籃。

為什麼他要在家？

她知道這樣失望的心情很不理性。這是他的家。但專注想著她有多失望，思緒才不會飄向他。她第一次看到男人的裸體，有著鮮綠眼眸的裸男——顏色好似夏季平靜深邃的德林河。她蹙眉，不願意想起故鄉。他直直看向她，但感謝老天，他沒有醒過來。她拿起洗衣籃，悄悄回到他半開的臥房門口，停下來看看他是否還在睡。她聽到浴室傳來淋浴的聲音。

他醒了！

她考慮是否該離開公寓，但立刻打消這個念頭。她需要這份工作，假使她離開，他很可能會開除她。

她謹慎地打開門，聽見臥房浴室傳出不成調的哼唱。她心臟狂跳，鑽進臥房撿起滿地亂丟的衣物，然後急忙躲回安全的洗衣間，納悶心臟為何如此悸動。

她深呼吸鎮定心情。一定是因為撞見他睡覺太驚訝，沒錯，就是這樣，沒別的。絕對不是因為看到他的裸體，絕對不是因為他優美的臉龐、筆直的鼻子、飽滿的嘴唇、壯碩寬肩……和肌肉線條明顯的有力雙臂，絕對不是。只是因為震撼，她沒想到會遇見屋主，那樣看到他令她心神不寧。

沒錯，他很英俊。

整個人都很好看。頭髮、雙手、雙腿、臀部……

真的很英俊。那雙清澈綠眸直直望向她。

黑暗回憶湧上心頭，故鄉的回憶：冰藍色眼眸怒火閃動，憤怒的拳頭如雨落在她身上。

不，不要想到他！

她雙手捧著頭，揉揉前額。

不，不，不。

她逃脫了。她在這裡。她在倫敦。她很安全。她永遠不會再見到他。

她跪下，將洗衣籃裡的髒衣服放進洗衣機，就像克麗絲汀娜教的那樣。她檢查他的黑色牛仔褲，翻找每個口袋，掏出零錢和每次都有的保險套，似乎他每條褲子的口袋都有。她從後口袋拿出一張字條，上面寫著電話號碼和海瑟這個名字，她將字條連同零錢和保險套收進她的口袋，把洗衣膠囊放進機器，啟動。

接著她拿出烘乾機裡的衣物，架好燙衣板。今天她打算先燙衣服，躲在洗衣間等他出門。

萬一他不出門呢？

她為什麼要躲起來？他是她的雇主，或許她該自我介紹一下。其他雇主她都見過，他們都沒有為難她，除了金斯伯利太太，她會一直跟著她，批評她的清潔方式。她嘆息，老實說，她的顧主全是女性——除了他，而她對男人懷有戒心。

「再見，克麗絲汀娜！」他高聲說，將她從思緒中驚醒，燙襯衫領子的動作也停住。大門輕輕關上，屋內一片寂靜。他走了，只剩她一個人，她鬆了一口氣，軟軟靠在燙衣板上。

克麗絲汀娜？他難道不知道她接手了克麗絲汀娜的工作？瑪格達的朋友阿嘉莎幫她安排了這份工作，阿嘉莎沒有告訴他換人了嗎？艾莉希亞決定今晚確認一下，這間公寓的屋主有沒有被告知。她燙好另一件襯衫，掛上衣架，去走道的邊桌察看一下，他放了錢在那裡。這應該表示他不會回來吧？她的這一天立刻大放光明，她滿懷重新找回的目標，跑回洗衣間，拿起那堆剛燙好的衣服和襯衫，往他的臥房走去。

主臥室是整間公寓裡唯一不是白色的房間：灰色牆壁搭配深色木質家具，一張艾莉希亞看過最大的木床上方，掛著一面鍍金大鏡子。面對床鋪的牆上掛著兩張大型黑白攝影作品，主角是兩個女人，裸背對著鏡頭。她從照片前走開，開始評估房間的狀況：亂七八糟。她迅速將襯衫拿去衣帽間掛好——這個衣帽間比她的臥房還大，然後將摺好的衣物放在架子上。衣帽間還是一樣亂，從上週她第一次和克麗絲汀娜來的時候就是這樣。克麗絲汀娜從不整理，艾莉希亞雖然很想把那些衣服摺起來收好，但工程太浩大，現在沒有時間，因為她想彈鋼琴。

她回到他的臥房，拉開窗簾，從落地窗往外看向泰晤士河。雨停了，但天色依然灰暗，街道、河流、對岸公園的樹木全都灰濛濛，和故鄉是那麼不一樣。

不對，現在這裡才是家。悲傷如浪潮在她心中翻騰，但她不理會，把從他口袋拿出來的東西放在床頭櫃上的小碟子裡，接著開始清掃、整理他的臥房。

清潔臥房的最後一項工作是清空垃圾桶。她盡可能不看那些用過的保險套，將裡面的東西倒進黑色塑膠垃圾袋。第一次看到的時候她很震撼，現在依然震撼。一個人怎麼會用這麼多？

噁！

艾莉希亞在整間公寓裡走動，清掃、除塵、擦拭，除了那個禁止進入的房間。她心中掠過一絲好奇，好奇那個房間裡到底有什麼，但她沒有試著打開，因為克麗絲汀娜交代得很清楚，那個房間不能進去。

她拖好地，還有半小時才到下班時間。她將用具籃收進洗衣間，洗好的衣服放進烘乾機，脫掉罩袍，解開藍色頭巾塞進牛仔褲後口袋。

她將裝滿垃圾的黑袋子搬到門口，準備離開時再拿去大樓的垃圾場。她焦慮地打開大門看看左右——沒有他的影子，她可以放膽彈琴了。第一次獨自打掃的時候她沒有勇氣，擔心他可能會回來，但既然他說了再見、出了門，她決心冒險一次。

她急忙經過走道進入客廳，在鋼琴前坐下，稍微停頓品味這一刻。漆黑閃亮，上方的華麗水晶燈照亮鋼琴，她伸手撫摸金色七弦豎琴商標和下面的字。

STEINWAY & SONS

史坦威鋼琴。譜架上放著一支鉛筆，還有寫到一半的曲譜，她第一次和克莉絲汀娜來的時候就停在這裡。她研究樂譜，腦海中響起音樂，這是首憂傷的感嘆調，寂寞又充滿惆悵，無法化開，沒有完成，淺藍與灰色的曲子。這首樂曲深刻感傷，今天早上她看到的那個裸男慵散英俊，很難將兩者連在一起。或許他是作曲家，她的視線越過寬敞客廳，看著角落的桌子，上面凌亂放置著電腦、合成器，以及兩個似乎是混音器的東西——沒錯，這些裝備確實像是作曲家的工具。還有她必須除塵的整牆老唱片，他確實是個熱中音樂的收藏家。

她趕跑這些想法，低頭注視琴鍵。她多久沒有彈琴了？幾個星期？幾個月？強烈的痛苦猛然來襲，讓她無法呼吸，她抽噎，淚水盈眶。

不，不能在這裡哭，她不能在這裡崩潰。她緊抓住鋼琴，努力對抗心痛與思鄉情緒，驚覺她已經超過一個月沒有彈琴了。這段時間發生了太多事。

她哆嗦一下，做個深呼吸，強迫自己冷靜。她伸長手指摸摸琴鍵。

白。黑。

光是觸碰就令她感覺被撫慰。她想細細品味這珍貴的時刻，在音樂中忘卻自己。她輕輕按下琴鍵，彈出E小調和弦，琴聲清透有力，明亮鮮嫩的綠，像屋主先生的眼睛，艾莉希亞心中充滿希望。這台史坦威鋼琴的音調非常完美，她開始彈奏暖身曲〈布穀鳥〉，琴鍵輕鬆順暢地動著，如行雲流水。她的手指在琴鍵上飛舞，她在琴音繽紛的色彩中忘卻自我，過去幾週的壓力、驚恐、悲傷慢慢褪去，終於消逝無蹤。

崔佛衍家族在倫敦有幾棟房子，其中一棟位於切恩道，離我家很近，走路就能到。這棟房子興建於一七七一年，由知名建築師羅伯特·亞當設計，自父親過世，崔佛衍宅邸就成為基特的家。對我而言，這棟房子有許多童年回憶——一些很快樂，一些不快樂——現在這裡屬於我了，任我發落，正確地說，是受託保管等我繼承。我再次面對全新的現實，我搖了搖頭，立起大衣領子對抗酷寒，寒意彷佛並非來自外界，而是從我心中冒出。

我該怎麼處置這棟房子？

我已經兩天沒有見到卡洛琳了，我知道她在生我的氣，但我遲早得面對她。我站在門階上，考慮是否該用鑰匙開門進去。我一直有這棟房子的鑰匙，但沒有告知就突然跑進去，感覺像入侵私人空間。

我深呼吸，敲了兩下門。不久，大門開啟，布雷克來應門——在我出生前他就是我們家的總管。

「崔夫希克伯爵。」他撐著門，低下禿頂的頭鞠躬。

「真的有必要來這套嗎，布雷克？」我大步走進門廳，布雷克默默接過我的大衣。「布雷克太太好嗎？」

「她很好，伯爵閣下。只是最近發生太多事，她很難過。」

「我們所有人都是。卡洛琳在家嗎？」

「是，閣下。崔夫希克夫人應該在起居室。」

「謝謝。我自己上去就好。」

「是。要幫您準備咖啡嗎？」

「好，麻煩你。噢，還有，布雷克，我上個星期就說過了，稱呼我『爵爺』就夠了。」

布雷克頓了下，然後對我點了點頭。「是，爵爺。謝謝您，爵爺。」

我很想翻白眼。以前我是麥克辛·崔佛衍先生，在家裡被稱為「麥克辛少爺」，只有我父親被稱為「閣下」，後來是我哥。我需要一點時間適應新頭銜。

我跑上寬敞的樓梯，從二樓轉角處走向起居室。裡面沒有人，只有幾張鬆軟沙發與高雅的安妮女王風格家具，這些古董家具在我家流傳好幾代了。起居室通往日光室，那裡視野絕佳，泰晤士河、卡多根碼頭、艾伯特大橋的景色盡收眼底。我在那裡找到卡洛琳，她窩在一張單人沙發上，裹著喀什米爾羊毛披肩，望著窗外，手中握著一條藍色小手帕。

「嗨。」我打著招呼大步走進去。卡洛琳轉過頭，臉上滿是淚痕，眼睛紅腫。

該死。

「你死去哪裡了？」她怒罵。

糟糕，她真的很生氣。

「我又做錯什麼了？」

「你自己最清楚。為什麼不接我的電話？已經兩天了！」

「我有很多事要思考，而且最近很忙。」

「你？忙？麥克辛，就算你把衣服脫光、老二插進去，也不會知道忙是什麼意思。」

我怔了一下，想像中的畫面令我忍俊不禁。

卡洛琳稍微放鬆一點。「不要逗我笑，我在生你的氣。」她不悅撇嘴。

「妳真的很會形容。」我張開雙臂，她走進我懷中。

「你為什麼沒有打電話給我？」她回抱我，憤怒漸漸平息。

「一下子發生太多事，」我輕聲對她說。「我需要時間思考。」

「獨自思考？」

我沒有回答，我不想說謊。星期一晚上和我在一起的女人叫……呃……海瑟，昨晚那個則是……叫什麼名字來著？棠恩。

卡洛琳吸吸鼻子，離開我的懷抱。「我想也是。我太瞭解你了，麥克辛。她長怎樣？」

我腦中浮現海瑟含著我昂揚的模樣。

卡洛琳嘆息。「你這個濫交男。」她以不齒的語氣說，像平常一樣。

我怎麼能否認？

卡洛琳最清楚晚上我都在忙什麼。她有一整套的酸話用來形容我，經常譴責我的縱慾行為。

但她依然和我上床。

「你靠濫交發洩哀傷，我卻得獨自忍受老爸和巫婆繼母，陪他們吃飯，有夠慘。」她冷笑。「而且昨天晚上我很寂寞。」

「對不起。」我說，因為想不出其他回答。

「你見過律師了？」她改變話題，直勾勾看著我。

我點了點頭。我必須承認，這是我躲著她的另一個理由。

「噢，不會吧？」她嗚咽。「你的表情很沉重。我什麼都沒有，對吧？」她瞪大了眼，眼中滿是擔憂與哀傷。

我雙手按住她的肩膀，盡可能以溫和的方式告訴她：「所有的東西都受託保管，將由我繼承。」

卡洛琳發出一聲啜泣，摀著嘴，淚水盈眶。「他好過分。」她低語。

「別擔心，我們會想出辦法解決。」我低喃，再次擁抱她。

「我愛他。」她聲音低微，像小孩在說話。

「我知道。我們都愛他。」不過我知道她也愛基特的頭銜與財富。

「你不會把我趕出去吧？」

我接過她拿著的手帕，擦擦她的雙眼。「不會，當然不會。妳是我哥的遺孀，也是我最好的朋友。」

「但是不會更進一步？」她淚汪汪對我露出苦澀微笑，我親吻她的前額作為回答。

「爵爺，您的咖啡來了。」布雷克站在日光室門口說。

我立刻鬆開手臂，後退一步離開卡洛琳。布雷克進來，面無表情，手中的托盤擺滿杯子、牛奶、銀咖啡壺，以及我最愛的餅乾——無夾心巧克力消化餅。

「謝謝你，布雷克。」我回應，盡可能裝作沒有察覺紅暈慢慢爬上我的脖子。

真是見鬼了。

布雷克將托盤放在沙發旁邊的茶几上。「您還需要什麼嗎？」

「暫時這樣就好，謝謝。」雖然不是故意的，但我的語氣相當衝。

布雷克離開之後，卡洛琳倒著咖啡。布雷克出去了，我終於能安心，肩膀跟著放鬆。我腦海中響起媽媽的聲音：別在僕役面前出醜。

我依然握著卡洛琳淚濕的手帕。我望著手帕皺起眉頭，想起昨晚的夢境片段——還是今天早上？一個年輕女人，也可能是天使？說不定是聖母瑪利亞或穿藍衣的修女，總之，有個女人站在床邊看著我睡覺。

這場夢到底是什麼意思？

我沒有宗教信仰。

「怎麼了？」卡洛琳問。

我搖搖頭。「沒什麼。」我輕聲說，接過她端來的咖啡，將手帕還給她。

「唉，我可能懷孕了。」她說。

什麼？我臉色發白。

「基特的孩子，不是你的。你這個混蛋太小心了。」

可不是！大地彷彿在我腳下移動。

基特的子嗣！狀況還能變得更複雜嗎？

「等妳確定之後我們再研究該怎麼辦。」我回答，感覺鬆了一口氣。如果基特有孩子，那麼所有的責任都將由他承擔，但我也突然感受到強烈的失落。

伯爵頭銜屬於我，至少目前如此。

可惡，狀況還能更混亂嗎？

3

我坐在黑色計程車的後座準備去辦公室，這時手機震動起來。是喬。

「兄弟，」他說。「你還好嗎？」他的語氣很鄭重，我明白他在問基特過世後我的心情有沒有平復。葬禮過後我一直沒有和他見面。

「還活著。」

「想要打一場嗎？」

「很想，可是沒辦法。我整天都得開會。」

「伯爵的鳥事？」

我大笑。「對，伯爵的鳥事。」

「這個星期找一天吧？我的銳劍都快生鏽了。」

「好，沒問題，不然喝一杯也不錯。」

「好，我問問湯姆有沒有空。」

「酷。謝了，喬。」

「別客氣，兄弟。」

我掛斷電話，心情惆悵。我懷念以前的生活，可以隨心所欲，即使中午突然想去擊劍，也可以說走就走。喬是我的擊劍搭檔，也是我最親的朋友。現在我不但不能去擊劍，還得去辦公室處理煩人的工作。

基特，都是你害的。

「露露夜店」的音樂轟然作響，低音節拍在我胸口震盪。我喜歡這樣，因為太吵，可以避免非必要的交談。我穿過人群走向吧台，我需要酒精和溫暖飢渴的肉體。

過去一天半，我忙著開一堆枯燥的會議，會見一堆人：兩個基金經理人，他們負責操作崔夫希克可觀的投資項目與慈善信託基金；來自康瓦爾、牛津郡和諾森伯蘭的莊園管理人；負責打理倫敦地產的代理人；承包梅菲爾區三處豪宅翻修工程的建築公司。奧利佛．馬克米蘭陪我出席所有會議，他是基特的執行長，也是他的左右手。奧利佛和基特是伊頓公學的同學，從那時結交到現在；他們一起就讀倫敦經濟學院，但我父親過世後，基特為了善盡貴族職責而選擇退學。

奧利佛體格瘦小，一頭蓬亂金髮，難以判斷顏色的雙眸什麼都看得一清二楚。我一直沒有和他培養出友誼，他心腸太硬、野心太大，但他很會分析財務報表，並且善於管理崔夫希克伯爵雇用的大量員工。

我不知道基特怎麼有辦法打點這一切，同時在市區還有一份基金管理的工作。不過，他是個聰明圓滑的混蛋。

也很風趣。

我想念他。

我點了一杯灰鵝伏特加配通寧水。或許是因為有馬克米蘭輔佐，他才能成功做到，我很想知道，奧利佛的忠誠是否會延續到我身上，還是他會趁我尚未熟悉各種新責任期間，利用我的無知牟利。我真的不知道。老實說，我不信任他，我在心中提醒自己，和他打交道絕不能掉以輕心。

過去幾天只有一件事讓我開心，我的經紀人來電通知下週有工作，我則告訴那個老妖婆，我接下來都無法從事模特兒工作，將無限期停止接案，感覺非常爽。

我會懷念嗎？

我不確定。模特兒的工作無聊到讓人頭腦麻痺，但被牛津開除之後，這份工作讓我至少有起床的理由，也有持續健身的動力，而且可以認識超瘦的辣妹。

我喝一口酒，環顧夜店。現在我想要的就是這個：火辣飢渴的女人，胖瘦不拘。

今天是打炮星期四。

那個女人狂放的笑聲讓我注意到她，我們四目交接，我看出她的眼神表明欣賞與挑釁，我的下半身蠢蠢欲動。她有雙漂亮的榛色眼眸，滑亮的棕色長髮，喝的是烈酒，不只如此，她穿著超短皮革小禮服搭配細跟大腿靴，模樣非常誘人。

嗯，就她了。

我打開家門帶她進去的時候，差不多是凌晨兩點。我接過蕾蒂莎的大衣，她立刻轉身勾住我的頸子。「我們去床上吧，上流小子。」她低語，親吻我，很用力，沒有暖身。她的大衣還在我手上，我得靠著牆壁保持平衡以免和她一起摔倒。她撲得太突然，或許她比想像中更醉。我將手指探進她的髮中一拉，讓我的嘴得以自由。

「親愛的，好事要慢慢享受，」我貼著她的唇輕斥。「先讓我放下妳的大衣。」

「別管我該操的大衣。」她說著再次吻我，舌頭全力進擊。

我比較想操妳。

「照這種速度，我們來不及進臥室。」我雙手按住她的肩膀，輕輕將她推開。

「好吧，那我先參觀一下模特兒兼攝影師兼DJ的家好了。」她取笑道，輕柔的愛爾蘭口音與她直接的態度形成強烈對比。我很想知道她在床上是否也一樣直接，我跟著她走向客廳，她的高跟鞋在木地板上發出喀喀聲響。

「你也演戲吧？對了，這裡風景真美。」她望向可俯瞰泰晤士河的落地窗。「鋼琴不錯，」她補上一句，轉身面向我，眼中燃著亢奮。「你在上面和女人幹過嗎？」

老天，她好愛講髒話。

「最近沒有，」我將她的大衣扔在沙發上。「現在我也不太想。我比較想和妳在床上做。」她剛才暗暗嘲諷我沒有固定工作，但我決定假裝沒聽見。我沒有告訴她，我必須打理一個帝國。她微笑，口紅暈開了，肯定也沾到我的唇上，我覺得不太舒服，伸手抹了抹唇。她慢慢走向我，抓住我的外套領子一拽，強迫我向前。

「好了，上流小子，讓我見識一下你的功夫吧。」她雙手按住我的胸口，指甲從上面刮過，停在外套敞開處。

噢！有點痛。她的鮮紅指甲像利爪，顏色和口紅一樣。她將外套從我的肩頭褪下，落在地上，然後動手解開我的襯衫。以她高昂的興致，我十分慶幸她願意花時間解釦子，而不是一把扯開——我喜歡這件襯衫！她將襯衫從我身上脫掉，落在我的腳邊，指甲掐進我的肩膀。她是故意的。

「啊！」我痛呼。

「刺青很酷。」說著，她雙手同時從我的肩膀移到手臂，再往下到我的牛仔褲腰，指甲在我的腹部留下抓痕。

噢！老天，她太激烈了。

我抓住她的手，將她拉進懷中，粗魯地吻她。「我們去床上吧。」我貼著她的嘴說，不等她回答，我牽起她的手，將她拉在我身後走向臥室。

一進去她立刻將我推到床邊，找牛仔褲鈕釦時指甲刮痛我的腹部。

該糟！她喜歡粗暴。

我一縮，將她的雙手握在她身前，像老虎鉗一樣緊緊抓住，其實我只是不想繼續被她抓。

妳喜歡粗暴？我也行。

「乖一點，」我警告。「妳先！」我放開她，將她拉開些以便看清楚。「脫衣服。快脫。」我命令。

她將長髮甩到肩後，雙手插腰，露出挑釁的笑容。

「快。」我催促。

蕾蒂莎的眼神變得深沉，略頓，然後低聲說：「要說『請』吧？」

我冷笑。「請。」

她大笑。「我喜歡你的上流口音。」

「親愛的，這只是因為我投對胎而已。靴子留著。」我補上一句。

她回我冷冷一笑，伸手到背後，以漫不在乎的態度拉開緊身皮革小禮服的拉鍊。她左右擺動臀部，像蛇一樣鑽出來，讓小禮服沿著靴子滑落，我不禁微笑。她很美豔，纖瘦，胸部嬌小堅挺，她穿著黑色法式蕾絲平口褲和同款胸罩，大腿靴也同色。她跨出小禮服，以妖嬈的姿態走近我，臉上掛著性感嫵媚的笑容，抓住我的一隻手，以驚人的力量將我拉到床上，然後雙手按住我的胸口用力一推，我呈大字形躺在被子上。

「脫掉。」她張開雙腿站在床邊，指著我的牛仔褲下令。

「妳脫。」我用嘴形說。

她不需要催促，立刻爬上床跨坐在我身上，磨蹭我的胯下。她的指甲沿著我的腹部往下刮，直到褲襠。

噢！該死！她好恐怖。

我突然坐起來，她吃了一驚，我將她翻倒仰躺在床上，跨坐在她身上，將她的雙手扣在頭部兩側。她在我身下掙扎，企圖甩開我。

「喂！」她抗議，抬頭瞪我。

「我認為有必要約束妳，妳太危險了。」我的語氣很輕柔，同時評估她的反應。

她瞪大了眼，我不確定是因為恐懼還是興奮。

說不定會弄巧成拙。

「你呢？」她低語。

「危險？我？沒有。完全比不上妳。」我鬆開她的手，伸手從床頭櫃抽屜拿出一條長絲帶和一雙皮革手銬。「妳想玩嗎？」我問，舉起兩樣道具。「隨妳選。」

她抬頭看著我，因為慾望與焦慮而瞳孔放大。

「我不會傷害妳，」我保證。我不愛玩那套。「我只是想讓妳乖一點。」老實說，我擔心她會傷害我。

她的唇角揚起，露出嬉戲的誘惑笑容。「絲帶。」她說。

我微笑，將手銬扔在地上：以支配作為自衛的手段。「選個安全暗號。」

「切爾西。」

「選得好。」

我將絲帶纏在她的左手腕上，穿過床頭板的橫木，接著抓起她的右手用另一端綁起來。她的手臂伸直拉長，指甲無用武之地，模樣非常迷人。

「如果妳太壞，我還會蒙上妳的眼睛。」我低聲說。

她扭動。「你會打我屁股嗎？」她的聲音比耳語還輕。

「如果妳乖，我就賞妳。」

噢，看來會很好玩。

她的高潮來得很快，而且很吵。她尖叫著將絲帶扯到極限。

我在她的雙腿之間坐起來，嘴巴又濕又滑，我將她翻過來，拍打她的屁股。

「再撐一下。」我含糊道，戴上保險套。

「快一點！」

該死，她真的很霸道！

「遵命。」我低吼一聲，挺進她體內。

她睡著了，我看著她的胸部隨呼吸起伏。出於習慣，我開始固定的儀式，回想我有多瞭解我剛睡過的女人。我們做了兩次。人權律師，在床上很激進。年紀比我大。喜歡束縛，非常喜歡，坦白說，根據我的經驗，越強勢的女人越喜歡。她愛咬人，高潮時會尖叫。很敢說，很有趣……會把男人榨乾。

我突地驚醒。我在夢中尋覓一個難以捕捉的東西，一個身影不停出現又消失，虛幻的藍色身影。正當我瞥見的時候，卻落入無底深淵。我打個寒噤。

那場夢到底是什麼意思？

淡淡冬陽從窗戶照進來，泰晤士河的水波光影在天花板上嬉戲。是什麼吵醒了我？

蕾蒂莎。

老天，她簡直是野獸。她沒有在我身邊睡覺，也沒聽到淋浴聲，說不定她已經走了。我仔細聆聽公寓裡的動靜。

很安靜。我露出笑容，尷尬閒聊可以免了。我正覺得今天是個好日子，卻突然想起和媽媽、妹妹約好共進午餐，心情立刻變差。我唉聲嘆氣用被子蒙住頭。她們一定想討論遺囑的事。

要命。

基特都稱呼我媽「伯爵遺孀」，她很可怕。我不懂她為什麼還沒回該死的紐約？那裡才是她生活的地方，不是這裡。

屋裡某處傳來東西掉在地上的聲音。我坐起身。

唉，蕾蒂莎還在。

這下免不了得說話。我不情不願地拖著身體下床，穿上離我最近的那條牛仔褲，走出房間，想看看她白天是否也像黑夜一樣狂野。

我赤腳穿過走道，但客廳和廚房都沒人。

搞什麼鬼？

我在廚房門口轉身，停下腳步。我以為會看到蕾蒂莎，沒想到卻是一個瘦小的年輕女子站在門廳看著我。她有雙深色大眼，我覺得很像受驚的母鹿，但她穿著非常醜的藍色罩袍，洗太多次的廉價牛仔褲，老舊運動鞋，頭髮藏在藍色頭巾下。

她沒有說話。

「嗨，妳是誰？」我問。

4

Zot！老天！他在家，而且很生氣。

他明亮的綠眸對上她的眼睛，艾莉希亞動彈不得。高大、精壯、半裸，站在她旁邊壓迫感很大。他頂著一頭栗色亂髮，中間夾雜著幾縷金黃，在門廳水晶燈的照耀下熠熠生輝。一如她印象中的模樣，他的肩膀很寬，但手臂上的刺青比記憶中更精細，她只能隱約看出一隻翅膀。他胸口的一片毛髮往健美腹部蔓延，越往下越窄，過了肚臍之後又重新變多。緊身黑色牛仔褲膝蓋的部分刮破。然而，讓她忍不住轉過頭的，卻是他還沒刮鬍子的英俊臉龐、輪廓明顯的飽滿嘴唇、蘊藏春季綠意的眼眸。她的嘴很乾，不確定是因為緊張還是……還是……因為他的模樣。

他好迷人！

太迷人！

他半裸！可是他為什麼生氣？她吵醒他了嗎？

不！他會趕走她，這樣就不能彈鋼琴了。

她在慌亂中垂下視線看著地板，絞盡腦汁思考該說什麼，同時死命抓住掃帚以免癱倒。

這個羞怯的小東西為什麼會站在我家門廳？我百思不得其解。我之前見過她嗎？遺忘夢境中的畫面有如拍立得相片在我記憶中顯影，穿藍袍的天使站在我床邊，但那已經是幾天前的事了。會是她嗎？此刻她站在門廳，彷彿腳下生了根，稚嫩臉龐蒼白，眼睛看著地板。她越來越用力抓住掃帚，指節漸漸發白，彷彿一放手她就會飛離地球；頭巾藏起她的髮，尺寸過大的老式尼龍罩袍吞沒她嬌小的身軀。她顯得無比突兀。

她抬起視線，高級濃縮咖啡色調的瞳眸，一圈我見過最長的睫毛，她看我一眼，又重新垂下視線。

「妳是誰？」我再次詢問，但語氣比較柔和，生怕嚇到她。

要命！

只是瞥了那雙深不見底的咖啡色眼眸一眼，我就覺得……心神不寧。她至少比我矮一個頭，我身高六呎二吋，她大概頂多五呎五吋。她的臉龐十分精緻：高聳顴骨、微翹鼻頭、清透雪膚、蒼白粉唇，她感覺需要曬個幾天太陽、好好吃頓飯。

顯然她在打掃，不過，怎麼會是她？怎麼會由她掃我家？她取代了我的老女傭？「克麗絲汀娜呢？」我問，因為她的沉默而有些氣餒。說不定她是克麗絲汀娜的女兒——或孫女。

她繼續盯著地板，眉頭糾結，整齊潔白的牙齒咬著上唇，不肯迎視我。

看我，我在心中催促。我想上前抬起她的下巴，但她彷彿感應到我的心思，主動抬起了頭，對上我的眼睛，她舌尖輕吐，緊張地舔舔上唇。慾望如同拆除房屋的大鐵球猛然飛來，滾燙，沉重，我全身緊繃。

見鬼了！

我瞇起眼，緊跟在慾望後面的是惱怒。我有病嗎？怎麼對第一次見面的女人有這種反應？太扯了。彎彎細眉下，她的眼睛睜得更大，她後退一步，手一軟，掃帚從她手中跌落，啪一聲掉在地上，她以簡潔流暢的動作彎腰撿起，重新站好之後，她緊盯著掃帚柄，紅暈慢慢爬上她的臉頰，她含糊說了一句聽不清楚的話。

該死！我是不是嚇到這個小可憐了？

我不是故意的。

我在生自己的氣，不是生她的氣。

或許不是因為這個。「妳聽不懂我說的話嗎？」我半是自言自語，伸手爬梳一下頭髮，壓制身體的反應。克麗絲汀娜的英文程度不佳，頂多只會說「是」和「這裡」，因此每當我要請她做一些不包含在例行打掃工作內的事情，總是必須比手畫腳。這個女孩很可能也是波蘭人。

「先生，我是清潔工。」她小聲說，眼睛依然望著地面，睫毛成扇形懸在瑩白臉上。

「克麗絲汀娜呢？」

「她回波蘭了。」

「什麼時候的事？」

「上星期。」

我不知道她走了，我怎麼沒聽說？我喜歡克麗絲汀娜，她幫我打掃三年了，知道我所有骯髒的小祕密。我沒機會跟她道別。

或許她只是暫時回去。「她還會回來嗎？」我問。女孩的前額更加糾結，她沒有說話，但視線飄向我的腳。說不出為什麼，這讓我感到有些侷促，我雙手插腰後退一步，心裡越來越困惑。「妳在這裡多久了？」

她好像快喘不過氣了，聲音幾乎聽不見。「在英國？」

「拜託看著我。」我說。為什麼她不願意抬起頭？

她纖細的手指再次握住掃帚，似乎打算用來當武器，然後她吞嚥一下，抬起頭，淚汪汪的棕色大眼望著我，我感覺快溺斃在她眸中，我的嘴好乾，我的身體又開始搗亂。

該死！

「我在英國三個星期了。」這次她的聲音比較清楚也比較大聲，有口音，但我聽不出是哪裡，她說話的時候，勇敢地對我昂起小小的下巴。她的嘴唇變成玫瑰色，下唇比上唇厚，她再次舔上唇。

見鬼了！

我的身體又蠢蠢欲動，我再次後退一步。「三個星期？」我咕噥，對她產生的反應令我不解。

我怎麼會這樣？

她有什麼魔力？

她超級無敵正。我腦中有個小聲音不停吼叫。

沒錯。以穿藍色罩袍的女人而言，她算辣。

別胡思亂想。她沒有回答我的問題。「不，我問的是妳在我家多久了？」

這個女孩從哪兒來的？我翻找腦海中的記憶。布雷克太太透過認識的人幫我找來克麗絲汀娜，但接替克麗絲汀娜的女孩依舊一言不發。

「妳會說英文嗎？」我問，心中默默催促她開口。「妳叫什麼名字？」

她蹙起眉，看著我的眼神彷彿我是白癡。「會，我會說英文。我的名字是艾莉希亞．迪馬契。我從今天早上十點就在你家。」

哇，她真的會說英文。

「好。呃，幸會，艾莉希亞．迪馬契。我的名字是……」

我該說哪個？崔夫希克？崔佛衍？

「麥克辛。」

她對我略一頷首，一瞬間我還以為她要行屈膝禮，但她只是站著，緊握掃帚，焦慮的視線快把我剝光了。

我突然覺得門廳的牆壁逼近，快要不能呼吸，我想逃離這個陌生人和她看透靈魂的眼眸。「很高興認識妳，艾莉希亞。妳繼續忙吧。」我想了一下，補上一句：「那個……麻煩妳換一下我房間的寢具。」我比了比臥房的大致方向。「妳知道放在哪裡吧？」

她再次點頭，但依然沒有動。

「我要去健身房。」我含糊地說，但不懂為什麼要說明。

他昂首闊步往臥室走去，艾莉希亞靠著掃帚全身發軟，她做個深呼吸，鬆了一口氣。她看著他背部肌肉的起伏鼓動，發現他牛仔褲腰上方有兩個小窩，這景象令她心慌意亂——非常心慌意亂，他站著的時候比躺著更令人心慌。他走進房間，看不見身影了，她閉上眼睛，心往下沉。

他沒有叫她離開，但他可能會打電話給瑪格達的朋友阿嘉莎，請她找別人來打掃。他似乎因為被她打擾而不悅，然後越來越生氣。

*為什麼？*艾莉希亞皺著眉，盡可能平息竄升的恐慌，偷看客廳的鋼琴一眼。

*不，不可以換人。*如果必要，她會求他讓她繼續打掃。她不想離開，她不能離開。鋼琴是她唯一逃離現實的方式，她唯一的喜悅。

此外還有先生本人。他結實的腹部，光裸的雙腳，他濃烈的眼神燒灼她的想像。他的臉龐像天使，身體……呃……她臉紅了。她不該想這種事。

他好帥。

不行，快停止。集中精神。

她慌慌張張揮舞掃帚，繼續清掃木地板，儘管已經一塵不染了。她必須成為他雇用過最棒的清潔人員，這樣他才不會換人。她下定決心，走進客廳清掃、整理、擦拭。

十分鐘後，她剛拍完L形沙發上的黑色抱枕，聽到大門砰一聲關上。

很好，他走了。

她直接走進他的臥房拆寢具。房間像平常一樣亂：地上有衣物和奇怪的手銬，窗簾半開，寢具糾結。她迅速撿拾衣物、拆下寢具。她很納悶為什麼床頭板上綁著一條寬絲帶，但她只是拆下來和手銬一起放在床頭櫃上。她鋪上乾淨的白床單，心中好奇那些東西是做什麼用的，她不懂，但也不想亂猜。她鋪好床，走進他的浴室打掃。

我像不要命般猛跑。我以刷新紀錄的時間完成固定的五英里跑步機鍛鍊，但我大腦中依然不停重複之前和新女傭的對話。

該死、該死、該死。

我彎腰用雙手按住膝蓋，努力調整呼吸。我竟然跑出家門，只為了躲女傭——清潔工，她好像這麼稱呼自己——逃離她的棕色大眼。

不，我是為了逃離自己對她的反應。

那雙眼眸看來會糾纏我一整天。我站直，抹去眉頭的汗水，一個畫面闖進腦海：她戴著頭巾跪在我面前。

我全身緊繃。

又來了。

這次甚至只是想到她就這樣。

要命。

我憤懣地用毛巾擦去臉上的汗，決定練練重訓。沒錯，重訓一定能將她逐出腦海。我選了兩個偏重的啞鈴開始例行訓練。

當然，重訓讓我有思考的空間。坦白說，我對她的反應令我自己十分困惑，印象中我從來沒有遇到過任何能引起那種反應的人。

或許是因為壓力太大，沒錯，這是最合理的解釋。我因為失去基特而太過悲傷，還要應付後續的所有事。

基特，混蛋！你竟然把這一堆責任扔給我。

我難以承受。該死的，難以承受。

我趕跑關於基特和她的紛擾思緒，專注健身，計算二頭肌隆起的次數。

再過兩個小時，我得去陪我媽吃午餐。

要命。

艾莉希亞在洗衣間，將洗好的衣物放進烘乾機，這時她聽到前門再次砰一聲關上。

糟！他回來了。

她很慶幸自己藏身在公寓最小的房間裡，架好燙衣板，開始燙幾件烘好的衣物。他絕不會跑來這裡。她燙完第五件襯衫，聽到門再次關上，她知道又只剩她一個人了。之前他以為她是克麗絲汀娜的時候，出門會大聲道別，現在卻沒有，這讓她有點難過，但她甩開這種感覺，以最快的速度燙衣服。

結束之後，她去臥房察看他是否又弄得一團亂。果不其然，他的運動服扔在地上，她小心地一件件撿起。每一件都濕答答，浸透他的汗水，奇怪的是，見到他之前她會覺得噁心，可現在不一樣了。她將髒衣服放進洗衣籃，進去浴室檢查。空氣中殘留著肥皂的清新氣息，她閉起眼深吸一口氣，瞬間回到故鄉庫克斯，高大長青樹圍繞父母的家，她享受那香氣，不理會思鄉之痛。現在倫敦才是她的家。

她擦拭洗手台，結束之後，距離下班還有半小時。她直接走進客廳，在鋼琴前坐下，輕撫琴鍵，巴哈的升C大調前奏曲在公寓中繚繞，音符在鮮豔色彩中舞動，傳遍每個角落，為她憂傷的靈魂帶來安撫。

我大步走進我媽最喜歡的餐廳，這家店位於奧德維奇區。我到得太早了，但無所謂，我需要喝一杯，不只是為了忘卻遇見新女傭的事，也是因為我需要酒精助陣才能面對我媽。

「麥克辛！」我轉身，看到世上我唯一寵愛的女性——我妹妹瑪麗安，比我小一歲，從門廳朝我走來。我看著她，她眼睛的顏色和我一樣，因為看到我而開心地發亮，她伸長手臂環抱我的頸子，她的紅髮飛到我臉上，因為她只比我矮幾吋。

「嗨，瑪麗安，我好想妳。」我擁抱她。

「麥克辛。」她有些哽咽。

糟糕，別在這裡哭。

我更用力抱緊她，希望她不要哭，卻愕然發現激動情緒刺痛我的喉嚨。她吸吸鼻子，我放開她，她的眼眶泛紅。這樣很不像她，平常她比較像我們的媽媽，總是嚴格控制情緒。「我還是不敢相信他走了。」她緊抓著一張面紙。

「我知道，我也是。我們先坐下點杯酒吧。」我握著她的手肘，我們跟隨帶位女侍走進大餐廳，牆壁裝飾著木鑲板。這個空間有種經典的老派風味：銅檯燈、深綠色皮椅、筆挺的白桌巾、璀璨的水晶玻璃。人聲鼎沸，男女生意人交談，餐具碰撞瓷器。我集中精神，看著為我們帶位的女侍，緊身窄裙裹著翹臀，細高跟鞋踩在光亮木地板上發出喀喀聲響。我幫瑪麗安拉開椅子，我們坐下。

「兩杯血腥瑪麗。」我說，女侍給我們一人一份菜單，對我拋個媚眼，但我沒有回應。她的屁股確實很漂亮，但我現在沒心情把妹，我滿腦子都是早上遇到女傭的經過，那雙焦慮的深色眼眸佔據我的記憶。我皺眉，驅散這個念頭，專心看著妹妹，女侍失望地扁嘴離開。

「妳什麼時候從康瓦爾回來的？」

「昨天。」

「伯爵遺孀還好嗎？」

「麥克辛！你明知道她多討厭那個稱呼。」

我誇張嘆息。「好吧，母親大人好嗎？」

瑪麗安瞪我一眼，但沒多久臉就垮了下來。

糟糕。

「對不起。」我歉疚地低聲說。

「她真的很難過，只是外表看不出來。你也知道她就是那樣。」瑪麗安的眼神黯淡，表情憂傷。

「我覺得她隱瞞了什麼。」

我點點頭。我太清楚了，我媽總是光鮮亮麗，很少讓人看見脆弱的一面。在基特的葬禮上她沒有哭，展現出在傷痛中依然極致優雅的典範，像平常一樣冷淡優美。我也沒哭，因為宿醉太嚴重。

我吞嚥一下，換個話題。「妳什麼時候要回去上班？」

「星期一。」瑪麗安回答，露出悲傷淺笑。

崔佛衍家的三兄妹當中，瑪麗安最會讀書。從一流女校威康姆修道院中學畢業之後，她進入牛津大學基督聖體學院醫學系，目前在皇家布朗普頓醫院擔任住院醫生，專攻心臟胸腔外科。自從我們的父親因為嚴重冠狀動脈阻塞而心臟病發過世，她便立志行醫，當時她才十五歲——但她想救他。喪父之痛對我們各自產生重大影響，基特更是如此，他為了繼承爵位而被迫放棄學業，我則失去了唯一支持我的父親。

「卡洛還好嗎？」她問。

「很傷心，也很生氣，因為基特的遺囑裡沒有給她任何東西，白癡混蛋。」我低聲咒罵。

「你說誰是白癡混蛋？」一個清脆的中大西洋口音質問。蘿薇娜，崔夫希克伯爵遺孀，高高站在我們身邊，赭紅頭髮一絲不亂，身穿毫無瑕疵的香奈兒海軍藍套裝，配戴珍珠項鍊，態度冷靜自持。

我站起來。「蘿薇娜。」我說，她送上臉頰，我啄吻一下，然後幫她拉椅子。

「麥克辛，面對剛遭逢喪子之痛的母親，你這是什麼態度？」蘿薇娜斥責，坐下之後將柏金包放在旁邊地上。她伸手越過桌面，握住瑪麗安的手。「嗨，親愛的，我沒聽到妳出門的聲音。」

「我只是想出來透透氣，媽媽。」瑪麗安回答，也捏捏媽媽的手。

蘿薇娜，崔夫希克伯爵夫人，和我父親離婚之後依然保留著頭銜。她大部分的時間都紐約、倫敦兩邊跑，紐約是她生活、尋歡的地方，倫敦則是她工作的地方，她是時尚雜誌《德妮蔻麗》的主編。

服務生送來血腥瑪麗，我媽說：「我要一杯夏布利白酒。」我們兄妹各自喝了一大口調酒，我媽嫌棄地挑起眉。

她依然不可思議地纖瘦、不可思議地美麗，尤其是在鏡頭前。她年輕時是那一世代的時尚指標，許多攝影師都將她奉為女神，包括我父親，第十一代崔夫希克伯爵。他為她癡狂，他的頭銜與財富誘使她嫁給他，她離開之後，他從此一蹶不振。離婚四年後，他心碎而亡。

我半瞇著眼端詳她。她的臉龐像嬰兒一樣滑嫩——毫無疑問，絕對不久前才做過果酸換膚。這個女人為了維持青春無所不用其極，總是嚴格控制飲食，只攝取蔬菜汁或其他最新的神奇食物，只有偶爾破戒喝杯白酒。沒有人能說我媽不美，但她外表有多美，內心就有多醜陋——而我父親付出了慘痛代價。

「聽說你見過拉賈了。」她看著我說。

「對。」

「結果呢？」她瞇著眼看我，其實她有點近視，卻因為太虛榮而不肯戴眼鏡。

「所有財產交付託管，由我繼承。」

「卡洛琳呢？」

「什麼都沒有。」

「這樣啊。唉，我們可不能讓那可憐的孩子餓肚子。」

「我們？」我問。

蘿薇娜臉紅了。「你，」她的語氣生硬。「你不能讓那可憐的孩子餓肚子。話說回來，她有自己的信託基金，等她父親走到人生盡頭，她將繼承大筆財產。基特選這個妻子非常明智。」

「假使她繼母剝奪她的繼承權，她就什麼都拿不到了。」我反駁，再喝一口血腥瑪麗，我非常需要酒精。

我媽噘嘴。「不然你幫她安排一份工作好了──梅菲爾那邊的改建工程？她對室內設計的品味不錯，她需要有點事情忙才不會胡思亂想。」

「還是讓卡洛琳自己決定想做什麼吧。」我掩飾不住語氣中的不滿。我媽多年前就拋家棄子，卻總自以為是地任意插手。

「她繼續住在崔佛衍宅邸，你不介意？」她問，不理會我的語氣。

「蘿薇娜，我不會讓她流落街頭。」

「麥克辛米廉，麻煩你稱呼我『媽媽』！」

「等妳有點媽媽的樣子，我會考慮。」

「麥克辛。」瑪麗安出聲警告，綠眸冒著火光。我覺得像挨罵的小孩，閉緊嘴巴研究菜單，以免說出令我後悔的話。

蘿薇娜繼續忽視我無禮的態度。「我們要敲定追悼會的細節安排。我在想，日期定在復活節前好了，我會請公司的主筆幫忙寫悼文，還是說──」她因為哽咽而不得不停頓，我和瑪麗安原本在看菜單，同時因驚訝而抬起頭。她的眼眶泛淚，自兒子下葬之後，她第一次顯現出滄桑模樣。她捏著繡有姓名縮寫的手帕，摀著嘴想平復情緒。

該死，我覺得自己很可惡。她失去了長子……她最疼愛的孩子。

「還是說……？」我催促。

「由你或瑪麗安寫。」她低聲說，用懇求的眼神看著我們，她這樣很反常。

「好，」瑪麗安說，「我來寫。」

「不，我來吧。我把葬禮用的悼文擴充一點就好。要點餐了嗎？」我想改變話題，媽媽難得真情流露的模樣讓我很不自在。

蘿薇娜撥弄她的沙拉，瑪麗安用刀叉將最後一塊歐姆蛋在盤子上移來移去。

「卡洛琳說她可能懷孕了。」我宣布，切下一塊頂級菲力牛排放進口中。

蘿薇娜猛地抬起頭，瞇著眼睛。

「她確實說過他們在努力。」瑪麗安補充說明。

「如果是真的，這可能是我唯一能抱孫的機會，這個家族才有後人繼承伯爵爵位。」蘿薇娜用眼神譴責我們。

「那樣妳就會變成奶奶了。」我冷冷地說，不理會她第二段話。「妳在紐約新釣上的小鮮肉恐怕會受不了吧？」

蘿薇娜是出了名的熱愛年輕男人，有時候她的男友甚至比她的小兒子還年輕。我繼續吃牛排，她瞪我，但我無動於衷，看她敢說什麼。很奇怪，有生以來第一次，我覺得在媽媽面前佔上風，這種感覺很新奇，我的青春期都在努力贏得她的肯定，卻總是以失敗收場。

瑪麗安板起臉看著我，我聳聳肩，將另一塊美味牛肉放進口中。

「你和瑪麗安都沒有要成家的跡象，老天保佑，千萬別讓家產落入你叔叔手中。卡麥隆沒救了。」蘿薇娜叨唸，選擇放過我的無禮。早上遇見艾莉希亞．迪馬契的回憶不受控制地冒出來，我皺起眉頭，看了瑪麗安一眼，她也皺著眉頭，看著沒吃完的餐點。

哦？

「妳去加拿大惠斯勒滑雪的時候不是認識了一個年輕人？後來怎麼了？」蘿薇娜問瑪麗安。

我回到家時天已經快黑了。我很累還有一點醉，我媽鉅細靡遺地拷問我家族產業的狀況：三座莊園，倫敦的租賃房產，梅菲爾區的公寓改建工程，更沒放過崔夫希克投資金融商品的價值。我很想提醒她，這些不關她屁事，但我詳盡地一一回答，感到一種全新的自豪，就連瑪麗安也覺得我很厲害。奧利佛．馬克米蘭的報告作得很好。

我倒在大電視前的沙發上，家裡一塵不染，沒有別人，我的心思再次回到早上和棕眸女傭的對話。我已經想了一整天。

現在她在哪裡？她會在英國待多久？

脫下那件毫無線條的罩袍之後，她會是什麼模樣？

她的頭髮是什麼顏色？像眉毛一樣深？

她幾歲？她感覺很年輕，說不定太年輕。

太年輕，所以不能……？

我在沙發上不自在地換個姿勢，拿起遙控器亂轉。或許下次見到她就不會有那種反應了，畢竟她的樣子活像修女，說不定我對修女有特殊癖好。我不禁大笑，因這個想法太荒謬。我的手機震動，是卡洛琳傳來的訊息。

——午餐如何？

——很累。伯爵遺孀還是老樣子。

——等你結婚，我就變成伯爵遺孀了。☹

她為什麼要跟我說這個？更何況，我不想娶任何人，呃……至少現在我沒興趣。想起我媽抱怨沒孫可抱的叨唸，我搖搖頭。小孩，不要，說什麼都不要。至少現在還不要。

——反正還遙遙無期。

——很好。你在做什麼？

——在家看電視。

——你還好嗎？要我過去嗎？

現在我不想要、也不需要卡洛琳擾亂我的腦袋，或身體任何其他部位。

——有別人在。

只是個無傷大雅的小謊。

——看來你還在濫交。:P

——妳很瞭解我。晚安，卡洛。

我望著手機等她回應，但一直無聲無息，於是我的注意力回到電視上，卻發現沒有想看的節目，只好關掉。

我心神不寧，在書桌前坐下，打開iMac的郵件程式。有幾封奧利佛寄來的郵件，詢問關於莊園的事，現在是星期五晚上，我不想處理，等星期一再解決也無妨。我看看時間，愕然發現竟然才八點，出去玩嫌太早，而且現在我不想去夜店人擠人。

我覺得很悶，又不想出門，於是走到鋼琴前坐下。我好幾個星期前開始寫的曲子一直放在譜架上沒動過。我瀏覽音符，腦中響起旋律，不知不覺，我的手指按下琴鍵彈奏，腦中浮現一個年輕女孩的身影，她穿著藍衣，顏色非常非常深的眼眸讓我無從偽裝，新的音符翩翩降臨，我繼續隨興彈奏，從曲子停頓處接下去。

見鬼了！

我感到難得的激動，停下彈琴動作，從口袋拿出手機，找到語音備忘錄程式。我按下錄音鍵，重新開始彈奏，音樂響徹客廳，動人，憂傷，喚醒我，啟發我。

我是清潔工，先生。

會，我會說英文。我的名字是艾莉希亞．迪馬契。

艾莉希亞。

我停下來看手錶時，發現已經過了午夜。我舉起雙手伸展一下，端詳眼前的手稿。完成了，我寫完了整首曲子，心中湧起強烈的成就感。我花了多少時間想完成這首曲子？沒想到只是和新女傭見一面，靈感立刻源源不絕。我搖了搖頭，難得獨自一人早早上床。

5

艾莉希亞戰戰兢兢打開那間有鋼琴的公寓的門，一片令人不安的寂靜，她的心往下沉。沒有警示聲就表示那個令人迷惑的綠眸先生在家。自從上次看到他全裸趴在床上，他便入侵了她的夢境，這個週末更嚴重，只要一安靜下來，她就滿腦子都是他。她不懂為什麼，或許是在門廳的時候，他高高站在她身邊，銳利雙眼短暫地看了她一下；也可能是因為他高大精壯又英俊，後腰上有兩個小窩，結實的臀部——

停！她放蕩的思緒全面失控。

她悄悄脫掉濕透的靴子和襪子，赤腳快步穿過走道進了廚房。流理台上到處是啤酒瓶和外帶餐盒，但艾莉希亞沒有整理，先躲進安全的洗衣間。她將靴子和襪子放在暖氣旁，希望她要走的時候已經乾了。

她脫掉濕答答的帽子和手套，掛在鍋爐旁邊的勾子上，然後脫下瑪格達給她的防水外套，掛在同一個勾子上，蹙眉看著雨水滴在磁磚地板上。暴雨把她的牛仔褲也打濕了，她顫抖著脫下，手忙腳亂穿上罩袍，幸好，因為放在塑膠袋裡沒有被打濕。罩袍下襬的長度過膝，就算沒穿牛仔褲也不會太暴露。她偷看一眼廚房，確定他不在那裡。他很可能還在睡，於是她把濕透的牛仔褲放進烘乾機，啟動，這樣至少她回家時褲子會是乾的。她的腳凍得又紅又癢，她從乾淨衣物堆中拿出一條毛巾用力搓揉雙腳，讓凍僵的腳趾恢復紅潤。腳暖了之後，她穿上運動鞋。

「艾莉希亞？」

Zot！先生醒了！他有什麼事？

她的手指凍僵了，但還是盡可能以最快的速度從塑膠袋拿出頭巾綁好，發現髮辮也濕了。她做個深呼吸，走出洗衣間，發現他站在廚房裡，她雙手環抱上身，想讓自己暖一點。

「嗨。」他微笑打招呼。

艾莉希亞望著他。他的笑容令人目眩，英俊臉龐與翡翠眼眸彷彿在發亮。她轉開視線，他帥到難以直視，悄悄爬上臉頰的紅暈讓她覺得很丟臉。

但她覺得稍微暖了一點。

上次見面時，他非常生氣——他為什麼改變態度了？

「艾莉希亞？」他重複。

「是，先生。」她回答，保持視線下垂。至少這次他有穿衣服。

「我只想打個招呼。」

她抬起視線偷看他，依然不明白他有什麼事。他的笑容變得沒那麼開朗，眉心糾結。

「嗨。」她說，不知道他希望她怎樣。

他點點頭，左右移動重心，遲疑不決。她以為他還有話要說，沒想到他只是轉身走出廚房。

我真是個大白癡！我模仿自己說「嗨」的愚蠢語氣。整個週末，除了這個女孩，我什麼都沒辦法想，好不容易見到面，我竟然只說了一句超遜的「我只想打個招呼」？

天殺的，我到底怎麼回事？

我漫步往房間走去，發現門廳地上有一串濕腳印。

她赤腳走在大雨裡？當然不可能！

我的房間昏昏暗暗，泰晤士河對岸的景色慘澹無趣。外面雨下得很大，一大早雨水就開始拍打窗戶，把我吵醒。該死，她一定是冒著大雨走路過來。我再次感到好奇，她住在哪裡？路程多遠？我原本希望今天早上能和她多聊一點，問出這些事，但我感覺得出來我讓她很不自在。

她怕的是我，還是所有男人？

這個念頭讓我心煩，或許不自在的人是我。整個週末我一直沉溺作曲中，音樂讓我暫時忘卻那些我不想要的新責任，也讓我暫時放下哀傷——也可能是我終於找到抒發哀傷的管道……我不知道。我完成了三首曲子，另外兩首也有了模糊的想法，其中一首我考慮配上歌詞。我沒有看手機、沒有收郵件——完全不理會，人生中難得一次在獨處時感到舒適。我得到很多靈感，誰想得到，我竟然這麼有生產力？我無法理解，她為什麼對我有這麼大的影響，畢竟我們只短暫交談了一下而已。我想不通，但我不願想太多。

我拿起放在床頭櫃上的手機，低頭看床鋪。寢具亂七八糟。

我真是有夠邋遢。

我急忙整理床鋪。從扔在沙發上的一堆衣物中，我拿出黑色連帽運動衫套在T恤外面，天氣很冷。她的腳濕了，肯定也很冷。我在走道停下來，將暖氣調高幾度，我不希望她覺得冷。

她從廚房出來，拿著空洗衣籃與裝滿清潔劑的塑膠提籃。她低著頭，從我身邊直接走過，往我的臥房而去。我看著她寬鬆罩袍下的身影：潔白長腿、纖瘦臀部輕輕款擺……透過尼龍罩袍我隱約看到一抹粉紅，那是內褲嗎？頭巾下，豐盈的深棕色髮辮垂落，長度到粉紅內褲上方，隨著她的腳步左右擺動。我知道不該盯著看，但她的內褲讓我失了神。那條內褲完全包覆住她的臀部到腰部，那很可能是我在女人身上見過最大件的內褲，而我像個十三歲的小鬼般，身體蠢蠢欲動。

*見鬼了！*我在心中嘟囔，感覺像個變態，努力抗拒想跟在她身後的衝動。我轉身走向客廳，坐在電腦前看奧利佛寄給我的信，盡可能忽視我的慾望和我的女傭，艾莉希亞．迪馬契。

艾莉希亞驚奇地發現，他的床整理過了。每次來他家，這個房間總是亂七八糟。沙發上依舊堆著衣服，但感覺比之前整齊多了。她將窗簾完全拉開，眺望河流。「泰晤士河。」她低聲說出那個詞，聲音有些顫抖。

河面灰暗陰沉，對岸光禿禿的樹也一樣……和德林河截然不同。這裡和故鄉不一樣，這裡很都市、很擁擠，太過擁擠，故鄉到處可見肥沃田野與白雪覆蓋的高山。她掃開想家的心痛，她是來工作的——她想繼續做下去，因為有附帶的紅利：可以彈鋼琴。她很想知道他會不會整天待在家，想到他可能不會出門，她有些沮喪。他在家，她就不能彈她喜歡的曲子了。

但好處是，她可以看到他。

這個佔據她夢境的男人。

她必須停止想他。她帶著沉重的心，將衣帽間裡亂丟的衣物掛好，把她認為需要洗的則放進洗衣籃。

他的浴室裡殘留著長青樹與檀木的香氣，這種氣味很舒服、很陽剛。她跟之前一樣，先停下來深吸一口氣，細細品味，心中浮現他令人驚豔的的眼眸……雄壯寬肩……平坦腹部。她用 Windolene 玻璃清潔劑噴了噴浴室鏡子，用力擦拭。

停！停！停！

他是她的雇主，他絕不可能對她動心。畢竟她只是他的清潔工。

她的最後一項工作是清理臥室垃圾桶。她不敢相信，裡面竟然是空的，沒有用過的保險套。她將垃圾桶放回床頭櫃旁，不知道為什麼，空空的垃圾桶讓她露出微笑。

收拾好髒衣物和清潔用具，她呆望著牆上的兩張黑白攝影作品。兩張的主題都是裸女，其中一張的女人跪著，肌膚潔白透亮，她的腳底、臀部、弧線優美的背脊全都呈現在鏡頭前，她將金髮抓起來堆在頭頂，幾縷散落的髮絲親吻頸項。從這個角度看，模特兒很美。第二張是特寫，顯示出一個女人頸部的輪廓，長髮撥到一邊，脊椎從頭到尾彎成美麗線條，在燈光愛撫下，黑皮膚泛著微光。她好美，艾莉希亞嘆息。從這些照片判斷，他肯定很愛女人，她想知道是不是他本人拍攝的，說不定有一天他會拍她。她搖頭甩開這個不切實際的念頭，回到廚房準備迎戰一團亂的外帶餐盒與空啤酒瓶，還要洗衣服。

我將所有致哀的信件與電子郵件放在一旁，等之後再處理——現在我還無法面對。基特怎麼有辦法打理這麼多事？在幾萬畝土地上進行農業、畜牧業，就會產生一大堆鳥事，例如農業津貼、家畜管理。一瞬間，我好希望念大學的時候主修農業管理或商業經營，而不是藝術和音樂。

父親過世時，基特原本在倫敦經濟學院主修經濟學。他從小就是個乖孩子，所以選擇退學，轉入康瓦爾公國大學讀農業與莊園管理。伯爵領地的面積超過三萬畝，現在我完全認同他做出了明智的決定。基特總是很理性，只有一次例外，就是那天突然決定在隆冬騎機車，在崔夫希克領地結冰的小路上亂跑。我雙手捧著頭，想起太平間裡他破碎的遺體。

*為什麼？基特，為什麼？*我問了不下千萬次。

窗外的天氣越來越差，反映了我的心情。我站起來走到窗前往外看，河面上，兩艘駁船往反方向前進，一艘警用船向東駛去，水上巴士朝卡多根碼頭駛去。我皺著眉頭觀看。我家非常接近碼頭，但住了這麼久，我從不曾搭過水上巴士。小時候我總是希望媽媽會帶我和瑪麗安去坐船，但從來沒有實現過，她總是太忙。總是。她也從來沒有要求保母帶我們去，這又是一個讓我對蘿薇娜心懷怨懟的原因。當然，那時候基特不住在家裡——他已經去寄宿學校了。

我搖搖頭，繞過鋼琴，看看我耗費整個週末寫出的曲子。看到樂譜讓我的心情振作一點，我暫時離開電腦，坐下來彈琴。

艾莉希亞打掃的三棟房子中，她最喜歡這裡的廚房。上下櫥櫃和流理台都是淺藍色玻璃材質，很容易擦拭，時髦、整齊——不像她家的鄉下廚房，總是那麼亂。她檢查烤箱，以防先生烤過東西，但發現依然乾乾淨淨，她懷疑他根本沒用過。

她擦乾最後一個盤子時，音樂聲響起，她停下手中的動作，立刻認出那個旋律。她看過那個手寫譜很多次，一直放在他的鋼琴上，但她看過的部分結束之後，旋律依然繼續下去，溫柔憂傷的曲調化作哀悽的藍灰色調落在她四周。

她一定得去看看。

她小心地將盤子安靜放在流理台上，躡手躡腳離開廚房，往客廳走去。她偷覷，發現他坐在鋼琴前，閉起眼睛感受音樂，每個音符都表現在他臉上，她看著他——眉頭深鎖、頭往後仰、嘴唇微張——他讓她忘記呼吸。

她被俘虜了。

他。

他的音樂。

他很有才華。

這首曲子很悲傷，瀰漫著懷念與哀悼，她看著他，音樂化作淡淡的灰色、藍色飄過她的腦海。他確實是她見過最英俊的男人，甚至超過——不！

冰藍眼眸瞪著我，憤怒兇惡。

不，不要再想起那個殘暴的人！

她中斷回憶，太痛苦了。她專心看著先生，憂傷旋律接近尾聲，艾莉希亞趁他還沒發現，悄悄回到廚房——萬一被抓到她沒有做事跑去偷看，他一定又會生氣，她不想這樣。

她刷洗好流理台，在腦中重複他寫的曲子。現在只剩客廳還沒打掃——他在那裡。

她鼓起勇氣，拿起家具蠟和抹布，準備好面對他。她在客廳門口徘徊，他盯著電腦，他抬起視線，發現她，露出驚喜的神情。

「我可以進去嗎，先生？」她拿著家具蠟朝客廳比了比。

「當然可以，快進來。忙妳的吧，艾莉希亞。對了，我的名字叫麥克辛。」

她對他笑了一下，從沙發開始整理，拍鬆椅墊，用手將一些食物碎屑掃到地上。

呃，這樣我很難集中精神……

她在那麼接近的地方走來走去，我怎麼可能專心？我假裝研究修改過的梅菲爾區住宅改建工程竣工成本報告，其實在偷看她。她的舉止有種賞心悅目的輕柔優雅。她在沙發前彎下腰，伸出緊實又柔軟的手臂，修長纖細的手指將椅墊上的食物碎屑聚在一起之後掃落，一波戰慄竄過，我全身突然發出美妙緊繃的共鳴，與在客廳裡的她協調一致。

還有比這個更慘的狀況嗎？她近在咫尺，卻無法觸及。她接著拍鬆沙發上的黑色抱枕，罩袍往前垂落，後方緊貼著她的臀部，底下的粉紅內褲一覽無遺。

我的呼吸變淺，勉強抑住低吟。

媽的，我是變態。

她整理好沙發，視線飄向我，我拚命裝出全心研究報表的模樣，但後頸的毛髮根根豎立。她拿起那罐家具蠟，噴了一些在抹布上，然後朝鋼琴走去，她再次焦慮地迅速看我一眼，開始慢慢將鋼琴擦得發亮。她伸長身體探到另一頭，罩袍下襬跑到膝蓋上方。

噢，老天！

她以慎重、平均的速度繞著鋼琴擦拭、打蠟，因為勞動而呼吸逐漸變淺、變重。我痛苦萬分，閉起眼睛想像如何在她身上引起相同的反應。

該死。我交叉雙腿掩飾身體的自然反應，簡直太荒唐了，她只是在清潔我該死的鋼琴。

她接著為鍵盤除塵，但鍵盤沒有發出聲音。她的視線再次投向我，我急忙看報表，但數字只是在紙上飄來飄去，毫無意義。我終於敢抬起頭時，看到她彎著腰一臉認真，似乎在評判譜架上的手稿。

她在看我作的曲，眉頭糾結，似乎非常專心。

她會看譜嗎？

她在看我的樂譜嗎？

她抬起視線對上我的雙眼。她難為情地瞪大了眼，舌頭探出來輕舔上唇，臉頰染上玫瑰紅暈。

要死了。

她轉開視線，在鋼琴後面蹲下，我猜應該在清潔琴腳或琴凳。

我再也受不了了。

我的手機響了，嚇我一跳。是奧利佛。

「喂。」我對著手機說，聲音沙啞，第一次這麼感激有人打擾。我必須離開這客廳。

可惡，我答應過自己，不會再因為她而逃跑。

「崔夫希克？」

「是。奧利佛，什麼事？」

「樓層規劃出了一點問題，需要讓你知道一下。」

我大步走向門廳，奧利佛滔滔不絕講著梅菲爾改建計劃拱腹與承重牆的事。

他離開客廳，感覺就像暴風雨離境，前去肆虐其他地方——或許是門廳。艾莉希亞發出安心嘆息，很慶幸他走了。她聽到他講電話，他的聲音低沉悅耳，她應該從來沒有對其他人有如此敏銳的感知。她不能繼續想他，要專心打掃！她完成鋼琴的除塵工作，但她剛才一直有種感覺，她打掃的時候他一直注視著她。

不，不可能。他為什麼要看我？

或許他想確認她的清掃技術，就像金斯伯利太太那樣。這個傻念頭讓艾莉希亞莞爾，這才發現她的身體比剛來的時候溫暖多了。她不確定是因為屋子暖，還是她心裡暖。

因為有他在而感到溫暖。

荒唐念頭再次令她微笑。他離開客廳後，她把握機會去拿吸塵器。先生站在走道盡頭，靠在牆上，腿很長，雙腳不停點地。他壓低聲音講電話，但他看著她走進廚房。她帶著吸塵器回到客廳，發現他回到辦公桌前，依然在講電話，看到她，他站起來。「奧利佛，先等一下。妳吸地吧。」他指了指客廳，准許艾莉希亞用吸塵器，然後又出去了。他脫掉了原本穿著的黑色連帽運動衫，她看到穿在底下的灰色V領T恤，上面印著一個有翅膀的冠冕，以及LA 1781的字樣，她發現V字尖端露出一點胸毛，因而羞紅了臉。她在心中聽到媽媽獨特的斥責語氣：*艾莉希亞，妳在做什麼？*

我在看男人，媽媽。

我覺得迷人的男人。

讓我血液發熱的男人。

她想像媽媽震驚的神情，忍不住微笑起來。

噢，媽媽，在英國不一樣。男人，女人；他們的行為，他們相處的方式都不一樣。

艾莉希亞的心思飄向黑暗角落，想起他。

不，不要想起那個人。

她現在很安全，在倫敦，和先生在一起。她必須專心打掃。

吸塵器的型號叫作「亨利」，紅色機身上畫著大眼睛和笑容，每次看到亨利，她就忍不住想笑。她將亨利的插頭插好，開始吸地毯和木地板，十五分鐘後完工。

她將亨利送回洗衣間櫥櫃裡，那是它睡覺的地方。先生不在門廳。艾莉希亞和氣地拍拍亨利，關上櫥櫃門，重新回到廚房。

「嗨，」先生走進廚房。「我要出門了，妳的錢放在邊桌上。妳可以幫忙鎖門、設定保全嗎？」

她點頭，他燦爛的笑太眩目，她不得不低頭看地板。但在她心中，喜悅如旭日般逐漸升起，因為他出門，她就可以彈鋼琴了。

他遲疑片刻，遞上一把大傘。

「這個借妳用。外面雨還是很大，像天空開了洞一樣。」

天空開了洞？

艾莉希亞非常驚訝，她匆匆看他的臉一眼，他溫暖的笑容與大方的善意令她的心臟漏跳一拍。她接過雨傘，輕聲說：「謝謝。」

「不客氣。星期三見，艾莉希亞。」他說完便離開，將她獨自留在廚房。不久，她聽見大門關上的聲音。

艾莉希亞望著雨傘，樣式很老派，木質把手上有一圈金色裝飾。這正是她需要的東西，屋主先生的慷慨令她讚嘆，她緩步走進客廳，在鋼琴前坐下，將雨傘靠在鍵盤盡頭，配合外面惡劣的天氣演奏起蕭邦的〈雨滴〉前奏曲。

艾莉希亞的輕聲道謝讓我覺得暖洋洋。我對自己非常滿意，到了一種荒謬的程度，雖然只是小事，但我終於能夠幫助她了。我不習慣做好事——儘管我的善行其實動機不純，只是現在我不想太深入分析，因為很可能會證實我的想法沒錯，我確實是個淺薄的大混蛋。無論如何，這個貼心舉動讓我覺得心裡很舒服，這是全新的感受。

我像充了電一樣精神飽滿，不等電梯直接從大樓梯奔向一樓。我很不願意，但我必須去見奧利佛，和梅菲爾改建工程的幾家承包公司開會。我低頭看看身上的衣服，希望他們不會期待我穿西裝，那不是我的風格。

不，那是基特的風格，證據就是他有塞滿整個衣櫃的西裝，全都是在薩佛街傳統名店手工訂製的。

走出大門，我縮起身體躲雨，招了一輛計程車。

「我認為進行得很順利。」奧利佛說。我點點頭，我們走在改建工地的石灰岩中庭裡，身穿反光外套、頭戴黃色安全帽的工人各自忙碌，我們走向用木條封起的樓房正面。灰塵很重，我的喉嚨發癢，我需要喝一杯。

「崔夫希克，你在這方面很有天分。承包商似乎很欣賞你的建議。」

「奧利佛，我叫麥克辛，麻煩叫我的名字。你以前都這樣稱呼我。」

「遵命，閣下。」

「去你的。」

「麥克辛。」奧利佛對我笑了笑。「我們需要請一位室內設計師負責裝潢樣品屋，必須在下個月完成。我列出了三個選擇，都是基特愛用的人。」

基特？基特是基特。為什麼我不能是麥克辛？

「或許可以考慮卡洛琳。」我說。

「哦？崔夫希克夫人？」

「我媽建議讓她試試。」

奧利佛顯露怒色。

哦？奧利佛對卡洛琳有什麼不滿？還是蘿薇娜惹他生氣？她經常讓人很不爽。

「我先去和卡洛琳談談，不過還是把名單給我，也讓我看看他們的作品。」我回答。

奧利佛點頭，我脫下安全帽交給他。

「明天見。」他推開木條牆上的臨時小門，這道牆藏起建築立面。

雨終於停了，但天色很暗。我立起大衣領子等計程車，思考該去俱樂部還是回家。

我繞著小型平台鋼琴走動，想著艾莉希亞伸長身體為烏木打蠟的模樣，鋼琴在水晶燈照耀下閃閃發亮。誰想得到？穿尼龍罩袍和粉紅大內褲的女人竟然讓我心猿意馬。

她怎麼能在這麼短的時間內使我魂牽夢縈？我對她毫無瞭解，只知道她和我認識的女人不一樣。我生命中的女性都是自信滿滿的女強人，很清楚自己要什麼、該如何得到，而她不是那樣。艾莉希亞文靜溫柔，全心投入工作，似乎不願意和我有太多互動……幾乎像是想要隱形。她令我不知所措。我想起她害羞接受雨傘的模樣，不禁微笑，她的表情那麼驚喜、那麼感激，我很想知道她過著怎樣的人生，竟然會因為一點小善意就感動成那樣。

我坐在琴凳上看著第一首曲子的手稿，回想她專注看譜的模樣。或許她懂音樂，說不定她甚至會樂器，我心中有一部分很想知道她對我的曲子有什麼想法，但我知道自己只是在亂猜。目前我只確定一件事：我的下體悶痛。

不管了，出門找個女人吧。

但我選擇繼續坐在鋼琴前，反覆彈奏那幾首曲子。

艾莉希亞在瑪格達家的小房間裡，躺在小摺疊床上。她的心很亂，她有很多事要做，心思卻一次次回到綠眸先生身上。她看到他坐在鋼琴前，閉起眼睛，眉頭深鎖，嘴巴微張，全心感受音樂——還有後來他借她傘時溫暖的神情。他的頭髮凌亂，飽滿嘴唇揚起親切笑容，她很想知道吻上那唇的感覺。

她的手往身體下面移動，撫過胸部。

他可以吻她這裡。

她倒抽一口氣，擁抱幻想，手繼續往下移動，想像那是他的手。

撫摸她。

這裡。

她開始愛撫自己，知道房間的牆壁有多薄，她強忍住呻吟。

她想著他，歡愉逐漸累積。

不停攀升。

更高。

他的臉。

他的背。

他的長腿。

她繼續登向高峰。

他結實的臀部。

他平坦的腹部。

她低低呻吟著抵達高潮，結束之後疲憊入睡。

但又夢見他。

我在睡夢中翻來覆去。

她站在門口。藍色身影。

進來。來我床上。我想要妳。

但她轉身走進客廳，為鋼琴打蠟。

她只穿著粉紅內褲。

我伸手碰她，她卻消失了。

我醒來。

該死。我好硬，而且很痛。

見鬼了，我該多出去玩。

我迅速自行解決。我多久沒做過這種事了？我得找個女人睡一下。明天，我一定會去找。我翻身，睡得很不安穩。

第二天下午，奧利佛帶我瞭解每個莊園的帳目。我們的辦公室在伯克利廣場附近，這棟喬治王風格的建築由我父親在一九八〇年代改建成辦公大樓。這棟房子屬於崔夫希克伯爵資產，樓上還有另外兩家公司。

我盡可能專注於討論數字，但意識到基特的辦公室門微開，這令我一直恍神。我還無法在那間辦公室工作，我幾乎可以聽到他講電話，因為我的爛笑話而爆笑，或是因為奧利佛犯錯而責備他。我有些期待他會從外面開門進來，他的處世風格很自在，一手掌握他的領土，讓一切感覺不費吹灰之力。

但我知道他羨慕我的自由。

備胎，你當然可以在倫敦到處風流快活，不像有些人得賣力工作討生活。

我站在基特毫無生氣、支離破碎的遺體旁，急診醫生站在旁邊。

沒錯。是他，我確認。

謝謝您，崔夫希克伯爵，她輕聲說。

這是第一次有人用這個頭銜稱呼我……

「下一季應該可以一切照舊，然後再檢討。」奧利佛說，將我拉回現實。「不過你真的應該去每座莊園看看。」

「沒錯，我應該。」*遲早……*

我對這三座莊園近代的歷史瞭解有限，不過我知道，因為有祖父、父親和哥哥的辛勤管理，三座莊園全都獲利豐富。許多貴族為了錢而煩惱，但我們崔佛衍家不一樣。

「安文莊園」位於牛津郡的科茨沃爾德地區，前途十分看好。這座莊園開放大眾參觀，擁有廣大的花園、兒童遊樂場、可愛動物區、茶室和遼闊牧草原，訪客可以盡情遊玩。「提歐克莊園」位於諾森伯蘭，整座莊園包括所有大小物品全部出租給一個美國富商，他喜歡幻想自己是貴族。奧利佛經常覺得奇怪，他為什麼不乾脆買個莊園，現在我也很好奇。「翠希蓮府邸」位於康瓦爾，那裡是英國最大的有機農場。我父親約翰，第十一代崔夫希克伯爵，率先開發有機農業，他的創舉在當時招來不少訕笑。近幾年，為了讓崔夫希克投資項目更多元，基特想出在莊園外圍建造奢華度假屋，預約非常滿，夏季更是搶手。

「好了，現在該來討論一下你的想法，未來你打算如何運用莊園，需要多少員工。」

我的心往下沉，奧利佛滔滔不絕往下說，我盡可能保持交談，心思其實神遊去了。明天艾莉希亞會來，目前我想要的員工只有她一個，而且理由大錯特錯。今天早上我在健身房練到只剩半條命，依然無助於減低對她的迷戀。

我深深著迷，卻根本不瞭解那個女孩。

我的手機震動了，是卡洛琳傳來的訊息。讀著她寫的內容，我的頭皮發麻、喉嚨緊縮。

——我沒有懷孕:'(基特什麼都沒留給我，包括孩子。

可惡！我的哀傷突然跳出來突襲我。

「奧利佛，今天先這樣。有一點狀況。」

「是，」奧利佛回答。「明天見？」

「好，明天十點左右來我家好了。」

「沒問題，閣——麥克辛。」

「很好。謝謝。」

我輸入給卡洛琳的回覆。

——我去找妳。

——不，我想出門。我們去喝個爛醉吧。

——好。去哪？

——你在家？

——不，在辦公室。

——好。我去市區跟你會合。

——露露夜店？

——不，蘇活俱樂部。希臘街。那裡比較沒有人認識我。

——那裡見。

私人會員俱樂部擠滿了人，但我成功在二樓找到一張桌子，就在熊熊燃燒的壁爐邊。我比較喜歡賀佛街五號的那間，我認為那是我的俱樂部——不過我也是蘇活俱樂部的會員，卡洛琳也是。我坐下，沒等多久她就到了。她好像很累，哀傷枯瘦，嘴角下垂，雙眼無神紅腫，金色鮑伯頭黯淡凌亂。她穿著牛仔褲搭配毛衣，基特的毛衣。這不是我熟悉的那個卡洛琳，平常的她總是光鮮亮麗。看到她走過來，我的心很痛，我在她臉上看到與我相同的哀悽。

我站起來，沒有說話，她投入我懷中，我緊緊抱住她。

她啜泣。

「嗨。」我貼著她的頭髮說。

「人生爛透了。」她喃喃。

「我知道。」我希望語氣夠安慰。「妳想坐下嗎？妳坐我對面，這樣就不會有人看出妳很難過。」

「我的樣子那麼慘？」她的語氣有些不悅，但略帶笑意，稍微有點卡洛琳以前的樣子。我親吻她的前額。

「妳永遠很美，親愛的卡洛。」

她離開我的懷抱。「你只會說好聽話敷衍我。」她氣呼呼地說，但我知道她其實沒有生氣。她坐在我對面的絲絨沙發上。

「妳想喝什麼？」

「蘇活驢子。」

「選得好。」

我打手勢叫服務生過來。

「這個週末你都不見人影。」卡洛琳說。

「我很忙。」

「自己一個人？」

「對。」我說，不用撒謊的感覺真好。

「怎麼回事，麥克辛？」

「什麼意思？」我擺出聽不懂的表情。

「你有喜歡的人了嗎？」她問。

什麼鬼！我愣住，眼前浮現艾莉希亞只穿粉紅內褲趴在鋼琴上的畫面。

「真的有！」卡洛琳驚訝地說。

我在座位上動了動，搖頭說：「沒有。」我否認得很用力。

卡洛琳揚起一邊的眉。「你說謊。」

該死，看來否認得不夠用力。

「妳怎麼看得出來？」她總是能看穿我的謊言，這種能力令我感到不可思議。

「我看不出來，但稍微逼問一下你就會招了。快說吧。」

可惡！

「沒什麼好說的。週末我都一個人在家。」

「光是這樣就夠不正常了。」

「卡洛，基特不在了，我們各自用自己的方式適應。」

「是喔……你想隱瞞什麼？」

我嘆息。「妳真的想要我說這件事？」

「對。」她說，我發現她眼眸閃耀淘氣光彩，讓我知道真正的卡洛琳沒有躲得太深。

「確實有個人，不過她不知道我喜歡她。」

「真的假的？」

「真的。其實沒什麼啦，只是一點想入非非。」

卡洛琳蹙起眉。「這樣真的很不像你。你從來不會為了女人煩心，她們只是你的……呃，獵豔成果。」

我不禁苦笑。「她不是什麼獵豔成果——再怎麼想都差很遠。」

她根本不敢看我！

服務生送酒過來。

「妳多久沒吃東西了？」我問。

卡洛琳聳聳肩，我搖頭。「布雷克太太一定快被妳逼瘋了，我們點東西吃吧。可以給我們菜單嗎？」我問服務生，他點點頭快步離開。

我舉杯碰一下她的杯子。「敬逝去的親人。」真希望我們能換個話題。

「敬基特。」她低語，我們相視憂傷微笑，對同一個人的愛讓我們緊密相連。

凌晨兩點，我們醉醺醺回到我家。卡洛琳不肯回家。**我不想走。沒有了基特，那裡不是家。**

我無法反駁。

我們一起跌跌撞撞走進門廳，我輸入保全密碼，讓警報器停止嗶嗶響。

「你有古柯鹼嗎？」卡洛琳口齒不清地說。

「沒有。今天沒有。」

「有什麼酒？」

「妳喝得夠多了。」

她嘴角斜斜一勾，露出酒醉的笑容。「你在照顧我嗎？」

「我永遠會照顧妳，卡洛，妳知道的。」

「那就帶我去床上，麥克辛。」她抱住我的脖子，抬起頭，臉上的表情帶著迷亂的期待，迷濛雙眼望著我的嘴唇。

該死。我抓住她的肩膀將她往後拉。「不行，我帶妳去睡覺。」

「什麼意思？」卡洛琳的臉色一變。

「妳醉了。」

「所以咧？」

「卡洛琳，我們不能再這樣。」我親吻她的額頭。

「為什麼？」

「妳很清楚為什麼。」

她的臉垮下，淚水湧上眼眶，搖搖晃晃離開我的懷抱。

我哀嘆一聲。「別這樣。拜託別哭。」我將她拉回懷中。「我們不能再這樣下去。」

我竟然會因為良心不安而放棄上床的機會，怎麼回事？

今晚我應該出去鬼混，找個願意跟我睡的辣妹。

「因為你喜歡的那個人？」

「不是。」

是。

或許吧。

我不知道。

「來吧，我帶妳去睡覺。」我摟著她的肩膀，帶她走向很少使用的客房。

夜裡某個時刻，我的床墊凹陷，卡洛琳爬到我身邊，而我很慶幸有穿睡褲。我將她擁進懷中。

「麥克辛。」她呢喃，我聽出她的邀請。

「睡吧。」我含糊地說，閉上眼睛。

我不在乎她是我大嫂。她是我最好的朋友，也是最瞭解我的女人，她也是溫暖的肉體，可以給我安慰，我也在哀悼——但我不會再和她發生關係。

不會，再也不會。

她將頭靠在我胸前，我親吻她的頭髮，很快就睡著了。

6

艾莉希亞無法抑制興奮的心情。她緊握著雨傘，走進他的公寓。她很高興今天警示音沒有響。昨晚，在她的小床上，她又夢見他了——孔雀石色調的綠眸，燦爛笑容，表情豐富的臉龐——彈著鋼琴，全心投入音樂。她醒來時氣喘吁吁，慾火焚身。上次見面時他非常好心借她雨傘，所以那天回家時她沒有淋濕，昨天一整天也是。來到倫敦之後，除了瑪格達幾乎沒有人對她好，所以他的貼心舉動意義非凡。她脫下靴子，將雨傘放在門口，快步走進廚房，等不及想見到他。

她在門口停下腳步。

噢，不！

一個金髮女人在廚房煮咖啡，她全身只穿著一件男用襯衫，他的襯衫。她抬起頭，給艾莉希亞一個客套但溫暖的笑容。艾莉希亞找回移動的能力，低著頭走進廚房，往洗衣間方向而去，心中十分震撼。

「早安。」那個女人說。她的樣子好像剛下床。

他的床？

「您早。」艾莉希亞含糊回應，從她身邊走過。進入洗衣間後，她呆站片刻，消化急轉直下的變化。

那個有著藍色大眼的女人是誰？

為什麼她穿著他的襯衫？那件襯衫艾莉希亞上星期才幫他燙好。

這個女人和他在一起，一定是，不然她怎麼會穿著他的襯衫在家裡隨意走動？他們的關係絕對很親密。

親密。

他當然有女朋友。美麗的女朋友。

像他一樣美。

艾莉希亞的美夢碎了一地，傷心籠上她的臉，失望揪緊她的心。她嘆息，脫下帽子、手套、防水外套，穿上罩袍。

她究竟在期待什麼？他絕不會對她動心——她只是他的清潔工，他怎麼可能要她？

她很久沒有幸福的感覺了，而今天早上她感受到的幸福氣泡……破滅了。她穿上運動鞋，架好燙衣板，剛才的興奮變成遙遠回憶，她被迫面對現實。她拿出烘乾機裡的乾淨衣物，放進熨燙籃裡。這才是屬於她的地方，這才是她從小學習的技能：打理家務，照顧男人。

她依然可以遠遠欣賞他，上次看到他裸體趴在床上之後，她一直這麼做。她以後還是可以繼續。

她心灰意冷，嘆著氣幫熨斗加水。

艾莉希亞站在門口。一道藍色身影。她緩緩解下頭巾，讓髮辮自由晃盪。

為我解開頭髮吧。

她微笑。

過來，和我躺在一起。我想要妳。

但她轉過身走進客廳，擦拭鋼琴，研究我的樂譜。

她全身只穿著粉紅內褲。

我伸手想碰她，但她消失了。

她站在門廳，眼睛睜得很大，死命抓著掃帚。

一絲不掛。

她的腿很長。我想要她的長腿纏住我的腰。

「我幫你煮了咖啡。」卡洛琳低聲說。

我嗯了一聲，不願醒來。我的身體有很大一部分還在享受那場夢，幸好我趴著，所以勃起貼在床墊上，沒有讓大嫂看見。

「你家沒有食物。我們要出去吃早餐嗎？還是我請布雷克送過來？」

我再次嗯了一聲，代表「滾開別吵我」的意思，但卡洛琳很堅持。

「我見到你的新女傭了，她好年輕。克麗絲汀娜怎麼了？」

糟！艾莉希亞來了？

我翻身，發現卡洛琳坐在床邊。「要我重新躺下嗎？」她誘惑微笑，頭往枕頭一點。

「不要，」我回答，看到她性感但隨便的打扮。「妳穿這樣去煮咖啡？」

「對。」她蹙起眉。「怎麼了？我的身體冒犯你了？還是我偷穿你的襯衫，所以你不高興？」

我保持風度笑了笑，伸手捏捏她的手。「妳的身體絕不會冒犯任何人，卡洛，妳很清楚。」

但艾莉希亞可能會誤會……見鬼了，我為什麼這麼在乎？

卡洛琳露出譏刺的笑容。

「可是你不想要。」她的語氣突然變得很低落。「因為你有喜歡的人了？」

「卡洛，拜託，不要又來了，我們不能這樣。更何況，妳不是來那個？」

「你從來不在乎白刀子進紅刀子出。」她嗤笑一聲。

「老天，我什麼時候告訴妳的？」我雙手抱頭，驚恐地看著天花板。

「幾年前。」

「好吧，很抱歉，我不該跟妳說那種事。」

女人！要命，她們什麼都記得。

「你為什麼要讓我想起這件事？」她的表情完全喪失幽默，語氣變得輕柔哀傷又苦澀。「我們努力了兩年想要有孩子，整整兩年。我們兩個都想要。」她的淚水滑落臉頰。「現在他走了，我失去一切。我什麼都沒有。」她雙手摀著臉，大哭起來。

該死，我是白癡。我坐起來，將她擁入懷中，讓她盡情哭泣，從床頭櫃上的面紙盒抽了一張衛生紙。

「來。」我遞給她，她死命握住，彷彿抓著人生的意義。我接著說下去，語氣低沉、溫柔、悲傷：「我們都在哀悼，不能繼續做這種事，這樣對我們雙方都不公平，對基特也是。妳沒有失去一切，妳有自己的財產，妳依然是那棟房子的主人。如果妳需要，我們可以從莊園收入撥津貼給妳。事實上，蘿薇娜認為妳應該負責梅菲爾區公寓的室內設計。」我親吻她的髮。「妳永遠有我，但不是作為排解傷心的工具，卡洛——而是作為朋友與小叔。」

卡洛琳吸了吸氣，抹抹鼻子，身體往後靠，含淚的憂傷藍眸看著我。

「是因為我選了他，所以你才這樣？」

我的心往下沉。「不要又提起這件事。」

「還是因為你有了喜歡的人？是誰？」

我不想談這件事。「我們出去吃早餐吧。」

我以破紀錄的速度洗好澡、換好衣服，端著空咖啡杯去廚房的時候，很慶幸地發現卡洛琳還在客房浴室裡。想到要和艾莉希亞見面，我的心跳加速。

我為什麼這麼緊張？還是興奮？

我有些失望地發現她不在廚房，於是去洗衣間察看，她在那裡燙一件我的襯衫。她沒有發覺，於是我默默觀察，一如我那天發現到的，她的動作優美高雅，以輕柔的、長長的來回動作操作熨斗，眉頭因專注而皺起。她燙好衣物，突然抬起頭，看到我，她瞪大了眼，臉頰冒出粉紅光彩。

老天，她好可愛。

「早安，」我說。「我不是故意嚇妳。」

她將熨斗放在架子上，寧願看熨斗也不看我，眉頭比剛才更糾結。

怎麼了？她為什麼不看我？

「我要帶我大嫂出去吃早餐。」*我為什麼要告訴她？*

但她眨眨眼睛，睫毛扇動，我知道她在消化這個消息。我急忙接著說：「麻煩妳幫忙換一下客房的寢具。」

她定住，然後點點頭，迴避我的視線，牙齒咬著上唇。

噢……好希望她咬的是我。

「我會像平常一樣把錢放在——」

她抬起頭，表情豐富的美麗大眼憂鬱地瞥我一眼，我的話在喉嚨裡乾涸。

「謝謝您，先生。」她低聲說。

「我的名字叫麥克辛。」我很想聽她用誘人的口音喚我的名字，但她默默站著，依然穿著那件超醜的罩袍，給我一個拘謹的笑容。

「麥克辛！」卡洛琳喊，走進了洗衣間，現在感覺太擠了。「嗨，又見面了。」她對艾莉希亞說。

「艾莉希亞，這位是我的朋友，也是我的大嫂……呃……卡洛琳。卡洛琳，艾莉希亞。」

真的很尷尬。我沒想到只是介紹兩人認識，竟會讓我如此困窘。

卡洛琳不解地看我一眼，我裝傻，但她對艾莉希亞露出和善笑容。

「艾莉希亞，真好聽的名字。是波蘭語嗎？」卡洛琳問。

「不，太太，這個名字來自義大利。」

「噢，妳是義大利人？」

「不，我是從阿爾巴尼亞來的。」她後退一步，把玩罩袍鬆脫的線頭。

阿爾巴尼亞？

她不想談這件事，但我實在太好奇，於是追問：「妳離家很遠。妳來英國是為了讀書嗎？」

她搖搖頭，拉扯著線頭，比之前更閃躲。顯然她不打算多解釋。

「麥克辛，走吧。」卡洛琳拉拉我的手臂，依然維持剛才疑惑的表情。「艾莉希亞，幸會。」她補上一句。

我遲疑一下。「再見。」我說，並不願意離開她。

「再見。」艾莉希亞低聲說，目送他跟著卡洛琳走出廚房。

大嫂？

她聽見關門的聲音。

大嫂。

Kunata.（大嫂）

她繼續燙衣服，用英文與阿爾巴尼亞語說出這個詞，發音與意義令她露出笑容。但是好奇怪，他的大嫂為什麼在這裡，還穿著他的衣服？艾莉希亞聳聳肩，她看過很多美國電視劇，知道在西方男女關係很不一樣。

之後她去客房拆寢具。這個房間時尚新潮，像公寓其他房間一樣全白，但最令她高興的一點，是看得出有人在這裡睡過。她安心微笑起來，從櫃子裡拿出乾淨的白色寢具重新鋪床。

見過卡洛琳之後，一個念頭一直糾纏著艾莉希亞，打掃先生的臥房時，她的好奇心終於得到滿足。她雙手環抱上身，小心翼翼接近垃圾桶，做個深呼吸，看看裡面。

沒有保險套。

她開心地笑了。

艾莉希亞繼續清潔、整理他的臥房，早上的喜悅心情稍微恢復了一點。

「你的女傭。」

「什麼？」我哼笑一聲，坐上計程車出發前往國王路。

「是她嗎？」卡洛琳問。

可惡。

「我的女傭怎麼了？」

「是她嗎？」

「別瞎猜。」

卡洛琳雙手環在胸前。「你沒有否認。」

「我不會回答妳，我不想讓妳以為猜對了。」我從起霧的車窗往外望著單調的切爾西街，我感覺紅暈爬上脖頸，出賣了我。

我怎麼會漏餡？

「我從來沒有看過你對員工這麼殷勤。」

我皺眉看著她。「說到員工，是布雷克太太幫我安排克麗絲汀娜來打掃的嗎？」

「應該沒錯。怎麼了？」

「我有點驚訝，她竟然沒說一聲就走了，甚至沒有道別，就這樣換阿爾巴尼亞姑娘接手。沒有人告訴我。」

「麥克辛，如果你不喜歡那個女生，換人就是了。」

「我不是那個意思。」

「你在她面前的表現很詭異。」

「才沒那回事。」

「隨你說，麥克辛。」卡洛琳的唇抿成嚴肅的一條線，雙手環胸望著霧茫茫的車窗，讓我獨自沉浸在思緒中。

我想打聽關於艾莉希亞·迪馬契的事。我整理目前已知的事實，第一，她來自阿爾巴尼亞，不是波蘭，而關於阿爾巴尼亞的事，我所知極為有限。她為什麼來英國？她幾歲？住在哪裡？每天早上要通勤很久嗎？她獨居嗎？

我可以跟蹤她回家。

變態跟蹤狂！

我可以問她。

第二，艾莉希亞不願意說話。還是不願意跟我說話？這個念頭令我沮喪，我望著大雨中的街道，像慾求不滿的青少年一樣嘔氣。

為什麼這個女人令我如此著迷？

因為她很神祕？

因為她的出身背景與我截然不同？

因為她幫我工作？

這一點讓她成為不能碰的人。

該死。

說實話，我想和她上床。好，我對自己承認了，那就是我想要的，而且我慾到發青的睪丸就是證據。問題在於，我不知道如何才能達成，尤其是她不肯跟我說話，她甚至不肯看我。

她覺得我很討厭嗎？

或許這就是答案——她單純不喜歡我。

該死，我不知道她對我有什麼想法，我完全屈居下風。我只知道，她很可能正在翻我的東西，瞭解更多關於我的事，猜出我是怎樣的人。我面露苦澀，或許就是因為這樣，她才討厭我。

「她似乎很怕你。」卡洛琳說出觀察心得。

「誰？」我問，雖然我很清楚她說的是誰。

「艾莉希亞。」

「我是她的雇主。」

「一說到她，你就特別敏感。我覺得她之所以害怕，是因為她瘋狂喜歡你。」

「什麼？妳想太多了，她連和我在同一個房間都受不了。」

「由此可證。」卡洛琳聳肩。

我蹙眉看著她。

她嘆息。「她受不了和你在同一個房間，因為她喜歡你，不想被你看出來。」

「卡洛，她是我的女傭，沒別的。」我強調，努力讓卡洛琳放下這件事，不過她說的話給我一絲希望。

她回給我一個假笑。計程車停在「青鳥餐廳」外面，我給計程車司機一張二十鎊的鈔票，不理會卡洛琳的表情。

「不用找了。」說著我下了車。

「小費也給太多了吧。」卡洛琳抱怨。我沒有說話，因為想著艾莉希亞．迪馬契而迷失在思緒中，我幫她打開餐廳門。

服務生帶位時，卡洛琳說：「你媽認為我應該振作起來，重返職場？」

「她認為妳很有才華，幫忙裝潢梅菲爾改建好的房子，有助於讓妳分散心思。」

卡洛琳抿著唇。「我可能需要時間。」她輕聲說，眼神因為悲傷而黯淡。

「我懂。」

「他才剛下葬兩個星期。」她拉起基特的毛衣，湊到鼻子前嗅聞。

「我知道、我知道。」我說，納悶那件毛衣上是否還有他的氣味。

我也想念他。事實上，他下葬才十三天而已。他過世至今只過了二十二天。

我的喉嚨出現一個刺痛的硬塊，我用力吞嚥。

今天早上我沒去運動，所以我回家時跑步上樓梯。早餐比預期花的時間長，奧利佛隨時會來，我心中有一部分希望艾莉希亞還在。接近家門時，我聽見裡面傳出音樂聲。

音樂？怎麼回事？

我將鑰匙插進鎖孔，謹慎地打開門。是巴哈的G大調前奏曲，說不定是艾莉希亞用我的電腦播放音樂，不過怎麼可能？她不知道密碼。她知道嗎？還是說她用自己的手機連結音響系統播放，不過她穿的外套破破爛爛，感覺不像擁有智慧型手機。我從來沒看過她拿手機。音樂響徹我的公寓，照亮最黑暗的角落。

誰想得到？我的女傭竟然喜歡古典樂。

艾莉希亞・迪馬契這個拼圖又多了一塊。我悄悄關上門，站在門廳，逐漸聽出音樂並非來自音響系統，而是來自我的鋼琴。巴哈。流暢輕盈，如此高超的技巧與深刻的理解，我只在專業演奏會聽過。

艾莉希亞？

我從來無法讓我的鋼琴發出這麼美的聲音。我脫掉鞋子，躡手躡腳穿過門廳，站在客廳門口張望。

她坐在鋼琴前，穿著罩袍，綁著頭巾，身體稍微搖擺，完全沉浸在音樂中，她專注地閉起雙眼，雙手優雅靈巧地在琴鍵上移動。音樂穿透她，在牆壁與天花板間迴盪，毫無瑕疵的演奏絕不輸給任何專業鋼琴家。我讚嘆地看著她彈奏，她的頭微微垂下。

她非常出色。

各個方面。

我完全著了迷。

前奏曲結束，我退回門外，緊貼著牆壁，不敢呼吸，以防她抬頭看到我。然而，她沒有停頓，直接進入賦格，我靠在牆上閉起眼，讚嘆她的藝術才能，以及她投入每個樂句的情感。我陶醉在音樂中，聽著聽著，我驚覺她沒有看譜，完全憑記憶彈奏。

老天爺，她根本是鋼琴大師。

我想起她為鋼琴除塵時專注看著我的曲譜，顯然她在讀我寫的曲子。

要命，她的演奏技巧如此高超，我譜的曲入得了她的眼嗎？

賦格結束，她行雲流水地接著彈奏下一曲。她再次選了巴哈的曲目，我想應該是升C大調前奏曲。

見鬼了，她有這種演奏功力，為什麼要做清潔工？

門鈴響了，音樂戛然而止。

可惡。

我聽到琴凳摩擦地板的聲音，不想被抓到偷聽，於是我穿著襪子衝向門廳開了門。

「你好，爵爺。」是奧利佛。

「快進來。」我說，有些喘不過氣。

「我自行進了樓下的門，希望你不介意。你沒事吧？」奧利佛邊問邊走進來。他看到艾莉希亞，停下腳步，她在走道上，從客廳門口透出來的光在她身後照亮。我張嘴想對她說話，她卻急急忙忙躲進廚房。

「我很好。你先進去，我去跟女傭講幾句話。」

奧利佛困惑地皺起眉，但還是往客廳走去。

我做個深呼吸，雙手爬一下頭髮，想要控制心中的……驚奇。

天殺的驚奇。

我大步走進廚房，看到艾莉希亞滿臉驚恐，手忙腳亂地穿上防水外套。

「對不起，對不起，真的很對不起。」她慌亂地說，無法看我。她的臉色慘白，表情緊繃，似乎正在拚命忍住眼淚。

要命。

「嘿，沒關係。來，我幫妳。」我的語氣很溫和，幫她拿著外套，拿在手裡的感覺廉價、單薄、粗糙，一如看起來的模樣。領口繡著**米赫爾．亞尼澤克**這個名字。米赫爾．亞尼澤克？她的男朋友？我的頭皮發麻，後頸所有寒毛根根豎立，或許這就是她不願和我說話的原因。她有男朋友。

媽的，失望的感覺非常真實。

我幫她將外套穿上手臂到肩膀。

也可能她只是單純討厭我。

她將防水外套緊緊裹在身上，走到我碰不到的地方，慌張地摺好罩袍塞進塑膠袋。

「對不起，先生。」她再次道歉。「我不會再亂碰鋼琴了，絕對不會。」她哽咽道。

「艾莉希亞，別緊張。聽妳演奏是一種享受，妳隨時可以彈琴。」

就算妳有男朋友也一樣。

她望著地板，我實在忍不住了，走過去，伸手輕輕抬起她的下巴，終於看到她的臉。

「我是認真的。」我說。「隨時可以，妳彈得非常好。」我來不及制止自己，拇指已經撫過她飽滿的下唇。

噢，老天，好柔嫩。

我做錯了，不該碰她，因為我的身體立刻起了反應，*該死。*

她猛地倒抽一口氣，眼睛圓睜，大得不可思議。

我放下手。「對不起。」我輕聲說，自己也非常錯愕，我竟然對這個女孩毛手毛腳。接著，我想起卡洛琳說過的話——

她喜歡你，不想被你看出來。

「我該走了。」艾莉希亞說，連頭巾也沒解下，直接從我身邊鑽過去，奔向大門。我聽見關門的聲音，發現她忘記帶走靴子，我拿起來急忙趕到門口，但打開門時她已經不見了。我看著手中的靴子，翻過來才發現靴子太舊，鞋底磨得非常薄，我很心疼。

難怪她會留下濕腳印。

她竟然穿這種靴子，可見她身無分文。我皺著眉頭將靴子拿回廚房放好，看看通往逃生梯的玻璃門。今天天氣不錯，就算她只穿運動鞋，腳也不會濕。

我到底著了什麼魔？為什麼要碰她？我做錯了。我用食指搓搓拇指，回想她嘴唇柔嫩的觸感，低吟一聲，搖了搖頭。我覺得很震驚也很可恥，我竟然越界了。我做個深呼吸，去客廳見奧利佛。

「那個女的是誰？」奧利佛問。

「我的女傭。」

「我的員工資料裡沒有她。」

「這會有問題嗎？」

「會。你怎麼付工資？現金？」

他在暗示什麼？

「對，現金。」我沒好氣地說。

奧利佛搖頭。「現在你是崔夫希克伯爵了，必須將她納入薪資名冊。」

「為什麼？」

「因為以現金支付工資，會讓英國稅務海關總署覺得有鬼。相信我，他們一直緊盯著我們的帳目。」

「我不懂。」

「所有員工都必須登記在帳上，統一支薪。她是你自己找的人嗎？」

「不是，布雷克太太幫我安排的。」

「應該很簡單就能解決，只要給我她的身分資料就好。她是英國人吧？」

「呃，不是。她說她來自阿爾巴尼亞。」

「噢，那她可能需要工作許可才能待在這裡——當然，除非她是學生。」

噢，糟糕。

「我再把她的資料給你。好了，現在來討論其他員工吧？」我說。

「當然好。先從崔佛衍宅邸的工作人員開始好嗎？」

艾莉希亞直奔公車站，她不知道為什麼要跑，也不知道要逃離誰。她怎麼會這麼蠢，竟然被逮到？他說不介意她彈琴，但她不確定是否能相信，說不定此刻他正在打電話給瑪格達的朋友，說要開除她！她的心臟怦怦狂跳，感覺非常困惑，她坐在長椅上等公車，要去后鎮路車站。她的心跳很快，但她不知道是因為從切爾西堤岸一路跑來，還是因為在先生家發生的事。

她的指尖輕撫下唇，閉上眼，想起他觸摸時，像電流般的美好感受。她的心臟再次狂跳，倒吸一口氣。

他摸她。

就像在她夢裡那樣。

就像在她想像中那樣。

如此溫和。

如此柔情。

這不就是她想要的嗎？

說不定他喜歡她……

她再次倒吸口氣。

不。她不能這樣想。

不可能。

他怎麼可能喜歡她？她只是他的清潔工。

但他幫她穿外套，從來沒有人對她這麼體貼過。她低頭看看雙腳。

Zot！她把靴子忘在那間公寓裡了。她該回去拿嗎？除了腳上這雙鞋和那雙靴子，她沒有別的鞋了，而且那是從故鄉帶來的，她帶來的東西只剩少少幾件了。

她不能回去，他在跟客人開會。她偷彈鋼琴已經讓他夠生氣了，如果打斷他的會議，他一定會更生氣。遠處，公車來了，她決定星期五再去拿——如果她沒有被開除。她咬著上唇。她需要這份工作，如果她被開除，瑪格達說不定會把她趕出去。

不，不會發生這種事。

瑪格達不會那麼殘忍，她還有金斯伯利太太和古德太太兩家的打掃工作，不過這兩家都沒有鋼琴，然而，艾莉希亞需要的不是鋼琴——而是錢。瑪格達很快就會帶著兒子米赫爾移民加拿大，瑪格達的未婚夫羅根在多倫多工作，他們要去和他一起生活，她必須找到住的地方。瑪格達租那個小房間給她，每週只收少少的一百英鎊，她借用米赫爾的電腦查過，這樣的房租非常低廉，在倫敦要找到這麼便宜的住處非常困難。

想到米赫爾，她心中感覺溫暖。他很大方，願意花時間幫助她，也經常借她用電腦。艾莉希亞對網路世界的瞭解很有限，家裡雖然有台舊電腦，但父親不准她隨便用。米赫爾不一樣，他非常熱中於社交媒體，想到昨天和他一起拍的自拍照，她露出微笑。他很喜歡自拍。

公車來了，她上了車，依然因為先生的觸摸而飄飄然。

「好了，所有員工的狀況差不多就這樣。我需要你的女傭的資料，以便把她加進薪資名冊。」奧利佛說。

我們坐在我家客廳的小餐桌旁，我希望會議到此結束。

「我想提議一件事。」他接著說。

「什麼事？」

「我認為你該去莊園視察，先去直接由你管理的那兩座，提歐克可以等房客離開後再去。」

「奧利佛，我從小就經常住那兩座莊園，為什麼還要特地去視察？」

「因為現在你是老闆了，麥克辛。你要讓員工看到你在乎莊園，願意為他們的福祉付出，也願意為莊園的永續發展努力。」

什麼？如果我膽敢不在乎，我媽會摘了我的腦袋放在盤子上。對她而言，伯爵爵位最重要，以及隨之而來的家族、血脈——其實很諷刺，因為她拋棄了這一切。不過她離開之前，將她對家族歷史傳承的熱忱完全複製在基特身上。她把他教育得很好，他清楚自己的責任與義務，而且他是個好人，所以面對挑戰毫不退縮。

瑪麗安也一樣，她也很清楚我們的歷史。

我，則沒那麼瞭解。

瑪麗安是在潛移默化中學到的。小時候的她很有好奇心。

我總是雜事太多，沉迷於自己的世界。

「我當然很重視員工和莊園。」我悶聲說。

「爵爺，他們不知道。」奧利佛平靜地說。「而且……上次你去的時候，表現有點……」他欲言又止。我知道他說的是基特葬禮前一晚的事，我在翠希蓮府邸的酒窖裡大喝基特的藏酒。我知道他的死將對我造成什麼影響，我不想負擔那樣的責任。

而且我當時傷心過度。

我想念他。

我依然想念他。

「該死，那時候我在哀悼。」我咕噥，覺得有些防備。「我現在依然在哀悼。這一切都不是我想要的。」

我沒有準備好，無法承擔這麼重大的義務。

為什麼我父母沒想到會有這一天？

從小我媽從不曾鼓勵我在任何方面的發展，她全心全意栽培我哥。對於我們這兩個小的，她只是勉強容忍而已。或許可以說她愛我們，只是方式比較獨特。

但她最寵愛基特。

所有人都寵愛基特。我哥金髮碧眼，天資聰穎，充滿自信，受盡喜愛。嗣子。

奧利佛舉起雙手表示安撫。「我知道、我知道，不過你必須修復和他們的關係。」

「好吧，不然接下來幾個星期，找個時間去一趟吧。」

「我認為越快越好。」

我不想離開倫敦。我和艾莉希亞才剛有一點進步，想到好幾天見不到她……我很不情願。

「那你說什麼時候？」我沒好氣地問。

「選日不如撞日。」

「別鬧了。」

奧利佛搖頭。

可惡。

「讓我想一下。」我嘀咕，知道自己像個被寵壞的小鬼一樣噘著嘴。

我就是典型被寵壞的小鬼。

隨心所欲的日子一去不返。

我不該拿奧利佛出氣。

「很好，爵爺。我會把接下來幾天的行程排開，陪你一起去。」

噢，這下可好。

「好啦。」我萬般不情願地答應。

「那就明天出發？」

「沒問題，當然好。就來場皇室大遊行吧。」我咬牙切齒地說。

「麥克辛，我知道你有太多煩心事，不過充分激勵員工，會帶來很大的效果。他們只看過你的某一面——」他略頓，我知道他的意思是我名聲不太好。「去莊園管理人的地盤上和他們聊聊，光是這樣他們就會覺得備受重視。上星期你和他們見面的時間太短了。」

「好啦、好啦，你說得有道理。我不是已經答應了嗎？」我知道我的語氣很差勁，但內心深處我真的不想去。

唉，我不想離開艾莉希亞。

我的女傭。

7

星期二下午，寒冷沉鬱，我疲憊地靠在舊錫礦的煙囪管上，遙望大海。天空灰暗陰沉，康瓦爾的強風吹拂，感覺有如刀割。暴風雨即將侵襲，巨浪撲打下方的懸崖，巨大聲響在廢棄建築中迴盪，一滴冰雨落在我臉上，預告暴風雨將來臨。

這座廢棄錫礦場位於崔夫希克莊園外圍，小時候，基特、我和瑪麗安經常會來這裡玩。基特和瑪麗安總是扮演英雄，而我永遠是壞人。*真貼切*，就連那時候，我也是典型的反派。這段回憶令我不禁莞爾。

這座礦場帶來可觀的財富，幾百年來充實了崔佛衍家的金庫。不過在十九世紀晚期，由於收益降低，因此決定廢棄，礦工紛紛移民到澳洲和南非，那些地方的礦業正蓬勃發展。我張開手掌按著煙囪管的老舊石材，觸感冰冷粗糙，但經過幾百年的歲月依然屹立不搖。

一如崔夫希克伯爵的爵位……

我這趟來訪相當成功。奧利佛堅持要我來視察兩處莊園，確實是明智的建議，我開始重新評估對他的猜忌。我繼承爵位以來，他一直用心輔佐，將我往正確的方向推，或許他確實重視崔夫希克伯爵的家業，也希望能永續發展。現在員工知道我支持他們，我不打算做任何激進變革，我這才發現原來我信奉「無為而治」的道理。我的笑容很惆悵……而且我太懶，暫時不想多做什麼。老實說，在基特的權威風範與精明管理之下，崔佛衍家的三處莊園都十分興旺，我希望能繼續保持下去。

過去幾天我一直強撐著積極開朗的模樣，給員工鼓勵，聽他們的意見，現在有點累了。我不習慣釋放正能量。我在這裡和牛津郡的安文莊園都見了很多人，在莊園工作的很多人我之前都沒見過。我從小就經常來這兩座莊園，但從來不清楚有多少人在幕後奉獻。和那麼多人見面耗盡我的心力，說話、聆聽、安撫、微笑——我不想笑的時候還是得笑，真的很累人。

我望著通往海邊的小徑，想起我和基特少年時總會比賽，看誰先跑到下面的柔軟沙灘上。每次都是基特贏……每次，不過他畢竟比我大四歲。八月底，我們三兄妹會拿出所有鍋碗瓢盆，去小徑旁的灌木叢採黑莓，我們的廚師潔希會做黑莓蘋果奶酥派當晚餐甜點。那是基特的最愛。

基特。基特。基特。

基特永遠最重要。

他是嗣子。不是備胎。

該死，為什麼要在那麼冷的夜晚在結冰的小路上騎車？

為什麼？為什麼？為什麼？

現在他躺在崔佛衍家族墓園冷硬的石板下。

哀傷讓我喉嚨緊縮。

基特。

夠了。

我吹口哨呼喚基特的獵犬。簡森與希利是愛爾蘭雪達犬，原本在小徑上跑跳玩耍，一聽到指令立刻跑回我身邊。他們的名字取自於奢華車款，基特沉迷於所有四輪車輛，越快他越愛。他很年輕的時候就能自行拆解引擎再裝回去，速度非常驚人。

他才是真正樣樣精通。

獵犬跳起來撒嬌，我輪流摸摸牠們的耳朵。牠們住在崔夫希克領地中的翠希蓮府邸，由基特的管家丹妮照顧——不對，我的管家，真是的。我考慮過把牠們帶回倫敦，但牠們是工作犬，習慣在康瓦爾鄉間自由奔跑，覺得狩獵槍聲很刺激，我倫敦的公寓不適合牠們。基特很寵愛牠們，即使牠們是很差勁的獵犬。基特也喜歡打獵。

我厭惡地皺起鼻子。狩獵是門大生意，也就是說，度假屋幾乎一年到頭都預約滿滿。一到狩獵季節，銀行家、避險基金操盤手都等不及要拿起槍來找刺激，以殺生取樂。從春天到秋天，訂房的人大多是富裕的衝浪客和他們的家人。我喜歡衝浪，也喜歡打飛靶，但不喜歡殺害無助的鳥類。我父親恰恰相反，他喜歡狩獵，我哥也是。他教我射擊，我也明白狩獵有助於莊園收益。

我立起領子，雙手深深插進大衣口袋，轉身慢慢走回大宅。我覺得鬱悶憂傷、心煩意亂，我跋涉過濕草地，兩隻狗緊跟在後。

我想回倫敦。

我想回到接近她的地方。

我的思緒不斷飄向可愛的女傭，她的深色眼眸、美麗臉龐和傑出的音樂才華。

星期五，星期五我就能見到她了，前提是她沒有被我嚇跑。

艾莉希亞抖抖雨傘，甩落雪花，來先生家的路上，突然下起大雪。她以為他不會在家——畢竟他留了一整週的錢，也包括今天。但她滿懷希望，她想念他憂傷的身影，想念他的笑容，她時時刻刻都在想他。

她做個深呼吸，打開大門。寂靜令她激動不已。

沒有警示音。

他在家。

他回來了。

提早回來了。

隨手扔在門廳的真皮行李袋證實他在家，走道上的泥鞋印也證明他在家。她的心跳瞬間破表，情緒非常激動。她又可以見到他了。

她小心翼翼將他的雨傘放在門口的傘架裡——他說不定在睡覺，她不希望雨傘倒下吵醒他。她星期一晚上借用了傘，她沒有問是否可以，但她不認為他會介意。那天晚上回家的路上，這把傘讓她不被冰冷的雨水淋濕。

家？對……瑪格達的房子現在是她的家。不是庫克斯。她盡量不想起故鄉。

她脫掉靴子，躡手躡腳走出門廳，穿過走廊，進入洗衣間。她換上運動鞋，穿上罩衫，綁好頭巾，思考從哪裡開始打掃。他從上星期五就不在家，所以屋裡很乾淨。要洗熨的衣服都弄好了，他的衣帽間也終於乾乾淨淨、整整齊齊，只是塞得很滿。廚房依舊一塵不染，和她星期一下午離開時一樣，完全沒有任何東西被動過。她必須拖地，不過要先幫唱片架除塵，然後擦客廳的窗戶。通往陽台的玻璃落地窗可以欣賞泰晤士河與巴特西公園。拿起玻璃清潔劑和掛在櫥櫃上的抹布，艾莉希亞走進客廳。

她在半路停下腳步。

先生在這裡，趴在L形沙發上。眼睛閉起、嘴唇微張，頭髮凌亂豎立，他睡得很熟。他全身的衣服都穿得好好的，就連大衣也沒脫，但因為沒有扣上，能看到他的毛衣和牛仔褲。他的髒靴子牢牢踏在地毯上，白色日光從落地窗照進來，艾莉希亞看到地上有許多乾掉的泥鞋印，一路延伸到門口。

她看他看得入迷，越來越靠近，細細品味他的模樣。他的表情很放鬆，但臉色有些蒼白，他的下顎滿是粗糙鬍碴，每次呼吸飽滿嘴唇便隨之顫抖。他睡著時感覺比較年輕，比較沒有距離。如果她有勇氣，甚至可以伸手摸摸他臉上的鬍碴，感受觸感如何，是柔軟還是粗硬？她笑自己傻。她沒有那麼大膽，雖然很誘人，但她不想吵醒他惹他生氣。

她最擔心的是他好像睡得很不舒服。她考慮了一下是否該叫醒他，讓他去床上睡，但就在這一刻，他動了動，眼睛睜開，惺忪睡眼對上她的眼睛，艾莉希亞的呼吸屏住。

昏沉眼眸上的深色睫毛眨動，他微笑，伸出一隻手。「妳在這裡呀。」他含糊地說，那半睡半醒的笑容讓她鼓起勇氣行動。她以為他想站起來，要她幫忙拉一把，於是她上前握住他的手，下一瞬，他突然將她拉到沙發上，吻了她一下，手臂一收抱住了她，如此一來她便整個人趴在他身上，頭枕在他胸口。他含糊說了幾句聽不懂的話，她很快醒悟他其實還在睡夢中。「我想妳。」他低喃，一手撫摸她的腰，而後停在髖部，將她固定在他懷抱中。

他又睡著了？

她動彈不得趴在他身上，雙腿卡在他腿間，心臟敲打著瘋狂的節奏，一手依然抓著玻璃清潔劑和抹布。

「妳好香……」他的聲音低得幾乎聽不見。他深呼吸，身體在她下方放鬆，呼吸漸漸放慢，變成熟睡的節奏。

他在作夢！

Zot！她該怎麼辦？她僵硬地趴在他身上不敢動彈，同時感到驚恐又驚喜。但萬一……萬一他……？各種恐怖場景瞬間竄過她腦海，她閉起眼，控制住焦慮。這不正是她想要的嗎？她在夢中期盼、在私密時刻偷偷渴望的，不就是這個嗎？她聆聽他的呼吸，吸，吐，吸，吐，平穩緩慢，他真的睡著了。她偎靠在他身上，整理思緒，時間滴答流逝，她逐漸放鬆了一點。她發現他的T恤和毛衣V領下露出一點胸毛，她將臉頰貼在他胸口，閉上眼睛，吸進他熟悉的香氣。

令人安心。

他身上有檀木與庫克斯針葉林的氣息，以及寒風、雨水和疲憊的氣息。

真可憐。

他累壞了。

她微噘起唇，在他皮膚印上一個若有似無的吻。

她的心跳加速。

我吻他了！

她很想繼續留在這裡，享受新鮮刺激的體驗，但她不能這樣。她知道這樣不對。她知道他在作夢。

她閉起眼多停留一分鐘，愉悅感受下方胸膛的起伏。她很想抱住他，在他身上蜷起身體，但是不可以。她放手，讓清潔劑和抹布落在沙發上，抓住他的肩膀輕輕搖了搖。

「拜託，先生。」她低喚。

「嗯……」他咕噥。

她稍微用力推。「拜託，先生，移動一下。」

他抬起頭，睜開疲憊雙眼，似乎很迷糊。他的表情從困惑變成驚恐。

「拜託，移動一下。」她重複。

他放開雙手。「該死！」他立刻坐起來，瞠目結舌看著她，在她慌忙從他身上離開時又轉為極度失落。但她還來不及跑，手已經被他抓住了。

「艾莉希亞！」

「不！」她大喊。

他急忙放手。「對不起，」他說。「我以為……我以為……我剛才……我一定是在作夢。」他緩緩站起身，神情懊惱，舉起雙手表示不會傷害她。「對不起，我不是故意嚇妳。」他雙手爬一下頭髮，抹了抹臉，似乎努力想清醒。艾莉希亞站在他碰不到的地方，仔細觀察他，看出他有多慌亂疲憊。

他搖搖頭讓頭腦清醒。「真的很對不起，」他再次道歉。「我熬夜開車，四點才到家，我一定是坐在沙發上解鞋帶時睡著了。」他們同時看著靴子，以及從門口一路留下的泥鞋印。

「糟糕，對不起。」他難為情地聳肩。

她內心深處湧出對這個男人的憐惜。他累壞了，竟然還為了把自己家弄髒而道歉？這樣不對。一直以來，他對她只有和善，借她雨傘、幫她穿外套，就算抓到她偷彈鋼琴，他還稱讚她，慷慨地讓她隨時可以彈。

「坐下。」她說，內心的憐惜讓她鼓起勇氣。

「什麼？」

「坐下。」她用更強勢的語氣說，他乖乖坐下，她跪在他腳前，動手幫他解鞋帶。

「不，」他說。「妳不必這麼做。」艾莉希亞拍開他的手，不顧他的阻止，解開鞋帶之後輪流脫下兩隻靴子，而後她站起來，感覺比較有自信，確定這樣做沒錯。

「你去睡吧。」她說，一手抓著他兩隻靴子，對他伸出另一隻手。

他看看她的眼睛，又看看她的指尖，顯然相當遲疑，下一瞬，他握住她的手，她拉他從沙發站起。她溫柔地帶領他走出客廳，進入他的臥房，她放開他，掀開床上的被子，指著說道：「你睡吧。」然後繞過他走向門口。

她還沒走出去又被他叫住。「艾莉希亞。」他的模樣既沮喪又不知所措。「謝謝。」他說。

她點點頭，走了出去，依然拎著他的髒靴子。她關上房門，靠在門板上，一手按住喉嚨，盡可能控制情緒，她做個深呼吸讓頭腦清醒。短短幾分鐘內，她從徬徨困惑變成喜悅驚奇又變成憐惜強勢。

而且他吻了她。

而且她吻了他。

她的指尖摸摸唇。雖然短暫，但不會不愉快。

一點也不會。

我想妳。

她再次深呼吸，讓亂跳的心平靜下來。她必須看清現實，剛才他在睡覺，他在作夢，他不知道自己在做什麼、說什麼。就算不是她，換作任何人他都會那樣。她甩開失望。她只是他的清潔工，他怎麼可能看上她？她覺得有些洩氣，但心情恢復平靜，她拿起先生的真皮行李袋，回到洗衣間清潔他的靴子、整理行李中要洗的衣物。

我望著關上的房門，感覺自己是全天下最傻的大白癡。我怎麼會這麼蠢？我嚇壞她了。

可惡。我不可能有機會贏得芳心了。

她出現在我夢裡，一抹藍色身影——即使穿著那件超醜的罩袍，而我歡迎她。

我沮喪地搓揉臉。我前一天晚上十一點從康瓦爾出發，連續開五小時的車非常累人，好幾次我都差點睡著。雖然天氣很冷，但我還是打開車窗，跟著收音機大聲唱歌，以維持清醒。最諷刺的是，我特地開車回家就是為了見她。氣象預報說接下來會發生難得一見的暴風雪，我不想整個星期困在康瓦爾……所以提早回家。

該死，我搞砸了。

但她跪在我腳前，幫我解開鞋帶，然後帶我上床睡覺，像照顧小孩一樣。我嗤哼一聲。睡覺！印象中，從來沒有女人帶我上床之後自己離開……

我嚇壞她了。

我搖頭，充滿自我厭惡，我脫掉衣服，隨手扔在地上。我太累了，除了爬上床什麼都沒辦法做。我閉上眼，發現自己希望她幫我脫光衣服，然後一起……上床。我悶吟，想起她甜美潔淨的香氣，玫瑰與薰衣草，她在我懷中感覺多麼柔軟。我同時覺得懊惱又亢奮，一下子就熟睡，在夢中將自己交給她。

我猛然驚醒，有種莫名的罪惡感。手機在床頭櫃上震動，我沒有放在那裡，我拿起來，但已經太遲了——是卡洛琳的未接來電。我將手機放回床頭櫃上，發現我的皮夾、零錢和一個保險套也放在那裡。我皺起眉頭，但很快就想起來了。

噢，老天，艾莉希亞。

我撲倒她了。

該死。

我緊閉雙眼，逃避竄過全身的羞恥感。

去、他、媽、的。

我坐起身，果然發現我的衣服都收拾好了。她一定是清空了我的牛仔褲口袋。這件事感覺太親密，翻我的東西，她的手指摸過我的衣服、我的物品。

我多想要她的手指摸我。

作夢吧，白癡！你嚇壞了那個可憐的孩子。

她幫多少人打掃？她翻過多少口袋？我不喜歡這個念頭。或許我該雇用她全職幫我工作，可是那樣一來，我內心的悶痛永遠不會消失……除非……除非……只有一種辦法能擺脫這種痛。

可惡，永遠不會成真。

我想知道時間。天花板上沒有水紋，我看看窗外，發現只有一片白。

下雪了。

氣象預報說的暴風雪來了。我看一下鬧鐘，確認時間是下午一點四十五分，她應該還在。我跳下床，走進衣帽間，穿上牛仔褲和長袖T恤。

艾莉希亞在客廳，正忙著清潔窗戶。我穿著泥濘靴子在公寓裡走動的證據全部消失了。

「嗨。」我說，等著看她如何反應。我心跳如雷，覺得瞬間老了十五歲。

「嗨。睡得好嗎？」她看我一眼，神情難以解讀，然後注視手中的抹布。

「很好，謝謝。之前發生的事，真的很抱歉。」我覺得自己很荒唐、很彆扭，比了比案發現場的沙發。她點頭，給我一個拘謹的淺笑，臉頰變成可愛的粉紅色。

我看著她身後的窗外，不停飄落的白雪遮蔽了一切。暴風雪全力肆虐，外面一片狂暴飛舞的雪白。

「倫敦很少下這麼大的雪。」我走過去和她並肩站在窗前。

我們竟然在聊天氣？

她移動到我碰不到的地方，但和我一起看著窗外。雪如此濃密，我幾乎看不到下面的泰晤士河。

「妳回家的路程很遠嗎？」我問，擔心她得在這麼大的暴風雪中設法回家。

「倫敦西區。」

「妳通常怎麼回家？」

她眨了幾下眼睛，消化我的問題。「搭火車。」她回答。

「火車？從哪一站出發？」

「呃……后鎮路。」

「火車很可能停駛了。」

我走向客廳角落的辦公桌，動動滑鼠，我的電腦醒來，背景圖片是一張大合照，有我、基特、卡洛琳、瑪麗安和基特的兩隻愛爾蘭雪達犬，我感到一陣懷念與悲傷。我搖搖頭，上網確認市區交通的狀況。「呃……西南火車公司？」

她點頭。

「所有列車全部停駛。」

「停——駛——？」

「火車不開了。」

「噢。」她再次蹙眉，我好像聽見她低聲重複「停駛」這個詞幾次，做出嘴形。

「妳可以留在這裡，」我提議，盡可能不要盯著她的嘴，心裡很清楚她不會留下來，尤其是我之前做了那種事。我瑟縮了一下，補上一句：「我保證不會對妳毛手毛腳。」

她太快搖頭，我覺得不妙。「不行，我得回去。」她扭著手中的抹布。

「妳打算怎麼回去？」

她聳肩。「走路吧。」

「別傻了，妳會失溫。」

妳的靴子那麼薄，那件算不上是大衣的玩意根本無法禦寒。

「我一定要回家。」她很頑固。

「我開車送妳。」

什麼？剛才我嘴裡真的冒出那句話？

「不用了。」她再次用力搖頭，眼睛圓睜。

「我不接受拒絕。我是妳的……呃，雇主，我堅持。」

她臉色發白。

「我去穿衣服——」我低頭看看腳，「然後就出發。」我指了指鋼琴。「如果妳想彈琴，請自便。」我轉身回臥房，納悶為何我會自告奮勇送她回家。

因為這樣做才對？

因為我想和她相處久一點。

艾莉希亞看著他赤腳走出客廳，整個人驚呆了。他要開車送她回家？她得和他在車上獨處。

真的可以嗎？

她媽媽會說什麼？

她腦中冒出媽媽雙手環抱胸前、對她失望透頂的模樣。

她爸爸呢？

她本能地護住臉。

不，她爸爸絕不會同意。

她爸爸只認可一個男人。一個殘酷的男人。

不。不要想起他。

先生要送她回家。她很慶幸自己記住了瑪格達家的地址。她依然可以看到媽媽凌亂的字跡，那張紙條是她的救命索。她哆嗦一下，再次望著望外，外面一定很冷，但如果她動作夠快，可以趁先生換衣服的時候離開，不用麻煩他，不過這麼遠的距離真的讓人很不想走。她走過更遠的路，那次她靠著一張偷來的地圖走了六、七天。她再次哆嗦，很想忘記那個星期。更何況，他說過她可以彈琴，她熱切地看了史坦威鋼琴一眼，興奮地雙手交握，衝向洗衣間，只花了幾秒鐘就換好衣服。她拿起外套、圍巾和帽子，急忙回到鋼琴前。

她將外套披在椅子上，在琴凳坐下，深呼吸穩定心情。她將雙手按在琴鍵上，享受象牙清涼熟悉的觸感。對她而言，鋼琴就是歸宿，是家，是安全的地方。她再次看向窗外，開始彈奏李斯特的曲子中她最喜歡的一首〈艾斯特莊的噴泉〉，音樂盤旋上升，圍繞著鋼琴舞動，明亮的白色有如外面的雪花。她父親、六天流浪的經歷、母親的失望，這些回憶全部消失在音樂旋轉飛舞的冰雪色彩中。

我靠在門框上陶醉地看著她。她的演出非常驚人，每個音符都恰到好處，演奏精確又有感情。音樂輕輕鬆鬆穿透她……從她的內在飄出，每一個微小的變化都反映在她美麗的臉龐與音樂上，她憑感覺彈完整首曲子。我沒聽過的曲子。

她脫掉了頭巾。我一直納悶她包頭巾是否出於宗教因素，不過看來應該只是為了打掃。她的髮辮很粗，顏色很深，幾乎是黑色。她彈奏時，一縷髮絲從辮子掙脫，彎彎落在臉頰旁邊。她的頭髮散開披落赤裸肩頭，會是什麼模樣？我閉上眼想像她的裸體，就像我夢中那樣，任由音樂從我身上流過。

我會有膩的一天嗎？聽她彈琴。

我睜開雙眼。

看著她，欣賞她的美貌、她的才華。

竟然憑記憶演奏如此複雜的曲子，這個女孩是天才。

我不在的時候，還以為已經將她的演奏印在想像裡了，但並沒有，她的技巧完美無瑕。

她整個人完美無瑕。

在各方面。

曲子結束，她低著頭、閉著眼，我鼓掌。「令人忘記呼吸。妳的琴藝非常出色，在哪裡學的？」

她臉頰泛紅，睜開深色眼眸，害羞微笑點亮她的臉，她聳聳肩。「家裡。」她回答。

「在車上慢慢告訴我。準備好了嗎？」

她站起來，這是我第一次看到她脫掉那件超醜罩袍的樣子。我的嘴好乾，她比我想像中更纖細，但精緻的曲線非常有女人味。她穿著緊身V領毛衣，柔和隆起的雙峰撐起羊毛布料，勾勒出苗條腰身，緊身牛仔褲展現出纖瘦髖部的和緩線條。

該死，她好美。

她迅速脫掉運動鞋放進塑膠袋，穿上老舊的棕色靴子。

「妳沒穿襪子嗎？」我問。

她搖頭，彎腰綁好鞋帶，但她又臉紅了。

難道不穿襪子是阿爾巴尼亞的習俗？

我望著窗外，很高興能送她回家。不只是因為能和她相處久一點，也是因為可以知道她住在哪裡，還可以讓她的腳不被凍傷。

我伸出手。「外套給我。」我幫她穿上外套，她給我一個遲疑的笑容。

這塊破布不可能讓她保暖。

她轉身看著我，我發現她戴著一個金色小十字架，毛衣上有個徽章——校徽？

要命。

「妳幾歲？」我突然驚慌地問。

「二十三。」

夠大了。很好。

我搖頭，鬆了一口氣。「可以走了嗎？」我問。

她點頭，緊抓著塑膠袋，跟隨我走出公寓。

我們默默等電梯帶我們去地下停車場。

進了電梯，艾莉希亞站在離我最遠的地方。她真的不信任我。

我今天早上做了那種事，難怪她會這樣。

這念頭令我沮喪，我盡可能裝出冷靜鎮定的模樣，但我對她非常敏感——她整個人。在這個狹小空間裡。

或許不是我個人的問題，說不定她就是討厭男人。這個想法讓我更難過，於是我急忙趕開。

地下停車場空間不大，但因為我們家族是業主，所以我獨佔兩個停車位。我不需要兩輛車，但我還是保留著：一輛荒原路華 Discovery 休旅車，一輛捷豹 F-Type 跑車。我和基特不一樣，他是個超級車迷，收藏相當驚人，現在他那批罕見古董車都屬於我了。我要問問奧利佛的意見，該賣掉嗎？還是以基特的名義捐給博物館？

我沉浸在這些想法中，按下遙控器，休旅車閃燈表示歡迎，門鎖打開。這輛車是四輪驅動，可以輕易征服積雪的倫敦街道。現在我才發現車很髒，因為去康瓦爾，所以車身沾滿爛泥和污垢，我為艾莉希亞打開前座車門，卻發現放腳的地方到處是垃圾。「等一下。」我說，動手撿拾空咖啡杯、洋芋片包裝、三明治包裝，在座位上找到一個塑膠袋，將垃圾全部放進去，扔在後座。

為什麼我不能乾淨點？

我這輩子先是有保母照顧，後來又進了寄宿學校，長大之後依然有眾多員工為我清潔善後，難怪我會這麼邋遢。

我露出笑容，希望能讓她安心，打手勢要艾莉希亞上車。我不太確定，但她好像在憋笑，或許她覺得這麼亂很好笑。

希望如此。

她上車坐好之後，睜大了眼驚奇地看著儀表板。

「地址？」我按下啟動鈕。

「賓福特區，教堂道四十四號。」

賓福特區！老天，那裡根本是邊陲地帶。

「郵遞區號？」

「TW8 8BV。」

我將地址輸入導航系統，然後將車駛出停車位。我按下後視鏡控制面板上的一個鈕，車庫門開啟，外面一片冰天雪地。積雪已經有三、四吋厚了，雪依然下得很大。

「哇，」我幾乎是自言自語。「我從來沒看過這麼大的雪。」我轉頭看向艾莉希亞。「阿爾巴尼亞會下這麼大的雪嗎？」

「會，我的故鄉下得更大。」

「妳的故鄉是哪裡？」我開上馬路，往街尾駛去。

「庫克斯。」

我從沒聽過。

「那是個小鎮，和倫敦很不一樣。」艾莉希亞解釋。

警告嗶聲響起。「請繫上安全帶。」

「噢。」她很驚訝。「在我的故鄉沒有人繫全帶。」

「這裡的法律規定要繫，所以快繫上吧。」

她將安全帶拉過胸前，低頭找插槽，扣上。「好了。」她說，似乎很得意，現在換我憋笑了。或許她很少坐車。

「妳的鋼琴是在家學的？」我問。

「我媽教我的。」

「她的琴藝像妳一樣厲害？」

艾莉希亞搖搖頭。「沒有。」她打個冷顫。我不知道是因為冷，還是想到什麼可怕的事情。我調高暖氣溫度，車子轉上切爾西堤岸，艾伯特大橋的燈光在漫天飛雪中閃爍。

車子經過時，艾莉希亞低喃：「很美。」

「的確。」

像妳一樣美。

「我們慢慢開，」我說明。「倫敦很少下這麼大的雪，我們不太習慣。」幸好我們轉上堤岸時車不多。「艾莉希亞，妳為什麼來倫敦？」

她驚慌地看我一眼，繼而皺眉低頭看腿。

「工作？」我催促。

她點點頭，但感覺像洩了氣的氣球，縮進內心世界。

要命。不祥預感竄過我的背脊。不對勁，非常不對勁。

我試著安撫她。「別擔心，不想說也行。」我急忙接著說：「妳怎麼能把每首曲子都記得那麼熟？」

她抬起頭，顯然這個話題讓她比較自在。她點了點太陽穴。「我能看見音樂，就像圖畫一樣。」

「妳可以過目不忘？」

「過目不忘？我不知道。我看見音樂的色彩，色彩幫我記住。」

「哇。」我聽過這種特質。「聯覺。」

「聯——」她停住，無法說出那個音。

「聯覺。」

她再試一次，這次比較成功。「那是什麼？」她問。

「妳聽到音樂就會看到色彩。」

「對，就像這樣。」她熱切地點頭。

「嗯，這樣就講得通了。我聽說很多偉大的音樂家都有聯覺。還有其他東西會讓妳看到色彩嗎？」

她一臉困惑。

「字母？顏色？」

「沒有，只有音樂。」

「哇，真的太神奇了。」我對她微笑。「我那天是認真的，妳隨時可以彈我的鋼琴。我喜歡聽妳彈琴。」

她給我一個絢爛的笑容，我的胯下確切地感受到。「好，」她輕聲說。「我喜歡彈你的鋼琴。」

「我喜歡聽。」我回她一個笑容，然後我們就沒有說話了，自在的沉默。

四十分鐘後，我轉彎進入賓福特的一條無尾巷，停在一棟一邊和隔壁相連的樸素房屋前。夜色降臨，但我看到前廳的窗簾拉開，街燈下可以明顯看到一個年輕男子的臉。

她的男朋友？

該死，我一定要問清楚。

「那是妳的男朋友？」我問，等候回答時，我的心跳速度激升，重重敲打我的耳朵。

她大笑，那輕柔悅耳的笑聲讓我忍不住露出笑容。這是我第一次聽到她笑，我想再聽一次……一次又一次。

「不是。那是米赫爾，瑪格達的兒子，他才十四歲。」

「噢，他長得好高。」

「沒錯。」她的臉龐發亮，我瞬間感覺到醋意，她顯然對他感情很深。「這裡是瑪格達的家。」

「她是妳的朋友？」

「對。她是我媽的朋友，她們是……怎麼說來著？筆友。」

「我不知道現在還有這種事。她們會互相拜訪嗎？」

「不會。」她緊緊抿著唇，端詳指尖。「謝謝你送我回家。」她說，結束這段談話。

「我很樂意，艾莉希亞。今天早上的事我很抱歉，我不是故意撲倒妳。」

「撲？」

「呃……跳，像貓一樣。」

她再次大笑，臉龐美麗耀眼。

我很想經常聽到這個笑聲。

「你在作夢。」她說。

夢見妳。

「你想進來喝杯茶嗎？」

這次換我笑了。「不了，我不打擾了。而且我比較喜歡喝咖啡。」

她蹙眉想了一下。「我們也有咖啡。」她說。

「我該回去了。天氣這麼差，恐怕要開很長一段時間。」

「再次謝謝你送我回來。」

「星期五見。」

「好，星期五見。」她給我一個充滿魅力的笑容，點照整張漂亮臉蛋，而我神魂顛倒。

她下車，走向大門，門打開，柔和燈光照在雪地上，那個高個子少年站在門階上──米赫爾，他皺著眉頭看我，我發動車子。

我大笑出聲。

原來不是她的男朋友，我將休旅車掉頭，將音樂調大聲。我開車回倫敦，臉上掛著荒唐的笑容。

8

「那個人是誰？」米赫爾問，語氣嚴肅冰冷，怒目望著外面的車。他才十四歲，但比艾莉希亞高很多，有著一頭亂亂黑髮與瘦長四肢。

「我的老闆。」她回答，站在門口目送車子離去。她進屋之後關上門，無法克制愉悅的心情，一時衝動抱了米赫爾一下。

「好了。」米赫爾掙脫她的懷抱，臉發紅，但棕眸閃耀尷尬歡喜。艾莉希亞對他燦爛一笑，他回應的害羞笑容洩露了對她的青澀愛慕，她後退，小心不要表現得太過親熱。她不想害他傷心，畢竟他們母子一直對她很好。

「瑪格達呢？」她問。

「在廚房。」他的表情一垮，語氣也變得無力。「好像出了什麼事，她抽了很多菸。」

「噢，不。」艾莉希亞有股不祥的預感，脈搏隨之加速。

她脫掉外套，掛在小玄關的勾子上，走進廚房。瑪格達手指夾著菸坐在美耐板小餐桌旁，煙往上飄，形成一片氤氳。廚房雖小，但十分整潔，收音機小聲播放波蘭語節目。瑪格達抬頭看到她，表情如釋重負。

「雪下得那麼大，妳能順利回家真是太好了，我很擔心。今天過得好嗎？」瑪格達表示關心，但艾莉希亞發現她的笑容有些勉強，吸菸時嘴唇略為緊繃。

「很好。妳沒事吧？妳未婚夫也沒事吧？」

瑪格達比艾莉希亞的母親年輕幾歲，但外表比實際年齡小十歲。她一頭金髮、曲線玲瓏，榛色眼眸閃耀犀利幽默感，她讓艾莉希亞免於流落街頭。今天她感覺很累，臉色蒼白，緊抿著雙唇，廚房滿是菸臭，瑪格達雖然自己抽菸，卻很討厭這種味道。

艾莉希亞感覺一股戰慄竄過背脊，或許瑪格達會要她離開。她關上廚房門，拉出一張塑膠椅坐下。

她呼出一口煙。「他很好，我心情不好不是因為他。關上門。」她說。

「今天有兩個移民局的人來找妳。」

噢，不。

艾莉希亞臉色發白，血流敲擊她的耳朵。

「那時候妳已經去上班了。」瑪格達接著說。

「他、他、他們……妳跟他們說了什麼？」她結結巴巴地問，努力穩住顫抖的雙手。

「我沒有見到他們，是隔壁的佛瑞斯特先生說的。因為家裡沒人在，所以他們去敲隔壁的門。那兩個人的樣子讓他覺得不舒服，所以他說從來沒聽過妳，說我和米赫爾回波蘭了。」

「他們相信嗎？」

「佛瑞斯特先生認為他們相信了。他們問完就走了。」

「他們怎麼會找到我？」

「我不知道。」瑪格達做個苦臉。「天曉得那些人是怎麼做事的。」她又吸了一口菸。「我得寫信給妳媽。」

「不！」艾莉希亞抓住瑪格達的手。「拜託不要。」

「我已經寫信通知她妳平安抵達了，儘管事實並非如此。」

艾莉希亞臉紅了，瑪格達不知道她來賓福特區這趟旅程的完整經過。「拜託，」她說。「我不想害她擔心。」

「艾莉希亞，要是移民局抓到妳，妳會被遣送回阿爾巴尼亞——」瑪格達停住。

「我知道。」艾莉希亞低聲說，冷汗滾落她的背，恐懼攫住她的咽喉。「我不能回去。」她用嘴形說。

「妳知道我和米赫爾再過兩個星期就要走了，妳一定要找到其他地方住。」

「我知道、我知道，我會想辦法。」焦慮在艾莉希亞的胃裡振翅。她靠打掃的工資存了三百英鎊，她需要用這筆錢交押金。米赫爾會幫她，也會讓她用電腦，她一定能找到地方住。

「我該做飯了。」瑪格達嘆著氣捻熄香菸，煙從菸灰缸冉冉飄起，融入廚房緊繃的氣氛。

「我來幫忙。」艾莉希亞回答。

那天晚上，艾莉希亞窩在小床上望著天花板，把玩戴在脖子上的金色小十字架。路燈的光透過單薄窗簾照進來，灑在老舊剝落的壁紙上。剛才她花了一個小時在網路上搜尋，找到一棟靠近基尤橋的房子有雅房分租，瑪格達說離這裡不遠。艾莉希亞約好星期五打掃完先生家就去看房子，她只能勉強負擔租金，但她一定要找到新住處，尤其現在移民局找上門了。她不能被遣返，她不能回阿爾巴尼亞。

絕對不能。

她轉身躲開光線，縮在單薄的被子裡盡可能保暖。她腦中思緒紛飛，令她難以承受，她不願意繼續想。

不要想阿爾巴尼亞。

不要想這趟旅程。

不要想其他女生……不要想布蕾莉安娜。

她閉上眼睛，眼前立刻浮現先生在沙發上睡覺的模樣，他頭髮凌亂，嘴唇微張，也想起趴在他身上的感覺，想起他的輕輕一吻。她想像自己再次趴在他身上，嗅著他的香氣，親吻他的肌膚，感覺胸部貼著他穩定的心跳。

我想妳。

她呻吟。

每個夜裡他都佔據她的思緒。他好帥，不只帥而已——他俊美又善良。

我喜歡聽妳彈琴。

他開車送她回家，他明明沒必要這麼好心。

妳可以留在這裡。

和他在一起？

說不定可以請他幫忙。

不，她的處境是她的問題，雖然不是她造成的，但她必須自行解決。她靠著臨機應變走到今天這一步，說什麼也不要回庫克斯、回那個人身邊。

他用力搖我。住手。快住手。

不。不要想到他！

他是她來英國的原因，她想離他越遠越好。

想先生。只想先生就好。

她的手沿著身體往下移動。

只想他就好……

他說她的狀況叫什麼？怎麼說來著？

聯覺……她一次又一次重複那個詞，手的動作帶她越飛越高。

第二天她醒來時，窗外一片雪白美景。好安靜，大片晶瑩白雪覆蓋，就連遠處的交通噪音都消失了。她縮在被窩裡，望著臥室窗外，感覺到熟悉的歡樂——小時候每次庫克斯下雪，她都有這種感覺。她想起今天要去金斯伯利太太家打掃，她總是一路跟隨，批評她打掃的方式，但艾莉希亞懷疑金斯伯利太太只是太寂寞了，所以才愛嘮叨，儘管她每次都嫌東嫌西，但打掃完之後，她都會邀請艾莉希亞一起喝茶、吃餅乾。她們坐著聊天，金斯伯利太太總是盡可能讓她待久一點。艾莉希亞不懂為什麼金斯伯利太太一個人住，她家的壁爐架上擺著許多家人的照片，為什麼他們沒有照顧她？外公過世之後，外婆搬來跟他們一起住……說不定金斯伯利太太需要房客？有個人照顧她也不錯。她絕對不缺房間，而且艾莉希亞也很寂寞。

她穿著米赫爾的舊海綿寶寶睡褲和阿森納足球隊衫，收拾好今天要穿的衣服，衝下樓，穿過廚房，進入浴室。

瑪格達很慷慨，給她很多米赫爾的舊衣服。她經常抱怨他長得太快，不過艾莉希亞因此撿了便宜，她的衣服幾乎都是他穿不下的——除了襪子。米赫爾總是把襪子穿到破大洞，所以不能給她。她有自己的襪子，但才兩雙而已。

妳不穿襪子嗎？

艾莉希亞想起昨天先生說的話，不禁羞紅了臉。她不好意思說她買不起新襪子，因為她要存錢交押金。

她啟動裝在浴缸旁邊牆上的電熱水器，需要幾分鐘水才會熱。她脫光衣服踏進浴缸，在水量很小的蓮蓬頭下盡快洗澡。

我雙手撐在淋浴間的牆壁上，喘息著，熱氣蒸騰的水澆在我身上。我竟然淪落到在淋浴時打手槍……而且不是第一次了。

該死，我的人生怎麼會變成這樣？

為什麼我不乾脆出去找個人上床？

她的眼睛，高級濃縮咖啡的顏色，隔著長睫毛偷覷我。

我呻吟。不能繼續這樣下去。

她是我的女傭哪。昨晚我又獨自在床上翻來覆去，她的笑聲在我的夢境中不斷迴盪。她無憂無慮、開開心心，為我彈奏鋼琴，身上只穿著那條粉紅內褲，豐盈長髮垂落，遮住乳峰。

啊……即使今天早上我拚了命運動，依然無法將她趕出腦海。

只剩下一個辦法了。

可惜永遠不會發生。

但她下車時對我微笑，這個表情帶給我希望，而且我明天就可以見到她。帶著那個令人振奮的念頭，我關水，拿起毛巾。我邊刮鬍子邊滑手機，奧利佛傳了訊息給我，他因為大雪受困康瓦爾，如此一來，我可以利用今天早上回覆弔唁郵件，然後和卡洛琳與瑪麗安一起午餐。今天晚上我要和好哥兒們出去玩。

「你終於願意離開巢穴了。兄弟，現在要稱呼你『崔夫希克伯爵』嗎？還是『伯爵閣下』呢？」喬說著端起富樂啤酒舉杯致敬。

「是啊，現在我也不知道該稱呼你『崔夫希克』還是『崔佛衍』了。」湯姆抱怨。

「隨便怎麼叫都行，」我聳肩回答。「不然也可以叫我的名字──你知道，麥克辛。」

「以後應該稱呼你崔夫希克才對……不過很難習慣，畢竟那是你的頭銜，我老爸對頭銜可是很敏感的！」

「感謝老天我不是你老子。」我揚起一邊的眉。

湯姆翻個白眼。

「沒有基特感覺不一樣了。」喬嘀咕，烏木色眼睛映著火光，難得嚴肅。

「是啊，希望基特安息。」湯姆接著說。

喬瑟夫．狄亞羅與湯瑪斯．亞歷山大是我認識最久、感情最好的朋友。我被伊頓開除之後，我爸送我去念彼德萊斯公學。我在那裡認識喬、湯姆和卡洛琳，我們三個男生都很喜歡音樂，那個時候也都很喜歡卡洛琳。我們組了一個樂隊，至於卡洛琳……唉，她最終選擇了我哥。

「希望基特安息。」我低喃，壓低聲音補上一句：「我想你，大混蛋。」

我們三個窩在「庫伯酒館」，這家店風格溫馨親切，而且離我家很近。我們坐在熊熊爐火旁慢慢喝著啤酒，我們已經喝了兩輪，我開始感受到酒精的威力。

「兄弟，你還撐得住嗎？」喬問，將及肩雷鬼頭髮甩到一邊。喬的劍術一流，同時也是前途看好的男裝時尚設計師。他父親從塞內加爾移民來英國，是國內成就數一數二的避險基金管理人。

「應該還行吧。我只是不確定有沒有準備好承擔那麼大的責任。」

「我懂。」湯姆說。他有著紅髮與琥珀色眼眸，是從男爵①家的三子，遵循家族傳統從軍。身為冷溪衛隊②的中尉，他兩度派駐阿富汗，見識太多同僚陣亡。四年前，他在喀布爾被土製炸彈炸傷，兩年前因為傷勢問題而退役。鈦合金救了他的左腿，但他的脾氣無藥可醫，我和喬都很清楚，一旦他眼中燃起好鬥火光，最好趕快換個話題或把他架走。因為他的要求，我們從不提起「那起事故」。

---

① 從男爵（Baronet，傳統簡寫是Bart，現代簡寫是Bt），是對從英國君主取得世襲「從男爵爵位」人士的稱呼。從男爵爵位最先由英王詹姆士一世於一六一一年設立，用以籌集資金，其不屬於貴族爵位，因此從男爵在上議院並沒有議席。

② 冷溪衛隊（Coldstream Guards），是英國御林軍的一支步兵衛隊，也是英國陸軍持續在役歷史最長的步兵部隊。

「什麼時候要辦追思會？」湯姆問。

「中午吃飯的時候我和卡洛琳、瑪麗安商量過，我們認為復活節過後比較適合。」

「卡洛琳還好嗎？」

我在座位上動了動，「很傷心。」我聳肩，若無其事地看著湯姆。

湯姆瞇起眼打量我，顯然很好奇。「你隱瞞了什麼？」

見鬼了。「那起事故」之後，湯姆不但變得好鬥，觀察力更敏銳得討人厭。

「快說吧，崔佛衍，你就老實交代吧。到底隱瞞了什麼事？」

「沒事，你們不需要知道。亨莉葉塔好嗎？」

「亨莉？她很好，謝謝關心，不過她一直明示暗示，要我快點認命求婚。」湯姆一臉憂鬱。

我和喬一起咧嘴笑了。「兄弟，你玩完了。」喬說，拍拍他的背。

我們三個之中，只有湯姆有穩定女友。亨莉葉塔是聖人，她照顧湯姆，陪伴他走過受傷的打擊，她忍受他所有的惡劣行徑、他的創傷後壓力症候群，以及他的壞脾氣。他應該惜福。

我和喬都只想做情場浪子……呃，我現在不一樣了。有著一頭深棕近黑秀髮的艾莉希亞・迪馬契不請自來，擅闖我的腦海。

我最後一次做愛是什麼時候？

我蹙起眉，因為我想不起來。**可惡。**

「瑪麗安呢？」喬問，將我的心思拉開。

「她的狀況還可，也很傷心。」

「她需要安慰嗎？」

像我安慰卡洛琳的那種安慰？

「兄弟！」我低斥警告。

哥兒們守則第一條：不准對哥兒們的姊妹動歪腦筋。我搖了搖頭，喬瑟夫依然對我妹妹有些眷戀，其實他們在一起也不錯，喬是個好人，但我決定戳破他的美夢。「她去加拿大惠斯勒滑雪的時候遇到一個男的。他住在西雅圖，是心理醫生之類，她應該很快會去找他。」

喬面帶懷疑地看著我。「真的？」他搓著時髦的山羊鬍，眼中若有所思。「哼，要是哪天他來這裡，我們再來看看這傢伙夠不夠格。」

「他可能下個月會來，瑪麗安很期待。」

「你知道，現在你是伯爵了，需要生個嗣子，再來個備胎。」湯姆說。

「知道了、知道了，還有得是時間。」

我從小就扮演這樣的角色。備胎……基特總是叫我這個綽號。

事實證明，爵銜與領地確實需要備胎。

「是啊。兄弟，你不可能準備好定下來了，你和我一樣，都是玩女人的慣犯。更何況，我把妹的時候需要有人幫忙敲邊鼓。」喬露出大大的笑容。

「真是的，崔佛衍，倫敦大部分的女人你都玩過了。」湯姆挑釁，我不確定他是覺得噁心還是佩服。

「去你的，湯姆。」我說，我們一起大笑。

酒吧老闆娘搖響吧台上方的鈴。「要打烊了，各位，請準備離開。」她高聲說。

「去我家？」我問。湯姆和喬都同意，我們三個喝光啤酒。「你可以走吧？」我問湯姆。

「去你的。我自己走來的，不是嗎？」

「我姑且當作可以的意思。」

「四月我要去跑五公里，你等著瞧吧。」

我舉起雙手表示投降。我老是忘記，他的身體復元了……

天氣清爽晴朗但冷得要命，她快步走在切爾西堤岸上，一呼氣便凝結成一片白霧。儘管依然有大片雪堆融化結冰之後黏在人行道上，但馬路上灑了沙，交通恢復正常，倫敦重拾活力。今天早上艾莉希亞的火車誤點了，所以她有點遲到，不過只要能見到他，她甚至願意從賓福特走路過來。

艾莉希亞露出開懷的笑容。她終於來到先生家門前，這裡是全世界她最喜歡的地方。她將鑰匙插入鎖孔，等著保全系統警示聲響起，寂靜讓她安心了。她關上門，屋裡的氣味令她驚訝：整間公寓瀰漫酒臭。

出乎意料的臭味讓她皺起鼻子。她脫掉靴子，赤腳走進廚房，流理台上滿是空啤酒瓶和油膩的披薩盒。

一個強壯英俊的年輕人站在敞開的冰箱前，拿著紙盒裝的柳橙汁直接對著嘴喝，艾莉希亞嚇了一大跳。他的膚色很深，長髮糾結成一束束，身上只穿著四角褲。艾莉希亞目瞪口呆看著他，他轉身面對她，露出大大的笑容，一口白牙非常完美。

「哎呀，嗨，妳好。」他的深色眼睛睜大，流露讚賞。

艾莉希亞臉紅了，慌亂地說：「嗨。」便急忙躲進洗衣間。

那個人是誰？她手忙腳亂脫掉外套，從塑膠袋拿出打掃的制服穿上：罩袍與頭巾，最後穿上運動鞋。

艾莉希亞站在洗衣間門邊偷偷觀察廚房。先生穿著黑T恤搭配破牛仔褲，站在冰箱旁和那個陌生人一起喝柳橙汁。

「剛剛我嚇壞了你的赤腳女傭。你應該發現了吧？她超辣。」

「去你的，喬。你會嚇到她一點也不奇怪，快去穿衣服，混蛋暴露狂。」

「抱歉，閣下。」陌生人抓著頭彎腰鞠躬。

「還是去你的。」先生溫和地說，舉起柳橙汁盒子喝了一大口。「恩准你用我的浴室。」

黑髮陌生人大笑，轉身準備離開，剛好抓到艾莉希亞偷看他們鬥嘴，他再次咧嘴一笑，對她揮了揮手，導致先生往她這邊看過來。他的眸光發亮，臉上慢慢綻放笑容，艾莉希亞別無選擇，只好從躲藏的地方走出來。

「喬，這位是艾莉希亞。艾莉希亞，這是喬。」他的語氣帶著一絲警告，但艾莉希亞不知道對象是她還是喬。

「早安，艾莉希亞。我服裝不整，還請見諒。」喬用誇張的動作對她鞠躬，站直時，他深色的眼眸閃動壞壞笑意。他的體格精瘦健壯——像先生一樣，每塊腹肌都線條清晰。

「早安。」她輕聲說。

先生氣呼呼瞪喬一眼，但喬不以為意，對艾莉希亞拋個媚眼，信步走出廚房，一路吹著口哨。

「真是抱歉。」先生說，翡翠眼眸轉向她。「妳好嗎？」他慵懶的笑容回到臉上。

「很好。謝謝。」

「很高興妳順利來上班。火車運行順利嗎？」

「有點誤點。」

「早安。」一個有著火紅頭髮的男子跛著腳走進廚房，只穿著四角褲，臉很臭。

「老天爺。」先生低聲抱怨，伸手爬梳一下亂髮。

艾莉希亞觀察剛剛加入的新朋友。高大英俊，四肢白皙，左腿與左側身體有著顏色嚇人的大量傷疤縱橫交錯，彷彿鐵路交匯處。

他察覺艾莉希亞盯著他的疤看。

「打仗受的傷。」他粗聲說。

「很遺憾。」她輕聲說，垂下視線，希望地板將她吞進去。

「湯姆，你要喝咖啡嗎？」先生問，艾莉希亞感覺他似乎想解除廚房裡緊繃的氣氛。

「靠，當然要。宿醉難受得要命，我需要解藥。」

艾莉希亞急忙回到洗衣間，開始燙衣服。至少這樣她不會礙事，也不會冒犯先生的朋友。

我看著艾莉希亞急忙躲進洗衣間，她的辮子在腰間左右擺動。

「那個漂亮小妞是誰？」

「我的女傭。」

湯姆色瞇瞇地點頭讚許。我很高興她躲回巢穴裡了，遠離湯姆和喬窺探的視線，他們的反應讓我很不舒服。突地，我莫名有種佔有慾，這種感覺很陌生。我不希望朋友對她眉來眼去。她屬於我，呃，她是我的員工。

現在你是崔夫希克伯爵了，必須將她納入薪資名冊。

可惡。

她幾乎是我的員工。我必須盡快處理好她的雇用狀態，我不希望奧利佛或稅務處整天盯著我。

「克麗絲汀娜怎麼了？我喜歡那個老太太。」湯姆說著搓搓臉。

「克麗絲汀娜回波蘭了。好了，拜託你去穿衣服好嗎？屋裡有女士在，真是的。」我沒好氣地說。

「女士？」

我的眼神讓湯姆臉色一變，難得他沒有上鉤動怒。「對不起，好兄弟，我馬上去穿衣服。我的咖啡要牛奶，不要糖。」他拖著腳步離開廚房，回到客房。我痛罵自己，明知道艾莉希亞今天會來，我竟然還讓朋友過夜。我絕不會再犯這種錯。

艾莉希亞幾乎整個上午都成功躲起來不讓那兩個人看見，他們終於離開時，她非常高興。她甚至考慮要不要躲進那個禁止進入的房間，不過克麗絲汀娜一再囑咐，她絕不能進去。

她收好客廳沙發上的毯子，將客房的寢具拆下來換新。他的臥房很整齊，她驚喜地發現今天垃圾桶裡依然沒有用過的保險套——說不定他換了個方式丟棄。她不願想得太深入，因為會忍不住難過。她走進他的衣帽間，將燙好的衣物收好，撿起他的髒衣服。雖然才過了兩天，但這裡又亂七八糟了。

先生坐在電腦前工作，雖然她不清楚他在忙什麼。她依然不知道他從事什麼工作。她回想起早上他見到她時，笑容點亮他臉龐的模樣，他燦爛的微笑充滿感染力。她像個白癡般滿臉傻笑，察看扔在衣帽間地上的衣物，她跪下撿起一件襯衫，迅速瞥一眼半開的門。沒有別人，她很滿意，將襯衫拿到面前，閉上眼睛，深吸一口他的氣味。

好香。

「妳在這裡呀。」他說。

艾莉希亞驚跳起來，因為動作太突然，腳步踉蹌後退，一雙強壯大手抓住她的手臂，讓她不至於跌倒。

「別急。」他溫柔地扶著她，等她找回平衡。很可惜，她一站穩，他立刻放手，但他的觸感依然在她全身引起震盪。「我想找件毛衣，今天很晴朗，但還是會冷。妳夠暖嗎？」他問。

她用力點頭，努力調整呼吸。此刻，在這個小空間裡和他獨處，她覺得好熱。

他端詳地上那堆衣服，皺起眉頭。「我知道很亂，」他低聲說，表情很不好意思。「我是病態邋遢鬼。」

「病——？」

「病態。」

「我不知道這個詞的意思。」

「噢……呃……意思是一種極端的行為。」

「我懂了，」艾莉希亞回答，她再次低頭看那堆衣物，點點頭。「沒錯，病態。」她給他一個無奈的表情，他大笑。

「我來整理。」他說。

「不、不，我來。」艾莉希亞揮手趕開他。

「不該由妳做。」

「這是我的工作。」

他咧嘴一笑，伸手越過她拿起放在架子上的米色厚毛衣。他的手臂擦過她的肩膀，她動彈不得，心跳瘋狂超速。

「對不起。」他說，離開衣帽間時表情有些沮喪。

他離開之後，艾莉希亞恢復鎮定。

難道他看不出他對我造成怎樣的影響？

而且他抓到她偷聞他的襯衫，她摀著臉，他一定覺得她是個大白癡。她覺得很丟臉，忍不住對自己生氣，跪下整理那堆衣物，摺好不必清洗的，將髒的放進洗衣籃。

我只要一有機會就想碰她，任何藉口都好。

老兄，別騷擾她。

只要我一碰她，她就會僵住。我慢慢走回客廳，覺得很鬱悶。她真的不喜歡我。

這是第一次嗎？

好像是。我從來不必為女人傷神，對我而言，女人一直只是輕鬆的娛樂。我有可觀的銀行存款、在切爾西有間公寓、長相不賴，加上出身貴族世家，我在這方面不曾遭遇困難。

從來沒有。

除了現在。

我應該請她出去吃飯。

她似乎需要好好吃一頓。

我在客廳的落地窗前踱步，停下來眺望和平塔幾分鐘，努力找出勇氣。

為什麼這麼難？為什麼是她？

她美麗動人，才華洋溢。

她對我沒興趣。或許就只是這麼簡單。

第一個對我說不的女人。

她沒有說不。她說不定會給我一次機會。

約、她、出、去。

我做個深呼吸，緩步走出客廳。她站在我的暗房旁邊，拿著洗衣籃呆望那扇門。

「那是暗房。」我大步走向她。

她漂亮的棕眸對上我的眼，眼中很好奇。我想起很久以前曾經交代克麗絲汀娜不要打掃這個房間，我自己也很久沒進去了。

「我帶妳進去看。」我很慶幸她沒有像平常那樣後退。「妳想看嗎？」

她點點頭，我抓住洗衣籃，輕觸她的手指，我的心臟狂敲肋骨。「給我吧。」我聲音粗嗄地說，拚命讓胸口的猛烈敲打平靜下來。我將洗衣籃放在一旁的地上，打開門，打開燈，站在一旁讓她進來。

艾莉希亞走進那個小房間。裡面的燈是紅色的，飄著一股神祕的化學藥劑氣味，以及久未使用的沉悶異味。一道牆壁下裝設了有櫥櫃的平台，上面放著幾個塑膠大托盤；櫥櫃上方則是層架，放了許多瓶瓶罐罐、一疊疊紙張與照片。層架下面拉起一條晾衣繩，上面空空如也，只有幾個夾子。

「這裡只是個暗房。」他說，打開昏暗的頂燈，微弱的紅光消失。

「攝影？」艾莉希亞問。

他點頭。「我的嗜好。我好像考慮過要當職業攝影師。」

「公寓裡的照片——是你拍的？」

「對，全都是。我接過幾次案子，不過……」他沒有說完。

風景與裸女。

「我爸是攝影師。」他轉身看著後面的一個玻璃櫃，裡面擺滿相機。他打開一扇櫃門，拿出一台相機。艾莉希亞看到上面有「萊卡」字樣。

我將相機舉到眼前，透過鏡頭研究艾莉希亞：深色眼眸、纖長睫毛、高聳顴骨、飽滿雙唇微張。我的褲襠緊繃。

「妳真美。」我呢喃說著按下快門。

艾莉希亞驚訝地微張嘴，她搖搖頭，舉起雙手摀住臉，但藏不住笑容。我又拍了一張。

「真的，」我說。「妳看。」我將相機轉過來給她看影像。她低頭看著自己的臉，所有微小細節都以數位方式捕捉，然後她抬頭看向我——我迷失了。那雙顏色極深極深的眼眸有魔法，我不禁迷失其中。「看，」我低聲說。「妳令人驚豔。」我伸出手，抬起她的下巴，低下頭，一吋一吋慢慢接近，讓她隨時可以掙脫，我的唇輕輕擦過她的，她倒吸一口氣，我後退，她摸摸唇，眼睛睜得更圓。

「這就是我的感受。」我低語，心狂跳。

她呆望著我，在昏暗燈光中有如幻影，她小心翼翼舉起一隻手，指尖描繪我的嘴唇，我動彈不得，閉上眼睛。她溫柔的觸摸令我全身震盪。

我不敢呼吸。我不想嚇跑她。

我全身每一處都感覺到她羽毛般的觸碰。

每一處。

要命。

我來不及制止自己，便將她擁入懷中緊緊抱住。她整個人依偎在我身上，彷彿融化了般，體溫滲進我體內。

噢，老天，她的觸感真棒。

我的手指鑽進她的頭巾下，輕輕從她頭上撥掉。我握住她頸子底端的髮辮，輕輕一拉，讓她的唇抬起。「艾莉希亞。」我輕聲喚，再次吻她，輕柔緩慢，以免嚇到她。她在我懷中一動也不動，然後舉起雙手握住我的二頭肌，閉上眼睛接受我。

我吻得更深入，舌尖逗弄她的唇，她張開了嘴。

真要命。

她的滋味溫暖高雅，甜蜜誘惑，粉舌遲疑猶豫地觸碰我，令人癡迷，令人亢奮。

我必須克制自己，我很想埋進這女孩的身體裡——但我不認為她會允許。我後退。「我叫什麼名字？」我貼著她的唇問。

「先生。」她低語，我的拇指輕撫她的臉頰。

「麥克辛。說麥克辛。」

「麥克辛。」她輕聲說。

「很好。」我喜歡她說出我名字的口音，非常悅耳。

看吧，沒有那麼難。

突然，有人不停用力敲門。

會是誰？他們怎麼進入大樓的？

我不情願地後退。「在這裡等我，不要亂跑。」我舉起手指告誡。

「快開門，崔佛……行先生！」一個聲音在門外大喊。「移民局！」

「噢，不。」艾莉希亞低語，抓住喉嚨，因為恐懼而瞪大了眼。

「別怕。」

敲門聲再次響起。「催佛……街先生！」那個人的音量明顯增大。

「交給我處理。」我低聲說，因為好事被破壞而火大。我將艾莉希亞留在暗房，往門廳走去。

透過大門的窺視孔，我評估外面那兩個人。一高一矮，兩人都穿著廉價灰西裝搭配黑色連帽大衣。他們感覺不像公務員，我遲疑一下，考慮乾脆不要應門，但我必須知道他們的來意，確認是否與艾莉希亞有關。

我掛上粗重的門鍊，才開了門。

其中一個人企圖硬闖，但我全身壓著門，門鍊撐住了。他是矮個子那個，肥胖禿頭，全身毛孔湧出惡意，那雙奸詐狡猾的眼睛也是。「先生，她在哪裡？」他大吼。

我縮了一下。*這兩個下三濫是什麼人？*

禿頭男的伙伴在他身後張望，他乾瘦、沉默、兇惡，我頸背的寒毛直豎。

「我要看證件。」我的語氣同樣兇惡。

「快開門。我們是移民局的人，我們相信你窩藏了一個申請庇護失敗的人。」又是矮胖男負責說話，他因為憤怒而鼻孔撐大，明顯能聽出他有東歐口音。

「你必須有法院令狀才能進行搜索。搜索令在哪裡？」我嘶聲問，語氣威嚴十足。感謝我的上流人生，以及在英國一流公學待過幾年。

肥胖男遲疑一下，我察覺有鬼。

這兩個該死的傢伙到底是誰？

「搜索令呢？快拿出來呀！」我怒吼。

禿頭男不知所措地看看同夥。

「那個女的在哪裡？」高瘦男開口了。

「這裡沒有別人，只有我。你們要找誰？」

「一個女的——」

「全天下的男人都在找女人。」我冷笑。「好了，我勸你們快點滾蛋，拿到搜索令再來，否則我要報警了。」我從後口袋拿出手機，舉高到他們面前。「不過我還是說清楚好了，這裡沒有女人，更沒有非法移民。」我撒謊面不改色，這也是在英國一流公學培養出的能力。「要我報警嗎？」

他們兩個一起後退。

就在這時，隔壁的貝克斯壯太太打開門，抱著狂吠的小型寵物狗赫丘力士走出來。

「嗨，麥克辛。」她高聲說。

上帝保佑妳，貝克斯壯太太。

「好吧，崔佛……崔佛先生。」他不會唸我的名字。

混蛋，你這種角色應該稱呼我崔夫希克伯爵閣下！

「我們會拿到搜索令再來。」他轉身，對同夥一點頭，他們經過貝克斯壯太太往樓梯走去。她怒瞪他們，然後對我微笑。

「妳好，貝太太。」我揮揮手，然後關上門。

那兩個混混怎麼會知道艾莉希亞在這裡？他們為什麼要抓她？她做了什麼？英國沒有「移民局」，那個單位的名稱是「邊境檢察署」，已經行之有年了。我做個深呼吸平息焦慮，轉身往暗房走去，我猜艾莉希亞應該躲在角落發抖。

她不在暗房。

她也不在廚房。

我的擔憂爆發，變成全面恐慌，我在家裡跑來跑去大喊她的名字。臥房、客房、客廳都沒有她的蹤影，最後我去到洗衣間，通往逃生梯的門微開，她的大衣和靴子不見了。

艾莉希亞逃跑了。

9

艾莉希亞飛奔衝下逃生梯，心狂跳，腎上腺素與恐懼為她的身體提供能量。逃生梯盡頭是公寓旁的小巷弄，在這裡應該很安全，大樓通往後面街道的閘門是從內側上鎖，但為了以防萬一，她鑽進兩個垃圾子母車中間躲藏，麥克辛先生家這棟樓的人都把垃圾拿來這裡丟。她靠在磚牆上，努力把空氣吸進肺裡，盡可能調整呼吸。

他們怎麼會找到她？怎麼會？

她立刻就認出丹提的聲音，所有壓抑的記憶瞬間湧上。

黑暗。

惡臭。

恐懼。

寒冷。

惡臭。嘔。惡臭。

淚水湧上眼眶，她眨眨眼想忍住。她害他被他們找上！她很清楚他們有多殘暴，他們什麼壞事都做得出來。她啜泣出聲，又急忙用拳頭堵住嘴，縮在冰冷的地上。

他說不定會受傷。

不。

她必須確認。萬一他受傷了，她不能丟下他逃跑。

快想呀，艾莉希亞，快想。

唯一知道她在這裡的人是瑪格達。

瑪格達！

不，難道他們抓到了瑪格達和米赫爾？

那些人對他們做了什麼？

瑪格達。

米赫爾。

先生……麥克辛。

她的呼吸變得又急又喘，恐慌攫住她的喉嚨。她以為要昏倒了，但突地一陣反胃，膽汁湧上喉嚨，她還沒反應過來，已經彎腰將早餐吐在地上了。她不停嘔吐，張開雙手按住磚牆，終於胃裡再也沒有東西了。嘔吐讓身體很難受，她精疲力竭，但也稍微冷靜下來。她用手背抹抹嘴，站直，感覺有些暈眩，然後環顧巷弄確定有沒有人聽見。依然只有她一個人。

感謝老天。

快想呀，艾莉希亞，快想。

她要做的第一件事就是確認先生平安。她深呼吸，離開垃圾子母車中間的藏身處，重新爬上逃生梯。為了自保，她每個動作都小心翼翼，她必須確定危機是否已經解除，但又不能被他們抓到。先生家在六樓，爬到五樓時她已經快喘不過氣了。她一吋吋走上六樓，隔著欄杆偷看頂層公寓，洗衣間的門關著，不過她可以看到客廳。一開始好像沒人，但先生突然衝進來，她看得出來他從辦公桌上拿了一樣東西，他只停留一下，很快又出去了。

感謝老天。

她確認了想知道的事情，良心終於平靜下來。她蹣跚走下逃生梯，知道必須確認瑪格達母子的安危。

她再次回到小巷弄，換上靴子，走向大樓的後閘門。從這裡出去是小馬路，不是切爾西堤岸。她略頓，丹提和伊立該不會在那裡守株待兔吧？他們應該會從正門離開吧？她的心臟狂跳，打開閘門往街道張望，她只看到一輛深綠色跑車高速開往馬路盡頭；沒有丹提的影子，也沒有看到他的小弟伊立。她從塑膠袋拿出毛線帽戴上，將頭髮塞進去，出發前往公車站。

她沿著人行道快步行走，克制想奔跑的衝動，她知道會引來不必要的關注。她低著頭，雙手插在口袋裡，每走一步都向外婆的神祈禱，希望瑪格達母子平安。她一次又一次唸禱，輪流使用母語和英語。

Ruaji, Zot.（上帝保佑）

Ruaji, Zot.

保佑他們平安。

我僵站在門廳，感覺像過了一輩子的時間，滿心恐懼，血流重重敲打耳朵。

該死，她到底在哪裡？

她到底惹上了什麼麻煩？

我該怎麼辦？

她一個人怎麼有辦法應付那些傢伙？

要命，我一定要找到她。

她會去哪裡？

回家。

賓福特。

沒錯。

我衝進客廳，拿起放在辦公桌上的車鑰匙，然後奔向大門，只停下來拿大衣。

我覺得很不舒服，胃不停翻攪。

那些傢伙絕不可能是「移民局」的人。

我去到車庫，按下遙控器，以為休旅車會解鎖，沒想到亮燈的竟然是捷豹跑車。

糟糕，我在匆忙中拿錯鑰匙了。不管了。

我沒時間上樓換鑰匙，坐上捷豹 F-Type 跑車，按下啟動鈕，引擎轟隆隆發動，我將車開出停車位。車庫門緩緩打開，我左轉出去，一開上馬路立刻加速開往盡頭，然後再次左轉開上切爾西堤岸。我頂多只能飆到這裡，因為現在是星期五下午，剛進入尖峰時段，所以交通相當壅塞。塞車讓我更加焦慮，脾氣越來越暴躁。我不停回想和那兩個混混交談的過程，尋找蛛絲馬跡，想弄清楚艾莉希亞究竟發生了什麼事。他們的口音感覺是東歐人，樣子很粗魯，艾莉希亞逃跑——由此可見她或許認識他們，不然就是真的相信他們是「移民局」的人，如此一來，就表示她在英國是非法居留。這一點也不奇怪，每次我一問起她來倫敦做什麼，她總是閉口不談。

噢，艾莉希亞，妳究竟惹上了什麼麻煩？

妳到底在哪裡？

我希望她回賓福特了，因為我正趕往那裡。

艾莉希亞坐在火車上，緊張兮兮地把玩脖子上的金色小十字架。這是外婆的遺物，親愛的外婆過世後，艾莉希亞只有這件東西可以緬懷，她非常珍惜。在難過的時候，這個十字架給了她安慰，雖然她父母都沒有宗教信仰，但外婆很虔誠……她撥弄著十字架，不斷重複祈禱。

請保佑他們平安。

請保佑他們平安。

焦慮鋪天蓋地。他們找到她了，怎麼會？他們怎麼會知道瑪格達收留她？她必須確認瑪格達母子平安無事。平常她很喜歡搭火車，但現在她覺得車速太慢。火車目前抵達普特尼，艾莉希亞知道還要二十分鐘才會到賓福特。

拜託快一點。

她的思緒轉向麥克辛，至少目前他平安無事。

她的心跳亂了。

麥克辛。

他吻我。

兩次。

兩次！

他讚美她。

妳很美。

妳令人驚豔。

而且他吻她！

這就是我的感受。

倘若狀況不同，她應該會開心得飛上天。她撫了撫唇，這一刻苦甜交雜，她的美夢終於成真，卻被丹提敲碎——又一次。

她絕不可能有機會和先生交往。不對，麥克辛，他的名字是麥克辛。

因為她，那麼危險的人跑去他家，她必須保護他。

Zot！她的工作。

她要失業了。沒有人會希望麻煩找上家門，還遭受丹提那種罪犯的威脅。

她該怎麼辦？

回瑪格達家時必須很小心，絕不能讓丹提在那裡抓到她。

絕不能。

她也必須保護自己。

恐懼扼住她的咽喉，令她不禁哆嗦。她環抱上身，想控制住害怕。她那些朦朧的希望與夢想全部破滅了，她難得自怨自艾，身體前後搖晃，想找到一點安慰，減輕恐懼。

為什麼火車這麼慢？

火車停在巴恩斯站，車門打開。

「拜託，拜託快一點。」艾莉希亞低語，手指再次握住金十字架。

我高速駛過Ａ４公路，在車鎮中穿梭，思緒飄來飄去，一下想著艾莉希亞和那個人，一下又想著基特。

基特，你會怎麼做？

他一定知道該怎麼辦。他永遠知道。

我想起聖誕節那時候。基特心情非常好，他們夫妻去哈瓦那參加爵士音樂節，我和瑪麗安也加入。兩天後，我們一起搭飛機去聖文森，乘船去貝基亞島，在一間私人別墅一起慶祝聖誕節。瑪麗安去惠斯勒滑雪，和朋友一起在那裡過聖誕節，卡洛琳、基特跟我一起回英國參加愛丁堡新年慶祝會。

那個星期非常開心。

元旦第二天，基特發生意外。

也可能是自殺。

我終於願意對自己承認這個想法了。

我說不出口的懷疑。

可惡，基特，大混蛋。

A4公路轉上M4公路，我看到矗立在賓福特地景上的摩天高樓，表示距離不遠了。我駛下交流道，以時速五十英里的高速開向匝道。我減速，幸好路口是綠燈，我開過去，很慶幸之前曾開車送她回家，知道她住在哪裡。

六分鐘後，我把車停在她家門前，跳下車，衝過短短的小徑。草地上依然有一塊塊積雪，融化的雪人感覺很悲傷。我按下門鈴，屋內傳出尖銳鈴聲，但沒有人應門。沒人在家。

該死，她去哪了？

我恍然大悟。她還能去哪？

可想而知！她一定是搭火車回家。

剛才進入教堂道的時候我看到車站的標示。我衝過小徑，右轉跑上大路，車站就在左手邊，距離不到兩百公尺。

感謝老天，車站很近。

我衝下車站樓梯，看到遠處月台有列車在等待，但那班車是開往倫敦方向。我停下腳步，集中心思。這裡只有兩個月台，我站著的地方剛好是從倫敦發車的月台，我只要耐心等待就可以了。掛在月台上方的電子告示牌顯示下班車將於下午三點零七分進站，我看看手錶：現在是三分。

我靠在支撐車站屋頂的白色鐵柱上等待，有幾個通勤客也在等車，他們大多像我一樣站在能避風的地方。我看著冰冷寒風吹動一個洋芋片包裝袋，沿著月台飛了一陣之後，飄到鐵軌對面。但我只關注了一下，因為每隔幾秒鐘，我就望向空空的鐵軌，祈求從倫敦出發的火車快點出現。

快呀，快呀。我在心中催促。

終於，火車從轉彎處接近，慢慢——噢，真他媽的慢——進站之後停好。我站直，因為焦慮而胃部翻騰，車門打開，幾位乘客下車。

一共十二位。

但是沒有艾莉希亞。

天殺的。

火車離站，我再看看電子告示板。下一班列車要過十五分鐘才會到。

太久了。

媽的，簡直要等一輩子。

該死。

我很慶幸剛才雖然急著出門，但沒有忘記拿大衣，冷死了。我對著雙手呵氣，跺腳，立起大衣領子盡可能保暖。我將雙手插進口袋，沿著月台來回踱步等待。

我的手機震動，我一下子失心瘋，竟然以為是艾莉希亞打來的，但她當然不知道我的手機號碼。是卡洛琳，無論她有什麼事，都不急於一時。我沒接。

難以忍受的十五分鐘終於過去了，下午三點二十二分，從倫敦滑鐵盧車站出發的列車終於出現在轉彎處。接近月台時，火車放慢速度，過了無比痛苦的一分鐘，車終於停妥。

時間凝滯。

車門開啟，第一個下車的人就是艾莉希亞。

噢，感謝天殺的老天。

我因為突然安心而差點腿軟跪倒，但光是看到她就讓我平靜下來。

艾莉希亞看到他時，因為太過難以置信而猛地停下腳步。其他下車的乘客從她身邊川流而過，她與麥克辛遙遙相望，渴慕地看著對方。火車引擎壓縮空氣發出嘶嘶聲響，車門關上，緩緩離站，終於只剩他們倆。

「嗨，」他打破兩人之間的沉默，邁開步伐走向她。「妳沒有道別就離開了。」

她的臉一垮，滿盈的淚水終於奪眶而出。

她的憂傷撕裂了我的心。

「噢，寶貝。」我低喃，張開雙臂。她雙手蒙著臉哭泣，我不知所措，只能將她擁入懷中緊緊抱住。「有我在、有我在。」我貼著她的綠色毛線帽呢喃。她吸吸鼻子，我抬起她的下巴，溫柔親吻她的前額。「我是認真的，我會保護妳。」

艾莉希亞睜大了眼，離開我的懷抱。「瑪格達？」她緊張地輕聲說。

「走吧。」我牽起她的手，我們一起快步走下金屬階梯，離開車站。她的手在我掌中感覺很冰，我一心只想帶她去安全的地方，但首先我必須知道發生了什麼事、她究竟惹上了什麼麻煩。我只希望她願意敞開心扉告訴我。

我們默默快步過馬路，回到教堂道四十三號。在大門前，艾莉希亞從口袋拿出鑰匙開門，我們一起進去。

玄關很小，因為角落放著兩個紙箱而更加擁擠。艾莉希亞脫下帽子和防水外套，我從她手上接過，掛在牆上。

我脫掉大衣掛在她的外套旁，她對著樓上大喊：「瑪格達。」但沒有回應，沒有其他人在，我跟隨她走進小廚房。

老天，這棟房子根本不比鞋盒大多少！

廚房屬於一九八〇年代風格，老舊狹窄，我站在門口看著艾莉希亞拿起快煮壺裝水。她的打扮和前天一模一樣，緊身牛仔褲搭配綠毛衣。

「咖啡？」她問。

「好，麻煩妳。」

「你要牛奶和糖嗎？」

我搖頭。「不用，謝謝。」我非常厭惡即溶咖啡，什麼都不加我才能勉強容忍，不過現在不是告訴她的時候。

「請坐。」她指著白色小餐桌。我坐下等候，看著她準備兩個人的飲料。我不打算催促她。她自己喝的是茶——很濃，加了糖和牛奶——她端給我一個馬克杯，上面印著「賓福特足球俱樂部」字樣及隊徽。她在我對面坐下，低頭看著杯中的茶，她的杯子上印著阿森納足球俱樂部的隊徽，不自在的沉默籠罩。

終於，我再也受不了。「妳要告訴我到底怎麼回事嗎？還是我得自己猜？」

她沒有回答，只是咬著上唇。一般而言，這樣的狀況會讓我超火大，但看到她這麼難過的模樣，讓我無法動怒。

「看著我。」

她的棕色大眼終於對上我的雙眼。

「告訴我，我想幫忙。」

她瞪大了眼，我猜大概是因為害怕，她搖搖頭。

我嘆息。「好吧。那就來玩我問妳答吧。」

她一臉困惑。

「我發問，妳回答是或不是。」

她的眉頭皺得更緊了，伸手握住脖子上的小十字架。

「妳尋求庇護失敗嗎？」

艾莉希亞望著我，以非常小的動作搖頭。

「好。妳在英國是合法居留嗎？」她臉色發白，我知道答案了。「不合法？」

她遲疑一下，點了點頭。

「妳突然不會說話了嗎？」我希望她知道我在開玩笑。

她的臉龐綻放光彩，露出淺淺微笑。「不是。」她回，臉紅了一下。

「這樣好多了。」

她喝了一口茶。

「拜託告訴我。」

「你會告訴警察嗎？」她問。

「不會，當然不會。妳擔心的就是這個？」

她點頭。

「艾莉希亞，我不會告訴警察，我保證。」

她將手肘靠在桌面上，雙手交握，下巴放在上面。她的臉上出現各種矛盾的表情，沉默擴張，充滿整個廚房，我不開口，默默祈求她說出來。她坐直，雙手放在腿上。「去你家的那個人，他的名字叫作丹提。」她痛苦低語。「他帶我和其他女生從阿爾巴尼亞來到英國。」她低頭看著茶杯。

一股戰慄從脊椎竄上我的頭皮，我的胃部有種恐怖的下墜感。我大概猜得出來她打算說什麼。

「我們以為是來這裡工作，過更好的生活，庫克斯的生活對一些女人而言很痛苦。帶我們來這裡的那個人……背叛了我們……」她輕柔的聲音頓住，我閉上眼，只覺一陣反胃，膽汁湧上喉嚨。這是最惡劣的狀況。

「人口販運？」我輕聲說，觀察她的反應。

她點了一下頭，緊閉雙眼。「賣淫。」她的聲音幾乎聽不見，但我感覺得出來她的羞恥與恐懼。

我心中怒火熊熊，前所未有地被點燃。我緊握雙拳克制憤怒。

艾莉希亞臉色慘白。

她所有奇怪的地方終於有了合理的解釋。

她的沉默。

她的恐懼。

怕我。

怕男人。

媽的、媽的，去他媽的！

「妳怎麼逃出來的？」我問，盡可能保持語氣平和。

大門傳來開鎖聲響，我們兩個同時嚇了一跳，艾莉希亞緊張地跳起來，我跟著急忙站起，不小心弄倒了椅子。

「待在這裡。」我粗聲交代，打開廚房門。

一個四十多歲的金髮婦人站在玄關，看到我，她緊張地倒抽一口氣。

「瑪格達！」艾莉希亞高聲喊，從我身邊鑽過去，跑向瑪格達抱住她。

「艾莉希亞！」瑪格達驚呼，回抱住她。「妳在家。我以為……我以為……對不起，對不起。」

瑪格達慌亂地說，語氣很焦急，最後哭了出來。「那些人又來了。」

艾莉希亞雙手握住瑪格達的肩膀。「告訴我，告訴我發生了什麼事。」

「那個人是誰？」瑪格達滿是淚痕的臉轉向我，表情充滿猜忌。

「他是……麥克辛先生。我幫他打掃。」

「他們跑去他家？」

「對。」

瑪格達驚呼一聲，雙手摀住嘴。「真的很抱歉。」她低語。

「或許瑪格達也想喝杯茶，慢慢告訴我們事情的經過。」我溫和地說。

我們三個圍坐在餐桌旁，瑪格達抽著菸，那個品牌我沒看過。她問我要不要來一根，我婉拒。我最後一次抽菸時，引發了一連串事件，導致我被學校開除。當時我十三歲，在伊頓校園和當地的女生鬼混。

「我覺得他們應該不是移民局的人。他們有一張妳和米赫爾的合照。」瑪格達對艾莉希亞說。

「什麼？怎麼會？」我問。

「真的。他們在臉書上找到的。」

「不！」艾莉希亞驚呼，因為驚恐而用力摀住嘴。她看著我。「米赫爾找我自拍。」

「自拍？」

「對，為了放上臉書。」艾莉希亞蹙著眉說。我覺得很好笑，但急忙板起臉掩飾。

瑪格達接著說：「他們說知道米赫爾念哪間學校，臉書上有寫。」她吸了一口菸，手在發抖。

「他們威脅米赫爾？」艾莉希亞臉色慘白。

瑪格達點點頭。「我別無選擇，我很害怕。對不起。」她的聲音低若蚊鳴。「我沒辦法聯絡妳。我給了他們妳工作地點的地址。」

嗯，這下解開謎團了。

「艾莉希亞，他們為什麼找妳？」她問。

艾莉希亞看我一眼，暗暗懇求，我領悟到瑪格達不知道艾莉希亞來到倫敦的完整經過。我伸手爬梳一下頭髮。

該怎麼辦？我沒想到事態會這麼嚴重……

「妳報警了嗎？」我問。

瑪格達與艾莉希亞異口同聲說：「不能報警。」她們的語氣很堅持。

「確定？」我可以理解艾莉希亞的反應，但我不懂瑪格達為何如此。說不定她也是非法移民。

「不能報警。」瑪格達一拍桌子，盯著我和艾莉希亞。

「好。」我舉起雙手安撫她。我從來沒遇過不信任警察的人。顯然艾莉希亞不能待在賓福特，瑪格達母子也一樣。跑來我家的那兩個混混，幾乎藏不住暴戾氣息。「只有你們三個住在這裡？」我問。

她們一起點頭。

「現在妳兒子在哪裡？」

「朋友家。他平安無事，我回家之前打過電話給他。」

「我認為艾莉希亞不能繼續留在這裡，這樣不安全，你們母子也一樣。那些人很危險。」

艾莉希亞頷首。「非常危險。」她低聲說。

瑪格達臉色發白。「可是我要上班，我兒子要上學。再過兩個星期我們就要出發——」

「瑪格達，別說！」艾莉希亞想制止她。

「去加拿大。」瑪格達不顧艾莉希亞的反對。

「加拿大？」我看看艾莉希亞，又回頭看瑪格達。

「對，我和米赫爾要移民了。我要再婚。我的未婚夫住在多倫多，也在那裡工作。」她笑了一下，流露歡喜。我向她道賀，然後轉頭看向艾莉希亞。

「妳打算怎麼辦？」

她聳肩，彷彿一切都在掌握中。「我會找到新的住處。*Zot！老天！*我約好今天傍晚要去看房子。」她看了廚房的時鐘一眼。「時間已經到了！」她慌張站起來。

「我覺得不太好。」我搶著阻止。「老實說，現在那已經不是妳最大的煩惱了。」她非法居留——怎麼可能找得到地方住？

她重新坐下。

「那些人隨時會再來。妳走在路上的時候，他們要出手綁走妳也不難。」我打個哆嗦。他們想抓她。

可惡的壞蛋。我該怎麼辦？快想，快想呀。

我們可以全部躲在切恩道的崔佛衍宅邸，但卡洛琳一定會問一大堆問題，我不想這樣——太複雜。我可以帶艾莉希亞去我家，可是那些人已經去過那裡了。其他房產？瑪麗安的家？不行。或許我可以帶她去康瓦爾，絕不會有人知道我們在那裡。

我評估各種選項時，意識到我不希望她離開我的視線。

永遠。

這個念頭令我詫異。

「我希望妳跟我走。」我對她說。

「什麼？」艾莉希亞很驚訝。「可是——」

「我可以幫妳找住的地方，不用擔心這個。」*老天，我可以任意處置的房子太多了。*「妳在這裡不安全。妳先跟我走吧。」

「噢。」

我看著瑪格達。「瑪格達，根據我的看法，在不讓警方介入的狀況下，妳有三個選擇。我們可以暫時讓妳住進附近的飯店，或是讓妳搬去市區的房子安置，也可以為你們母子安排貼身保鑣，你們可以繼續留在這裡。」

「我沒錢住飯店。」瑪格達越說越小聲，呆望著我。

「不用擔心錢的問題。」我回答。

我在腦中計算一下。整體而言花不了多少錢，而且艾莉希亞能夠平安。

花再多錢也值得。

說不定湯姆會給我友情價，畢竟他是我的好哥兒們。

瑪格達仔細端詳我，眼神十分專注。「為什麼你要幫忙？」她困惑地問。

我清清嗓子，心中問自己同樣的問題。

因為做人應該見義勇為？不，我沒有那麼偉大。

因為我希望和艾莉希亞獨處？沒錯，這才是真正的原因。不過，她經歷過那種事，應該不會願意和我獨處，對吧？

我伸手爬梳一下頭髮，對自己的心思感到不自在。我不希望太仔細檢視自己動機。「因為艾莉希亞是很有價值的員工。」我回答。

沒錯，這個理由很有說服力。

瑪格達狐疑地打量我。

「妳願意跟我走嗎？」我問艾莉希亞，不理會瑪格達猜疑的表情。「妳會很安全。」

艾莉希亞感動得無以復加。他平穩的眼神很誠摯，他伸出援手幫她脫離困境。他們根本不太熟，他卻特地從切爾西趕來，確認她的安危。他在火車站等她，在她哭泣的時候給她擁抱，記憶中只有外婆和媽媽這樣做過。除了瑪格達，在英國沒有人對她這麼好。他的提議非常慷慨，太過慷慨，丹提與伊立是她的麻煩，與他無關，她不想把他扯進這團亂中。她希望保護他，不讓他們傷害他。但她在英國非法居留，她沒有護照，她的證件和所有行李都在丹提手中，所以她進退兩難。

而且瑪格達很快就要出發去多倫多了。

麥克辛先生在等她回答。

他想要什麼回報？

艾莉希亞對他的瞭解太有限，她甚至不清楚他的職業是什麼。她只知道他的生活方式與她截然不同。

「我只是想讓妳安全無虞，沒有附帶條件。」他說。

附帶條件？

「我不要任何回報。」他澄清，彷彿聽見她的心思。

沒有附帶條件。

她喜歡他，不只是喜歡而已，她有點愛上他——但她明白那只是單相思。不過，她來英國的經過，她只跟他一個人說過。

「艾莉希亞，拜託，回答我。」他很堅持。他的神情焦慮，眼睛微微睜大，眼神坦率真誠，他全身散發出擔憂氣息。她可以信任他嗎？

並非所有男人都是怪物，對吧？

「好。」她輕聲說，不給自己機會改變心意。

「太好了。」他似乎終於安心了。

「什麼？」瑪格達驚呼，錯愕地看著艾莉希亞。「妳跟他很熟嗎？」

「她和我在一起會平安無事，」他說。「我會好好照顧她。」

「瑪格達，我想去。」艾莉希亞小聲說。

只要她離開，瑪格達和米赫爾就不會有危險。

瑪格達再點起一根菸。

「妳打算怎麼做？」麥克辛先生問瑪格達，她困惑地看看艾莉希亞，又看看他。

「艾莉希亞，妳還沒告訴我那些男人究竟要做什麼。」瑪格達說。

艾莉希亞對於來英國的經過向來含糊其詞，她不得不隱瞞。瑪格達是她媽媽的好朋友，她不希望瑪格達寫電子郵件告訴媽媽她的遭遇，媽媽會難過死。

艾莉希亞搖了搖頭。「我不能說，拜託。」她懇求。

瑪格達嘆氣。「妳媽媽？」她吸了一大口菸。

「不能讓她發現。」

「我不知道這樣好不好。」

「拜託。」艾莉希亞哀求。

瑪格達認輸嘆氣，轉頭看向麥克辛。「我不想離開家。」她說。

「好，那就請保鑣。」他站起來，高大精壯，不可思議地英俊，他從牛仔褲口袋拿出 iPhone。

「我要打幾通電話。」她們看著他走出廚房，關上門。

湯姆・亞歷山大因傷退役之後，開了一家保全公司，地點在倫敦市中心。他專門服務高知名度、高淨利的客戶，現在我也成了他的客戶。「崔佛衍，你到底闖了什麼禍？」

「我也不清楚，湯姆，我只知道我需要幫一對住在賓福特的母子安排全天候保全。」

「賓福特？今天晚上就要？」

「對。」

「算你好狗運，有我可以幫忙。」

「我知道，湯姆，我知道。」

「我親自過去，我會帶最厲害的人手：迪恩．漢彌頓，你應該見過他，他和我一起在阿富汗服過役。」

「嗯，我記得他。」

「我們一個小時後到。」

艾莉希亞站在門廳，穿著瑪格達兒子的防水外套，拎著兩個塑膠袋。

「只有這些？」我的語氣很困惑，心中也一樣困惑。

我不敢相信她只有這些東西。

艾莉希亞臉色發白，垂下視線。

我皺眉。*這個女孩一無所有。*

「好。」我說。「給我拿，我們走吧。」她將兩個袋子交給我，依然不肯看我的眼睛。我很驚訝，因為袋子非常輕。

「你們要去哪裡？」瑪格達問。

「我在西部鄉下有個地方，我們先去那裡待幾天，思考接下來該怎麼辦。」

「我會再見到艾莉希亞嗎？」

「希望會。」*不過只要那兩個混蛋還逍遙法外，她就說什麼都不能回來這裡。*

瑪格達奔向艾莉希亞。「再見，乖孩子。」她低聲說。

艾莉希亞抱著瑪格達不放。「謝謝妳。」說著，她淚水滾落臉頰。「妳救了我。」

「噓，親愛的孩子，」瑪格達低喃。「我願意為妳媽媽赴湯蹈火，妳知道的。」她放開艾莉希亞，兩人相隔一條手臂的距離。「妳很堅強、很勇敢，妳媽媽一定會以妳為榮。」她捧著艾莉希亞的臉，親吻她的臉頰。

「幫我向米赫爾說再見。」艾莉希亞泫然欲泣，聲音輕柔而憂傷，令我的心一揪。

我這樣做真的對嗎？

「我們兩個都會很想妳。說不定有一天妳可以來加拿大，見見我的超級好男人？」

艾莉希亞點點頭，她哽咽無法言語。她抹著眼淚走出大門，我緊跟在後，拎著她在世上所有的財產。

迪恩．漢彌頓在外面的小徑上觀察街道。高大、寬肩，黑髮理成三分頭，他雖然穿著高雅的灰西裝，但散發出驚人威勢。他跟湯姆一樣，曾經是軍人，從他立正的姿勢看得出來。他會和另一名保鑣輪班，那個人明天早上才會來。湯姆的手下將全天候保護瑪格達和米赫爾，直到他們出發前往加拿大。

我停下來和漢彌頓握手。

「崔夫希克爵爺，這件事放心交給我們。」他深色的眼眸在路燈下閃耀神采，他監視道路，什麼動靜都逃不過他的利眼。

「謝謝。」我回答。每當有人稱呼我的頭銜，我依然會有些錯愕。「你有我的電話號碼，如果他們需要什麼東西，儘管聯絡我。」

「沒問題，爵爺。」漢彌頓殷勤頷首，我跟著艾莉希亞往前走。我摟著她，她轉開臉，或許是因為還在哭泣，不想被發現。

我這樣做真的對嗎？

我先對站在門階上的瑪格達揮揮手，再對漢彌頓揮揮手，帶著艾莉希亞走向捷豹跑車。我開鎖，幫她開車門，她躊躇了一下，表情很緊張，我用手背撫了撫她的下顎。「有我在。」我的語氣很溫和，想讓她安心。「妳很安全。」

艾莉希亞舉起雙臂摟住我的頸子，用力抱住我，我完全沒想到她會這麼做。「謝謝。」她呢喃，我還來不及回答，她已經放開我上車了。我不理會卡在喉嚨裡的硬塊，將她的兩個塑膠袋放進後車廂，上車坐在她身旁。

「就當成一場冒險吧。」我說，想讓氣氛輕鬆一點，但艾莉希亞凝視著我，眼眸盈滿憂傷。

我吞嚥一下。

這樣做沒錯。

對。

這樣沒錯。

只是動機或許不純。

我吁一口氣，按下啟動鈕，引擎轟隆發動。

10

我駕駛捷豹跑車左轉進入A4公路，在三線高速公路上飛馳。艾莉希亞縮在前座，雙臂環抱上身，不過至少她記得繫上安全帶。她望著窗外飛逝的工廠與汽車展示場，但偶爾她會用袖子抹臉，我知道她還在哭。

為什麼女人哭的時候這麼安靜？

「要不要停車買包面紙？」我問。「抱歉，我車上沒有。」

她搖頭，但不肯看我。

我明白她很激動。**今天真的很扯**，連我都因為今天的事感到震驚，她一定害怕到難以承受吧，完全難以承受。我認為最好先讓她安靜一下，整理思緒，更何況，現在已經很晚了，我還要打幾通電話。

我按下觸控螢幕上的電話標誌，找到丹妮的號碼。免持系統傳出的嘟嘟聲在車子裡迴盪，響了兩聲之後，她接聽。

「翠希蓮府邸。」電話那頭傳來熟悉的蘇格蘭口音。

「丹妮，我是麥克辛。」

「麥克辛少爺……不對——」

「沒關係，丹妮，不要放在心上。」我打斷她的話，急忙看艾莉希亞一眼，現在她終於看著我了。「這個週末有空房嗎？『藏身窩』或『瞭望屋』都可以。」

「兩間應該都空著，閣——」

「下星期呢？」

「週末有客人要來射飛靶，預約了瞭望屋。」

「那我用藏身窩好了。」

真是名副其實呀。

「我需要——」我看看艾莉希亞蒼白的臉，「我需要兩個房間，幫我整理好，從府邸送一些我的衣物和盥洗用具過去。」

「你不打算住在宅邸？」

「這次先不用。」

「你說要兩個房間？」

我原本希望可以只用一間……

「對，麻煩妳。另外，可以請潔希準備一些食材放冰箱嗎？明天早餐要用的，可能還有今晚的宵夜，還要一些葡萄酒和啤酒……請她自己判斷要準備什麼。」

「沒問題，閣下。請問你什麼時候會到？」

「今天深夜。」

「好的。請問你一切平安嗎？」

「我很好。噢，對了，丹妮，可以請人給鋼琴調音嗎？」

「昨天才請師傅來調過音。你上次來的時候說過希望全部調音。」

「太好了。謝謝，丹妮。」

「不客氣，閣——」我不等她說完就掛斷。

「妳想聽音樂嗎？」我問艾莉希亞，她泛紅的眼睛轉向我，我覺得胸口緊繃。「好。」我說，不等她回答。我在媒體螢幕上找到一張專輯，希望能有療癒效果，我按下了播放鍵，古典吉他聲在車內繚繞，我稍微放鬆一點。還要開很長一段路。

「這是誰的專輯？」艾莉希亞問。

「英國一位歌手兼作曲家，名叫班・霍華德。」

她望著螢幕片刻，然後繼續看著窗外。

她今天告訴我那些事情之後，我重新思考之前與艾莉希亞相處的狀況。現在我明白為什麼她和我在一起的時候總是那麼沉默，我的心很沉重。在我的幻想中，當我們終於能夠獨處時，她會開心歡笑、無憂無慮，用那雙像小鹿般的可愛大眼凝望著我，可現實完全不一樣。

完全，不一樣。

不過……我不介意。我想和她在一起。

我想要她平安無事。

我想要她……這才是實話。

我從不曾有過這種感受。

一切都發生得太快。我依然不確定這樣做到底對不對，但我知道不能拋棄她，讓她被那兩個人渣抓走。我想保護她。

多麼有騎士精神。

我的思緒轉為黑暗，腦中浮現恐怖幻想，想著她可能遭遇過什麼、看到過什麼。這個年輕女子落入那些惡魔手中。

天殺的！我緊抓住方向盤，憤怒如硫酸湧出。

要是讓我抓到那兩個人……

我氣得想殺人。

他們對她做過什麼？我很想知道。

不。我不想知道。

我想。

我不想。

我看看儀表板。

糟糕。我超速了。

放慢該死的速度，老兄。

我減輕踩油門的動作。

鎮定。

我做個深呼吸，清理思緒。

冷靜下來。

我想問她經歷過什麼、看到過什麼，不過現在不適合。假使她無法忍受和男人在一起……任何男人，那麼我的所有計劃、所有幻想都將成為泡影。

我領悟到我不能碰她。

可惡。

艾莉希亞想忍住眼淚，卻怎麼都控制不住。她昏昏沉沉，沉溺在各種情緒中。

她的恐懼。

她的希望。

她的絕望。

她能夠信任坐在身邊的這個男人嗎？她將自己交付在他手中，且出於自願。她以前也這麼做過——信任丹提，結果悽慘無比。

她和麥克辛先生不熟，對他瞭解有限。自從見面之後，他一直對她很親切——而他為瑪格達所做的安排，更是超過合理範圍。認識麥克辛之前，整個英國艾莉希亞只信任瑪格達一個人，多虧有她，艾莉希亞才能活下來。她收容她，給她吃飯、穿衣，透過倫敦西區的波蘭女性互助網幫她找到工作。現在艾莉希亞離那個避難所越來越遠。瑪格達保證過，艾莉希亞不在的時候，會找其他人幫忙打掃金斯伯利太太和古德太太的家。

她會離開多久？

她緊張了一下。丹提該不會跟蹤他們吧？

她抱緊上身。一想到丹提，她就想起來英國的那趟惡夢旅程。她不願想起，再也不願想起，然而只要安靜下來，回憶就會突襲，惡夢中也會回到過去。布蕾莉安娜、芙蘿拉和其他女生怎樣了呢？

拜託讓她們也逃脫。

布蕾莉安娜才十七歲，是那群女生中年紀最小的一個。

艾莉希亞不禁哆嗦。汽車音響播放的音樂，歌詞訴說被恐懼限制的人生，艾莉希亞用力閉上了眼。恐懼勒住她的胃，她在恐懼中生活太久了，她的淚水繼續落下。

晚上剛過十點，我們開進M5公路的戈達諾休息站。之前在賓福特的時候，瑪格達幫我做了一個起司三明治，但我還是餓了。艾莉希亞在睡覺。車子停好之後，我等了一下，看她會不會醒來，在停車場的鹵素燈照耀下，她顯得寧靜空靈——瑩白臉頰弧線柔美，深色睫毛在上方散開，從辮子逃脫的一縷髮絲彎彎垂在她下巴旁。我考慮要不要乾脆讓她繼續睡，但我無法把她一個人丟在車上。

「艾莉希亞。」我輕聲喚，她的名字有如禱詞。我很想摸摸她的臉頰，但我抗拒衝動，再次輕聲呼喚她的名字，她倒吸一口氣醒來，因為驚恐而瞪大了眼，慌亂地看看四周。當她對上我的眼，終於安靜下來。

「嗨，是我。妳睡著了。我想買點東西吃，也需要上廁所，妳要一起去嗎？」

她眨了幾下眼睛，長睫毛顫動，會說話的雙眼迷迷茫茫。

她好美。

她揉揉臉，看看停車場，忽然全身緊繃，放射出焦慮。「拜託，先生，不要把我丟在這裡。」她小聲說。

「我沒有要把妳丟在這裡的意思。怎麼了？」

她搖頭，臉色變得更蒼白。

「走吧。」我說。

下車之後，我伸個懶腰，她急急下車，幾乎立刻跑到我身邊，眼睛不斷觀察四周。

怎麼回事？

我對她伸出手，她立刻牽住，抓得很緊。接著她握住我的上臂，整個人貼在我身上，我既歡喜又驚訝。

「妳知道，之前妳叫我麥克辛，」我說，想逗她笑。「我比較喜歡妳這樣叫我，不要叫我先生。」

她焦慮地看我一眼。「麥克辛。」她小聲說，但依然左顧右盼，觀察停車場。

「艾莉希亞，妳很安全。」

她一臉懷疑。

不能這樣下去。

我放開她的手，抓住她的肩膀。「艾莉希亞，到底怎麼回事？拜託告訴我。」

她的表情變了，大眼驚懼空洞。

「拜託。」我懇求，看著我們呼出的白煙在冰冷空氣中混合。

「我逃出來。」她輕聲說。

該死！她之前沒說完的經歷──竟然要在M5公路旁的休息站聽。「繼續說。」我鼓勵她。

「那個地方就像這樣。」她再次環顧四周。

「什麼？高速公路休息站？」

她頷首。「他們把車停在這裡，要我們去盥洗，把身體弄乾淨。他們的態度很……呃……和善，至少一些女生這麼以為。他們說得好像是為我們……嗯……那個詞叫什麼？為我們……好，著想，為我們著想。其實是因為我們洗乾淨，可以賣出比較高的價格。」

媽的，我又要動怒了。

「之前，在路上的時候，我聽到他們用英文交談。他們說出帶我們去英國的真正目的，他們不知道我聽得懂。我知道他們打算做什麼。」

「可惡！」

「我告訴其他女生。有些人不相信，但有三個女生聽進去了。」

真該死！還有更多女人！

「那時候是晚上，就像現在這樣。其中一個人，丹提，帶我們去洗手間。我們逃跑，三個一起跑，他沒辦法一次追三個人。天很黑，我跑進樹林裡，跑了又跑……我逃脫了。我不知道其他女生怎麼樣了。」她的語氣帶著歉疚。

噢，老天。

我再也無法忍耐。這個女孩的勇敢經歷令我震撼萬分，我將她擁入懷中緊緊抱住。「有我在。」我低語，感覺心痛脆弱，為她憤慨。我們在寒冷的停車場站了幾秒鐘，也可能是幾分鐘──我不確定多久，終於，她小心翼翼伸長手臂環住我，在我懷中放鬆，回抱我。她完美貼合我的懷抱，如果我想，可以把下巴靠在她的頭頂。她抬頭看向我，彷彿第一次看見我，深色眼眸專注，溢滿疑問。溢滿承諾。

我的呼吸卡在喉嚨裡。

她在想什麼？

她的視線移動到我的唇上，她抬起頭，動機很明顯。

「妳要我吻妳？」我問。

她點頭。

要命。

我遲疑了一下，因我發過誓不會碰她，可她閉上眼睛，將自己獻給我，我無法抗拒。我給她一個溫柔保守的吻，她呻吟一聲，融化進我懷中。

我的情慾被喚醒，我低吟一聲，低頭注視她分開的雙唇。

不行。

時間不對。

地點不對。

她才剛經歷過那樣的驚恐。

這裡是**M**5公路的休息區。

我親吻她的前額。「來吧，我們去吃東西。」連我自己都沒想到竟然能忍住。我牽起她的手，帶她走進休息站。

艾莉希亞跟在麥克辛身邊，黏著他，和他一起走過柏油路。她專注想著他充滿安慰的擁抱與溫柔的親吻，不去想上次來休息站時發生的事。她握緊他的手，他讓她遺忘，因此她很感激。通往休息站的自動門打開，他們走進去，但她停下腳步，他也被迫跟著停住。

那個味道。**Zot**！那個味道。

油炸食物。

甜味食物。

咖啡。

消毒水。

艾莉希亞回想起被趕進洗手間，四周的人都沒有發現她的困境。

「妳還好嗎？」麥克辛問。

「我想起當時的事。」她說。

他捏捏她的手。「有我在。」他說。「快走吧，我真的很需要上廁所。」他對她苦笑了下。

艾莉希亞吞嚥一下。「我也是。」她害羞地說，跟著他走向洗手間。

「沒辦法，我不能帶妳一起進去。」麥克辛往男廁門一點頭。「我會在外面等妳出來，好嗎？」他說。「妳先去。」

艾莉希亞覺得安心了一些，做個深呼吸，走進洗手間，轉彎之前回頭再看他一眼。沒有人排隊，只有一老一少兩個女人在洗手，她們感覺不像是從東歐被販運過來的。

艾莉希亞責罵自己。*妳期待什麼？*

那位年長的女士，應該至少有五十歲，轉身用烘手機，對上艾莉希亞的視線，對她微笑了下。艾莉希亞感覺到鼓勵，稍微有了點自信，走向其中一個隔間。

她出來的時候，麥克辛在外面，靠在對面的牆壁上，高大健壯，一隻拇指勾著牛仔褲的皮帶環。他的頭髮被撥得亂七八糟，神采奕奕的綠眸十分專注，看到她，他露出笑容，整張臉亮起來，有如過新年的小朋友。他伸出一隻手，她開心握住。

這裡的咖啡廳是星巴克，艾莉希亞在倫敦經常看到。麥克辛點了一杯雙倍濃縮咖啡，又點了她要的熱巧可力。

「妳想吃什麼？」他問。

「我不餓。」她回答。

他揚起眉。「在瑪格達家的時候妳也沒吃東西，我知道妳在我家也沒吃。」

艾莉希亞蹙眉，她把早餐也吐光了，但她不打算告訴他。她搖搖頭，今天發生的事情讓她太難過，實在沒胃口。

麥克辛無奈嘆息，點了一個義式三明治。

「麻煩改成兩個。」他對店員說，斜瞥了艾莉希亞一眼。

「我送過去。」店員回答，給麥克辛一個挑逗的笑容。

「我們要外帶。」麥克辛遞上一張二十英鎊紙鈔。

「沒問題。」店員對他猛眨眼。

「太好了，謝謝。」他沒回應她的笑容，而是轉頭看向艾莉希亞。

「我有錢。」艾莉希亞說。

麥克辛翻個白眼。「我給就好。」

他們走到櫃台盡頭等餐點，艾莉希亞同時在思考錢的問題。她有一點存款，但必須留著付租房間的押金，不過他說會幫她找住的地方。

他打算讓她住在他家嗎？還是另外找地方？

她不知道。她也不知道這趟要去多久、去哪裡、她能不能工作賺錢，她很想問他，但女人沒資格質疑男人。

「嘿，別擔心錢的問題。」麥克辛說。

「我——」

「別說了，拜託。」他的表情很嚴肅。

他很大方，艾莉希亞再次納悶他到底從事什麼行業。他有一間大公寓、兩輛車，為瑪格達安排私人保鑣。他是作曲家嗎？英國的作曲家賺很多錢嗎？她不曉得。

「我看得出來妳的腦子在轉。什麼事？直接問我吧，我不會咬人。」麥克辛說。

「我想知道你做什麼工作。」

「我靠什麼賺錢？」麥克辛微笑。

「你是作曲家嗎？」

他大笑。「有時候。」

「我猜你是作曲家，我喜歡你寫的曲子。」

「真的？」他的笑容變得更燦爛，也有些難為情。「妳的英文很好。」他說。

「你真的覺得很好？」出乎意料的讚美讓艾莉希亞羞紅了臉。

「真的。」

「我外婆是英國人。」

「噢，難怪了。她在阿爾巴尼亞做什麼？」

「六〇年代的時候，她和好友瓊安一起去那裡，瓊安就是瑪格達的媽媽。瑪格達和我媽媽從小就互相通信，因此成為好朋友。她們住在不同的國家，但感情非常好，雖然她們從來沒見過對方。」

「從來沒有？」

「對，不過我媽媽很希望有一天能見面。」

「兩個火腿起司義式三明治。」店員說，打斷他們的談話。

「謝謝。」麥克辛接過袋子。「我們走吧，上車以後再接著說。」他對艾莉希亞說，端起他的咖啡。「拿好妳的飲料。」艾莉希亞跟隨他走出星巴克，一路緊黏著他。

上車之後，麥克辛喝光濃縮咖啡，將空杯子放在杯架上，將三明治的包裝紙打開一半，咬了一大口。

車子裡充滿誘人的香氣。

「嗯。」麥克辛以誇張的態度表示讚賞。他咀嚼，斜瞥了艾莉希亞一眼，她盯著他的嘴，舔了舔唇。

「想吃嗎？」他問。

她點點頭。

「來，拿去吧。」他將另一個義式三明治遞給她，發動了車子，一臉得意。艾莉希亞小心翼翼地咬了一口，一絲融化的起司黏在她唇上，她用手指撈進口中，舔了舔手指，這才發覺她有多餓，於是又咬了一口。很美味。

「舒服點了嗎？」麥克辛低聲問。

艾莉希亞揚唇一笑，「你像狼一樣狡猾。」

「狡猾是我的小名。」他一臉自滿，艾莉希亞忍不住笑出聲。

老天，真悅耳。

我開進加油站，把車停在高辛烷汽油加油機前。「我馬上回來。吃吧。」我笑著下車，但艾莉希亞慌忙跟上，手裡拿著三明治，和我一起站在加油機旁。

「已經想我了？」我取笑，想讓氣氛輕鬆一點。她勾起唇裝出微笑的表情，但眼睛不停觀察四周，她很憂慮，這裡的環境讓她更不安。我加滿油箱。

艾莉希亞看到價錢，驚呼一聲：「好貴！」

「確實有點貴。」這才發現，我從不曾注意汽油價格，我從來不必擔心這件事。「來吧，我們去付錢。」

排隊結帳時，艾莉希亞站在我身邊，不時咬一口三明治，看著貨架上的東西，似乎覺得很神奇。

「妳想要什麼嗎？雜誌？零食？糖果？」我問。

她搖頭。「這裡有太多東西可買。」

我看看四周。這一切對我而言是如此理所當然。「阿爾巴尼亞沒有商店嗎？」我開玩笑地問。

她噘起嘴。「當然有。庫克斯有很多商店，但不像這樣。」

「哦？」

「這裡很乾淨、很整齊。非常整潔。病態。」

我笑著問，「病態整潔？」

「對，和你相反。」

我大笑。「阿爾巴尼亞的商店不整潔？」

「庫克斯的不是這樣，和這裡不同。」

到了收銀台前，我將信用卡插進晶片密碼刷卡機，感覺到她在觀察我的每個動作。

「你的卡片很神奇。」艾莉希亞說。

「神奇？」我不得不同意，確實很神奇。我不用辛苦工作就有錢加油，我之所以如此富裕，單純只是因為投對胎。

「是啊，」我喃喃，「很神奇。」

回到車上，我沒有立刻發動。

「怎麼了？」艾莉希亞問。

「安全帶。」

「我忘記了。就像點頭搖頭一樣。」

什麼意思？

「在阿爾巴尼亞，我們搖頭代表『是』，點頭代表『不』。」她解釋。

「哇，一定會被弄糊塗。」

「你們的方式才讓人糊塗呢。瑪格達和米赫爾教過我。」

我拿著剩下的半個三明治，發動車子，上閘道回到M5公路上。

也就是說，她會混淆「是」和「不」？知道這件事之後，我是不是該回顧一下之前的對話？

「我們要去哪裡？」艾莉希亞問，望著前方漆黑的夜色。

「我家在康瓦爾有個地方，大概還要開三個小時。」

「很遠。」

「距離倫敦？對。」

她喝一口熱巧克力。

「跟我說說妳故鄉的事。」我說。

「庫克斯？那是個小鎮，沒什麼有趣的事……那裡……嗯……很孤單？」

「很孤立？」

「對，孤立。也……很鄉下。」她聳肩，似乎不願意繼續說下去。

「康瓦爾也很鄉下，妳看到就知道了。之前妳告訴我妳外婆的事，再多說一點。」

她微笑，似乎很樂意講外婆的事。今天下午我匆匆策劃逃亡時，想像的就是這樣，輕鬆悠閒聊天，讓我多瞭解一點她的事。我往後一靠，滿懷期待地看著她。

「我外婆和她朋友瓊安來阿爾巴尼亞傳教。」

「傳教？在歐洲？」

「對。共產黨禁止宗教信仰，阿爾巴尼亞是第一個無神論國家。」

「噢，第一次聽說。」

「她來幫助天主教徒。她從科索渥偷渡書本進入阿爾巴尼亞——你知道的，就是聖經，她所做的事情非常冒險。她認識了一個阿爾巴尼亞青年，後來——」她停頓，表情變得溫柔。「他們相愛了。那些……你們怎麼說來著？都是陳年往事了。」

「冒險？」我問。

「對，她有很多毛骨鬆懶的故事。」

「毛骨鬆懶？」我微笑。「妳想說的應該是『毛骨悚然』吧？」

她露齒一笑，「毛骨悚然。」

「瑪格達的母親呢？」

「她去波蘭繼續傳教，嫁給一個波蘭人。」她的語氣彷彿這個結果顯而易見。「她們是最要好的朋友，她們的女兒也成為最要好的朋友。」

「因此妳逃脫之後才會去找瑪格達？」

「對。她對我很好。」

「我很慶幸有人幫妳。」

現在妳有我了。

「剩下的半個三明治妳還要吃嗎？」

「不了，謝謝。」

「和我分一半？」

艾莉希亞打量我片刻。「好啊。」她從袋子拿出來遞給我。

「妳先吃。」

她微笑，咬一口之後給我。

「謝謝。」我對她咧嘴一笑。她似乎比較開心了，我鬆了一口氣。「還要聽音樂嗎？」

她嚼著三明治點點頭。

「妳選吧。只要按那個按鈕，然後下拉看曲目。」

艾莉希亞瞇著眼看螢幕，開始探索我的播放清單。她很勤奮地投入這項任務，螢幕的光照亮她的臉，表情認真誠摯。「這些音樂我都沒聽過。」她低聲說。

我將三明治交給她。「隨便選。」

她點選歌單，看到她的選擇，我不禁莞爾。

巴恩格拉①，也不錯。

一個男人開始清唱。「這是什麼語言？」艾莉希亞問，又咬了一口三明治。融化的馬茲拉起司牽絲掛在她的嘴角，她用食指塞進口中，吸了一下手指，我的身體立刻起立致敬。

我緊抓方向盤。「應該是旁遮普語。」

樂團加入，艾莉希亞將三明治交給我，在座位上隨節奏搖動。「我從來沒聽過這種音樂。」

「我做ＤＪ的時候，偶爾會用來作為演出的一部分。還要吃嗎？」我問，將剩下的三明治遞給她。

她搖頭。「不了，謝謝。」

我將剩下的塞進嘴裡，很高興成功拐她多吃一點。

「ＤＪ？」她問。

「就是在夜店放音樂，讓大家跳舞。我每個月幾次在霍克斯頓②的夜店當ＤＪ。」

---

① 巴恩格拉（Bhangra），起源於南亞旁遮普地區錫克教徒的傳統舞蹈，後來成為一種流行音樂形式。

我看看艾莉希亞，她一臉茫然地注視我。

她不懂我在說什麼。

「好吧，改天我帶妳去夜店。」

艾莉希亞依然一臉茫然，用腳打著拍子。我搖頭，她生長的環境究竟保護得多嚴密？不過既然她遭遇過那種事，看來也沒有多嚴密。她承受過怎樣的恐懼？我的思緒飛馳，每個念頭都令我沮喪。

我又想起她在停車場說過的話。

她逃脫了。

逃脫了！

「他們要我們去盥洗，把身體弄乾淨……可以賣出比較高的價格。」

我吁口氣。

老天保佑她，我希望她成功躲過任何恐怖事物，但我很懷疑她能躲得過。光是來英國的旅程應該就是一場夢魘，我盡可能揣想她經歷過多大的挑戰、獲得多大的成功。她逃脫了，找到地方住，找到工作。今天下午她再次從我家成功逃脫。儘管她一無所有，但是以這麼年輕的人而言，她擁有許多長處：有創意、有才華、有勇氣、有美貌。出乎意料，我心中深深以她為榮。

「艾莉希亞，妳真的很了不起。」我低語，但她沉浸在音樂中，沒有聽到我說話。

午夜時分，我們開進藏身窩外面的碎石車道，把車開進車庫停好。這裡是崔夫希克領地上的一棟豪華度假屋，我不想帶艾莉希亞去府邸，擔心會嚇壞她——以後有機會再去吧。老實說，我希望獨佔她，府邸有太多員工，我還不知道該如何解釋她是誰，也不知道該怎麼跟她解釋為何我擁有府邸。目前她還不知道我的身分、不知道我擁有什麼，也不知我與生俱來的權利有多大，而我喜歡這樣……非常喜歡。

她睡著了，一定是累壞了。我端詳她的臉，即使在車庫保全燈強烈的光線下，她沉睡的五官依然柔美精緻。

睡美人。

我可以就這樣看著她好幾個小時。她短暫露出痛苦的神情，我很想知道她夢見什麼。我？

我考慮抱她進屋，但很快就打消了念頭——大門前的階梯很陡，說不定很濕滑。我可以用吻喚醒她，一吻讓她醒來，就像童話故事中的公主那樣。我的想法很荒謬，我也想起來我發過誓，絕不會碰她。

「艾莉希亞，」我低聲喚。「我們到了。」

她睜開眼睛，睡眼惺忪地看著我。「嗨。」她說。

「嗨，睡美人，我們到了。」

②霍克斯頓（Hoxton），在倫敦東區的一個地區，位於倫敦市以北。霍克斯頓是一個藝術和娛樂區，擁有眾多酒吧、餐廳和畫廊等娛樂設施。

11

艾莉希亞眨了眨眼，消除睡意，從擋風玻璃往外望。她只看到一個大金屬門上的刺眼燈光，旁邊還有一扇比較小的木門，因為天色太暗，其他東西都看不見，不過她聽到遠方傳來的轟隆聲響。暖氣停了，冬季刺骨的冰涼空氣滲進車內，艾莉希亞發起抖來。

她來到這裡。只有他們兩個人。

她焦慮地瞥他一眼。她坐在黑暗中，身邊的男人她幾乎一無所知，她質疑自己的決定是否明智。看到她和這個男人一起離開的人，只有瑪格達和那個保鑣。

「來吧。」麥克辛說著下車繞到後車廂拿出她的袋子，他的鞋子踩在碎石地上，發出聲響。

她趕跑不安，打開車門，下車站上碎石地。

外面很冷，寒風呼嘯，她拉緊防水外套。遠方的轟隆聲變得更響亮，她很想知道那是什麼聲音。麥克辛一手摟著她，她猜想應該是為了保護她不受寒風吹襲，他們一起走到那扇灰色木門前，他開鎖之後推開，打手勢要她先進去。他按下門柱旁的開關，安裝在石板路旁的小燈照亮小徑，通往一個石造中庭。

「往這裡走。」她跟隨他走下很陡的階梯，一棟現代風格的房屋矗立在他們面前，地上的投射燈往上打光。艾莉希亞讚賞這棟房子的新潮風格——大量玻璃與白牆，沐浴在燈光中。麥克辛打開大門，帶她進去，他按下另一個開關，頂燈的柔和光線照亮雪花大理石空間。「我幫妳拿外套。」他說，她脫下防水外套。

他們站在門廳，旁邊是令人讚嘆的雲灰色開放式廚房，再過去是一個鋪著木地板的寬敞房間。遠處那頭有兩張青藍色沙發，中間放著茶几，後面的架子上擺滿書籍。書！她歡喜地欣賞，發現旁邊還有一扇門。

這棟房子好大。

她旁邊的樓梯裝在玻璃牆裡。木質階梯彷彿懸在半空中，但其實固定在一根水泥柱上，往樓上和樓下延伸。

這是她見過最新潮的房子，然而，儘管風格時尚，氣氛卻很溫馨。

艾莉希亞動手解開鞋帶，麥克辛大步走進廚房，將她的袋子和兩人的外套放在吧台上。她脫下靴子，愕然發現地板是暖的。

「就這樣了。」他比了比四周。「歡迎光臨藏身窩。」

「藏身窩？」

「這棟房子的名字。」

廚房另一邊是大起居室，有一張可以容納十二個人的白色大餐桌，光亮的金屬暖爐前安放著兩張鴿灰色大沙發。

「從外面看感覺沒這麼大。」艾莉希亞說，這棟房子的面積與優美令她卻步。

「這棟房子會騙人，我知道。」

誰負責打掃這個地方？一定得花上好幾個小時吧？

「這棟房子是你的？」

「對。這是一棟度假屋，開放給民眾租用。時間很晚了，妳應該累壞了，不過，睡覺之前妳想不想吃點東西，還是喝點飲料？」

這棟房子也是他的？他肯定是非常有名的作曲家。

她點頭接受他的提議。

「那是『好』的意思嗎？」

她微笑。

「葡萄酒？啤酒？更烈的？」他問，她走到他身邊。在故鄉，女性通常不喝酒，不過這兩年她在慶祝跨年時偷喝過一、兩口茴香酒。爸爸不准她喝酒。

外婆讓她喝過紅酒，但艾莉希亞不喜歡。「啤酒好了。」她說，因為她只看過男人喝啤酒——也是為了表示對霸道父親的反抗。

「選得好。」麥克辛笑著說，從冰箱拿出兩個棕色酒瓶。「愛爾蘭淡啤酒可以嗎？」

她不知道那是什麼，但還是點頭。

「酒杯？」他問，打開瓶蓋。

「好，麻煩你。」

他從另一個櫥櫃拿出一個長玻璃杯，迅速將一瓶啤酒倒進去。「乾杯。」他將酒遞給艾莉希亞，用他的酒瓶碰一下她的杯子，然後舉起瓶子喝了一口，嘴唇含住瓶口。他閉上眼睛，享受酒的滋味，不知道為什麼，這畫面讓她不得不轉開視線。

他的嘴唇。

「Gëzuar.」乾杯。她輕聲說，他揚起眉，因為聽到她說母語而驚訝。這是祝酒詞，通常只有男人會用，但他不知道。她喝了一口，冰涼的琥珀色液體流下喉嚨。

「嗯。」她閉上眼睛品味，又喝了一大口。

「妳會餓嗎？」他的聲音沙啞。

「不會。」

看到她享受喝啤酒這麼單純的樂趣，帶給我極大的亢奮與刺激。但現在，很可能是我有生以來第一次，我不太確定該說什麼，也不知道她懷抱怎樣的期望。好奇怪，我們毫無共通之處，之前在車上的親密感也消失了。

「來吧，我帶妳稍微認識一下環境。」我對她伸出手，帶她走進大起居室。「這裡是客廳，嗯……也可以當作起居空間，全都是開放式的。」我朝客廳的方向大致揮揮手。

走進起居室之後，艾莉希亞發現一台閃亮的白色鋼琴靠在旁邊的牆上。

鋼琴！

「在這裡的時候，妳想彈多久都沒問題。」麥克辛說。

她的心漏跳了一拍，她對他燦爛一笑，他放開她的手，她掀起琴鍵的蓋子，內側寫著：

KAWAI

她沒看過這個牌子，但並不介意。她按下中央C，鋼琴發出金黃色調的聲音，響徹大起居室。

「E përkryer.」她嘆息。

完美。

「這裡是陽台。」麥克辛指著遠處盡頭的落地窗。「可以看到海。」

「海？」她驚呼，猛地轉過頭看著他，想要確認沒聽錯。

「對。」他說，她的反應令他困惑又好笑。

她衝到落地窗前。「我從來沒看過海！」她輕聲說，瞇起眼望著幽暗夜色，鼻子壓在冰冷玻璃上，等不及想看一眼大海。很可惜，除了陽台只能看到一片黑。

「從來沒有？」麥克辛難以置信，過去站在她身邊。

「對。」她發現鼻子在玻璃上留下一小塊污漬，她拉長袖子包住手，將痕跡抹去。

「明天我們去海邊散步。」他說。

艾莉希亞的笑容變成呵欠。

「妳累了。」麥克辛看看手錶。「已經十二點半了。妳想上床去睡了嗎？」

艾莉希亞愣住，呆望著他，心跳猛然加速。他的問題懸在兩人之間，暗示著各種可能。

床？你的床？

「我帶妳去妳的房間。」他低聲說，但兩個人都沒有移動。他們凝望對方，艾莉希亞無法判斷她是感到安心還是失望，或許失望大於安心——她分不清。

「妳皺眉了，」他輕聲說。「為什麼？」

她保持不語，無法將心思或感受化為言語，也可能不願意。她很好奇，她喜歡他，但她對性一無所知。

「不，」他小聲說，彷彿自言自語。「來吧，我帶妳去妳的房間。」他拿起放在廚房吧台上的兩個塑膠袋，她跟隨他上樓。樓梯頂端燈光明亮，有兩扇門，麥克辛打開較裡面那一扇，打開電燈。

這個灰白色調的房間寬敞通風，遠處的牆邊有一張特大號床鋪，另一邊有大窗戶。寢具也是灰白色調，但床上放著許多抱枕，顏色呼應掛在床頭的精彩海景畫。

麥克辛揮手要她進去，將她的塑膠袋放在一張色彩繽紛的繡花長凳上。她走到床邊，望著漆黑窗戶上自己的倒影，麥克辛過去站在她身邊，映在鏡子中的他高大精壯，英俊兩字不足以形容，相較之下，她顯得萎頓邋遢。在所有方面，他們的層次都不一樣，此刻更加明顯。

他究竟看上她什麼？她只是他的清潔工。

她想起之前在廚房遇到他的大嫂，她穿著他的襯衫，寬鬆垂落，模樣高雅有格調。艾莉希亞轉頭，不想繼續被倒影奚落，麥克辛拉下淺綠色百葉簾，繼續帶她看房間。

「這間套房有浴室。」他溫聲說，指著浴室門，讓她暫時拋下喪氣念頭。

我專用的浴室！

「謝謝。」她說，但她欠他太多恩情，這句話顯得微不足道。

「嘿，」他走過來站在她面前，明亮眼眸盈滿憐憫。「我知道事情發生得太突然，艾莉希亞。我們對彼此幾乎一無所知，但我不能讓妳落入那兩個人手中，妳必須瞭解。」他發現一綹髮絲從辮子逃出來，於是輕輕幫她塞到耳後。「別擔心，妳在這裡很安全。我不會碰你……呃，除非妳想要。」艾莉希亞捕捉到一絲他的香氣，長青樹與檀木，她閉上眼，牢牢控制住情緒。「這裡是屬於我家族的度假屋，」他接著說。「就當作我們是來度假的吧。在這裡我們可以思考、反省，瞭解對方，遠離妳人生最近發生的恐怖事件。」

艾莉希亞感覺喉嚨哽塞，連忙咬住上唇。

別哭。別哭。Mos qaj.（別哭）

「我的房間就在隔壁，如果妳需要什麼東西儘管來找我。現在已經很晚了，我們兩個都需要好好睡一覺。」他溫柔親吻她的前額。「晚安。」

「晚安。」她的聲音很沙啞，小得幾乎聽不見。

他轉身走出房間，終於只剩下她一個人了。她站在這個奢華的房間裡，從來沒有人邀請她住進這麼漂亮的地方，她看看海景畫、看看浴室門、看看超大床鋪，而後緩緩蹲下，環抱上身，哭了出來。

今天真的很誇張！

我將我們的外套拿去掛好，拿起放在廚房吧台上的啤酒喝了一大口。

第一個甜蜜的吻，回想起那個吻我不禁呻吟出聲——卻被那兩個該死的混混干擾，然後她突然消失，我開車追到倫敦西區最破敗的角落。

她吐露的實情。人口販運。

媽的——這真是讓我無比震驚。

現在我們來到這裡，只有我們兩個。

我揉搓臉，想消化發生的所有事。開了那麼久的車，加上今天的種種考驗與磨難，我應該很累了才對，但我卻無法放鬆。我抬頭看向天花板，精準找出艾莉希亞房間床鋪的位置，她應該安寧睡著，希望如此。我之所以如此焦躁，都是因為她，我用盡每一絲自制力，阻止自己將她擁入懷中然後……然後怎樣？即使聽過她的悲慘遭遇，我依然只用下半身思考。該死，我簡直像個慾求不滿的中學生。

別對那個女孩動歪腦筋。

但老實說，我依然想要她，我憋到發青的蛋最清楚。

真是的，艾莉希亞經歷了那麼多苦難，應該讓她清靜一下。

她不需要被我色瞇瞇盯著。

她需要朋友。

靠，我到底有什麼毛病？

我拿起啤酒喝乾，然後拿起艾莉希亞的杯子。她幾乎沒喝，我喝了一口，伸手爬梳頭髮。我非常清楚我有什麼毛病。

我想要她，非常想。

我深深迷戀。

很好，我終於對自己承認了。自第一次見到她，她就入侵我的思緒與夢境。

我極度為她燃燒。

然而，在所有的幻想中，她都有著與我相同的慾望。我想要她，沒錯，但我希望她濕潤、心甘情願——我希望她也想要我。我知道我可以誘拐她，但現在就算她答應，也是出於非常不對的理由。

更何況，我承諾過不會碰她，除非她想要我。

我閉上眼睛。**我什麼時候長出良心這玩意了？**

內心深處，我知道答案。因為我們之間的差異，我感到綁手綁腳。

她一無所有。

我什麼都有。

假使我佔她便宜，我會變成怎樣的人？像那兩個東歐口音的混蛋一樣爛。我帶她來康瓦爾，是因為我想保護她不受他們傷害——而現在我必須保護她不受我傷害。

該死。這是全新的領域。

我喝光剩下的啤酒，想著不知道府邸狀況如何。我決定明天去看看，也要讓奧利佛知道我在哪裡。我想應該沒有什麼十萬火急的事情要處理，如果發生了，他自然會聯絡我。我可以在這裡工作，我有手機，不過我真希望筆電在身邊。

現在我需要睡一覺。

我將玻璃杯和酒瓶放在流理台上，關燈上樓。我在她的房門外停下腳步聆聽。

糟！她在哭。

過去四個星期，我受夠了哭泣的女人：瑪麗安、卡洛琳、丹妮、潔希。我腦中浮現基特毫無生氣的遺體，心痛哀傷出乎意料地竄起。

基特。媽的，為什麼？

突然間，我覺得累慘了。我考慮乾脆讓她哭，但我站在她的房門外，哭聲刺痛我哀悼的心。我不能丟下她獨自哭泣，我嘆息，做好心理準備，輕輕敲門之後自行進去。

她哭倒在地上，雙手抱著頭，就在我離開時同樣的位置。她的哀傷映照出我的哀傷。

「艾莉希亞，噢，不！」我驚呼，將她擁入懷中。「噓，好了。」我呢喃，聲音哽咽。我坐在床上，將她抱在腿上，臉埋在她的髮間，我閉上眼睛，吸進她甜美的香氣，更加抱緊她，輕輕搖晃。

雖然我哽咽，喉嚨哽塞，但我還是輕聲說：「有我在。」心魔讓我大哥在冰冷寒夜騎機車外出，我沒辦法救他，但我可以幫助這個美麗的女孩，這個美麗又勇敢的女孩。她停止啜泣，張開手掌按住我狂跳的心臟，不知過了多久，她終於平靜下來，依偎著我放鬆。

她睡著了。

在我懷中。

在我安全的懷抱中。

這是多大的榮幸——擁抱睡美人。

我在她的髮上印下輕柔一吻，扶她躺在床上，幫她蓋上披毯。她的髮辮向蛇般垂在枕頭上，我考慮了一下是否該解開，讓她的頭髮自由披散，不過她用母語含糊說了一句聽不懂的話，我不想吵醒她。我再次感到好奇，她的夢中是否有我，就像我的夢中有她。「睡吧，美人。」我低語，關燈，走出去。我關上房門，擔心走道的燈光會害她醒來，便關掉走道的燈，大步回到臥房，將門留一條小縫。

以防萬一她需要我……

我按下百葉窗的電動開關，遮住面向大海的落地窗。我走進衣帽間，脫掉衣服，找到丹妮從府邸送來的睡衣，穿上了睡褲。在倫敦我幾乎從不穿睡衣，但康瓦爾這裡有太多員工，我不得不穿。我將衣服扔在地上弄成一堆，回到臥房爬上床，關掉床頭燈，凝望如墨漆黑。

明天會比較輕鬆。明天我可以獨佔可愛的艾莉希亞．迪馬契。我躺在床上，質疑自己的判斷。我帶艾莉希亞離開她所熟悉的一切，她流離失所、沒有朋友、極度孤獨。唉，她有我，而我必須守規矩。「你像老頭子一樣心軟。」我嘀咕，在極度疲憊中沉沉睡去，沒有作夢。

直到被她的尖叫聲喚醒。

12

過了幾秒我才搞清楚自己身在何處，而她再次尖叫。

該死。

是艾莉希亞。

我跳下床，腎上腺素為身體提供燃料，讓我所有的感官變得清醒靈敏。我用力按下走道燈的開關，衝進她的臥房。艾莉希亞坐在床上，門口傳來的聲音與燈光讓她猛地轉過頭，眼神因為恐懼而狂亂。

她張嘴準備再次尖叫。

「艾莉希亞，是我，麥克辛。」

她一口氣說出一大串話：「Ndihmë. Errësirë. Shumë erresirë. Shumë erresirë.」救命。黑暗。好黑，好黑。

什麼？我上床坐在她身邊，她撲向我，差點把我撞倒，她緊緊抱住我的頸項。

「嘿。」我找回平衡之後急忙安撫她，我抱著她，撫摸她的秀髮。

「Errësirë. Shumë erresirë. Shumë erresirë.」黑暗。好黑、好黑。她一次又一次低聲說，攀附在我身上，像剛出生的小鹿般全身顫抖。

「英文。說英文。」

「好黑，」她貼著我的頸子說。「我怕黑。這裡好黑。」

噢，感謝天殺的老天。

我想像了各種恐怖情節，無論多少怪獸來襲，我都準備全力應戰，聽到她的話，我放鬆了。我一手摟著她，伸長身體打開床頭燈。

「這樣有比較好嗎？」我問，但她沒有放手。「沒事了，沒事了，有我在。」我重複好幾次。幾分鐘之後，她停止顫抖，身體放鬆。她重新坐好，望著我的眼。

「對不起。」她輕聲說。

「噓，別擔心，我在這裡。」

她往下瞥一眼我的胸口，臉頰慢慢浮現紅暈。

「我通常習慣裸睡，算妳走運，今天我穿了睡褲。」我自嘲。

她唇部的線條變得柔和。「我知道。」她隔著長睫毛偷覷我。

「妳知道？」

「嗯，你習慣裸睡。」

「妳看到過？」

「嗯。」沒想到她竟然笑了。

「呃，我不太確定該做何感想。」我很慶幸她脫離了黑暗中的恐懼，但她依舊焦慮地不停環顧房間。

「對不起，我不是故意吵醒你。」她說。「我很害怕。」

「妳做惡夢了嗎？」

她點頭。「我睜開眼睛，卻發現……一片漆黑……」她顫抖。「我不知道自己還在作夢或是已經醒了。」

「遇到這種狀況，誰都會尖叫。這裡和倫敦不一樣，崔夫希克沒有光害，這裡的黑……真的很黑。」

「對，就像——」她停住，因為強烈恐懼而瑟縮。

「就像？」我輕聲問。她眸中帶著淘氣的笑意消失了，變成空洞緊繃的神情。「告訴我。」我催促。

「在——怎麼說來著——kamion……卡車。在卡車上。」她突然想起那個詞。

我吞嚥一下。「卡車？」

「對，載我們來英國的卡車。金屬的，像個箱子，很黑、很冷，裡面的氣味……」她的聲音幾乎聽不見。

「天殺的。」我低聲說，再次將她擁入懷中。這次她似乎不太願意抱我，大概是因為我沒有穿上衣，但我絕不會丟下她獨自面對那些恐怖夢境。我動作迅速地站起來，將她抱在胸前。

她驚呼一聲。

「我覺得妳應該來跟我睡。」我不等她回答，便抱著她走進我的臥房，打開燈，在衣帽間旁將她放下。我進去找到睡衣的上半身交給她，指著臥房裡的浴室。「妳進去換衣服吧。穿著牛仔褲和學校制服毛衣睡覺，一定很不舒服。」我對她身上的毛衣做個鬼臉。

她迅速眨了幾下眼睛。

糟糕，我是不是做得太過火了？

我突然感到有些侷促不安。「如果妳想自己一個人睡也可以。」

「我從來沒有和男人同床過。」她小聲說。

噢。

「我不會碰妳。只是睡覺而已——如果妳又尖叫，我就在妳身邊。」

當然，我希望讓她以不同的方式尖叫。

艾莉希亞躊躇許久，看看我又看看床，然後她微噘著嘴，我猜應該代表她下定決心了。「我想在這裡睡，和你在一起。」她輕聲說，大步走進浴室，找到電燈開關之後才關上門。

我鬆了一口氣，望著緊閉的浴室門。

已經二十三歲了，她竟然沒有和男人同床過？

現在我沒辦法想這件事。已經凌晨三點多了，我很累。

艾莉希亞望著鏡中蒼白的臉。鏡中人大大的眼睛下面有著黑眼圈。她深呼吸，甩開殘餘的夢魘：她在夢裡回到貨櫃中，但這次沒有其他女生。

只有她一個。

在黑暗中。

在寒冷中。

濃濃惡臭。

她顫抖，脫掉外衣。她忘記自己身在何方，直到他出現。

麥克辛先生，再次拯救她。

專屬於她的斯坎德培……阿爾巴尼亞的民族英雄。

這好像變成了他的習慣。

她即將與他同床共枕。

他會阻擋惡夢。

如果爸爸發現，一定會殺死她，而媽媽……她想媽媽會昏倒，因為她竟然與男人同床，而那個男人不是她丈夫。

不要想爸爸和媽媽。

最最親愛的媽媽將艾莉希亞送來英國，以為可以拯救她。

她錯了，錯得離譜。

噢，媽媽。

目前她很安全，和麥克辛先生在一起。她費了一番工夫穿上睡衣，尺寸太大了。她解開髮辮，晃散長髮，試著用手指整理，但很快就放棄了。她一手夾著衣物，打開浴室門。

麥克辛先生的房間比另外那間更大、更寬敞。同樣是灰白色，但這裡的家具是光亮木質，搭配房間裡最顯眼的家具：大型雪橇床，床頭板和床尾板有著優美的弧度。他站在床尾，微睜大眼端詳她。

「妳終於出來了，」他聲音沙啞地說。「我還以為得組織救援隊進去找妳呢。」

她的視線離開他綠得驚人的眼眸，轉向他手臂上的刺青。之前她只瞥見過一小部分，而現在就算她站在房間另一頭，也能看清那個圖案。

雙頭鷹。

阿爾巴尼亞。

「怎麼了？」他隨著她的視線看向他的刺青。「噢，這個啊，」他說。「年輕時做的傻事。」他的語氣有些難為情，他蹙眉，似乎不懂她為何這麼感興趣。她的視線離不開那個刺青，她朝他走去，他舉起手臂讓她看個清楚。

他的手臂上刺著一個黑色盾徽，裡面的圖案是一隻象牙白雙頭鷹，腳下踏著組成倒V形的五個黃色圓環。艾莉希亞將衣物放在床尾的腳凳上，舉起手想觸摸他的手臂，她看麥克辛一眼徵求同意。

我屏住呼吸，她描著我的刺青外圍，手指輕輕掠過我的皮膚，她的輕柔觸碰傳遍我全身，直達我胯下，我勉強忍住呻吟。

「這是我國家的標誌，」她低語。「阿爾巴尼亞國旗上有雙頭鷹。」

*這麼巧？*我用力咬牙，不確定還能忍受她的觸摸多久，我恐怕隨時會忍不住伸手碰她。

「不過沒有這些黃色圈圈。」她補充說明。

「這個叫圓碟飾。」我的聲音異常粗嗄。

「圓碟飾。」

「對，代表金幣。」

「阿爾巴尼亞語也有這個詞。你為什麼刺這個圖案？」

我能說什麼？這是我們家族紋章上的盾徽。

我不想在凌晨三點解釋紋章學，況且老實說，我之所以刺這個圖案單純是為了激怒我媽。她討厭刺青……但我刺的可是家族紋章呢！她能說什麼？

「我剛才說過了，只是年輕時做的傻事。」我的視線從她的眼睛移向她的唇，我吞嚥了一下。「現在很晚了，不適合談這些。睡吧。」我掀起床上的被子，讓她鑽進去，她乖乖上床，尺寸太大的睡衣下露出纖細長腿。

這簡直是折磨。

我繞到床的另一邊。她問：「『傻事』是什麼意思？」她用一隻手肘撐起上身，深色亮澤長髮凌亂垂落肩頭，經過隆起的胸前，散在寢具上。她好美，我卻不能碰她。

「『傻事』在這裡的意思是愚蠢的行為。」我邊說邊爬上床。我說出的定義實在太諷刺，我差點嗤笑出聲。

如果睡在這個美女身邊不算傻事，我不知道怎樣才算。

「傻事。」她小聲說，將頭靠上枕頭。我將床頭燈調暗，在黑暗中保留一點光，但我沒有完全關掉，因為擔心她又醒來會害怕。

「沒錯，傻事。」我躺下閉上眼睛。「睡吧。」

「晚安，」她輕聲說，語氣溫柔甜美。「還有謝謝。」

我哀嘆一聲，這絕對是折磨。我翻身側躺，背對她，開始數羊。

我躺在一片草地上，環繞翠希蓮府邸廚房菜園的石牆就在旁邊。

夏季陽光將我的皮膚曬得暖洋洋。

香氣撲鼻，來自草地周圍的薰衣草，以及爬在石牆上的玫瑰。

我很溫暖。

我很快樂。

我在家。

銀鈴般的笑聲抓住我的注意力。

我受笑聲吸引轉過頭，但陽光太刺眼，我看不清楚，只能看到她的輪廓。她烏黑的秀髮在風中飛舞，她穿著半透明藍色罩袍，風吹動罩袍，勾勒出她苗條的身段。

艾莉希亞。

花香變得更濃，我閉上眼，深吸一口甜美醉人的香氣。

我睜開眼睛時，她不見了。

我突地驚醒。晨光從百葉窗縫隙滲入，艾莉希亞睡來我這邊，窩在我的手臂下，一手握拳放在我的腹部，頭枕在我胸口。她一條腿與我的交纏。

她整個人黏在我身上。睡得很熟。

我的下半身精神煥發，硬如岩石。

「噢，老天。」我低語，鼻頭磨蹭她的頭髮。

薰衣草與玫瑰。

如此醉人。

我的心跳破表，在心中列出這個場景代表的種種可能：艾莉希亞在我懷中。做好準備，靜靜等待。她如此誘人、如此靠近……如此靠近。只要我翻個身，她就會變成仰躺，我終於可以埋入她體內。我望著天花板，請求上天賜予自制力。我知道只要我一動，她就會醒來，於是我躺著不動，繼續折磨自己，享受她整個人趴在我身上的感覺，那是無比甜蜜的痛苦。我拈起她一束髮絲，驚訝觸感竟然如此柔軟滑順。她動了動，鬆開拳頭，攤開掌心放在我的腹部，輕搔我的陰毛頂端。

要命！我好硬，一心只想抓住她的手握住我的勃起。如果真的這麼做，我很可能會瞬間爆發。

「嗯……」她呢喃，眨眨眼後睜開，像在作夢般恍惚地看著我。

「早安，艾莉希亞。」我快不能呼吸了。

她倒抽一口氣，手忙腳亂離開我遠一些。

「歡迎妳來拜訪我這邊的床，我樂在其中。」我逗她。

她拉起被子蓋到下巴，臉頰泛紅，笑容羞澀。「早安。」她說。

「睡得好嗎？」我問，翻身面對她。

「很好。謝謝。」

「餓不餓？」**我知道我很餓，只是想吃的不是食物。**

她點頭。

「點頭真的代表是嗎？」

她皺眉。

「昨晚妳在車上說過，阿爾巴尼亞和我們相反。」

「你記得。」她似乎驚訝又歡喜。

「妳說的每件事我都記得。」我想告訴她，今天早上她很美，但我克制住。我要守規矩。

「我喜歡和你一起睡。」她的話令我不知所措。

「嗯，我也是。」

「我沒有做惡夢。」

「很好。我也沒有。」

她大笑，我盡可能回想讓我驚醒的那場夢。我只知道夢裡有她，一如往常。「我夢見妳。」

「我？」

「對。」

「你確定不是做惡夢？」她打趣。

我笑了。「十分確定。」

她微微一笑。她的笑容很迷人，完美的雪白牙齒，粉紅嘴唇微微分開，可能代表著邀請。「妳令人垂涎。」我一時疏忽，這句話便脫口而出，她深棕色瞳孔放大，捕捉我。

「令人垂涎？」她屏住呼吸。

「對。」

我們彼此凝視，沉默越拉越長。

「我不知道該怎麼做。」她小聲說。

我閉上眼吞嚥一下，她昨晚說過的話在我腦海中迴盪。

我從來沒有和男人同床過。

「妳是處女？」我輕聲問，張開眼觀察她的表情。

她臉紅了。「對。」

她簡單的確認有如在我的下體潑一桶冰水。我只和一個處女睡過，就是卡洛琳，那也是我的初體驗，那場大災難差點害我被學校開除。那之後，我父親帶我去布魯姆斯伯里區的一家高級妓院。

麥克辛，既然你開始和女生發生關係了，不如學一下怎麼好好做。

當時我十五歲，卡洛琳將這件事拋在腦後……

直到基特過世。

真是見鬼了。

艾莉希亞已經二十三歲了，竟然還是處女？可想而知她當然是。我期待什麼？她和我認識的所有女人截然不同。她看著我，圓睜的眼裡充滿盼望，我再次自問，帶她來這裡是不是件傻事？

艾莉希亞蹙起眉，臉上寫滿焦慮。

可惡。

我伸出手，拇指輕撫她微嘟的下唇，她倒吸一口氣。「我想要妳，艾莉希亞，非常想，我希望妳也想要我，但我認為我們應該先瞭解彼此，再決定是否該更進一步。」

「好。」她輕聲說，但她的表情很徬徨，可能還有一點失望。

她期待我怎麼做？

我知道我需要拉開兩人之間的距離，好好想清楚。她在我的床上，讓我無法集中心思——噘著柔嫩嘴唇的美麗干擾。我坐起來，雙手捧著她的臉。「我們盡情享受這次的假期吧。」我呢喃，輕吻她一下，下了床。

現在不是時候。

這樣對她不公平。

對我也不公平。

「你要走了？」艾莉希亞在床上坐起身，長髮如面紗垂落嬌小身軀，因為擔憂而微微瞠大眼。她整個人被我的睡衣吞沒，不用刻意表現就十分性感。

「我要去洗澡，然後準備早餐。」

「你會煮飯？」

她驚愕的反應令我忍俊不禁。「對，我會煎培根和雞蛋。」我給她一個難為情的笑容，然後大步走進浴室。

靠。

我又在淋浴間自瀆了。

熱水流過我的身體，我一手張開按住大理石壁磚保持平衡，想像她的手放在我的腹部，握住我的堅挺，我很快就高潮了。

處女。

我皺起眉。為什麼我會這麼在意？至少她沒有被那些混蛋欺凌。想到那些人打算抓她，我心中燃起怒火。她在康瓦爾很安全，至少不算太糟。

說不定她是因為信仰而守貞。她說過她外婆是傳教士，而且她戴著十字架，或許婚前性行為在阿爾巴尼亞是禁忌，我毫無頭緒。我用丹妮準備的肥皂洗頭、洗澡。

我帶她來這裡的時候，想像的情節不是這樣，她缺乏經驗也是一個問題。我喜歡在性愛方面勇於冒險的女人，很清楚自己在做什麼、想要什麼，知道極限在哪裡。破處是很重大的責任。我用毛巾擦乾頭髮。

這是艱鉅的任務，但總得有人做。

我願意犧牲。

我望著鏡中那個無恥的壞蛋。

老兄，成熟點。

或許她想要穩定的關係。

我談過兩次戀愛，但都沒有超過八個月，所以不算太長。夏綠蒂一心想進入上流社會，分手後和一個從埃塞克斯來的從男爵在一起。雅若貝拉毒癮太重，我受不了，我知道大家都喜歡偶爾嗨一下，但每天吸未免太超過。她好像又進勒戒所了。

和艾莉希亞交往，會發生什麼事呢？

我又想太多了。我用毛巾圍住下半身，回到臥房，她已經不見了。

該死。我的心跳加速一倍。

她又逃跑了？

我敲敲她的房門，沒有回應。我進去，聽到淋浴的水聲終於安心了。

搞什麼，拜託你振作一點。

我沒有打擾她，回房間穿衣服。

艾莉希亞好想永遠待在這個淋浴間。在庫克斯的家，浴室只有簡單的淋浴設備，每次洗完澡都得把地板擦乾；瑪格達家的蓮蓬頭裝在浴缸上。這個淋浴間有獨立空間，熱水像瀑布般傾流而下，蓮蓬頭是她這輩子看過最大的，就連麥克辛先生家的蓮蓬頭也沒有這麼大。非常舒服，她從不曾有過這樣的體驗。她洗好頭髮，用瑪格達給的剃刀仔細刮除體毛。

她用從家裡帶來的沐浴乳洗澡。沾滿泡沫的手滑過胸前，她閉上了眼。

我想要妳，艾莉希亞，非常想。

他想要她。

她的手往下移動。

她想像是他的手在身上移動，撫摸她，包含最私密的地方。

她也想要他。

她回想起被他抱著走向臥房，肌膚感受到他身體的溫暖與力量，回憶讓她的胃裡彷彿有蝴蝶翩翩飛舞。她手的動作加快，越來越快，越來越快，她靠著溫熱的壁磚，抬起頭，張嘴吸氣。

麥克辛。

麥克辛。

啊……她體內深處的肌肉收縮，高潮來臨。

她調整呼吸，睜開眼。

這就是她要的……不是嗎？

她可以信任他嗎？

可以。

他沒有做出任何動搖她信任的事。昨晚她深夜受驚，是他救了她，他善良又溫柔。他讓她一起睡，以免惡夢再次來襲。

和他在一起，她覺得很安全。

她很久沒有感覺到安全了。這種感受很新鮮，儘管她知道丹提與伊立依然在找她。

不，不要想那兩個人。

她真希望對男人的瞭解多一點。庫克斯和英國不一樣，男女之間很少交流。在家鄉，男人只和男人交際，女人只和女人交際，向來都是這樣。她沒有兄弟，在社交聚會中也無法接觸堂表兄弟，她與男性來往的經驗僅限於在大學認識的幾個男同學——當然，還有她父親。

她用雙手爬梳一下頭髮。

麥克辛先生與她之前認識的男性截然不同。

熱水沖在臉上，她決心將所有問題趕出腦海。就像麥克辛說的，今天是來度假的，她有生以來第一次度假。

她用毛巾包好頭髮，用大浴巾裹住身體，赤腳回到臥房。樓下傳來重節奏，她仔細聆聽，這種音樂和她所認識的他很不搭調。由他寫的曲子判斷，他應該是比較安靜內向的人，不是會大聲播放這種喧鬧音樂讓整棟房子都聽見的人。

她將衣服放在床上。所有衣服都是瑪格達和米赫爾給的，除了胸罩和牛仔褲。她皺眉，多希望有比較吸引人的衣服可穿。她套上一件灰白色長袖T恤，搭配牛仔褲，雖然有點欠缺曲線，但只能這樣了，她沒有其他衣服。

她將頭髮擦乾、梳順，自然披散。透過樓梯旁的玻璃牆，她看到麥克辛在廚房，他穿著淺灰毛衣和那條破洞黑色牛仔褲，肩膀上掛著一條擦手巾，站在爐台前。他在煎培根——味道非常香，他隨著響徹全屋的舞曲節奏扭動，艾莉希亞忍不住笑了。打掃他家的時候，完全看不出任何他會煮飯的跡象。

她故鄉的男人，絕不會下廚。

更不會邊煮飯邊跳舞。

他寬肩的肌肉鼓動，精瘦臀部扭擺，赤足完美打節拍的動作令人入迷。她的腹部有種舒服的緊綳感，他伸手爬過微濕頭髮，然後將培根翻面，她口水直流。

嗯……好香。

嗯……好帥。

他突然轉身，看到她站在樓梯上，他的臉綻放光彩。他大大的笑容和她的一模一樣。

「一個蛋還是兩個？」他大聲問，壓過音樂。

「一個。」她用嘴形回答，走下樓梯，進入大起居室。她轉身，看到落地窗外的景色，不禁驚呼。

大海！

「Deti！Deti！大海！」她嚷，衝到通往露台的落地窗前。

我將煎培根的火轉小，疾步走到落地窗前和艾莉希亞站在一起，她不停換腳跳來跳去，全身散發興奮光彩。

「可以去海邊嗎？」她的眼中綻放歡喜，像小孩般不停蹦跳。

「當然，來。」我打開落地窗的鎖，拉開，讓她出去。刺骨寒風撲面而來，讓我們兩個都嚇了一跳。外面非常冷，但她衝出去，不管頭髮還沒乾、腳上沒穿鞋、T恤很單薄。

這女孩難道沒有一件像樣的衣服？

我拿起披在沙發上的灰色毯子追出去，用毯子裹住她，同時環抱她，和她一起欣賞海景。她的臉發亮，神情充滿驚奇。

藏身窩和另外三間度假屋都建在岩石海岬上，花園盡頭有一條蜿蜒小徑通往海灘。今天晴朗無雲，陽光燦爛，但風非常大，所以冷得刺骨。海水呈現冰涼的藍，點綴白色浪花，我們聽見海灣兩側浪濤拍打峭壁的轟然巨響，清新空氣中有著海水的鹹味。艾莉希亞轉頭看向我，表情全然讚嘆。

「來吧，先吃早餐。」我擔心爐子上的東西。「在外面待太久會凍死。吃完早餐再去海邊。」我們回到屋內，關上落地窗。「只要煎個蛋就好了！」我大聲說，音樂太吵了。

「我來幫忙！」艾莉希亞同樣大聲說，跟著我回到廚房，依然披著毯子。

我用手機應用程式將Sonos無線喇叭的音量調小。「這樣好多了。」

「很有意思的音樂。」艾莉希亞說，語氣感覺得出來這或許不是她的菜。

「是韓國浩室電子樂，我當DJ的時候用過幾首。」我從冰箱拿出雞蛋。「兩顆蛋？」

「一顆就好。」

「確定？」

「嗯。」

「好，一顆就好。我要兩顆。妳負責烤麵包，吐司在冰箱，烤麵包機在那裡。」

我們一起在廚房準備早餐，讓我有機會欣賞她。她修長靈活的手指從烤麵包機拿出吐司，一片片塗上奶油。

「來。」我從暖盤機取出餐盤放在流理台上，準備放吐司。

她露齒一笑，看我將蛋和培根端上桌。

「我不知道妳餓不餓，但我快餓扁了。」我將平底鍋放進洗碗槽，端起兩個盤子，催促她往餐桌走去。我已經擺好兩人份的餐具。

艾莉希亞似乎覺得很厲害。

為什麼只是這點小事，卻讓我覺得自己終於有所成就？

「妳坐這裡，可以看風景。」

「味道還可以嗎？」麥克辛問。

他們坐在大餐桌旁，艾莉希亞坐在桌首，她從來沒有坐過這個位子，她享受著美麗的海景。

「很好吃。你真是多才多藝。」

「絕對超乎妳的想像。」他淡淡地說，聲音有些沙啞。不知道為什麼，他的語氣加上眼神，讓她呼吸屏住。

「妳還想去散步嗎？」

「想。」

「好。」他拿起手機，撥打一個號碼。艾莉希亞納悶他打給誰。

「丹妮，」他說。「不，我們很好。可以送台吹風機……噢，有喔？好。那我需要一雙雨靴或健行靴……」他直直望著艾莉希亞。「多大？」他問。

她不知道他在說什麼。

「鞋子的尺碼。」他解釋。

「三十八。」

「也就是，呃……五號。如果有襪子，順便也送幾雙來。對，女用的……無所謂。還要一件夠保暖的外套……對，女用的……瘦小。麻煩盡快。」他又聽了片刻。「太好了。」他說，然後掛斷。

「我有外套。」

「那件不夠暖。我不知道阿爾巴尼亞人對襪子有什麼意見，但外面真的很冷。」

她臉紅了。她只有兩雙襪子，因為她買不起新的——而且她不好意思跟瑪格達再要一雙。瑪格達已經幫她很多了。

丹提與伊立扣住了她的行李，她到賓福特的時候，瑪格達把她身上的衣服幾乎都燒了，因為那些衣服髒到已經不能再穿了。

「丹妮是誰？」

「她住在附近。」麥克辛說著動手收拾盤子，站起來清理桌面。

「我來吧，」她很驚訝他竟然動手整理。「我會洗乾淨。」她接過他手中的盤子放進洗碗槽。

「不用，我來就好。妳房裡的衣帽間有個五斗櫃，抽屜裡應該有吹風機，去吹頭髮吧。」

「可是——」他該不會想洗碗吧？男人不做那種事的！

「沒有可是，我來就好。妳幫我收拾爛攤子夠久了。」

「但那是我的工作。」

「今天不是，妳是我的客人。快去吧。」他的語氣很嚴肅、很堅持，些許擔憂竄上她的背脊。

「好。」她低聲應，急忙離開廚房，心中很困惑，納悶她是不是惹他生氣了。

拜託不要生氣。

「艾莉希亞，」他喊她。她停在樓梯底端，望著自己的腳。「妳沒事吧？」她點點頭，衝上了樓。「拜託。」他補上一句。

到底是怎麼了？我說錯了什麼話？我望著她遠去的身影，發覺她刻意迴避我的視線。

靠。我惹她不高興了，但我不知道經過也不知道原因，我很想追上去，但決定還是算了。我動手將餐具放進洗碗機，開始清理廚房。

二十分鐘後，我正忙著收平底鍋，大門對講機響了。

丹妮來了。

我抬頭看看樓梯，希望艾莉希亞會出現，但沒有。我按下開門鈕讓丹妮進來，關掉音樂，因為我知道她會嫌吵。

吹風機的高頻噪音在她耳邊轟轟作響，艾莉希亞在熱風下反覆梳頭。每梳一下，她的心跳便慢慢恢復平和。

剛才他的語氣好像她爸爸。

她不由自主以平常回應父親的方式回應他：離開現場不煩他。爸爸從來沒有原諒她們母女，因為他唯一的孩子竟然是女兒，不過可憐的媽媽承受了他大部分的憤怒。

麥克辛先生和她爸爸完全不一樣。

完全不一樣。

她吹好頭髮，知道只有一種方法能平復心情、暫時忘記家人，那就是彈鋼琴。音樂是她逃避的手段，一直是唯一的手段。

她下樓的時候，麥克辛先生不見了。她納悶他去哪裡了，但她的手指發癢，等不及想彈琴。她在白色直立式鋼琴前坐下，掀開蓋子，沒有暖身，直接彈起澎湃的巴哈C小調前奏曲，音樂化作明亮的橘色與紅色，點燃整個空間，燒光她對父親殘留的恐懼，解放她，給她自由。

她睜開眼睛時，麥克辛看著她。

「太精彩了。」他輕聲說。

「謝謝。」她說。

他靠近一步，用指背輕撫她的臉頰，然後抬起她的下巴，讓她直視他充滿電力的眼眸。他眼睛的顏色非常特別，距離這麼近，她發現虹膜外圍的顏色比較深──有如庫克斯的針葉林，靠近瞳孔擴張的地方顏色比較淺，有如春季的蕨類。他彎下腰，她以為他要吻她，但是並沒有。

「我不知道我做了什麼惹妳不高興。」他說。

她伸出手指按住他的唇，不讓他繼續說下去。

「你沒有做錯任何事。」她低聲說。

他噘起唇輕吻她的指尖，她收回手。

「如果有，那我道歉。好了，妳要去海邊散步嗎？」

她燦爛一笑。「要。」

「好。妳得穿暖一點。」

艾莉希亞等不及了，她幾乎是拖著我走下石板小徑。到了小徑底端，我們踏上沙灘，艾莉希亞再也按耐不住，放開我的手，往洶湧大海奔去，她的帽子被吹掉，長髮在風中飛舞。

「大海、大海！」她吶喊，張開雙臂轉圈。她完全忘記了之前不高興的事，綻放大大的笑容，臉蛋發光，被內心的歡喜照亮。我踩著粗粗的沙大步前進，救回被她遺忘的毛帽。「大海！」她再次吶喊，音量壓過海浪聲，她大動作揮舞雙手，手臂有如發狂的風車，歡迎每一道拍岸的海浪。

我很難不笑出來。全新的體驗讓她激動得忘乎所以，這個模樣實在太迷人、太可愛。我笑看她尖叫著往後跳，躲開沖上岸的浪花。她的模樣很有趣，穿著尺寸過大的雨靴和大衣，臉發紅，鼻子也發紅，卻美得令人忘記呼吸。我的心揪緊。

她跑向我，放肆暢快的模樣有如小孩，她牽起我的手。「大海！」她再次吶喊，拉著我奔向拍岸海浪，我毫不抗拒，將自己徹底交給她的歡喜。

13

他們手牽手沿著岸邊的小徑散步，而後停在一片老舊廢墟前。

「這是什麼地方？」艾莉希亞問。

「廢棄的錫礦場。」

艾莉希亞與麥克辛靠在煙囪管上，望著洶湧大海，海浪頂端點綴著白色浪花，寒風從他們之間呼嘯而過。「這裡很美，」她說。「充滿野性，讓我想起故鄉。」

只是我在這裡更快樂。我覺得……很安全。

因為有麥克辛先生在我身邊。

「我也很愛這個地方，我從小在這裡長大。」

「在我們住的那棟房子裡？」

他移開視線。「不，那棟房子是我哥前幾年蓋的。」麥克辛的嘴角下垂，一臉失落。

「你有哥哥？」

「原本有，」他輕聲說。「他過世了。」他將雙手深深插進口袋，眺望大海，神情黯淡，彷彿石頭雕刻。

「很遺憾。」她說，由他痛苦哀傷的模樣判斷，他哥哥過世應該是最近發生的事。她伸手按住他的手臂。「你想念他。」。

「對，」麥克辛低喃，轉頭看著她。「我真的很想他。我愛他。」

她沒想到他會如此坦率。「你還有其他家人嗎？」

「一個妹妹，瑪麗安。」他寵溺地笑了一下。「還有我媽。」他的語氣變得冷漠。

「你父親呢？」

「我十六歲那年，他過世了。」

「噢，很遺憾。你的妹妹和媽媽，她們住在這裡嗎？」

「以前住過，現在偶爾會來玩。」他說。「瑪麗安住在倫敦，她在那裡工作，她是醫生。」他對她露出引以為傲的笑容。

「哇。」艾莉希亞很佩服。「你媽媽呢？」

「她大部分的時間都在紐約。」他的回答很簡短。他不想談起媽媽。

她也不想談起爸爸。

「庫克斯附近也有礦場。」她改變話題，抬頭望著灰色石造煙囪管，感覺很像去科索沃的路上會看到的那種。

「真的？」

「嗯。」

「生產什麼？」

「Krom，我不知道英文怎麼說。」

「鉻？」

她聳肩。「我不知道英文怎麼說。」

「看來我該投資一本阿爾巴尼亞語字典。」麥克辛咕噥。「來吧，我們走路去村子，在那裡吃午餐。」

「村子？」散步過來的途中，艾莉希亞沒有看到聚落。

「崔夫希克。那是個小村子，翻過山丘就到了。那裡是觀光勝地。」

艾莉希亞跟上他的腳步。

「你家的那些照片，是在這裡拍的嗎？」她問。

「風景照嗎？沒錯、沒錯，是這裡。」麥克辛燦然一笑。「妳的觀察力很不錯。」他稱讚，從他揚起眉的表情，艾莉希亞看出他很佩服。她對他羞澀微笑，他牽起她戴著手套的手。

他們沿著小徑走上一條很窄的小路，小到沒有人行道。路的兩邊長滿黑莓叢，雖然很高，但經過修剪，所以沒有蔓生到馬路上。黑莓和光禿禿的灌木修剪得很整齊，幾處積雪尚未消融。他們往下走，繞過一個大彎，崔夫希克村出現在小路盡頭。那裡的房子都是石造，牆壁刷白，艾莉希亞從沒見過這樣的房屋，感覺矮小老舊，但十分迷人。小村子很雅致——極為整潔，到處都看不到垃圾。她故鄉的街道上總是有垃圾和建築工地的瓦礫，大部分的建築都是水泥建造的。

海濱有兩個石造碼頭延伸到港口，三艘大型漁船停靠在那裡。海濱附近有幾家店舖——兩家服飾店、一家便利店、一間小藝廊，還有兩間酒館，其中一家叫「水坑」，另一家叫「雙頭鷹」。掛在店外的招牌上有個艾莉希亞看過的盾徽。「快看！」她指著圖案。「你的刺青。」

麥克辛對她擠擠眼。「妳餓了嗎？」

「嗯，」她回答。「我們走了很久。」

「你好，閣下。」一位老先生走出雙頭鷹酒館，他圍著黑圍巾，身穿綠色油布外套，頭帶扁帽。他身後跟著一隻毛茸茸的狗，看不出品種，穿著一件紅色外套，背上用金線繡著「波里斯」這個名字。

「崔文牧師。」麥克辛跟他握手。

「小伙子，你過得還好嗎？」他拍拍麥克辛的手臂。

「很好，謝謝。」

「那就好。這位漂亮的小姐是誰？」

「崔文牧師，我們的教區牧師，這位是艾莉希亞・迪馬契，我的……朋友，從海外來玩。」

「妳好呀，孩子。」崔文伸出一隻手。

「你好。」她說著跟他握手，因為他直接對她說話感到驚訝又歡喜。

「妳覺得康瓦爾如何？」

「很漂亮。」

崔文給她一個和藹的微笑，又對麥克辛說：「明天是禮拜日，希望在教堂看到你，這個要求會太困難嗎？」

「再說吧，牧師。」

「孩子，在上位的人要以身作則，別忘記了。」

「我知道、我知道。」麥克辛似乎很無奈。

「天氣真冷！」崔文牧師嚷嚷，放下剛才的話題。

「確實。」

崔文吹口哨呼喚波里斯，剛才牠一直乖乖坐在旁邊等他們結束寒暄。「我怕你忘記了，提醒一下：教堂禮拜十點整開始。」

麥克辛打開酒館大門，帶艾莉希亞走進溫暖的店裡。她問：「教區牧師是神職人員，對嗎？」

「對。妳有宗教信仰嗎？」他的問題出乎她意料。

「我——」

「你好，閣下。」一個壯碩男子打斷他們的交談，他有著一頭紅髮，臉色也同樣紅潤，站在一個巨大的吧台後面，上面掛滿裝飾用的酒壺和玻璃啤酒杯。酒館另一頭燒著柴火，幾張桌子旁放著高背木椅，幾乎客滿，客人有男有女，他們可能是當地人，也可能是觀光客，艾莉希亞無法分辨。天花板上掛著漁船用的繩索、漁網、滑輪。氣氛溫馨友善，甚至有對小情侶躲在後面接吻，艾莉希亞難為情地轉過頭，緊黏著麥克辛先生。

「嗨，賈哥，」我對酒保說。「午餐還有兩個人的座位嗎？」
「梅根會幫你們找位子。」賈哥指著遠處角落。
「梅根？」
靠。
「對，她在這裡上班。」
該死。
我偷瞥艾莉希亞一眼，她似乎很困惑。「妳真的很餓？」
「對。」艾莉希亞回答。
「Doom Bar 啤酒？」賈哥問，他打量艾莉希亞的眼神帶著過量的讚賞。
「好，麻煩你。」我盡可能不瞪他。
「小姐要喝什麼呢？」他溫柔地問，依然看著艾莉希亞。
「妳要喝什麼？」
她脫掉帽子，讓長髮披散。她的臉頰凍得發紅。「我昨天喝的那種啤酒？」她說。她散落的深色長鬈髮幾乎到腰，眼眸晶瑩，笑容燦爛，完全是個異國美人。我著迷了，完全、徹底地著迷，難怪賈哥會看得失神。「給這位小姐小杯愛爾蘭淡啤酒。」我說，沒有看他。
「怎麼了？」艾莉希亞問，一邊拉下外套拉鍊，這件老牌 Barbour 鋪棉外套是瑪麗安的。我知道我一直呆望著她，我搖搖頭，她對我害羞微笑。
「嗨，麥克辛，還是該稱呼你『閣下』？」
靠。我轉身，梅根站在我面前，陰沉的表情呼應深色服裝。「兩個人？」她的語氣很酸，笑容也很酸。

「麻煩妳。妳好嗎？」

「好得很。」她沒好氣地說，我的心一沉，爸爸當年說的話在心中響起：小子，不要玩村裡的女孩。

我讓艾莉希亞走在前面，我們跟著梅根散發怨氣的背影往店裡走。她帶我們到窗邊角落的位子，可以欣賞碼頭風景。這是整家店最好的位子，或許她不那麼恨我了。

「可以嗎？」我問艾莉希亞，刻意不看梅根。

「嗯，很好。」艾莉希亞回答，不解地看著臭臉的梅根。我幫她拉出椅子，她坐下，賈哥送酒過來，梅根大搖大擺走開，應該是去拿菜單……或板球棒。

「敬妳。」我舉起酒杯。

「敬你。」艾莉希亞回答。喝了一口之後，她說：「我覺得梅根好像對你有意見。」

「是啊，我也覺得。」我聳肩，輕輕放下這個話題。我真的很不想和艾莉希亞討論梅根。「那個，剛才妳聊到宗教信仰？」

她的眼中帶著疑惑，似乎覺得「梅根事件」不單純。「共產黨禁止國民信仰宗教。」

「妳昨天在車上說過。」

「嗯。」

「可是妳戴著金十字架。」

「菜單，」梅根打斷我們的談話，給我們一人一份護貝的菜單。「等一下我再來點菜。」她突然轉身走向酒吧。

我不理她。「妳剛才說到哪裡？」

艾莉希亞懷疑地看梅根走遠，但沒有說什麼，繼續剛才的話題。「這是我外婆的，她是天主教徒。她生前會偷偷禱告。」艾莉希亞把玩十字架。

「那麼，妳的國家沒有宗教？」

「現在有了。共產黨垮台，我們成為共和國，之後就有宗教了，但阿爾巴尼亞人不太重視。」

「噢，我以為在巴爾幹半島宗教是件大事。」

「阿爾巴尼亞不一樣。我們是……那個詞怎麼說？世俗國家。信仰很個人，你知道，只有信徒與他所信仰的神知道。我們家信天主教，我住的城鎮大部分的人都是穆斯林，但我們不太在意。」她用疑問的眼神看著我，「你呢？」

「我？呃，應該可以說我屬於英國國教，但我完全沒有信仰。」

崔文牧師的話在我腦海中響起：**孩子，在上位的人要以身作則。**

真是的。不然明天去一趟教堂好了，基特只要人在康瓦爾，每個月至少會出席禮拜一、兩次。

我？沒這麼勤勞。

又一個我必須完成的責任。

「英國人都像你這樣嗎？」艾莉希亞問，將我拉回談話中。

「宗教方面？一些人是，一些人不是。英國文化很多元。」

「這個我知道。」她微笑。「我在倫敦坐火車的時候，總是能聽到許多不同的語言。」

「妳喜歡嗎？倫敦？」

「倫敦很吵、很擁擠、物價很貴，但很刺激。我從來沒有去過大城市。」

「連地拉那也沒去過？」感謝我昂貴的教育，讓我知道阿爾巴尼亞的首都是那裡。

「沒有，我從來沒有出過遠門。你帶我來這裡之前，我從沒看過海。」她望著窗外，神情惆悵，但給我了一個機會研究她的側臉：纖長睫毛、挺翹鼻子、微嘟嘴唇。我在座位上動了動，血液凝稠。

別亂來。

梅根回來了，她的頭髮整個往後紮起，顯得臉更臭、更憤怒，我的難題瞬間消失。

老天，她還是很怨恨。我和她只是七年前的夏天發生過一段韻事，短短一個夏季而已。

「可以點餐了嗎？」她怒瞪我。「今天的魚獲是鱈魚。」她的語氣活像在罵人。

艾莉希亞蹙起眉，急忙看菜單。

「我要鮮魚派，謝謝。」我不爽地昂起頭，看梅根敢說什麼。

「我也是。」艾莉希亞說。

「兩個鮮魚派。要紅酒嗎？」

「我喝啤酒就好。艾莉希亞？」

梅根轉頭看向美麗的艾莉希亞．迪馬契。「妳呢？」她兇巴巴地問。

「我也喝啤酒就好。」

「謝謝妳，梅根。」我的語氣充滿警告意味，她瞪我一眼。

她很可能會在我的食物裡吐口水——說不定會吐在艾莉希亞的食物裡，那樣更糟。

「靠。」我低咒一句，看著她氣勢洶洶回到廚房。

艾莉希亞觀察我的反應。

「已經是陳年往事了。」我難為情地拉拉領口。

「什麼事？」

「我和梅根。」

「噢。」艾莉希亞的語調很無力。

「她已經走入歷史了。跟我說說妳家人的事，妳有兄弟姊妹嗎？」我急著改變話題。

「沒有。」她簡短地說，顯然還在想我和梅根的事。

「父母呢？」

「一個爸爸、一個媽媽，像所有人一樣。」她揚起一邊漂亮的彎彎眉。噢，溫順可愛的迪馬契也有牙尖嘴利的時候。

「他們是怎樣的人？」我忍著笑意問。

「我媽媽很……勇敢。」她的語氣變得溫柔惆悵。

「勇敢？」

「對。」她的表情憂鬱，再次望向窗外。

好吧，這個話題顯然要避免。

「妳爸爸呢？」

「什麼意思？」

她搖頭聳肩。「他是傳統的阿爾巴尼亞男人。」

「呃，我爸爸很老派，我不……怎麼說？我們的管念不一樣。」她的神情黯淡了一點，憂傷的模樣讓我明白，這個話題也要避免。

「觀念，」我糾正她。「不然，說說阿爾巴尼亞好了。」

她的臉龐發光。「你想知道什麼？」她從深色長睫毛下方看著我，我的胯下再次變得緊繃。

「所有事情。」我低語。

我看著她，聽她說話，徹底著迷。她非常熱中，滔滔不絕，生動描繪出祖國與家鄉的景色。她告訴我，阿爾巴尼亞是個非常特別的國家，一切都以家庭為重心。這個國家很古老，幾個世紀以來受過許多不同文化的薰陶，每個都有獨特的理念。她說阿爾巴尼亞面向東西雙方，但近幾年越來越效法歐洲。她以家鄉為榮。庫克斯是個小城鎮，位在北方，接近科索沃邊界，她滿懷熱情描述壯觀的湖泊、河流、峽谷，但她最愛環繞四周的群山。她變得活潑開朗，描述著景色風光，顯然這是她對家鄉最大的眷戀。

「所以我喜歡這裡，」她說。「以我目前看過的風景而言，我覺得康瓦爾也很美。」

梅根送上鮮魚派，打斷我們的談話。梅根將盤子往桌上一扔，一言不發地離開，她的臉很臭，但鮮魚派熱燙美味，而且似乎沒有口水的痕跡。

「妳爸爸從事什麼行業？」我謹慎地問。

「他有一間汽車的店。」

「他開加油站？」

「不。他修理汽車，輪胎、機械之類的東西。」

「妳媽媽呢？」

「她待在家。」

我想問艾莉希亞為何離開阿爾巴尼亞，但我知道會讓她想起來英國的恐怖旅程。

「妳在庫克斯的時候，從事什麼工作？」

「我原本是學生，但我的大學廢校了，所以有時候我去小學指導小朋友。有時候我彈鋼琴……」她沒有說完，我不知道是因為想家，還是其他原因。「跟我說說你的工作。」顯然她想改變話題，而我也還不想說出我的身分，於是我告訴她做ＤＪ時的經歷。

「我在西班牙伊比薩島的聖安東尼奧海灘工作過兩個夏季，那才真的是派對聖地。」

「所以你才有那麼多唱片？」

「對。」我回答。

「你最喜歡什麼音樂？」

「所有音樂，我沒有特別偏好的類型。妳呢？妳幾歲開始彈鋼琴？」

「四歲。」

哇，真早。

「妳學過音樂嗎？樂理那種？」

「沒有。」

這樣更令人佩服。

看艾莉希亞吃東西很有滿足感。她的臉紅潤，眼眸晶亮，我懷疑喝了兩杯啤酒之後，她有點醉了。

「還要別的東西嗎？」我問。

她搖搖頭。

「我們走吧。」

送帳單來的人是賈哥。我懷疑梅根不肯來，不然就是在休息。付完帳，我牽著艾莉希亞的手走出酒館。

「我想去一下商店。」我說。

「好。」艾莉希亞斜斜勾起的笑容讓我也跟著笑了。

崔夫希克的店鋪產權屬於領地，出租給當地居民使用，從復活節到新年這段期間生意很好。其實唯一實用的商店只有五金行，因為這裡離大城市很遠，所以店裡什麼都有賣。我們推開店門，響起悅耳的鈴聲。

「如果有想要的東西就跟我說。」我對艾莉希亞說，她看著架子上的雜誌，身體輕輕搖晃。我走向櫃台。

「請問需要什麼？」高個子的女店員問，我不認識她。

「你們有沒有夜燈？小朋友用的那種？」

她走出櫃台，在附近的貨架上尋找。「我們只有這種。」她拿起一個盒子，裡面有隻塑膠小龍。

「我要一個。」

「要裝電池才能用。」店員告訴我。

「那我也順便買電池。」

她拿了一盒電池，回到櫃台，我看到那裡放著保險套。

嗯，說不定我會走運。

我轉頭看艾莉希亞在哪裡，她正在翻閱雜誌。

「還要一盒保險套。」

年輕女店員臉紅了，我很慶幸不認識她。

「你要哪一種？」她問。

「那種。」我指著慣用的品牌。她迅速將保險套和夜燈放進塑膠袋。

付完帳之後，我去前面找艾莉希亞，她正在看店裡陳列的少少幾支口紅。

「想買什麼嗎？」我問。

「沒有。謝謝。」

她會拒絕一點也不奇怪。我從沒看過她化妝。

「走吧？」

她牽起我的手，我們走出店外。

我們走上通往廢棄礦場的小路，艾莉希亞指著遠處只能看到一部分的煙囪，問：「那是什麼地方？」我當然知道那是什麼地方，那根煙囪豎立在翠希蓮府邸西翼的屋頂上。我祖傳的家。

該死。

「那個地方？那裡屬於崔夫希克伯爵。」

「噢。」她的眉頭皺了一下。

我們繼續默默前進，我在心中和自己交戰。

快告訴她，你就是他媽的崔夫希克伯爵。

不要。

為什麼？

我遲早會說，只是現在還不行。

為什麼？

我希望她先瞭解我。

瞭解你？

和我多相處一陣子。

「可以再去海灘嗎？」艾莉希亞的眼眸再次點亮興奮光彩。

「當然好。」

艾莉希亞狂愛大海。她像之前一樣，放肆歡喜地衝進淺水處，因為穿著雨靴，踩水也不用擔心腳會濕。

她……綻放喜悅。

麥克辛先生給了她大海。

興奮喜悅排山倒海而來，她閉起眼，大大張開雙臂，大口吸進鹹鹹的冰涼空氣。她不記得多久沒有這麼……滿足了，這片寒冷野性的大地讓她有種強烈的歸屬感，讓她想起家鄉。

她覺得屬於這裡。

她覺得很完整。

她轉身看向麥克辛，他站在岸上，雙手深深插進大衣口袋，注視著她。風吹亂他的頭髮，一絲絲金黃在陽光下閃耀，他的眼中充滿愉悅，閃耀絢麗的翡翠綠。

他令人忘記呼吸。

她的心漲得滿滿的，眼看就要溢出來。

她愛他。

沒錯，她愛他。

她無比喜悅興奮地深愛著他。戀愛的感覺就應該像這樣，歡樂，充實，自由。這份領悟撲向她，有如將頭髮吹到她臉上的康瓦爾強風。

她愛上麥克辛先生了。

她心中所有難以言喻的感受像氣泡般浮起，她露出電力超強的笑容，他回應的笑容令人目眩，一瞬間，她放膽懷抱希望。

或許有一天他也會有同樣的感受？

她雀躍地奔向他，在那放下防備的一刻，她撲到他身上，雙手勾住他的頸項。

「謝謝你帶我來這裡。」她興奮地說，幾乎無法呼吸。

他咧嘴一笑，低頭看著她，將她擁進懷中。「妳開心就好。」他說。

「我會讓你更開心！」她妙回一句，大笑著看他目瞪口呆的模樣。

她想要他。整個他。

她轉身離開他的懷抱，再次奔向淺水區。

老天，她喝多了，可能有一點醉，但好美，我深深迷戀。

她突然滑倒，剛好一個大浪打過來。

糟糕！

我慌忙衝過去幫忙。她手腳並用想站起來，沒想到又滑倒，我趕到她身邊時，她笑個不停，全身濕透。我扶她站起來。「今天的游泳時間到此結束。」我咕噥。「天氣很冷，我帶妳回家。」我牽起她的手。艾莉希亞歪歪露齒一笑，跟在我身後穿過沙灘，走上小徑，往度假屋而去。她走走停停，似乎不願意離開海灘，但她依然笑個不停，似乎心情很好。我不希望她感冒。

回到溫暖的藏身窩，我將她拉進懷中。「妳的笑聲令人難以抗拒。」我短促吻她一下，幫她脫掉濕透的外套，她的牛仔褲也濕了，不過幸好裡面的衣服沒有弄到水。我搓搓她的手臂幫她取暖。「妳快去換衣服。」

「好。」艾莉希亞笑嘻嘻走向樓梯，我將她的外套——呃，瑪麗安的外套掛在門廳的暖氣上烘乾。我的靴子和襪子也濕了，我脫掉，走進客用洗手間。

我出來的時候，她不見蹤影，我猜她應該是上樓換褲子了。我坐在廚房吧台邊，打電話請丹妮準備晚餐。

接著我打給湯姆．亞歷山大。

「崔夫希克，臭小子，你還好嗎？」

「很好，多謝。賓福特有什麼狀況嗎？」

「沒有，西線無戰事。康瓦爾呢？」

「很冷。」

「老兄弟，我在想，為了一個女傭，你未免太盡心盡力了吧？她確實很漂亮，但我希望她值得你這麼費心。」

「她值得。」

「我不知道原來你這麼吃落難公主這套。」

「她不是落難——」

「希望你已經把她搞定了。」

「湯姆，不關你屁事。」

「好啦、好啦，看來是還沒。」他大笑。

「湯姆。」我語帶警告。

「好、好，崔夫希克，不要怒髮衝冠。這裡一切平安，你只要知道這個就夠了。」

「謝了，隨時報告最新狀況。」

「沒問題。再見。」他掛斷。

我低頭看著手機。

混蛋。

我發電子郵件給奧利佛。

收件人：奧利佛・馬克米蘭

日期：二〇一九年二月二日

寄件人：麥克辛・崔佛衎

主旨：行蹤

奧利佛，

我在康瓦爾處理一些私事，暫時住在藏身窩。我不確定會待多久。

湯姆・亞歷山大的保全公司會寄請款單過去，請以我的私人津貼支付。

如果需要聯絡我，電子郵件是最理想的方式，你也知道這裡手機收訊不好。

多謝。

M・T

接著我發訊息給卡洛琳：

——我在康瓦爾。會待一陣子。

——希望妳一切順利（吻）。

她立刻回覆。

——要我過去陪你嗎？

——不用。我很忙。好意心領了。

——你在躲我嗎？

——別傻了。

——☹我不相信。我打去府邸，電話談。

——我不在府邸。

——那你在哪裡？你到底跑去那裡搞什麼鬼？

——卡洛，別問了。我下星期打給妳。

——你在搞什麼鬼？我很好奇也很想你。今天晚上我又要和巫婆繼母見面。超想罵髒話。

——祝妳好運（吻）。

該死，我要怎麼跟卡洛琳解釋這裡的狀況？我用雙手爬梳過頭髮，希望能找到靈感。我想不出來，於是先去找艾莉希亞。樓上兩個房間都沒有她的蹤影。

我回到樓下的大起居室，大喊：「艾莉希亞！」但她沒有回應。我衝到樓下，急忙檢查一樓的三間客房和遊戲娛樂室。

遍尋不著艾莉希亞。

該死。

我盡可能壓制竄升的恐慌，跑回樓上檢查SPA室，說不定她在用按摩熱水池。

她不在那裡。

她究竟去哪了？

我去洗衣間察看。

她在那裡，裸著雙腿坐在地板上看書，烘乾機轟轟運轉。

「原來妳在這裡。」我掩飾又氣又急的心情，覺得自己的擔憂很可笑。她抬起溫暖的棕眸看著我，我在她身邊坐下。

「妳在做什麼？」我靠在牆上，有些喘不過氣。她立起雙腿，拉長白上衣蓋住，下巴靠在膝蓋上，臉頰因為難為情而羞紅的模樣很可愛。

「我在看書，順便等牛仔褲烘乾。」

「看得出來。妳為什麼不換？」

「換？」

「換別件牛仔褲。」

她的臉更紅了。「我沒有別件。」她說得很小聲，語氣帶著羞慚。

天殺的。

我想起出發時我放進後車廂的那兩個塑膠袋，裡面裝著她所有的東西。

我閉起眼，往後靠在牆上，覺得自己蠢透了。

她一無所有。

就連衣服也沒有，也沒有襪子。

靠。

我看看手錶，發現時間太晚了，不能出去買東西，加上我喝了兩大杯啤酒，更不能開車——我從不酒駕。「現在很晚了。明天我帶妳去帕德斯托，幫妳買一些新衣服。」

「我沒有錢買衣服。我的牛仔褲很快就乾了。」

我不理會她的話，低頭看她手中的書。「妳在看什麼書？」

「我在書架上找到的。」她拿起書，是達夫妮．杜穆里埃寫的《牙買加客棧》。

「妳喜歡嗎？這個故事的背景是康瓦爾。」

「剛開始看而已。」

「印象中我很喜歡這本書。對了，我應該有妳能穿的衣服。」我站起來，伸出一隻手，她拿著書，站起來時有些搖晃，上衣下襬濕濕的。

糟，她會感冒。

我盡可能不偷看她光裸的長腿，盡可能不想像那雙腿纏在我身上的感覺。我做不到。

她穿著那件粉紅內褲。

要死了。

我的需求引起緩慢沉悶的痛。

我又得去淋浴了。

「來吧。」我的聲音飽漲慾望，幸好她似乎沒有察覺。我們上樓，她躲進客房，我走進衣帽間翻找丹妮從府邸送來的其他衣物。

不久，艾莉希亞出現在門口，穿著海綿寶寶睡褲和阿森納足球隊的球衣。

「我有這些。」她歉疚地說，笑容中依然有些酒意。

我停止翻找。

即使穿著圖案可笑的褪色睡褲和足球衫，她依然令人驚豔。「這樣就可以了。」我笑了笑，想像將那條睡褲從她的臀部扯下，經過雙腿脫掉。

「這兩件原本是米赫爾的。」她說。

「我想也是。」

「他穿不下了。」

「妳穿有點大。明天我們去買衣服。」

她張嘴想抗議，但我舉起手指按住她的唇。「噓。」她唇的觸感好柔嫩。

我想要這個女人。

她噘起嘴吻我的手指，視線飄向我的嘴唇，目光變得深沉，我無法呼吸。「拜託不要那樣看著我。」我低語，手指離開她的唇。

「哪樣……？」她的聲音幾乎聽不見。

「妳知道，好像妳想要我。」

她臉紅了，低頭看著腳。

「對不起。」她輕聲說。

糟，我害她難過了。「艾莉希亞。」我上前一步，近到幾乎碰到她，薰衣草與玫瑰的迷人香氣，混合海水的鹹味，迷醉了我的感官。我輕撫她的臉，她將可愛的臉貼進我的大掌中。

「我確實想要你，」她呢喃，抬起誘人的眼睛，與我四目相交。「但我不知道該怎麼做。」

我用拇指輕輕掃過她的下唇。「小美人，我覺得妳喝多了。」

她愣了一下，眼眸籠罩一種我無法理解的情緒，她昂起下巴，轉身離開我的房間。

到底是怎麼了？

「艾莉希亞！」我喊著追上她，但她不理我，頭也不回往樓下走。

我嘆息，坐在最上層的階梯上，伸手揉臉。我不懂，我很努力想表現出高貴情操——真的去他媽的非常努力。

真是諷刺，我哼笑一聲。

我懂她剛才的表情。

唉，我看過太多次了。

那個表情在說：上我，快上我。

我帶她來不就是為了這個？

但她醉了，她無依無靠、一無所有，真的一無所有。

她有我。

說得跟真的一樣。

但假使我和她上床，會變成佔她便宜。

就那麼簡單。

所以不行。

但我惹惱她了。

靠。

突地，悠悠琴音飄揚整間房子。是感傷的巴哈降E小調前奏曲，這首曲子我很熟，少年時期為了通過四級還是五級的鋼琴檢定特別研究過。她的演奏非常出色，展現出所有情感，呈現出樂曲的深度。她的琴藝超凡絕俗，藉由音樂傳達她所有的感受。她很生氣，生我的氣。

見鬼了。

既然她自願獻身，我乾脆接受好了——和她上床，帶她回倫敦。但這個念頭進入腦海的瞬間，我就知道不可以。

我必須幫她找住的地方。

我再次揉搓臉。

她可以和我一起住。

什麼？不。

我從來沒有同居過。

真的有那麼糟？

老實說，我不希望艾莉希亞．迪馬契受到任何傷害。我想保護她。

我嘆息。我到底是怎麼了？

艾莉希亞將心中的困惑全部注入巴哈的前奏曲。她想遺忘一切，他的表情，他的疑慮，還有他的拒絕。音樂緩緩流洩而出，穿過她，傳遍整個空間，染上充滿遺憾的憂鬱色彩。在演奏時，她將自己完全交給旋律，忘卻一切，所有的一切。

最後的音符散去，她睜開眼，麥克辛先生站在廚房吧台旁看著她。

「嗨。」他說。

「嗨。」她回應。

「對不起，我不是故意害妳不高興。今天已經兩次了。」

「你很矛盾，」艾莉希亞想表達她的困惑，她想了一下，補上一句：「是因為我的衣服嗎？」

「什麼？」

「你不喜歡我的衣服。」畢竟他堅持要幫她買新衣服。她站起來，難得勇氣十足，轉了個圈給他看，她希望能逗他笑。

他走向她，看著她的足球衫與卡通睡褲，搓搓下巴，彷彿在思考她的假設。「妳的打扮像個十三歲少年，我喜歡。」他的語氣一本正經，但流露幾許笑意。
艾莉希亞笑了聲，充滿感染力的響亮笑聲，他跟著笑。
「這樣好多了，」他低語，輕捏她的下巴吻她一下。「艾莉希亞，妳令人垂涎，無論穿什麼衣服都一樣，不要讓我或任何其他人害妳懷疑自己的魅力。繼續彈吧，為我演奏一曲，拜託。」
「好。」她說。他剛才那番話讓她心情平復，她重新在鋼琴前坐下，她給他一個暗示的笑容，然後開始彈奏。

是我的曲子。
我見到她之後寫完的那首曲子。
她會彈，不用看譜。她彈得比我好太多了。我開始寫這首曲子時基特還在世……我聽著在整個起居室飄揚的和聲，聽見自己的傷心與懊悔，哀傷如大浪撲來，襲擊我，淹沒我。我的喉嚨裡彷彿有個結，我盡量克制，但情緒卻更擴張，限制了我呼吸的能力。我看著她，彷彿中了魔咒，同時感到強烈痛楚，音樂穿透我的心，觸碰到基特離去後留下的巨大空洞。她閉著眼，很專注，完全投入感傷憂鬱的旋律中。
我一直努力忽視悲傷，但悲傷依然存在，從他過世那天起就在，從不曾消失。我告訴艾莉希亞我愛他，是真的，我真的愛他。我的大哥。
但我從來沒有告訴過他。
一次也沒有。
現在我思念他，他卻永遠不會知道了。
基特。

為什麼？

淚水灼痛我眼睛後方，我靠著牆，試圖抗拒痛苦與失落。我雙手掩面。

我聽到她倒抽一口氣，停止彈奏。「對不起。」她輕聲說。我搖搖頭，無法言語，也無法看她。我聽見琴凳摩擦地板的聲音，我知道她離開鋼琴了，接著我感覺她來到身邊，摸摸我的手臂，這個憐惜的動作終於讓我崩潰。

「這首曲子讓我想起我哥。」我的喉嚨被凝結的情緒堵住，好不容易才擠出這句話。「三週前，我們在這裡將他下葬。」

「噢，不。」她的語氣彷彿從雲端墜落，她抱住我，讓我吃了一驚，她低聲說：「很遺憾。」

我將臉埋在她的髮間，吸進她撫慰的香氣，控制不住的淚水不斷滑落臉頰。

靠，她毀了我的硬漢氣概。

我在醫院沒有哭，在葬禮上也沒有哭。十六歲那年父親過世之後，我再也沒有哭過。然而，此刻，在這裡，在她身邊，我不再壓抑，在她懷中啜泣。

14

艾莉希亞的心跳加速，因為慌張。她不知所措，只能抱著他，心亂如麻。

她做了什麼？

麥克辛先生。麥克辛先生。麥克辛。

她以為他會覺得有趣，她竟然會彈這首曲子。

但並非如此，她害他想起了傷心事。懊悔有如快速無情的腳步，踐踏她的腹部。她怎麼會這麼粗心？他抱緊她，無聲哭泣。才過三週而已，時間還很短，難怪他依然在哀悼。她將他抱緊，輕撫他的背。她想起外婆過世時的心情，外婆是唯一瞭解她的人，是她唯一可以真正吐露心思的對象。她離開人世已經一年了。

她嚥下喉嚨裡灼痛的感傷。麥克辛無助又傷心，她好想讓他重新展露笑顏。他為她做了那麼多。她雙手沿著他的肩膀往上移動到後頸，然後抱住他的頭，將他的臉轉向她，他的眼中沒有任何期待，那雙晶瑩綠眸中只有哀愁，她緩緩將他的拉過去，吻上他的唇。

當她的唇輕觸我的唇，我悶吟一聲。她的吻很羞怯，完全出乎意料，而且，噢，如此甜美。我緊閉雙眼，抗拒傾洩的哀傷。「艾莉希亞。」她的名字有如福祐，我用雙手捧住她的頭，手指探入她柔滑的髮間，接受她遲疑青澀的吻。她吻我一次、兩次、三次。

「有我在。」她低語。

她這句話讓我的肺瞬間失去所有空氣。我想將她緊緊抱在懷裡，永遠不放開。我想不起有多久沒有人在我需要時給予安慰。

艾莉希亞親吻我的脖頸，我的下顎，然後再次吻上我的唇。

我任由她吻。

我的悲傷逐漸褪去，留下飢渴——對她的飢渴。自從那天看到她拿著掃把站在我家門廳，我就一直努力抗拒她的吸引力，可她打破了我的防備，揭開了我的哀傷、我的需求、我的慾望，現在我再也無力抵抗。

她移動，捧著我熱淚縱橫的臉輕輕撫摸，她的愛撫如同龍捲風在我全身肆虐。我迷失了，迷失在她的憐憫、勇氣與純真中，迷失在她的撫摸中。

我的身體做出回應。

要命。

我想要她。現在要她，永遠要她。

我將她的頭抬起，一手握住她的後頸，手指依然埋在她的髮間，另一手摟住她的腰，將她整個人拉到我身上，我吻得更深入，嘴唇更堅持。艾莉希亞小小驚呼一聲，我抓住機會用舌尖逗弄她的粉舌，她的滋味像她的容貌一樣甜美，她輕聲呻吟。

我全身點燃光芒，有如尖峰時段的皮卡迪利圓環。

她推推我的胸口，突然打斷我們的吻，她抬頭看著我，神情迷茫錯愕。

該死，怎麼了？

她氣喘吁吁、滿臉通紅、瞳孔放大……

*老天，她真是極品。*我不想放她走。「妳沒事吧？」

她的唇角揚起害羞微笑，點了點頭。

點頭代表是？不是？

「是？」我想確認。

「是。」她低語。

「妳有沒有接吻的經驗？」

「只有你。」

這個回答讓我不知該說什麼。

「再一次。」她懇求，我不需三催四請。我的哀傷變成遙遠的回憶，我完全處於現在，和這個美麗純真的年輕女子在一起。我的手指扣住她的頭，讓她的頭輕輕往後仰，將她的唇重新抬高迎向我。我再次吻她，用舌頭誘使她的唇分開，這次她主動伸出舌尖。

我的喉嚨深處發出低低悶哼，我完全亢奮，黑色牛仔褲變得非常緊繃。

她的雙手滑上我的二頭肌，攀附著我，我們的舌頭互相愛撫、嬉戲、品嘗對方，一次又一次。

我可以吻她一整天。

每天。

我一手沿著她的背脊撫向她完美的臀部。

噢，老天。

我一手按住她的臀部，將她壓在我的勃起上。

她倒抽一口氣，停止親吻，但沒有放開我。她的氣息粗重，眼睛的顏色有如黑夜，因為震撼而睜大。

要命。

我凝視她驚愕的雙眼，凝聚每一分自制力，問：「妳想停嗎？」

「不。」她急忙說。

感謝老天。

「怎麼了？」我問。

她搖頭。

「這個？」我問，臀部頂向她。

她愕然抽氣。

「沒錯，美人，我想要妳。」

她張嘴吸氣。

「我想觸摸妳。所有地方。」我低語。「用我的雙手，我的指尖，我的嘴唇，還有我的舌頭。」

她的眸色變得深濃。

「我也想要妳摸我。」我沙啞地補上一句。

她的嘴默默張成一個完美的圓，視線從我的雙眼移到我的胸口，然後再回到我的雙眼。

「太快了？」我問。

她搖頭，雙手抓住我的頭髮一扯，將我的唇拉回去。

「啊，」我貼著她的唇角喃喃，歡愉衝下脊椎到達胯下。「這樣就對了，艾莉希亞。摸我，我要妳摸我。」我渴望她的撫摸。

她吻我，怯怯地將粉舌探進我唇間。我接受她所能給予的一切。

噢，艾莉希亞。

我們親吻，不停親吻，直到我快爆炸。我一手爬上她的睡褲褲腰，探進去，貼著她臀部溫暖柔嫩的肌膚，她短暫僵住，然後牢牢抓住我的頭髮，用力一扯，激烈地親吻我——貪婪且狂熱。

「別急。」我喘息道。「我們要慢慢來。」

她吞嚥一下，雙手握住我的手臂，感覺有點糗。

「我喜歡妳抓著我頭髮的感覺。」我安撫她。為了補償，我用牙齒沿著她的下顎磨蹭到耳朵，她的呻吟輕柔沙啞，頭往後靠在我的掌心上。

那是激勵我昂揚的美妙音樂。

「妳好美。」我呢喃，手指在她的髮間握緊，輕柔拉扯。她的下巴抬起，我在她的喉嚨底端印上一個又一個羽毛般的輕吻，最後抵達她的耳朵。我的另一隻手揉捏著她的臀部，再次找到她的唇，舌頭挑逗探索她的小口，給予的同時也接受，她的唇熟悉我的，我的唇熟悉她的。我沿著她的頸子往下吻，找到脈搏在她肌膚下快速狂跳的地方。

「我想和妳做愛。」我低語。

艾莉希亞呆住。

我雙手捧著她的臉，拇指撫過她的唇。「跟我說，要我停止嗎？」她咬著上唇，視線飄向窗外，淡藍的天空中有著幾絲粉紅，暮色即將降臨。「沒有人會看到我們。」我保證。

她的笑容很猶豫，但她小聲說：「不要停。」

我用指背撫著她的臉頰，迷失在她深邃的眸中。「妳確定想要？」

她點頭。

「說出來，艾莉希亞，我需要聽到妳說。」我再次親吻她的嘴角，她閉上眼睛。

「要。」她嘆息。

「噢，寶貝，」我低喃。「腿纏在我的腰上。」我握住她的纖腰，輕輕鬆鬆將她舉起，她雙手按住我的肩膀。「腿。纏在我身上。」她的臉發亮，我希望是因為慾望與興奮，她將雙腿纏在我的腰上，雙手環抱我的頸子。

「抱緊了。」

我走上樓梯，她親吻我的喉嚨。

「你好香。」她彷彿自言自語。

「噢，親愛的，妳也是。」

我將她放在床邊，再次親吻她。

「我想看妳。」我的雙手找到她的足球衫下襬，輕輕拉起從她頭上脫掉。雖然她穿著胸罩，但還是雙手抱胸，長鬈髮如深色瀑布垂落腰間。

她很害羞。

她很純真。

她令人驚豔。

我同時既亢奮又感動，但我希望她感覺自在。

「妳希望在黑暗中做嗎？」

「不要。」她立刻說。「不要在黑暗中。」

「好、好，我知道了。」我安撫她。「妳真是秀色可餐。」我的聲音充滿令自己忘記呼吸的驚奇，

我將她的上衣扔在地上，撥開落在她臉上的髮絲，雙手捧住她的下巴。我溫柔地親吻她一次又一次，直到她放鬆，張開雙手按住我的胸口回吻，抓住我的毛衣拉扯。

「妳要我脫掉？」

她熱切地點頭。

「美人，為了妳，我什麼都願意。」我脫下毛衣和T恤扔在她的阿森納球衣旁。她的視線從我的眼移到胸前，我站著不動……讓她盡量看。「摸我。」我低聲說。

她倒抽一口氣。

「我希望妳摸，我不會咬人。」

除非妳要我咬……

她眼睛一亮，小心翼翼將一隻手按在我心口。

要命。我的心肯定在她的手掌下翻跟斗。

我閉上眼，享受熱燙的感官刺激。

她傾前親吻我胸膛的肌膚，心臟在下面如雷跳動的地方。

就是這樣。

我將她的長髮從頸子上撥開，輕輕點吻她的喉嚨，經過她的肩膀到胸罩肩帶，我貼著她芬芳的肌膚微笑。她的胸罩是粉紅色的，我用拇指和食指將肩帶撥下她的肩膀，她紊亂的呼吸充滿我的耳朵。

「轉身。」我低喃。艾莉希亞抬起灼熱的視線看向我的眼睛，然後轉身，背貼著我的身體正面，她再次雙手交叉環抱胸前。我撩起垂在另一邊肩膀上的長髮，親吻她的頸子，同時另一隻手臂越過她的腹部，握住她的髖部，將她拉近，讓我的勃起靠在她的臀部頂端。

我在她耳邊低哼，她貼著我扭動。

我、的、天。

我無比小心地撥下她另一邊的肩帶，手指掠過她的肩膀，隨即印上一個個柔情的濕吻。

她的肌膚好柔嫩，幾乎完美無瑕。

她的頸子底端有顆小痣，就在掛著金十字架項鍊的下面，我親吻那顆痣。她的氣息清新充滿活力。「妳好香。」我在親吻間呢喃，解開她的胸罩，我的一隻手臂沿著她的身體往上移動，用前臂感受她乳峰的重量，她倒吸一口氣，雙手交叉抱住胸罩。

「別怕。」我低聲說著將她抱緊，手指掠過她的腹部及髖部中央。我的拇指探進她睡褲，在她的下腹滑動，同時用牙齒逗弄她的耳垂。

「Zot.」她呻吟。

「我要妳。」我低語，再次齧咬她。「而且我會咬人。」

「Edhe unë të dëshiroj.」我也要你。

「說英文。」我親吻她耳後敏感處，手伸進她的睡褲，手指滑過她的私密處。

她剃毛了！

她偎靠著我全身僵硬，但我的拇指擦過她的陰蒂。一次，又一次，再一次，第四次，她將頭往後仰，靠在我的肩膀上，低聲嗚咽。

「很好。」我低語，繼續愛撫她、逗弄她、刺激她——用我的每根手指。

她的手臂鬆開，胸罩落在地上，抓住我的腿，拉扯我的牛仔褲，雙手緊抓住布料。她張開嘴，閉上眼睛，嬌喘吁吁。

「很好，寶貝，去感受。」我用牙齒戲弄她的耳朵，手指繼續挑逗她，她咬住上唇。

「Të lutem, të lutem, të lutem.」

「說英文。」

「拜託、拜託、拜託。」

我繼續給予她想要與需要的東西。我抱緊她，她快要高潮了。

她自己知道嗎？

「有我在。」我輕聲說，她用力抓住我，幾乎切斷我雙腿的血液循環。她嗚咽，突然吶喊出聲，身體緩緩抽搐，在我懷中崩解。

我擁著她，直到高潮過去，她軟軟依偎著我。

「噢，艾莉希亞。」我在她耳邊低語，將她舉起來抱住，掀起被子，把她放在床上。她的長髮如同狂野的鬃毛散開在枕頭上，垂落胸前，完全遮蓋乳房，我只看得到深粉紅色的乳尖。

要命。

暮色漸濃，在柔和的玫瑰色暮光中，她極致美麗——即使穿著海綿寶寶睡褲。「妳知不知道妳現在的樣子多美？」我問，她驚愕的視線轉向我。

「Ua.」她低語。「不對，說英文：哇。」

「哇。沒錯。」我的牛仔褲感覺小了好幾號，我想扯下她的睡褲，將自己埋進她體內，但我知道她需要時間，只希望我的堅挺也能理解。我目不轉睛地看著她，解開牛仔褲的鈕釦、拉下拉鍊，讓亟需空間的勃起得到一些舒展。

乾脆脫掉好了。

我留著內褲，脫下牛仔褲扔在地上，深吸一口氣，盡可能控制呼吸。

「我可以到床上去嗎？」

她睜大眼，點點頭，對我而言這樣的鼓勵就很足夠了。我躺在她身邊，用一隻手肘撐起上身，我拾起她一縷長髮，讚嘆那柔軟的觸感，纏繞在手指上。

「妳喜歡？」我問。

她微笑，羞澀中帶著情慾。「嗯，我喜歡。」她伸出舌頭迅速舔一下上唇，我強忍住呻吟，伸出手，用食指背面撫過她的臉頰，沿著她的下巴往下到頸項，手指停在小小的金十字架上。

看到十字架，我停止動作。

「妳確定真的要？」我問。

她深不見底的眼眸凝望著我，我感覺無所遁形，彷彿她正仔細觀察我的靈魂，我不由得正經起來，雖然還穿著內褲，卻感覺無比赤裸。

她吞嚥一下。「嗯。」

「如果有什麼妳不喜歡的，或不想做的，儘管告訴我，好嗎？」

她點頭，伸手撫摸我的臉。「麥克辛。」她輕聲喚，我彎腰磨蹭她的唇，她低哼一聲，雙手探進我的髮，小舌怯生生地輕觸我的上唇給予滋潤。慾望如同野火，在我全身焚燒，我扣住她的下巴，第一次深深親吻躺著的她。我想要她，全部的她，此時，此刻。

我陶醉於她的回應與親吻，她的探索、品嘗與渴望。

我放開她的小嘴，唇從她的下巴吻到喉嚨、胸口。我一手撥開她的長髮，找到我的目標，她倒吸一口氣，手指按住我的頭皮，我溫柔舔舐她的乳尖，然後含進口中，吸吮，用力吸吮。

「啊……」她輕喊。

我輕輕吹氣，她在我身體下方扭動。我一手掠過她的髖部，往上溫柔捧住她另一側乳峰，把玩揉捏，拇指輕撫乳尖，讚嘆她的敏感。不到一秒，她的乳尖已經昂然挺立了，和另一邊一樣。她呻吟，髖部開始規律扭動，我很熟悉這樣的節奏，我一手沿著她的身體往下移，愛撫她，同時繼續用雙唇逗弄她的酥胸。

我的手指鑽到她的褲子裡，她將私密處推向我的手。我擁有她，在我的掌心裡；我低哼，她濕了。

她準備好了。

要命。

我緩緩，極緩慢地將一隻手指探進她體內。

她很緊、很濕。

太好了。

我收回手指，再重新緩緩進入。「啊……」她輕聲呻吟，全身緊繃，手抓住床單。

「噢，寶貝，我好想要妳。」我的唇貼在她的酥胸之間。「自從第一次見到妳，我就為妳燃燒。」

她挺起身體迎向我的手，頭在枕頭上往後仰，我親吻她的腹部，往下直到肚臍，留下宣示佔有的濕漉痕跡。我的舌頭圍著肚臍繞圈，手指反覆進出她的身體，我親吻她的下腹，從髖部一端舔向另一端。

「Zot……天啊……」

「該跟這個說再見嘍。」我貼著她的下腹呢喃。我的手離開她的身體，坐起身。

「我從來沒想過……」她話沒能說完，因為我將她的睡褲拉下雙腿，扔在我的牛仔褲上。

「哇。」我低語。她終於裸身躺在我的床上，性感得要命。「妳已經看過我的裸體。」

「對。」她小聲說。「但當時你趴著。」

「好吧。」唉，對她而言，這或許很有教育意義。

我扯掉內褲，憋到不行的亢奮終於自由了。在她看到我的勃起感到驚嚇或緊張之前，我先彎腰親吻她，認真地吻她，注入我所有的渴望與需求，這是她第一次裸體親吻，她回應，貪婪地回吻。我愛撫她的腰，一手滑向她的臀部，將她柔軟甜美的身體貼在我身上，用膝蓋溫柔分開她的雙腿，她抬起身體迎向我，雙手再次捧住我的頭。我品嘗她的肌膚，嘴唇沿著喉嚨移動到金十字架上，我用舌頭撥弄，享受那滋味，一手再次捧住她完美飽滿的乳房。

我的拇指輕撫過她的乳尖，她呻吟，在我的觸碰下，尖端立刻挺立成甜美的小花蕊，我的唇跟上，輕柔親吻、拉扯。

「噢，Zot，老天。」她輕喊，抓緊我的頭髮。

我沒有停止。我迫不及待，嘴唇從一邊移向另一邊，拉扯、舔舐、親吻……吸吮。她在我的身體下方扭動、嗚咽，我一手往下移動，找到終極目標，我的手指輕撫過她的私處，艾莉希亞全身靜止不動，呼吸凌亂急促。

很好。

她依然很濕。

我的拇指找到終極大獎，繞著她的陰蒂繞圈，一次又一次，一隻手指再次逐漸進入她體內。她的雙手離開我的頭，撫摸我的背，指甲掐進我的肩膀，但我堅持下去，手指反覆進出她的身體，逐漸抓到節奏，同時拇指一次又一次在陰蒂上逗弄、繞圈。

她的臀部以亙古的韻律扭動，雙腿在我下面繃緊。她快高潮了。我放開她的乳峰，吻上她的唇，用牙齒輕扯她的下唇，她緊抓住我的肩膀，頭往後仰。

「艾莉希亞。」我低聲喚，她吶喊出聲，高潮蕩漾。我抱緊她，她在餘韻中全身輕顫，這時我跪在她的雙腿間，她睜開深色眼眸抬頭凝望我，眼神迷濛驚奇。

我拿起一個保險套，盡可能控制住身體，我輕聲問：「妳準備好了嗎？一下就過去了。」

誠實為上。

她點頭。

我扣住她的下巴。「說出來。」

「好。」她嘆息。

感謝該死的老天。

我用牙齒撕開包裝，戴上保險套，在驚恐的瞬間，我以為會就地繳械。**真要命。**我控制住昂揚，覆上她身體，用手肘撐起體重。

她閉起眼，身體在我下方繃緊。

「嘿。」我低聲說，輪流親吻她的眼瞼，她的雙手環抱我的頸子，輕聲嗚咽。

「艾莉希亞。」她吻上我的唇，飢渴熱吻，狂亂，急迫，我再也無法忍耐了。

慢慢地、慢慢地、慢慢地，我身體往下沉，進入了她。

噢，我的，老天。

好緊。好濕。天堂。

她嬌喊出聲，我停止動作。「還好嗎？」我聲音粗嗄詢問，讓她適應我的入侵。

片刻之後，她以細小的聲音回答：「嗯。」

我不確定該不該相信，不過既然她這麼說我就這麼信了，我開始挺動，進入她，一次、兩次、三次，再一次，又一次，我貼著她擺動。

撐住、撐住、撐住。

我想持續到永遠。

她低吟，髖部開始以斷斷續續、生澀不順的動作配合。

「對，和我一起動吧，美人。」我鼓勵她，她急促淺短的歡愉呼喊激勵著我。

「拜託。」她低語，哀求更多，我樂意遵從。我的身體抗拒我的壓抑，汗珠在背上凝結，我不斷推進，再推進，終於，她在我下面全身緊繃，指甲陷進我的肌肉。

我挺動一次、兩次……三次，她尖叫著釋放，她的嬌喊與高潮讓我再也忍不住了。

我高潮了。強烈，喧囂，呼喚著她的名字。

15

麥克辛沉沉趴在她身上，呼吸粗重急促，艾莉希亞躺在他下方喘息著。快感與深入骨髓的疲憊強烈到難以承受，但她感受最深刻的，是他的……進入，她感覺被吞噬。他搖搖頭，用手肘撐起身體，不再壓在她身上，流露擔憂的清澈眼眸凝視著她。「妳還好嗎？」他問。

她默默確認身體狀況。老實說，她有點痠痛，她不知道相愛的行為竟然如此激烈。媽媽說過，第一次會痛。

她說得沒錯。

不過話說回來，她的身體習慣有他在裡面之後，就開始覺得舒服了，到了最後，她完全喪失自我感知，碎成無數片，在身體裡爆炸……那種感覺很不可思議。

他緩緩抽離，那奇異的感覺令她不禁蹙起眉。他拉起被子蓋住兩人，一隻手肘撐起身體，關切地低頭看著她。「妳還沒有回答我。妳還好嗎？」

她點頭，但他眯起眼，看得出來不相信。

「我有沒有弄痛妳？」

她咬著唇，依然不確定該說什麼，於是他在她身邊躺下，閉上眼睛。

該死，我弄痛她了。

我從絕望的深淵迅速攀上驚天動地的高潮，但有生以來最棒的一次性愛留下的玫瑰色美好瞬間消失，有如被魔術師變不見的兔子。我感到自我厭惡，伸手拔下保險套，扔在地上時，愕然發現手上有血。

她的血。

我在大腿上搓搓手，翻身面對她可愛的臉龐，準備接受指責，但她只是凝望我，神情擔憂脆弱。

該死。

「對不起，我弄痛妳了。」我親吻她的前額。

「我媽說過會痛，但只有第一次。」她將被子拉到下巴。

「只有第一次？」

她點頭，希望在我胸口綻放，我輕撫她的臉頰。「那麼妳願意再嘗試一次？」

「嗯，應該吧。」她說著給我一個挑逗的笑容，我的堅挺腫脹表示讚賞。

又來了？這麼快？

「如果……如果你想要。」她補上一句。

「如果我想要？」我藏不住難以置信的語氣。我大笑，俯身吻她，激烈熱吻。「最最可愛的艾莉希亞。」我貼著她的唇呢喃，她抬頭笑著看我，我的心突然猛烈跳動，像打雷一樣。我必須知道：「妳覺得……舒服嗎？」

她臉紅了，這次感覺沒麼清純。「嗯，」她小聲說。「尤其是最後，當我——」

當妳高潮的時候！

我笑了，得意的心情從胸口輻射而出。

感謝老天！

她注視雙手，依然緊抓著被子，眉頭糾結。

「怎麼了？」我問。

「你呢？」她輕聲問。「你覺得舒服嗎？」

我大笑出聲。「舒服？」我再次大笑，頭往後仰，我開心得快要發瘋了，我很久沒有這種感覺了。「艾莉希亞，何止舒服，根本超級厲害，那是我這些年最棒的一次幹炮……呃……性愛。」

為什麼呢？

她睜大眼，震驚地倒抽一口氣。「那個詞是髒話，麥克辛先生。」她努力假裝生氣，但眼眸閃動調皮，我低頭對她燦然一笑，拇指輕揉她的下唇。

「說『麥克辛』。」我要她再次用那誘人的口音喊我的名字。

她又臉紅了。

「說啊，說我的名字。」

「麥克辛。」她小聲說。

「再一次。」

「麥克辛。」

「這樣好多了。妳應該想洗澡吧，美人？我去放水。」

我掀起被子下床，撿起地上的保險套，大步走進浴室。

要命。我覺得……歡天喜地。

我是成年人了，竟然還會歡天喜地！

和她做愛比吸古柯鹼更美好……任何毒品都比不上她，無論何時。

我將保險套丟掉，打開浴缸的水龍頭，倒了一些泡泡浴膠進去，看著水中冒出芬芳的泡泡。我拿起一條小方巾放在旁邊。

浴缸逐漸裝滿水，今天發生的事著實令我驚嘆。我終於睡了我的女傭。通常完事之後我都會等不及想獨處，但今天不一樣，艾莉希亞不一樣。不知她施了什麼魔咒，我依然深陷其中，不只如此，我整個星期都可以和她在一起，甚至可能下個星期也可以……想到這我就覺得興奮。

我的堅挺跳動表示贊同。

我看看鏡中的自己，發現我一臉樂呵呵的傻笑，有一瞬，我認不得自己。

要命，我到底怎麼了？

我爬一下頭髮，想要克制狂喜的心情，這才想起我手上有她的血。

處女。

這下我得娶她了。我哼笑一聲，這個念頭太荒謬，我洗手，但心中很想知道我的祖先是否曾經遇到過這種狀況。我的兩位祖先發生過轟轟烈烈的風流韻事，不但留下大量紀錄，還鬧得醜聞滿天飛，但我對家族歷史的瞭解只有皮毛。基特對家族歷史與傳承瞭解非常透徹，他很用功。我父親監督他，我母親監督他，這是基特身為嗣子的責任。他很清楚，讓爵位永遠流傳下去，是我們家族最重要的工作。

但他已經不在了。

天殺的，為什麼我以前不多花點工夫？

水放好了，我信步回到臥房，感覺有些沮喪，但看到艾莉希亞仰望天花板的模樣，我的精神立刻振作起來。

我的女傭。

她的表情完全無法解讀。她翻身看到我，立刻閉上眼。

怎麼了？

噢，我沒穿衣服。

我很想笑，但判斷最好別笑出來，於是我靠著門框，雙手抱胸，不慌不忙地等她睜開眼。

不久，她將被子拉到鼻子前，睜開一隻眼躲在被子後偷看。

我笑了。「儘管看個清楚。」我大大張開雙臂。

她愣了一下，眼眸同時流露難為情、笑意與好奇，我想還有一點讚賞。她露齒一笑，將被子拉到頭頂。「你在取笑我。」她的聲音悶悶的。

「沒錯，就是。」我無法克制，緩步走到床邊，她因為太用力抓被子所以指節發白，我彎腰傾靠過去，嘴唇輕撫她的手指。「放手。」我輕聲說，很驚訝她竟然乖乖聽從。我一把掀開，她尖叫一聲，但我將她抱進懷中站直。「現在我們兩個都光溜溜啦。」我說著用鼻子磨蹭她的耳朵，她雙手勾住我的頸子，我抱她進浴室，她一路笑個不停，我在浴缸邊將她放下，她立刻遮住胸部。

「妳不必害羞。」我把玩她一綹髮絲，纏在食指上。「妳的頭髮很美，身體也很美。」

她淺淺的笑容與羞澀的眼神告訴我，這就是她需要聽到的話。我輕輕扯一下那束髮絲，她朝我靠過來，我吻了吻她的前額。「還有，看那裡。」我用下巴一點浴缸後面的觀景窗，她轉頭，倒吸一口氣的聲音讓我知道她很喜歡那片風景。這面窗俯瞰海灣，海平面上，陽光親吻大海，製造出精彩的繽紛晚霞：金黃、乳白、粉紅、亮橘，從大片紫雲間灑落逐漸變暗的海面，壯麗輝煌。

「Sa bukur.」她的語氣中充滿驚奇。「真美。」她鬆開雙手。

「就像妳一樣。」我親吻她的秀髮。她美好的香氣——薰衣草與玫瑰，摻雜著剛做過愛的氣味，佔據我的嗅覺。她具備各種優點，聰慧、才華、風趣，還有勇氣。沒錯，最重要的是勇氣。我的心悸動，突地，情緒洶湧而上。

要命。

我用力嚥下情緒，伸出一隻手，將她的手指舉到唇邊，輪流親吻每一隻，然後扶她進浴缸。

「坐下。」

她迅速將長髮扭成不合重力法則的包頭束在頭頂，將身體沉入泡泡中，她表情流露痛楚，我感到一陣內疚，但她望著醉人的落日美景，表情很快就放鬆了。

我想到一個好主意。「等我一下，我馬上回來。」我迅速走出浴室。

洗澡水很深、很熱，讓人放鬆，泡泡有種奇特的香氣，艾莉希亞分辨不出是什麼。她拿起沐浴膠的瓶子，上面寫著：

Jo Malone

倫敦

英國梨與小蒼蘭

這個香氣感覺很昂貴。

她往後靠，望著窗外，身體逐漸放鬆。

風景真美。

哇！景色如畫。庫克斯的落日也很精彩，但太陽落在山後面，這裡的太陽則慢吞吞沉入海中，在水面映出一道金光。

想起之前跌進水裡的糗事，她忍不住笑了。真傻。至少在那幾個小時裡，她傻氣又自由，現在她在麥克辛先生的浴室裡，這間比客房那間大——而且華麗的鏡子下面有兩個洗手台。她心痛了一下，麥克辛先生的哥哥建造度假屋，卻再也無法享用。這棟房子真的很棒。

艾莉希亞看到小毛巾，拿起來輕輕擦洗腿間。那裡有點刺痛。

她做了。

那件事。

她自己做的決定，對方是她自己選的人，她自己渴望的人。媽媽一定會嚇死，至於爸爸……想到他知道之後可能做出什麼，她不禁哆嗦。她做了那件事，而且對方是麥克辛先生，英國人，有著明亮綠眸與天使臉孔。她擁抱自己，回想起剛才他多麼溫柔體貼，她的心跳稍微加速。他讓她的身體活過來，她閉上眼，回想他清新的氣味，他的手撫摸她的肌膚，他頭髮柔軟的觸感……他的吻，他充滿慾望的炙熱眼神，她倒吸一口氣……他想再做，她腹部深處的肌肉收縮。

「啊。」她低嘆出聲。那種感覺很美好。

嗯，她也想再做。

她笑了一下，更用力抱緊自己，想控制住暈陶陶的狂喜。她不覺得羞恥，現在的感覺才是對的。這是愛，不是嗎？她笑了，感覺有些得意。

麥克辛回來了，拿著一個瓶子和兩個玻璃杯。他依然赤裸。

「香檳？」他問。

香檳！

她在書上看到過香檳，但從未想過有朝一日能嘗到。

「好，麻煩你。」她將毛巾放在一旁，眼睛東轉西轉，盡可能不看他的陽具。

她同時覺得驚奇又難為情。

碩大。有贅皮，有彈性。和之前完全不一樣。

她對男性私處的瞭解僅限於藝術作品，這是她第一次看到實物。

「來，拿著。」麥克辛打斷她的思緒，紅暈爬上她的臉。他將兩個香檳杯交給她，低頭對她微笑。「慢慢就習慣了。」他說，眼中閃耀幽默神采。艾莉希亞納悶他說的是香檳……還是他的陽具，想到這裡，她的臉更紅了。他剝除黃銅色的鋁箔，扭開鐵絲網，輕鬆拔出軟木塞，將冒著氣泡的酒倒進杯中，看到酒竟然是粉紅色的，艾莉希亞驚訝又欣喜。他將酒瓶放在窗台上，踏進浴缸另一頭，小心進入水中，泡泡漲到浴缸邊，他笑著，等著看水溢出浴缸——但沒有發生。她立起膝蓋，他伸直腿放在她身體兩側。

他接過一個杯子，碰一下她的杯子。「敬我所見過最勇敢、最美麗的女人。謝謝妳，艾莉希亞．迪馬契。」他一改之前嬉鬧的語氣，變得無比認真，他專注凝視她，眼神幽暗，笑意不再。

艾莉希亞感覺腹部深處悸動，吞嚥一下作為回應。

「**Gëzuar**，乾杯，麥克辛。」她的聲音沙啞，舉杯就唇，啜飲一口冰涼的香檳。口感清爽、氣泡豐富，滋味有如盛夏與豐收，很好喝。「嗯。」她喃語著表示讚賞。

「比啤酒好喝吧？」

「嗯，好喝多了。」

「我覺得應該慶祝一下。敬初體驗。」他舉起酒杯，她照做。

「敬初體驗。」她轉頭望著窗外的落日美景。「香檳的顏色和天空一樣。」她驚奇地說，她知道麥克辛在看她，但他跟著轉頭看壯麗美景。

「真放縱。」她幾乎是自言自語。她和一個男人洗鴛鴦浴，而且不是她的丈夫，她剛剛和那個男人發生了性愛初體驗，此刻喝著粉紅香檳。

她甚至不知道他姓什麼。

她心中快樂的地方冒出一陣笑聲。

「怎麼了？」他問。

「你是不是姓『閣下』？」

麥克辛目瞪口呆，然後哼笑一聲，艾莉希亞臉色稍微發白，喝了一口香檳。

「抱歉。」他似乎很不好意思。「那只是一種……呃……不是。我姓崔佛衍。」

「崔──佛──衍。」艾莉希亞重複幾次。他的名字這麼難念，個性也一樣難懂嗎？艾莉希亞不知道。他感覺並不難懂，只是和她認識的男人截然不同。

「嘿，」麥克辛把酒杯放在窗台上，拿起肥皂塗抹雙手。「我幫妳洗腳。」他伸出一隻手。

幫我洗腳！

看到她猶豫，他輕聲說：「讓我洗。」她將酒杯放在窗台上，怯怯將腳放進他大掌中，他動手用肥皂搓揉她的肌膚。

噢。她閉上眼，他強壯的手指仔細揉捏她的腳背、腳踝周圍，用剛剛好的力道搓揉腳底。

「啊……」她呻吟。

他按摩到腳趾，一隻隻搓洗，然後沖掉泡沫，溫柔拉扯、扭動每一隻。她在水中扭動，睜開眼，他凝視她的雙眼，令她忘記呼吸。

「舒服嗎？」他問。

「嗯，不只是舒服而已。」她聲音沙啞地說。

「哪裡舒服？」

「全都舒服。」

他揉捏她的小趾，她體內深處的肌肉全部縮緊，她倒抽一口氣，他舉起她的腳，露出壞壞的笑容，然後親吻她的拇趾。

「好，換腳。」他溫柔命令，這次她沒有猶豫。他的手指再次施展魔法，按摩完畢時，她整個身體都融化了。他親吻每一隻腳趾，到了最小的那隻，他含進嘴裡吸，很用力。

「啊！」她的腹部悸動，睜開了眼，他的眼神同樣專注，但現在嘴角勾起只有他懂的祕密笑容。他親吻她的趾根。

「這樣更好？」

「嗯……」她只能勉強發出凌亂咕噥。奇怪的需求抓搔著她的下腹。

「很好。水快涼了，出去吧。」他站起來，長腿跨出浴缸，艾莉希亞閉上了眼。她大概永遠無法習慣看著他的裸體，也不會習慣身體最最深處揮之不去、帶著痛楚的飢渴。

「來吧。」他說著用毛巾圍著腰間，拿著一件深藍色睡袍等她出來。她覺得稍微不那麼害羞了，便站起來握住他的手，他扶她離開浴缸，用睡袍裹住她，布料很柔軟，但尺寸太大了。她轉身面向他，他親吻她，纏綿深刻的吻，他的舌頭探索她的口，他扣住她的後頸，引領著她，他放開時，她快要喘不過氣了。

「我可以整天吻妳。」他呢喃，小水珠黏在他身上，有如朝露。在恍惚中，艾莉希亞很想知道如果舔一下會是什麼滋味。

什麼！她倒吸一口氣，她竟然有這麼放蕩的念頭。真是亂來。

她微微一笑，說不定她會習慣他的裸體。

「好了嗎？」他問，她點點頭，他牽起她的手，帶她回到臥室。他放開她的手，從地上撿起他的牛仔褲穿上，她睜大眼看著他用毛巾擦背。

「看得還滿意嗎？」他對她咧嘴一笑。

她的臉突然發熱，但她注視他的雙眼，沒有轉開視線。「我喜歡看你。」她輕聲說。

他嬉鬧的笑容變成迷人的真心微笑。「我也喜歡看妳，我完全屬於妳。」但他皺起眉頭，似乎有所疑慮，而後轉開視線。他很快就恢復正常，穿上T恤、毛衣，昂首闊步走向她，摸摸她的臉頰，拇指輕撫她的下顎線條。「如果妳不想穿衣服，那就不用穿。我在等丹妮送晚餐來。」

「哦？」又是丹妮？她是誰？為什麼不說她的事？

他彎腰吻一下艾莉希亞。「再來點香檳？」

「不，謝謝。我要換衣服了。」

噢，從她的語氣判斷，她希望我讓她獨自換衣服。「妳沒事吧？」我問。她淺笑點頭確認她很好。「好。」我含糊地說，回到浴室去拿酒杯和法國羅蘭香檳。

太陽終於消失了，夜幕籠罩海平面。我下樓進到廚房，開燈，將香檳放進冰箱，思考著艾莉希亞．迪馬契。

老天，她真是出乎意料。

她似乎變得比較開心、輕鬆，但我不確定是因為按腳、泡澡、香檳，還是性愛。看著她在浴缸裡的反應，有如一場情慾饗宴。我幫她按腳的時候，她閉上雙眼呻吟，這畫面令我忘記呼吸，她擁有與生俱來的性感魅力。

各種可能……

要命，夠了。

我甩甩頭，我怎麼滿腦子淫穢思想？

我下定決心不碰她。

認真下定決心。

然而當我終於對悲傷投降，她幫我排解、給我安慰，我屈服於……穿著海綿寶寶睡褲和舊阿森納球衣的女人，我簡直不敢相信。

我很想知道基特會怎麼看待艾莉希亞。

你該不會睡了家裡的員工吧，備胎？

嗯，基特很可能不會贊同我的行為，不過他應該會欣賞艾莉希亞。他向來喜歡美女。

「這棟房子好溫暖。」艾莉希亞的說話聲打斷我的思緒。她站在廚房吧台前，穿著那條睡褲和白色上衣。

「太熱了嗎？」我問。

「不會。」

「好。再來點泡泡？」

「泡泡？」

「香檳？」

「好，麻煩你。」

我從冰箱拿出酒瓶，再次斟滿我們的酒杯。

她喝了一口酒之後，我問：「妳想做什麼？」我很清楚我想做什麼，但她還在痠痛，所以恐怕不是好主意。

說不定晚一點可以。

艾莉希亞端著酒杯走去閱讀區，坐在其中一張沙發上，看著茶几上的西洋棋組。大門對講機響了。

「應該是丹妮來了。」我按鈕開門。

艾莉希亞從沙發上跳起來。

「沒關係，不必擔心。」我安撫她。

透過玻璃牆，我看到丹妮走走停停，步下兩旁有照明燈的陡峭石階梯，她搬著一個白色塑膠籃，好像很重。

我開門，赤腳走出去，走到階梯一半處迎接她。

該死，地好冰。

「丹妮，給我拿。」

「我拿就好。麥克辛，外面很冷，你這樣會凍死。」她責備，表情十分不贊同。「呃，閣下。」

她發現不對，急忙糾正。

「丹妮，籃子給我。」我不接受拒絕。

她抿緊唇，將籃子交給我，我對她咧嘴一笑。「謝謝妳送過來。」

「我進去幫你準備。」

「沒關係，我應該想得出來該怎麼弄。」

「爵爺，如果你待在府邸，大家都比較方便。」

「我知道，對不起。幫我向潔希道謝。」

「都是你最喜歡的菜色。噢，對了，潔希放了焗烤馬鈴薯在籃子裡，已經先微波過了，所以稍微烤一下讓表面變酥脆就好。好了，快進去吧，你沒穿鞋。」她蹙眉趕我進屋，因為天氣很冷，於是我乖乖遵命。透過大落地窗，她看到艾莉希亞坐在沙發上，於是對她揮揮手，艾莉希亞也對她揮手。

「謝謝妳。」我站在溫暖的門口說，腳踩在有地暖的舒服地板上。我沒有介紹她認識艾莉希亞，我知道這樣很沒禮貌，但我真的很想維持我們的小天地，再過一陣子，晚一點再介紹也無傷大雅。

丹妮搖搖頭，白髮被寒風吹亂，轉身回到陡峭階梯上，我目送她上去。我從小就認識她，她從來沒變過。自我會走路以來，她治療過我擦傷的膝蓋，幫我包紮各種割傷、擦傷，為我冰敷瘀血——她永遠穿著格子裙與結實的鞋子，從不穿長褲。沒錯，我微笑，穿長褲的是潔希，丹妮的伴侶，她們在一起十二年了，她才是這段關係中穿長褲的那個。我很好奇她們有沒有打算要結婚，同性婚姻合法已經夠久了，她們沒有藉口。

「那個人是誰？」艾莉希亞問，探頭看籃子裡的東西。

「她是丹妮。我跟妳說過，她住在附近，幫我們送晚餐過來。」我從籃子裡拿出一個焗烤盤，裡面裝著四顆大馬鈴薯，看到甜點是巴諾菲派，我口水直流。

老天，潔希的手藝真好。

「燉肉要加熱，可以配焗烤馬鈴薯一起吃。妳覺得行嗎？」

「嗯，我覺得很行。」

「很行？」

「對。」她眨眨眼。「我的英文不對嗎？」

「很對。」我回答，笑著從籃子裡取出有尖刺的烤馬鈴薯專用架。

「我來吧。」她說，不過她的表情有些不確定。

「不，我來就好。」我搓搓雙手。「今天晚上我想做個居家好男人，相信我，這種狀況非常罕見，所以不要錯過機會。」

艾莉希亞揚起一邊的眉，顯然覺得很有意思，彷彿看到我全新的一面。我希望是好事。

「來。」我在櫥櫃裡找到冰桶。「妳負責裝冰塊。儲藏室的冰箱有製冰器，這是用來冰香檳的。」

喝了一、兩杯之後，艾莉希亞蜷起身體窩在青藍色沙發上，雙腳藏在身體下面，看著我將燉肉放進微波爐。

我走過去她身邊坐下。「妳會下棋嗎？」艾莉希亞的視線轉向大理石棋組，又轉回來看我，表情難以解讀。

「一點點。」她說著喝了一口香檳。

「一點點嗎？」這次喚我揚起眉。*什麼意思？*我注視著她，拿起一個白卒和一個灰色的黑卒，分別捧在雙手掌心，握拳伸出去給她選。她舔舔上唇，刻意用食指撫摸一下我一隻手背，一股戰慄從我的手傳上手臂，直奔下身。

哇。

「這個。」她抬起視線，隔著墨深睫毛看我。我在座位上動了動，想控制住身體，接著翻轉我的手掌。「黑色。」我轉動棋盤，讓黑色那邊對著她。「好，我先走。」

才走四步，我就開始抓頭髮了。「每次都這樣，妳又隱藏實力了，對吧？」我的語氣很無奈，艾莉希亞咬著上唇憋笑，努力擺出正經模樣，但她的眼睛閃耀笑意，看著我絞盡腦汁想贏她。

她當然棋藝出眾，一點也不奇怪。

老天，她充滿驚喜。

我板起臉，希望她會因為驚嚇而犯錯，可是她笑得更開懷，美麗臉龐發亮，我忍不住回以微笑。她令人驚豔。

「妳相當厲害。」我評論。

她聳聳肩。「庫克斯沒什麼娛樂，家裡有台舊電腦，但沒有遊戲機和聰明手機。彈琴、下棋、讀書，偶爾看電視，我們只能靠這些打發時間。」她瞥一眼起居室盡頭的書架，眼神流露讚賞。

「讀書？」

「噢，沒錯，很多很多書。阿爾巴尼亞文和英文都有，我想成為英文老師。」她端詳棋盤片刻，笑意盡失。

現在她變成逃離人口販子的清潔工。

「妳喜歡閱讀？」

「對。」她重新開朗起來。「尤其是英文書。我外婆走私書本到國內。」

「妳之前提過，感覺很冒險。」

「對，她經歷了很多危險。共產黨查禁英文書。」

查禁！我再次體悟到我對她的故鄉瞭解非常少。老兄，專心點。

我吃掉她的騎士，正自鳴得意，但看她的臉一眼，我就知道她在掩飾笑容。她移動城堡，往左走三格，噗哧笑了一聲。「Schah……不對，將軍。」

靠！

「好吧，這是我們第一次下棋也是最後一次了。」我悶聲嘀咕，自我厭惡地搖頭。

就像和瑪麗安下棋一樣，她每次都贏。

艾莉希亞將頭髮撥到耳後，再喝一口香檳，把玩金十字架。她顯然樂在其中——以打敗我為樂。這一刻令我汗顏。

專心。

三步之後，她徹底擊敗我。

「將死。」她專注評估我的反應，認真的表情讓我忘記呼吸。

「下得很精彩，艾莉希亞．迪馬契。」我輕聲說，慾望讓我熱血沸騰。「妳很厲害。」

她瞥一眼棋盤，打破魔咒，抬起頭，她給我一個自負的笑容。「我從六歲開始跟祖父下棋，他是……你們怎麼說來著……絕世高手，而且他永遠想贏，就算對手是小孩也一樣。」

「他教得很好。」我低聲說，心情恢復平和。其實我好想此刻就在沙發上佔有她，我考慮撲倒她——但決定還是先吃飯。

「他還在世嗎？」我問。

「不在了，他在我十二歲的時候過世了。」

「很遺憾。」

「他的人生很精彩。」

「妳剛才說想當英文老師，後來怎麼了？」

「我念的大學廢校了，因為沒有經費。我的課程也停止了。」

「唉，真爛。」

她嫣然一笑。「沒錯，真爛。不過我喜歡教小朋友，我教他們音樂，讀英文書給他們聽，但一週只有兩天，我沒有——怎麼說？教師資格。我也幫忙媽媽做家事。再來一盤？」她問。

我搖搖頭。「我的自尊心需要一點時間療傷，等復元才能再和妳玩。餓了嗎？」

她點了點頭。

「好。燉肉很香，我餓扁了。」潔希有許多拿手好菜，其中黑棗燉牛肉是我最喜歡的一道，以前領地冬季狩獵時她都會準備這道菜——我們三兄妹每次都被迫負責趕鳥，讓受驚的鳥飛向獵槍。香味很誘人，今天我們活動量太大，我快餓死了。

艾莉希亞堅持要負責裝盤，於是我交給她做，自己去擺餐具。我偷偷欣賞她在廚房忙碌的模樣，她的動作俐落優雅，有種發自內在感性的優美，我很想知道她是不是學過舞蹈。她的纖纖玉指拿著刀，切開烤好的馬鈴薯，蒸氣冒出，她皺起眉頭全神貫注，抹上奶油，停頓了一下，伸手舔去沾在食指上的融化奶油。

我的褲襠變得緊繃。**噢，親愛的上帝呀。**

她抬起頭，發現我在看她。

「怎麼了？」她問。

「沒事。」我的聲音粗嗄，於是清清嗓子。「我只是喜歡看妳，妳很賞心悅目。」我迅速走過去，將她擁入懷中，她吃了一驚。「我很高興有妳在這裡。」我愛戀地吻她的唇一下。

「我也很高興，」她害羞地微笑。「麥克辛。」

我笑得臉都快裂成兩半了，我好喜歡聽她用獨特口音說出我的名字。我端起兩人的盤子。「吃飯吧。」

黑棗燉牛肉香味四溢，滋味甜美，肉質軟嫩。「嗯……」艾莉希亞閉上眼品味。「I shijshëm.」

「那是阿爾巴尼亞語『超難吃』的意思嗎？」

她咯咯笑。「不是，是好吃的意思。明天我煮飯給你吃。」

「妳會？」他問。

「烹飪？」艾莉希亞忿忿地一手按住心口。「當然會。我是阿爾巴尼亞女人，所有的阿爾巴尼亞女人都會烹飪。」

「好，明天我們去買菜。」他的笑容很有感染力，但看著她的眼神越來越嚴肅。

「有朝一日，」他說，「妳會告訴我完整的故事嗎？」

「故事？」她的心開始怦怦跳。

「妳來英國的原因和過程。」

「嗯，有朝一日。」她說。

有朝一日。有朝一日！有朝一日！

她的心漏跳了一拍。這句話暗示她和這個男人有著實質的未來。真的嗎？但以怎樣的關係？艾莉希亞不懂英國男女互動的方式，在庫克斯則非常不一樣。她看過很多美國電視節目——趁媽媽沒空監督她的收視內容時——在倫敦，她看到男女在公眾場合輕鬆自由地來往，親吻、談話、牽手，她知道那些男女不是夫妻，而是情侶。

麥克辛牽她的手。

他們談話。

他和她做愛……

情侶。

她和麥克辛先生的關係應該是情侶沒錯。

情侶。

希望在她心中翻騰，那種感覺亢奮又可怕。她愛他，她應該告訴他，但她太害羞，不敢說出心意。她不知道他是否喜歡她，可她知道她願意為了他走到世界盡頭。

「妳想吃甜點嗎？」他問。

艾莉希亞拍拍肚子。「我很飽了。」

「是巴諾菲派喔。」

「巴諾菲？」

「香蕉、太妃糖和鮮奶油。」

她搖頭。「不了，謝謝。」

他將用完的盤子收回廚房，放在流理台上，切了一塊巴諾菲派端回餐桌上，他坐下，將盤子放在桌上，吃了一口。「嗯……」他以誇張的態度表示讚賞。

「你在逗我。你希望我想吃你的甜點？」她說。

「我希望妳想要很多東西，只不過現在是甜點。」麥克辛笑著舔舔唇，用叉子盛起一塊滿是鮮奶油的派送到她面前。「吃吧。」他輕聲說，語氣誘惑，炙熱的視線令人迷醉，她張開嘴，接受那口派。

Oh, Zot i madh! 噢，老天，好好吃！

她閉上眼睛，享受融化在舌頭上的香甜滋味，有如一口甜蜜天堂。她睜開眼看著他，他露出笑容，彷彿在說「就跟妳說很好吃吧」。他盛了更大一塊，這次她毫不遲疑地張開嘴，但他卻送進自己口中，淘氣地笑著咀嚼。她大笑，他好愛玩鬧。她噘起嘴，他回她一個壞壞的笑容和另一口派，他的視線移向她的嘴，他伸出食指輕抹她唇角。

「妳沒有吃到這個。」他低喃，舉起沾上鮮奶油的手指。他的幽默笑意不見了，換上深沉炙熱的神情。艾莉希亞的脈搏加速，她不知道是因為香檳還是他灼燙的眼神，總之她變得很大膽，臣服於本能，她靠過去，注視他的雙眼，用舌尖舔去那一點鮮奶油，麥克辛閉上眼，從喉嚨發出悶悶的讚賞低吟。他的反應帶給她更多勇氣，她再舔一下，接著用牙齒輕柔逗弄，麥克辛突地睜開眼，因為她含住他的手指吸吮，用力吸吮。

嗯……他的滋味好清新，也好陽剛。

麥克辛驚愕地微張嘴，艾莉希亞繼續吸吮，看著他瞳孔放大，視線停留在她嘴上。他的反應令她興奮，誰想得到？她竟然能夠激起他的情慾，這是全新的發現。她用牙齒磨蹭他的指腹。

「別管派了。」他幾乎是自言自語，緩緩將手指從她口中抽出。他捧住她的頭，覆上她的唇，舌頭進入剛才手指待過的地方，濕潤，熱燙。他探索她、佔有她，艾莉希亞立刻回應，手指抓住他的頭髮，飢渴回吻。他口中有著巴諾菲派和麥克辛的滋味，令人頭暈目眩。

「上床或下棋？」他貼著她的唇喃語。

再一次？太好了！興奮以光速竄過她全身。

「床？」

「選得好。」他愛憐輕撫她的臉頰，拇指輕抹過她的下唇，他微笑，眼神點燃感官承諾。他們牽起手走上樓，到了臥房門口，他按下牆上的開關，只留下床頭燈照亮臥房。他出乎意料地轉身吻她，雙手捧著她的臉，帶著她後退，將她壓在牆上，他的身體整個貼住她，她的心開始重重狂跳。他想要她，她感覺得到。

「摸我。」他輕聲說。「全身每個地方。」他再次吻上她的唇，傳達佔有與需求，引誘她從喉嚨深處發出呻吟。「很好，讓我聽見妳的聲音。」他的雙手滑向她的腰，她張開雙手按住他的胸口，他的唇繼續享用她的櫻唇。他放開她時，兩人都氣喘吁吁，他的前額靠著她的，他們的氣息交融，同樣拚命呼吸。

「妳讓我變得瘋狂。」他的聲音輕柔如春風，低頭看著她，眸中的渴望燒透她的靈魂。他抓住她的上衣下襬，拉起來從她頭上脫掉，她沒有穿內衣，她不由自主遮掩胸部，天性使然。「妳很美，不要藏起來。」他再次親吻她，與她十指交扣、掌心相貼。他牢牢吻著她，繼續甜蜜入侵她的小口，她為了呼吸而退開，他親吻她的喉嚨、下顎，牙齒掠過她的下巴，然後在她頸子上脈搏跳動處印上濕潤、重重的一吻。

她的血流在全身敲響放肆節奏，她的內部融化了，每個地方。她握住手又放開，但他不放。

「妳不想摸我嗎？」他貼著她的喉嚨問。

她低哼一聲。

「說給我聽。」

「想。」她悄聲說，他用牙齒輕輕拉扯她的耳垂，她貼著他扭動呻吟，再次握住手又放開。這次他放開她的手，抓住她髖部兩側，將她拉過去貼在他的勃起上。

「感覺我。」他低喃。

她感覺他。整個他。

準備好，為了她。

她的心跳紊亂，她倒抽一口氣。

他想要她，她也想要他。

「脫掉我的衣服。」他勸誘，她的手指找到他的T恤下襬，只遲疑了一下，便拉起來從他頭上脫掉。她將衣服扔在地上之後，他舉起雙手放在頭上。

「現在妳想對我做什麼？」他勾起愉悅性感的笑容。

艾莉希亞倒抽一口氣，他大膽的邀請令她心慌意亂。她的視線掠過他全身，她的手指發癢，等不及想摸他，想用肌膚感受他的肌膚。

「快呀。」他低聲說，語氣帶著誘惑挑戰。她想摸他的胸膛、上腹、下腹，也想吻那裡——這個念頭引起她體內奇特美好的緊繃感。她怯怯地舉起手，食指畫一條線，從他的胸膛延伸到腹肌、肚臍，他的視線沒有離開過她，氣息不穩。她的手指繼續往下，經過下腹，穿過牛仔褲鈕釦上方的毛髮，她的勇氣突然消失了，只剩猶豫不決。

麥克辛笑著握住她的手，舉到唇邊親吻她的指尖，他將她的手翻轉，嘴唇與舌尖貼上她手腕內側血流悸動處，他刻意用舌尖圍繞她的脈搏畫圈，艾莉希亞用力吸口氣。他微笑著放開她的手，捧住她的頭，再次吻上她的唇，探索她的嘴。

他放開時，她嬌喘吁吁。「換我了。」他的動作無比細心，撫觸輕若羽毛，食指沿著她的雙峰中央往下到腹部、肚臍，他繞著肚臍轉兩圈之後，繼續往下到睡褲褲腰。艾莉希亞的心開始劇烈敲打，腦中迴盪著瘋狂的節奏。

他突然在她面前跪下。

什麼？她抓住他的肩膀以免腿軟癱倒。他的雙手繞上她的臀部，親吻兩邊乳峰下方，往下一路印上輕柔甜美的吻，直到肚臍。

他的舌頭繞圈，然後探入她的肚臍，她呻吟出聲，手指穿過他的髮，他抬起頭看著她，對她壞壞一笑。他的雙手按著她的臀部，身體往後坐下，將她往前拉，固定住她，鼻尖探進她私密處。

「什麼——」艾莉希亞驚呼，抓緊他的頭髮，低哼一聲。

「妳好香。」他低語，她用力吸氣。他雙手滑進睡褲裡，捧住她光裸的臀部揉捏，同時鼻子磨蹭她的花蒂，一次又一次。

她沒想到會這樣。看到他跪在她腳邊，對她的身體做那樣的事，實在太刺激了。她閉起眼，頭往後仰，發出嬌吟，他的雙手移動，她感覺睡褲滑下雙腿。

Zot. 他的鼻子停留在她的雙腿中央。

「麥克辛！」她慌張呼喊，想將他的頭拉開。

「噓，」他低喃。「別擔心。」他的舌頭取代鼻尖，不理會她企圖阻止的微弱抗拒。

「啊……」艾莉希亞低吟，他繼續挑逗，舌頭不停繞圈、繞圈再繞圈。她停止抗拒，迷失在快感中，他的觸摸所帶來的肉體歡愉令她沉醉。她的雙腿開始發顫，麥克辛握住她的髖部，努力不懈繼續美好的折磨。

「拜託……」她哀求。他以流暢的動作站起身，她抓住他的髖部，他再次親吻她，雙手伸進她的髮間，將她的頭往後拉，她為他張嘴，享用他的舌頭。他的滋味不一樣了——鹹鹹、滑滑，她驚覺那是她的滋味！

O perëndi！噢，上帝呀！

他吻著她，一手往下移動，拇指掠過她的乳尖，描過她的腰線，最後來到她的雙腿之間。他的手指逗弄之前舌頭流連的地方，一隻手指滑進她體內，她全身顫抖，在本能的引領下，將臀部推向他，想在他的手中得到釋放。

「很好。」他嘶聲說，顯然感到滿意。他的手指在她體內轉圈，進去，出來，她的頭往後仰，閉上雙眼，他抽出手，拉扯牛仔褲，拉鍊順利解開，從後口袋拿出保險套。他迅速脫掉牛仔褲，艾莉希亞恍惚又驚奇地看著他撕開包裝，套在勃起上。她的呼吸粗重急促……但她想摸他……那裡，問題是她沒有膽量。目前還沒有。

他們甚至不在床上……他打算怎麼做？他再次吻她，雙手抱住她的腰。

「撐住，」他低聲說，舉起了她。「手臂和腿纏在我身上。」

什麼？又來？

她照他的要求做，她也沒想到自己竟然如此靈巧，他雙手撐住她的臀部，讓她靠在牆上。

他氣喘吁吁。「妳還好嗎？」他問。

她點點頭，只覺驚訝又飢渴。她的身體渴望他，渴望得發疼，她想要他……非常想要。他吻她，臀部往前挺，緩緩進入她。

他擴張她、填滿她，她低吟一聲，整張臉皺在一起。

他停止。「太多了？」他問，她聽出他的擔憂。「告訴我。」他的語氣很急迫。「如果要我停，說出來就好。」

她的大腿肌肉收縮。沒關係，她可以，她想要。她的前額貼著他的。「繼續，拜託。」

他呻吟著開始動作，臀部挺動。一開始很慢，但當艾莉希亞開始喘息、嬌吟，他加快節奏，當他開始加速，她便抱緊他的頸項。感受非常強烈，歡愉如旋風傳遍她全身，隨著他不停動作，她的快感不斷累積。

噢，不。太激烈了，她無法承受。她的指甲陷入他的肩膀。

「麥克辛，麥克辛。」她嗚咽。「我不行。」

他立刻停止，呼吸紊亂，親吻她，深吸了一口氣，沒有解除他們的親密連結，直接轉身走向床鋪。他坐在床上，接著溫柔地讓她躺下，他凝視她，眼睛的顏色有如春季森林，他的瞳孔放大，透露出他的需求。她伸手往上撫摸他的臉，讚嘆他的健壯敏捷。

「這樣比較好嗎？」他趴在她的雙腿間，用前臂撐起體重。

「嗯。」她低聲應，手指探入他柔軟的髮間。他齧咬她的唇，重新開始動作，一開始很慢，但速度逐漸加快。這樣比較輕鬆，沒有那麼深入，她還沒意識到，但身體已經不屬於她了，而是配合麥克辛的節奏動作，跟隨他的腳步，一次又一次後退、前進。她因他而迷失，與他一同迷失……快感逐漸累積，身體逐漸緊繃。

「啊——」麥克辛嘶聲吶喊，再次推進，突然吼叫一聲靜止不動。艾莉希亞也跟著叫喊出聲，緊攫著他爆發，一次，又一次，再一次，在他緊繃的身體下方盤旋失控。

她睜開眼時，他貼著她的前額，雙眼緊閉。

「噢，艾莉希亞。」他輕聲說。

不久，他張開眼，他們互相凝視，她撫摸他的臉。他是如此可愛，如此如此可愛。

「Të dua.」**我愛你**。她呢喃。

「什麼意思？」

她微笑，他溫柔回應，表情充滿驚奇與……崇拜，或許可以這麼說。他低頭吻著她的唇、眼瞼、臉頰、下顎，緩緩從她身體抽離。艾莉希亞因覺得失落而低低嗚咽，而後飄然入夢，饜足而疲憊，在他懷中沉沉睡去。

她蜷起身體躺在他身邊，被子纏在身上。

嬌小，脆弱，美麗。

這個年輕女子經歷過那麼多苦難，此刻在我身邊，我能夠保護她。我伸個懶腰，看著她胸口的規律起伏，她呼吸時嘴唇微張，深色睫毛呈扇形垂在臉頰上方。她的肌膚潔白，嘴唇紅潤，真美，我知道我永遠不會厭倦欣賞她。我被她深深吸引，中了她的魔法；她太神奇，在各方面都是如此。

我的性經驗豐富到難以計算，但我不曾體會這樣的連結。這種感覺陌生得令我不安，我渴望更多的心情也一樣。

我拂開落在她前額的髮絲，只是作為觸碰她的藉口。艾莉希亞動了動，用阿爾巴尼亞語含糊說了一句話，我靜止不動，生怕吵醒她，但她重新平靜下來安睡。我想起她怕黑，萬一醒來會害怕，我小心不打擾她地下了床，疾步下樓，拿出之前買的夜燈，裝上電池後點亮，放在艾莉希亞那邊的床頭櫃上。這樣如果她醒來，才不會一片黑暗。

我鑽進被窩，躺下來端詳她。她很可愛——臉頰的弧線、下巴的弧線，小小金十字架貼著她喉嚨底端的凹陷處——她無與倫比。她在睡夢中感覺稚嫩又安寧，我拾起她一束長髮纏在手指上。我向上帝祈求，現在她覺得安全了，我希望她做著好夢，而不是昨天的惡夢。她嘆息，唇角勾起微笑，她的表情給我信心。我凝視著她，直到再也睜不開眼，進入夢鄉前，我低聲呼喚她的名字。

艾莉希亞。

16

我還沒有完全醒來就感受到她。她的體溫滲入我的體溫，我享受與她肌膚相貼的愉悅，睜開眼迎接霧茫茫的早晨與可愛的艾莉希亞。她睡得很熟，像蕨類般蜷起身體窩在我身邊，一手放在我的下腹，一手放在我的胸膛。我一手以充滿佔有慾的動作摟著她的肩膀，將她拉近，她全身赤裸，我笑著感覺身體蠢蠢欲動。

短短一天竟然如此不同。

我躺著不動，享受她的體溫與髮香。她動了動，含糊說了句聽不懂的話，眼瞼顫動睜開。

「早安，美人，」我輕聲說。「這是妳的清晨叫醒服務。」我將她翻成仰躺，她眨了幾下眼，我親吻她的鼻尖，磨蹭她耳朵下方脈搏跳動處，她燦爛一笑，舉起雙手勾住我的頸子，我一手往下遊走到她的酥胸上。

陽光燦爛，空氣清爽冷冽，我開車在A39公路上，準備前往帕德斯托，音響系統大聲播放黑街合唱團的〈No Diggity〉。我決定不去參加禮拜，村落教堂會聚集太多認識我的人，等我告訴艾莉希亞我的身分和工作之後再說……或許吧。我看著她，她隨著音樂用腳打拍子，她對我笑了一下，害我胯下緊繃。

老天，她太迷人了。

她的笑容照亮捷豹跑車——也照亮我。

我給她一個壞壞的笑容，想起清晨的纏綿，還有昨夜。她將一束亂跑的頭髮塞到耳後，臉上泛著清純的紅暈，說不定她也想起了清晨的纏綿，我希望是。我看著她，心中浮現她在我床上的模樣，在狂喜中頭往後仰，高潮時張嘴吶喊，長髮披落床緣。想到這裡，我的血液往下體奔去。沒錯，她似乎樂在其中，似乎非常樂在其中。這段回憶讓我不得不在座位上挪動一下姿勢，我伸手捏捏她的膝蓋。

「妳還好嗎？」我問。

她點頭，深棕眼眸瑩亮。

「我也是。」我牽起她的手舉到唇邊，滿懷感激地親吻她的掌心。

我覺得滿心歡喜——不只滿心歡喜，我狂喜到快飛起來了。自從……自從……基特過世後，我第一次覺得這麼幸福——不，甚至基特在世時我也沒有這種感覺，我知道是因為艾莉希亞在我身邊。

我為她迷醉。

但我不打算深究我的感受，不想。這種感覺太新、太脆弱，還有點令人不安，我不曾有過這種感受。老實說，我很興奮，因為要陪女人去逛街，而我竟然十分期待——這也是初體驗？

可我擔心會和艾莉希亞吵起來。她自尊心很強，或許是阿爾巴尼亞人的民族性。吃早餐的時候，她嚴正聲明不准我幫她買新衣服，但此刻她坐在我身邊，穿著她僅有的一條牛仔褲、單薄變灰的白上衣、漏水的靴子、我妹妹的舊外套——就算她抗爭，我也不會讓她贏。

我把車停在碼頭旁寬敞的停車場。她很好奇，從擋風玻璃望著外面的環境。

下車後，我問：「想到處看看嗎？」

風景如畫。以康瓦爾灰色石材建造的古老房屋與農舍，與小海港平行，幾艘漁船停泊岸邊。因為今天是星期天，所以不出航。

「景色很美。」艾莉希亞說。她縮在外套裡，我伸手摟住她的肩膀，將她擁到身邊。

「我們去幫妳買幾件保暖的衣服吧。」我微笑著說，但她立刻離開我的懷抱。

「麥克辛，我沒錢買新衣服。」

「我送妳。」

「送我？」她蹙眉。

「艾莉希亞，妳一無所有，我很輕易就能解決這個問題。拜託讓我買，我想買。」

「這樣不對。」

「誰說的？」

她舉起手指點點唇，顯然沒想過這個問題。「我。我說的。」她終於回答。

我嘆息。「就當作禮物，獎賞妳辛勤工作——」

「是獎賞我和你上床吧？」

「什麼？不是！」我大笑，感覺驚愕又好笑。我急忙看看碼頭左右，確定沒有人聽到我們交談的內容。「艾莉希亞，我們上床之前我就說要幫妳買衣服了。別這樣，看看妳自己，妳快凍僵了。我知道妳的靴子會漏水，我在我家門廳看過妳的濕腳印。」

她張嘴想說話，我舉起一隻手制止。「拜託，」我堅持。「幫妳買衣服對我而言是種樂趣。」

她噘嘴，似乎不買帳，我換個策略。「無論妳去或不去，總之我會買。所以妳可以選擇和我一起去，挑妳喜歡的衣服，不然就由我決定。」

她雙手抱胸。

可惡，艾莉希亞．迪馬契相當頑固。

「拜託，為了我？」我求她，伸出一隻手，她瞪我一眼，我擺出最迷人的笑容，然後她嘆息——

我想大概是認輸了——牽起我的手。

太好了。

麥克辛先生說得沒錯。她確實需要衣服，她之前為什麼那麼固執，硬要抗拒他的慷慨？因為他已經幫她太多了。她快步跟著他走在碼頭上，盡可能不理會心中媽媽譴責的聲音。

他不是妳丈夫。他不是妳丈夫。

她搖頭。

夠了！

媽媽不在這裡，她不要因為媽媽而內疚。現在她在英國，她很自由，就像英國女生一樣，就像外婆一樣。麥克辛先生說過她是來度假的，而且這樣會讓他開心……他讓她那麼舒服，她怎麼可以不回報？她臉紅了，想起他的……他怎麼說的？

清晨叫醒服務。

艾莉希亞努力忍住不笑。他可以每天那樣叫醒她。

而且他再次幫她做早餐。

他快寵壞她了。她很久沒有被人這樣寵了。

從來沒有？

他們走進帕德斯托市中心，她抬頭看他一眼，心中悸動。他低頭看向她，眼睛明亮有神，英俊的臉上展開大大笑容。今天早晨他感覺有些粗獷，大概是因為鬍碴。她喜歡舔鬍碴的感覺，她喜歡鬍碴磨蹭肌膚的感覺。

艾莉希亞！

她不知道自己竟然可以如此放蕩，麥克辛先生喚醒了怪獸。她在心中偷笑。

誰想得到？

她的心思下一瞬變得憂傷。假期結束之後，回到倫敦她該怎麼辦？她一手握住他的二頭肌，另一手捏捏他的手。她不願想這件事，現在不要，今天不要。

我在度假。

他們往前走，這句話變成一句咒語。

我在度假。

Ky është pushim. 我在度假。

帕德斯托比崔夫希克大，但老舊狹小的房屋與窄巷如出一轍。這是個風光明媚的小鎮，人山人海，雖然氣溫很低，但觀光客與當地居民都出來享受陽光。小朋友吃冰淇淋，年輕人手牽手，就像麥克辛跟她一樣，老夫妻幸福地挽著手臂。艾莉希亞感到驚訝，大家竟然在大街上如此自在展現愛意，在庫克斯看不到這種畫面。

我走進街上第一家女裝店。那是家地區性的連鎖店，我站在店中央看著那許許多多商品，每一件感覺都不錯，但老實說，我有點暈頭轉向。艾莉希亞黏著我的手臂，我不曉得該從哪裡開始。我原本隱約期盼她會投入，甚至熱中——但她似乎對商品毫無興趣。

一位年輕店員過來，金髮、開朗，有著鄰家女孩的陽光笑容，甩動的馬尾很適合她的形象。她問：「請問需要幫你們介紹嗎？」

「我的……呃，女朋友，需要所有衣物。她的東西全放在倫敦了，我們要在這裡住一個星期。」

女朋友？對，感覺不錯。

艾莉希亞驚訝地抬頭看著我。

「沒問題。妳需要什麼呢？」店員問，喜孜孜地看向艾莉希亞。

艾莉希亞聳聳肩。

「先從牛仔褲開始。」我搶先回答。

「什麼尺寸？」

「我不知道。」艾莉希亞回答。

店員一臉困惑，後退一步打量她。「妳是外國人吧？」她輕快地說。

「對。」艾莉希亞臉紅了。

「我認為妳應該穿小號，英國尺碼八號或十號。」她滿懷期待看著我們，等候確認。

艾莉希亞點點頭，我猜大概只是出於禮貌。

「妳先去試衣間，我找幾條尺寸適合的牛仔褲給妳，然後再看其他東西，好嗎？」

「好。」艾莉希亞含糊地說，瞥我一眼，表情難以看透，然後便跟隨店員去試衣間。

我聽到店員告訴艾莉希亞：「對了，我叫莎拉。」我安心地吁一口氣，看著莎拉從架子上拿了兩條牛仔褲。

「深色、淺色、黑色各一條。」我要求。她的馬尾開心跳躍，她對我笑了笑，多拿好幾條。

我在店裡漫步，翻著衣架想找出適合艾莉希亞的衣服。以前我也陪女人逛街，但通常她們都很清楚自己想找什麼，我只是被拖去付錢，就算我給了意見她們也不會聽。我認識的女性都對自己的穿衣風格很有信心，我在想是不是該請卡洛琳帶她去買衣服。

什麼？

回倫敦？

不，這個主意不太好。

還不行。

我蹙起眉。*我到底在做什麼？*

我睡了我的女僕，這就是我做的事。

我腦海中響起她高潮時的嬌喊，回憶讓我的下半身變硬。

去他的。

沒錯，我睡了她，我想再來一次。

所以我才會在這裡。

我喜歡她，真的喜歡她。我想保護她，讓她遠離曾經忍受的所有苦難……我擁有太多，她一無所有。

我輕哼一聲。就當作財富重新分配吧，沒錯，我真是滿懷利他思想的社會主義尖兵呀。我媽肯定會氣死，這個念頭令我不禁莞爾。

我找到兩件我喜歡的洋裝，一件黑色，一件翡翠綠，我拿去交給店員。

艾莉希亞會喜歡嗎？

我坐在更衣室外面的輕便摺椅上等候，盡可能將煩亂的思緒趕到一旁。

艾莉希亞穿著那件綠色洋裝出來。

哇。

我覺得有點暈。

我從沒看過她穿洋裝的樣子。

她的長髮垂落胸前，柔軟布料貼在身上，包裹酥胸線條。

她全身曲線畢露。

聳立乳峰，平坦腹部，纖瘦臀部。洋裝的長度到膝蓋，她光著腳，美豔無比——或許感覺比較成熟，但也更有女人味，韻味十足。

「不會太低胸嗎？」艾莉希亞拉扯領口。

「不會。」我的聲音粗嗄，我輕咳清清嗓子。「不會，很好。」

「你喜歡嗎？」

「喜歡、喜歡，非常喜歡。妳好漂亮。」

她給我一個羞答答的微笑，我舉起手指示意要她轉圈，她笑著迅速轉了一圈。

她的臀部也曲線畢露。

沒錯，她秀色可餐。

「我覺得很棒。」我說，她回更衣室。

四十五分鐘後，艾莉希亞有了全新的行頭：三條牛仔褲、四件不同顏色的長袖上衣、兩條裙子、兩件白襯衫、一件羊毛外套、兩件洋裝、兩件毛衣、一件大衣、襪子、絲襪、內衣褲。

「一共一千三百五十五英鎊。」莎拉對麥克辛燦爛一笑。

「什麼！」艾莉希亞驚呼。

麥克辛遞上信用卡，將艾莉希亞擁入懷中，給她一個纏綿熱烈的吻。他放開時她快沒氣了，她難為情地低頭看地板，無法面對莎拉。在艾莉希亞的故鄉，公然牽手已經很放肆了，不可能接吻，絕對、絕對不能在大庭廣眾下接吻。

「嘿。」麥克辛低聲說，一手捧著她的下巴讓她抬起頭。

「你花太多錢了。」她輕聲說。

「花在妳身上再多也值得。拜託，不要生我的氣。」

她的視線在我臉上流連，但我不知道她在想什麼。

「謝謝。」她最後說。

「不客氣，」我回答，放下心中大石。「現在該去買幾雙像樣的鞋子。」

艾莉希亞的臉綻放光彩，有如夏日豔陽。

啊，鞋子……通往女人心的捷徑。

在附近的鞋店，她選了一雙堅固的黑色踝靴。

「才一雙怎麼夠？」我說。

「我只需要這雙。」

「來，這雙不錯。」我拿起一雙芭蕾平底鞋。我多麼希望店裡有充滿情色誘惑的高跟鞋，可惜——店裡所有鞋都是實穿的款式。

艾莉希亞猶豫不決。

「我喜歡這雙。」我說，希望我的意見會影響她的決定。

「好吧，既然你喜歡。這雙很好看。」

我露齒一笑道：「我也喜歡這雙。」我拿起一雙有跟的棕色長靴。

「麥克辛。」艾莉希亞抗拒。

「拜託嘛。」

她勉強對我笑笑。「好吧。」

他們站在櫃台前，麥克辛說：「把妳的舊靴子留在這裡，店家會幫忙回收。」艾莉希亞低頭看看腳上的新靴子，再看看她的舊靴子。她從家鄉帶來的衣物只剩這雙靴子了。

「我想留著。」她說。

「為什麼？」

「我從阿爾巴尼亞帶來的。」

「噢。」他一臉驚訝。「不然拿去換底好了。」

「換底?什麼意思?」

「修理，換新的鞋底。懂嗎?」

「好、好。」她興奮回答。「換底。」

她看著麥克辛再次拿出信用卡。她要怎麼償還?

有一天她會賺到足夠的錢還給他，在那之前，她要先想想能為他做什麼。「別忘了，我想煮飯。」她說。

這是一種報答的方式。

「今天?」麥克辛問，拎起購物袋。

「對。我想煮飯給你吃，表達感謝。今天晚上。」

「好。我們先把東西拿去車上放，然後吃午餐，吃完再去買菜。」

他們將購物袋放進跑車的小後車廂，牽著手走向一家餐廳，艾莉希亞盡可能不去煩惱麥克辛的慷慨。在她的文化裡，拒絕禮物很失禮，但她很清楚，假使父親知道她在做什麼，一定會罵得很難聽，他可能會殺死她或心臟病發，說不定兩者一起。她已經令他蒙羞了，作為證據的瘀血最近才消失。她再次希望爸爸能開明一點——而且不要這麼暴力。

爸爸。

她的心直直墜落。

我們在英國名廚瑞克·史坦開的餐廳吃午餐。艾莉希亞很安靜，點餐時，她顯得被動順從，我納悶是不是因為我花錢幫她買衣服。服務生點完餐離開之後，我握住艾莉希亞的手捏了捏，要她安心。「艾莉希亞，別擔心買衣服的錢，拜託。」她給我一個緊繃的笑容，喝了一口氣泡礦泉水。

「有什麼問題嗎？」

她搖搖頭。

「告訴我。」我堅持。

她再次搖頭，轉頭望向窗外。

不對勁。

該死，我又惹她不高興了？

「艾莉希亞？」

她轉回來面向我，感覺心煩意亂。

要命。

「怎麼了？」

她注視著我，深色眼眸籠罩憂傷，我感覺像挨了一刀。

「說給我聽。」

「我不能假裝在度假，」她柔聲說。「你買了這麼多東西給我，我沒辦法還你錢。我不知道回倫敦之後會怎樣。我想到我父親，假使他發現我們做了什麼，他會怎麼對付我——」她停頓，吞嚥一下。「還有你。我知道他會怎麼罵我，我很累，不想繼續擔驚受怕。」她憂傷低語，眸中閃著淚光，直勾勾注視著我。「我在想的就是這些。」

我回望，動彈不得，內心空虛疼痛，為她而難過。

「妳真的有太多事要想。」我低聲說。

服務生送餐來，開朗地將加州雞肉三明治放在我面前，艾莉希亞的則是白胡桃南瓜湯。「還需要什麼嗎？」她問。

「不用了，這樣就好，謝謝。」我示意要她離開。

艾莉希亞拿起湯匙攪拌湯，我不知所措，絞盡腦汁找話講。她以幾乎聽不見的聲音說：「我不是你的問題，麥克辛。」

「我從沒說過妳是。」

「我不是那個意思。」

「我懂妳的意思，艾莉希亞。無論我們之間發生什麼事，我希望確定妳平安。」

她給我一個憂傷的微笑。「我很感激。謝謝你。」

她的回答讓我心頭竄起火。我不要她的感激，我猜想她大概有些老派的觀念，以為從今以後她就變成我的地下情人了。我也不知道她爸爸會怎麼對付我們。現在是二〇一九年，不是一八一九年。

她到底想怎樣？

天殺的，我到底想怎樣？

我看著她舀起湯舉到唇邊，臉龐蒼白悲傷。

至少她肯吃東西。

我到底想從她身上得到什麼？

我已經得到她美麗的身體。

這樣還不夠。

我突然恍然大悟，彷彿一記大槌飛來，正中我雙眼之間。

我想要她的心。

該死。

17

愛，令人迷惘、煩躁、沮喪……歡喜。原來是這種感覺。我瘋狂、錯亂、荒謬地愛著坐在對面的女人。

我的女傭。艾莉希亞．迪馬契。

自從第一次看到她拿著掃帚站在我家門廳，我就有這種感覺。我記得當時我有多倉皇失措……多憤怒。我覺得牆壁逼近，不得不逃跑，因為我不明白我的感受是多麼深刻，我想逃離的就是這個。我以為我只是深深受她吸引，但並非如此，我渴望的不只是她的肉體，從來不只是這樣。她以一種獨特的方式讓我不由自主想接近，在其他女人身上我從不曾感受過。我愛她，所以她逃回賓福特的時候我才會追過去，所以我才會帶她來這裡。我想保護她，我想讓她開心，我想要她在身邊。

該死。

真是當頭棒喝。

她不知道我的身分與責任，我對她的瞭解也極為有限。我不知道她對我有什麼感覺，不過此刻她和我在一起，應該不是毫無意義，我認為她喜歡我。但話說回來，她有什麼選擇？我是她唯一的依靠，她很害怕，無處可逃。我心裡很清楚，所以盡可能和她保持距離，但我做不到，因為她已經深深刻進我心中。

我愛上了我的清潔工。

唉，真他媽的亂七八糟。

她終於願意對我敞開心胸——可儘管我做了那麼多，她依然害怕。我做的還不夠，我的胃口盡失。

「對不起，我不是故意興掃。」

「興掃？」

她蹙眉。「我的英文不對？」

「我猜妳應該想說掃興。」

她雖然笑了，但並非發自內心。

「妳並不掃興，」我安撫她。「我們會想出辦法，艾莉希亞，等著瞧吧。」

她點頭，可看起來似乎並不相信。「你不餓嗎？」

我看看雞肉三明治，肚子咕嚕叫，她笑出聲，那是全世界最美妙的聲音。

「這樣好多了。」她的歡笑讓我心情愉快，很高興她恢復了幽默感，我埋頭吃東西。

艾莉希亞放鬆了。印象中她似乎沒有跟他說過她的感受，他似乎並沒有生氣，他望著她的眼神很溫暖，表情傳達安慰。

我們會想出辦法，艾莉希亞，等著瞧吧。

她低頭看著白核桃南瓜湯，胃口恢復了。一連串事件讓她來到這裡，她不由得讚嘆命運。當媽媽帶她去庫克斯那條寒冷小路，讓她坐上那輛小巴士，她知道人生將會變得全然不同。她盼望能在英國展開新生活，她沒想到旅程會如此艱辛危險，可笑的是，她離開故鄉就是為了逃離危險。

而這趟旅程將她帶到他身邊。

麥克辛先生。

有著英俊臉龐、開朗性格與燦爛笑容的他。她看著他吃東西的模樣，他的餐桌禮儀無懈可擊，乾淨、有條不紊，咀嚼時閉起嘴。她的英國外婆很重視禮儀，她一定會喜歡他。

他隔著餐桌看向她，眼眸瑩亮翠綠，最獨特的色彩。德林河的色彩，是故鄉的色彩。她可以整天看著他也不厭倦。

他給她一個撫慰的笑容。「還好嗎？」他問。

艾莉希亞點點頭。她好愛他看著她時溫暖的微笑，好愛他眸中的炙熱……當他想要她的時候……她紅著臉低頭看湯。她從沒想過會墜入愛河。

只有傻瓜才會戀愛，她媽媽經常這麼說。

或許她是傻瓜，但她愛他。她對他告白過了，不過當然他聽不懂她的母語。

「嘿。」他說。

她抬起頭，發現他已經吃完了。

「妳的湯好喝嗎？」

「很好喝。」

「好，快吃吧。我想帶妳回家。」

「好。」她喜歡他說「家」的感覺。她想和他成家，永遠的家，不過她知道不可能。

但女生至少能作作夢嘛。

回崔夫希克的車程比去程安靜許多。麥克辛心事重重，聽著音響系統播放的奇怪音樂。離開帕德斯托的路上，他們停在一家叫「特易購」的超市，艾莉希亞想要的食材那裡都有，她要煮 tavë kosi（**優格烤羊肉**），那是她爸爸最喜歡的一道菜，她希望麥克辛也會喜歡。她望著飛逝而過的鄉村景致，深冬的地貌讓她想起故鄉，不過這裡的樹都修剪得很矮，被康瓦爾的強烈寒風吹得東倒西歪。

她很想知道瑪格達和米赫爾在賓福特過得好不好。今天是星期天，米赫爾應該在寫作業或打線上遊戲，瑪格達應該忙著煮飯，不然就是透過Skype和她的未婚夫羅根聊天，也可能在打包去加拿大的行李。艾莉希亞希望他們平安無事。她看向麥克辛，他似乎沉浸在思緒中；如果他聯絡過那個朋友，應該會知道瑪格達和米赫爾的近況，說不定晚一點可以跟他借手機，這樣她就能知道家裡的狀況。

不對，賓福特不是她的家。

她不知道下一個家會在哪裡。

她決心保持愉悅，放開煩惱，專心聽音響播放的奇特聲音，各種色彩碰撞：紫色、紅色、青色……她從未聽過這樣的音樂。

「這是什麼音樂？」她問。

「『異星入境』的原聲帶。」

「異星入境？」

「電影。」

「哦。」

「妳看過嗎？」

「沒有。」

「很好看，真的很震撼心靈，它探討時間、語言以及溝通的困難，我們回家後找來看。妳喜歡這個音樂？」

「對。很奇特，表現力十足，色彩強烈。」

他笑了一下，太過短暫。他一直在想事情，她很想知道他是否在思考他們之前的談話，她必須確定。「你在生我的氣嗎？」

「沒有，當然沒有！為什麼我會生妳的氣？」

她聳肩。「我不知道，你都不說話。」

「妳說了很多讓我需要思考的事。」

「對不起。」

「不用道歉，妳沒有做錯什麼。如果要說……」他沒有說完。

「你沒有做錯什麼。」她說。

「我很高興妳這麼想。」他給她一個真誠的短暫笑容，驅散了她的疑慮。

「你有什麼不吃的嗎？」她問，很後悔買菜之前沒有問。

「沒有，我差不多什麼都吃。我念過寄宿學校。」他回答，彷彿可以解釋他整個飲食習慣。不過艾莉希亞對寄宿學校的瞭解有限，完全來自於伊妮德．布萊頓所寫的《瑪洛利塔寄宿學校》①，那是她外婆最喜歡的系列小說。

「你喜歡寄宿學校嗎？」她問。

「第一間不喜歡，我被開除了。第二間我喜歡，那間學校很不錯，我在那裡交到好朋友，妳見過他們。」

「噢，沒錯。」想起那兩個只穿內褲的男人，艾莉希亞臉紅了。

他們輕鬆閒聊，回到家的時候，她的心情開朗多了。

我們將買的東西拿進屋內，艾莉希亞整理食材，我將她的衣服拿去樓上。我先是拿去客房，又改變主意，拿去我房間的衣帽間。我希望她和我一起用這個房間。

---

① 伊妮德．布萊頓（Enid Blyton，西元一八八七年～一九六八年），英國著名兒童作家。她為不同年齡的兒童創作了一萬多個故事、出版了七百多本故事書及小說，《瑪洛利塔寄宿學校》（Malory Towers）為其創作之一。

會不會太一廂情願？

該死。我把自己纏進死結了，我不知道和她在一起該如何行事。

我坐在床上，雙手抱頭。來這裡之前，我有明確的計劃嗎？

沒有。

我完全用小頭在思考，現在……唉，希望我正在用大腦思考，跟隨我的心。回家的車程中，我一直在考慮該怎麼做。我應該說出愛她嗎？還是不該說？她完全沒有暗示過對我的感覺，不過她本來大部分的時候都沉默寡言。

她和我一起在這裡。

這想必有什麼意義吧？

她可以留在她朋友家，但那些流氓可能又會跑去抓她。這想法讓我的血液結冰，想到萬一她被抓到，那些人會怎麼對待她，我就全身發抖。我是她唯一的選擇。她一無所有。她怎麼有辦法自行逃脫？

話說回來，她剛到英國時同樣一無所有，但她活過來了。她很會臨機應變，但這需付出多大的代價？這念頭沉沉壓在我心上。她剛到英國、還沒找到瑪格達之前的那段時間，發生了什麼事？

剛才在餐廳裡，她眼眸中的苦惱，令我……感同身受。

我很累，我不想繼續擔驚受怕。

我想知道她從什麼時候開始有這種感覺。來到這裡之後？我甚至不清楚她來英國多久了，她的事太多我都不曉得。

可是我希望她幸福。

快想啊，該怎麼做？

首先必須讓她以合法身分居留，我不知道該怎麼做，或許可以問問律師。我完全能想像，聽到我窩藏非法移民，拉賈會有什麼表情。

她外婆是英國人，或許有幫助。

該死，我不知道。

我還能怎麼辦？

我可以娶她。

什麼？

結婚？

我笑出聲，因為這個念頭太扯。

有何不可？

我媽會氣死，光是這一點就值得求婚了。我想起那天晚上湯姆在酒吧說過的話：你知道，現在你是伯爵了，需要生個嗣子，再來個備胎。

我可以讓艾莉希亞成為我的伯爵夫人。

我的心開始怦怦狂跳。這一步太大膽，說不定有點太突然。

我甚至不知道她是否喜歡我。

我可以問她。

我翻個白眼，在原地繞圈。說實話，我必須多瞭解她一點。我怎麼可能請她嫁給我？雖然我知道阿爾巴尼亞在地圖上的位置，但除此之外一無所知……呃，這立刻就能解決。

我從口袋拿出手機，打開Google。

我的手機開始抱怨快沒電的時候，天已經黑了。我趴在床上，閱讀我所能找到所有關於阿爾巴尼亞的資料。這個國家很有意思，新舊交雜，歷史風起雲湧。我找到艾莉希亞的故鄉，位在西北，藏在山區，距離首都幾個小時的車程，根據我讀到的資料，那個地區的生活確實比較傳統。

如此一來很多事就說得通了。

艾莉希亞在樓下做飯。不知道她在煮什麼，但香氣非常誘人。我下床，伸個懶腰，下樓去找她。

她依然穿著白上衣搭配牛仔褲，背對著我站在爐台前，拌炒平底鍋裡的東西。味道好香，我口水直流。

「嗨。」我打招呼，在吧台邊的椅子坐下。

「嗨。」她短促回以一笑，我發現她把頭髮紮起來了。

我把手機插在吧台下面的插座充電，開啟Sonos。

「妳想聽什麼音樂？」我問。

「你選吧。」

我選了一個抒情歌單，按下播放，音響傳出澳洲另類歌手RY X的音樂，音量像爆炸一樣，我們兩個都嚇了一跳。我調低音量。「對不起，太大聲。妳在煮什麼？」

「驚喜。」她轉頭用挑逗的眼神看我。

「我喜歡驚喜，味道好香。有我可以幫忙的地方嗎？」

「不用了，這是我表達謝意的方式。要喝點酒先嗎？」

我大笑。「好，我想先喝點酒。我糾正妳的英文，妳會介意嗎？」

「不會，我想學。」

「『要先喝點酒嗎？』這才是正確的說法。」

「好。」她再次對我微笑。

「好，我想喝。謝謝。」

她放下平底鍋，拿起吧台上已經開好的紅酒，倒了一杯給我。

「剛才我在看阿爾巴尼亞的資料。」

她倏地抬起頭看我，臉龐綻放光彩，有如黎明晨光。「家。」她輕聲說。

「告訴我在庫克斯的生活是什麼模樣？」

或許是因為她忙著煮飯無暇想太多，總之她終於打開話匣子，開始描述和父母一起住的家。他們家在一個很大的湖邊，周圍有很多針葉樹……她述說的同時，我讚賞地看著她，她在流理台前的動作是那麼從容優雅，彷彿在這個廚房煮了很多年，無論是磨肉豆蔻、調整烤箱時間，她都駕輕就熟，像個專業大廚。她一邊煮飯，一邊幫我斟酒、洗碗盤，同時描述庫克斯沉悶的生活。

「妳不會開車？」

「對。」她回答，準備好餐具。

「妳媽媽會嗎？」

「會，可是很少開。」看到我驚訝的表情，她笑了。「要知道，大部分的阿爾巴尼亞人都是一九九〇年代中期才開始開車。共產黨垮台之前，我們沒有車。」

「哇，我不知道這件事。」

「我很想學。」

「開車？我教妳。」

她相當錯愕。「用你那輛跑車？還是算了吧！」她大笑，彷彿我提議到月球吃午餐。

「我可以教妳。」這裡土地廣大，不需要跑去公路上，應該很安全。我腦中冒出一個畫面，她駕駛著基特收藏的車，或許是他心愛的Morgan手工訂製車，嗯，很有伯爵夫人的派頭。

伯爵夫人？

「還要煮十五分鐘。」她說，手指輕點著唇。她有心事。

「妳想做什麼？」

艾莉希亞咬著下唇。

「怎麼了？」我問。

「我想打電話給瑪格達。」

她當然會想打電話給她，瑪格達很可能是她唯一的朋友。我怎麼沒想到？

「當然好。來。」我拔下手機，找到瑪格達的聯絡資料。嘟聲響起後，我將手機遞給艾莉希亞，她感激地對我微笑。

「瑪格達……對，是我。」艾莉希亞走到沙發坐下，我很想忍住不偷聽，但實在做不到。我想像瑪格達如釋重負，艾莉希亞平安無事，沒有慘遭分屍。「沒有。很好。」艾莉希亞抬頭看向我，眼眸閃耀光彩。「非常好。」她說著露出大大的笑容，我發現自己跟著笑。

「非常好」這個評價很可以。

瑪格達不知說了什麼，逗得她笑出聲，我的心漲滿喜悅。能聽到她的笑聲真好，她太少笑得這麼開心。

她講電話時，我盡可能不盯著她看，但我難以抗拒。她無意識地拉起一縷逃出辮子的髮絲纏在手指上，告訴瑪格達她看到大海，昨天還不小心跌進水裡。

「不。這裡很美，很像我家。」她再次抬頭看著我，令人著迷的眼眸俘虜了我。

家。

我可以讓這裡成為她的家……

我的嘴很乾。

老兄，你未免想太遠了！

我轉過頭，打破艾莉希亞眼眸的魔力。思緒的方向令我心慌，於是我舉杯喝了一口酒。我所有的反應對我而言都太新、太放肆。

「米赫爾還好嗎？羅根呢？」她問，等不及想知道新消息。她很快就聊得忘我，她們聊著打包、加拿大——以及婚禮。

艾莉希亞又笑了，她的聲音不一樣了，變得更溫柔……更甜蜜。她在跟米赫爾說話，從她的語氣聽得出來她非常寵愛他。我不該吃醋——他只是個小朋友，或許我還是吃醋了？這種感覺前所未有、不請自來，我不確定是否喜歡。

「要乖喔，米赫爾……我很想你……拜。」

她再次看我一眼。「好，我會……再見，瑪格達。」她掛斷電話，緩步走過來，將手機還給我。她似乎很開心，我很高興她打了那通電話。

「講完了？」我問。

「嗯，謝謝。」

「瑪格達還好嗎？」

「她忙著打包。快離開英國了，她既開心又傷心。有那些保鑣在，她安心多了。」

「太好了，她一定很期待展開新生活吧。」

「沒錯，她的未婚夫是個大好人。」

「他是做什麼的？」

「好像是電腦相關的工作。」

「我應該買支手機給妳，妳隨時想跟她說話都可以。」

她一臉驚恐。「不、不，手機太貴了，不可以。」

我揚起眉，很清楚我絕對可以。

她也揚起眉，神情不悅，幸好這時烤箱計時器響了，救了我一命。

「晚餐好嘍。」

艾莉希亞將焗烤盤放在餐桌上，旁邊還有她做好的沙拉。看到優格脆皮膨脹成金棕色的圓頂，她很滿意，麥克辛則覺得很厲害。「看起來很好吃。」他說，艾莉希亞懷疑他期待太高。

她盛好一份端給他，坐下。「裡面有羊肉、米飯、優格和一些……嗯……祕方。菜名叫 Tavë kosi。」

「我們這裡不會把優格拿去烤，而是配早餐穀麥一起吃。」

她大笑。

他吃了一口，閉起眼睛品嘗。「嗯。」他睜眼，熱烈點頭，吞下食物。「好好吃。妳真的很會煮，不是隨便說說。」

他暖熱的視線讓艾莉希亞臉紅了。

「妳隨時可以煮飯給我吃。」

「我很想。」她低喃。她真的非常想。

我們談天、喝酒、吃飯。我勸酒、發問，問了很多事：她的童年、學校、朋友與家庭。閱讀關於阿爾巴尼亞的資料啟發了很多想法，坐在艾莉希亞對面也給我很多靈感。她朝氣十足，講話時晶瑩眼眸表情豐富，也很活潑，雙手比畫著解說重點。

她令人著迷。

她偶爾會伸手將散落的頭髮塞好，手指輕撫過耳廓。

我想要她那樣摸我。

我期待晚一點可以解開她的髮辮，用手指梳開她柔軟豐盈的秀髮。難得看到她自由自在、暢所欲言的模樣，我心中浮現暖意。從她酡紅的臉頰判斷，大概是因為喝多了，我喝一口美味的義大利巴羅洛紅酒，感謝酒精的魔力。

我吃飽了，將盤子推開，重新斟滿她的酒杯。「說說看，在阿爾巴尼亞平常一天是怎麼過的？」

「我嗎？」

「對。」

「沒什麼好說的。要上班的日子，爸爸會載我去學校；在家的時候，我幫媽媽做家事，洗衣、打掃，就像我幫你做的一樣。」濃縮咖啡色調的眼睛悄悄抬起，洞悉的眼神令我無所遁形。性感得要命。「差不多就這樣。」她說。

「好像有點無聊。」太無聊，不適合聰慧的艾莉希亞，而且我猜想也有點寂寞。

「確實。」她笑出聲。

「我讀過的資料說，阿爾巴尼亞北部非常保守。」

「保守。」她蹙眉喝了一口酒。「是傳統的意思嗎？」

「對。」

「我的故鄉很傳統。」她站起來收拾餐具。「不過阿爾巴尼亞正在慢慢改變，在Tiranë——」

「地拉那？」

「對，那裡是現代化都會城市，一點也不傳統或保守。」她將餐具放進洗碗槽。

「妳去過嗎？」

「沒有。」

「妳想去嗎？」

她重新坐下，歪著頭，食指抹一下唇，短暫流露惆悵的神情。「想。有一天。」

「妳完全沒有出過遠門？」

「對，只有看書神遊。」她的笑容照亮整個空間。「書本帶我遊歷整個世界，電視節目也帶我去過美國。」

「美國節目？」

「對，Netflix、HBO。」

「阿爾巴尼亞有？」

我驚訝的反應逗得她笑出來。「有，我們有電視！」

「那麼，在故鄉的時候，妳做什麼消遣？」我問。

「消遣？」

「玩樂。妳知道，開心。」

她似乎有些困惑。「我讀書、看電視、練習音樂，有時候我會陪媽媽聽廣播——英國國家廣播公司國際頻道。」

「妳會出去玩嗎？」

「不會。」

「從來沒有？」

「有時候。夏天傍晚我們會在鎮上散步，不過都是和家人一起。有時候我會外出彈鋼琴。」

「音樂會？有觀眾的那種？」

「對，在學校和婚禮上。」

「妳父母一定覺得很光榮。」

她的臉龐浮現陰霾。「對，以前。當然現在也是。」她糾正自己，聲音顫抖低落，變得輕柔憂傷。「我爸爸，他喜歡受人矚目。」她的態度變了，整個人好像往內縮。

不妙。「妳一定很想念他們。」

「媽媽，我想念媽媽。」她輕聲回答，喝了一口酒。

不想念爸爸？我沒有追問。她的情緒變了，我該改變話題，不過，既然她那麼想念媽媽，說不定想回去。我記得她跟我說過：我們以為是來這裡工作，過更好的生活，庫克斯的生活對一些女人而言很痛苦——

說不定這就是她想要的：回故鄉。雖然我很擔心會聽到不想聽的答案，可是我還是問了：「妳想回去嗎？」

「回去？」

「故鄉。」

她恐懼地瞠大眼。「不，我不能、我不能。」她的聲音很小、語氣很急，我頸背的寒毛豎立。

「為什麼？」

她沉默不語，但我想知道，於是追問下去：「因為妳沒有護照？」

「不是。」

「那是為什麼？妳的故鄉真有那麼糟？」

她緊閉雙眼，低下頭，彷彿感到羞恥。「不是，」她輕聲說。「是因為……因為我訂親了。」

18

我的胸口劇烈收縮，彷彿腹部被踹了一腳。

訂親？

這是什麼中世紀詞彙？

她抬起頭看我，眼睛圓睜，流露憂傷。腎上腺素在我全身狂奔，我準備好迎戰。「訂親？」我低語，很清楚這代表什麼意思。

媽的，她已經許配給另一個人了。

她重新低下頭。「對。」聲音小到幾乎聽不見。

我有競爭對手。靠。

「妳原本打算……什麼時候告訴我？」

她緊閉雙眼，彷彿承受劇痛。

「艾莉希亞，看著我。」

她舉起一隻手摀住嘴——為了壓抑啜泣？我不知道。她吞嚥一下，抬起視線對上我的雙眼，她的表情很無助，明顯感覺出絕望。我的憤怒瞬間消融，只留下混亂。

「我現在不就告訴你了？」她說。

她已經名花有主了。

痛苦瞬間來襲，發自內心，無比震撼。我從雲端墜落。

搞什麼鬼？

我的世界天搖地動。我的想法，我模糊的計劃，與她廝守……結婚……

不可能了。

「妳愛他嗎？」

她後退，驚愕地倒抽一口氣。「不！」她否認，激動得無法呼吸。「我不想嫁給他，所以才離開阿爾巴尼亞。」

「為了逃離他？」

「對。我原本一月要結婚，過完生日之後。」

她的生日？

我茫然望著她。突地，我覺得牆壁逼近，我需要空間，就像第一次見到她時那樣。暴風般的疑慮與困惑讓我快要窒息，我必須思考。我站起來，不經意地舉起手想撥開頭髮，整理思緒，坐在我身邊的艾莉希亞卻縮成一團，雙手護著頭，似乎以為——

什麼？

「該死，艾莉希亞！妳以為我會打妳？」我驚呼，後退一步，她的反應令我錯愕。艾莉希亞．迪馬契這個謎團又解開了一塊，難怪她總是保持距離，站在我碰不到的地方。我要宰了那個混蛋。「他打妳？是不是？」

她低頭看著大腿，似乎覺得很可恥。

說不定她對那個混蛋懷有錯誤的忠心，那個不知道從什麼鬼地方跑出來的傢伙，竟然搶先一步跟我喜歡的女孩定下婚約。

去他媽的。

我雙拳緊握，憤怒到想殺人。她一動也不動，低著頭，整個人縮起來。

老兄，冷靜點，快冷靜下來。

我做個深呼吸醒醒腦，雙手插腰。「對不起。」

她倏地抬起頭，眼神率直真摯。「你沒有做錯什麼。」

就連現在她依然想安撫我的心情。

我們之間相距幾步，感覺太過遙遠，我走近，她戒慎地看著我，我在她身邊蹲下。「對不起，我不是故意嚇妳。我只是太震驚，妳在故鄉竟然有……追求者，我得和他競爭妳的感情。」

她連續眨了好幾次眼，表情變得柔和，臉上泛起紅暈。

「你沒有對手。」她輕聲說。

我的呼吸頓住，一股暖意在胸口擴散，趕跑殘留的腎上腺素。這是她對我說過最甜蜜的一句話。

還有希望。

「那個人，是妳選的嗎？」

「不是，是我爸爸選的。」

我伸手拉起她的手，舉到唇邊，在指節上印下溫柔一吻。

「我不能回去。」她小聲說。「我令父親蒙羞。假使我回去，一定會被強迫結婚。」

「妳的……訂親對象，妳認識他嗎？」

「認識。」

「妳不愛他？」

「不愛。」她激動地簡短回答，讓我明白所有想知道的事情。說不定他年紀很大，或長得很醜，也可能又老又醜。

不然就是因為他打她。

天殺的。

我站起來，將她擁入懷中，她如小鳥依人，雙手按在我胸前。我將她緊緊抱住，身體貼著身體，我不知道是為了安慰她還是我自己。想到她和其他男人在一起，受到虐待，令我心神不寧。我將臉埋在她芬芳的髮間，很慶幸她在這裡，在我身邊。「我很難過，妳得經歷那麼多狗屁事。」我低喃。

她抬起頭看我，食指撫過我的唇。「那是髒話。」

「沒錯，這麼糟的狀況，就該講髒話。不過現在妳平安了，有我在。」我彎腰，嘴唇輕拂過她的，感覺有如乾柴烈火，我的身體醒來，忘記了呼吸。她閉上雙眼，頭往後仰，獻上朱唇，我無法抗拒。RY X繼續唱著，沙啞憂傷的假音述說著只為一人陷入愛河，感情豐沛，令人感動。意義深遠。

「陪我跳舞。」我的聲音粗嗄。我抱緊艾莉希亞，她倒吸一口氣，我擁著她搖擺，她雙手張開貼著我的胸口，沿著上衣滑動，感覺我，觸摸我，安撫我。她握住我的手臂，配合我的動作。

緩慢舞動。

在飄渺的歌聲中，我們隨著誘人的悠悠節奏，從起居室一頭舞向另一頭。她的雙手從我的手臂往上移，經過肩膀，埋進我的髮中，用鼻尖磨蹭我的胸膛。

「我從來沒有跳過這樣的舞。」她呢喃。

我一手沿著她的嬌軀移動到脊椎底端，讓她貼在身上。「我從來沒有和妳跳過舞。」

我的另一隻手輕柔拉扯她的髮辮，讓她抬起唇。我吻上她，纏綿緩慢，品嘗她，用舌頭再次探索她甜美的小嘴，我們繼續搖擺。我解開她的髮圈取下，她甩甩頭，長髮垂落，在背後自由散開，我低吟一聲，捧著她的臉，再次親吻她。我想要更多，更多更多。我需要重新宣示主權，在她身邊的人是我，不是來自遙遠窮鄉僻壤的暴力混蛋。

「跟我去床上。」我的聲音低沉。

「我要洗碗。」

什麼？

「別管了，寶貝。」

她眉頭深鎖。「可是——」

「不，妳不用洗，放著就好。」

一個念頭忽然竄入我腦海：如果我跟她結婚——她永遠不用再洗碗。

「艾莉希亞，跟我做愛。」

她用力吸一口氣，唇角揚起嫵媚又嬌羞的笑容。

我們柔情繾綣。我雙手捧著她的頭，緩慢挺動，品味她美妙的每一吋。她在我身體下方，柔軟、堅韌又美麗。我吻著她，將心與靈魂注入她口中，性愛從不曾如此美好。每次動作都讓我更接近她，她的雙腿夾住我，雙手撫摸我的背，指甲將她的激情刻印在我的皮膚上。我低頭端詳她迷離的神情：眼眸圓睜，瞳眸有如最濃郁、最情慾的濃縮咖啡。我想看著她，整個她。我停止動作，前額與她相貼。

「我需要看妳。」我輕輕離開她的身體，帶著她翻轉，換成她在上面。她氣喘吁吁、不知所措，我一手托著她的臀部，將她的身體往上抬，讓她的雙腿跨在我臀部兩側，我坐起來，她變成跨坐在我身上。她的手臂放在我肩上，我捧著她的臉吻她，一手往下愛撫她的酥胸，用拇指與食指慢條斯理挑逗她的乳尖，嘴唇從她的小嘴移到下顎、喉嚨，她抬起頭，發出愉悅的沙啞呻吟，我的勃起回應跳動。

太好了。

「我們試試這樣。」我貼著她肩膀清香的肌膚呢喃。我一手摟住她的腰舉起，雙眼注視著她，將她緩緩放在我的昂揚上。

要命。她好緊、好濕、好舒服。

她張大嘴吸氣，因為渴望而眼眸大瞠。「啊……」她喘息，我用吻封住她的唇，手指探入她髮間，再次佔據她的小嘴。

我後退一些，她喘著氣抓住我的肩膀。

「可以嗎？」我問。

她狂亂搖頭。「可以。」她喘息著說，片刻後我才理解，她是以阿爾巴尼亞的方式表示同意。我握住她的雙手，往後倒在床上，注視跨坐在我身上的女人。我愛的女人。

她的頭髮散落肩膀與乳峰，凌亂又性感，她俯身向前，張開雙手撐在我胸膛上。

對。摸我。

她的手指與手掌掃過我的皮膚，感受我，隔著胸毛撫過我歡愉挺立的乳頭。

「啊……」我喘息。

她咬著下唇，隱藏調皮得意的笑容。

「就是這樣，美人，我好愛妳這樣摸我。」

我好愛妳。

她彎腰吻我。「我喜歡摸你。」她害羞地輕聲說，我的堅挺渴求更多。

「佔有我。」我低喃。

她愣住，不懂我的意思，我挺起臀部給她暗示，艾莉希亞嬌喊出聲，從喉嚨深處發出歡愉呼喊，差點讓我繳械。她張開雙手按住我的胸膛，藉此保持平衡，我抓住她的臀部。「動，像這樣。」我咬牙嘶聲說，將她往上抬起又放下，她猛吸一口氣，用雙手抓著我的手臂，開始上下移動。

「很好。」我閉上眼睛享受她嬌軀的感官情慾。

「啊——」她輕喊出聲。

要命。拜託撐久一點。

她上下擺動，一開始緩慢遲疑，但隨著自信心累積，她找到自己的節奏。我睜開眼，她再次往上，這次我挺動臀部配合她，她自內心深處發出愉悅叫喊，喚醒我全身所有感官。

該死。我握住她的髖部，加快速度，她喘息，急促粗重地呼吸。她抓住我的手臂，隨著我的挺動，頭左右甩。

她仰起頭，呼喊著老天。她全身每一吋都是女神。她用力抓緊我的手臂，高潮來臨，她高聲吶喊，在我身上定住不動。

艾莉希亞在歡愛餘韻中躺著不動，麥克辛的頭枕在她腹部，雙手環抱她，她隨手摸弄他的頭髮。她好喜歡他頭髮的觸感。媽媽從來沒說過性愛是如此歡愉，或許她和爸爸的關係不一樣，艾莉希亞蹙起眉，不願想像父母的房事。她的心思漫遊，想起外婆維吉妮亞。她是因為愛而結婚，外公外婆很幸福，即使到了晚年，他們對望的眼神依然會令艾莉希亞臉紅。她希望能有像外婆那樣的婚姻，而不是她父母那種——他們從不互相示愛。

麥克辛總是大方在眾人面前牽她的手、親吻她。他跟她說話，她這輩子好像從來沒有一整個晚上坐著和男人談天。在她的故鄉，如果男人和女人談天，無論多短暫，都會被視為沒有男子氣概。她看看床頭櫃上發光的小龍，黑暗中的明燈，他知道她怕黑，所以買了這個給她。他帶她來這裡保護她，他為她煮早餐，他幫她買衣服，他跟她做愛……

淚水刺痛她的眼，說不出口的感情灼痛她的喉嚨。她愛他。她抓緊他的頭髮，濃烈的情意令她無法招架。她說出訂親的事，他沒有生氣，反而因為生怕她的心另有所屬而焦慮。

不，我的心屬於你，麥克辛。

剛才她以為他要打她，他的表情非常震驚。她一手本能地自動摸上臉頰，她爸爸沉默寡言，往往直接動手……

她的手指經過麥克辛的肩膀，描著他刺青的外圍。她想更瞭解他，或許應該多問一些關於他的事情。每次提到他的職業，他就閃爍其辭，說不定他有很多工作？她搖搖頭。她沒資格質疑他，膽敢質疑男人，媽媽一定會罵她。暫時只要享受在康瓦爾的兩人小天地就好。

麥克辛用鼻頭磨蹭她的腹部，印上一吻，讓艾莉希亞拋開想起家鄉而造成的不安。他抬起頭看她，在小龍的燈光下，他的眼眸如翡翠般鮮綠。「留在我身邊。」他說。

她撥開落在他前額的頭髮，皺起眉頭。「我在你身邊。」

「很好。」他說著再次親吻她的腹部，但這次他的嘴往下移動……越來越往下。

我睜開眼，破曉晨光從百葉窗簾縫隙透進來。我整個人纏在艾莉希亞身上，頭枕在她胸口，一手橫在她腰上，她肌膚溫暖甜美的香氣滲透我的感官，我的身體起立向她致敬。我輕柔磨蹭她的粉頸，在咽喉印下一串帶著惺忪的吻。

她醒了，眼睫眨動睜開。

「早安，公主。」我呢喃。

她微笑，臉上出現饜足的睏倦表情。「早安……麥克辛。」她的語調很溫柔，我似乎在她呼喚我名字的語氣中聽出愛意。或許只是因我太想聽，所以妄自想像。

沒錯。我想要她的愛。

全部的愛。

我準備好對自己坦承。

但我能夠對她坦承嗎？

新的一天正要展開，悠閒自由——她在我身邊。「我們整天待在床上好了。」我的聲音因睡意而沙啞。

她的手指掠過我的肌膚。「你很累？」

我笑了。「不是……」

「噢。」她的笑容像我一樣燦爛。

他的舌、他的嘴，他對她做的每件事，讓艾莉希亞迷失在感官風暴中。她抓緊他的手腕，懸在高潮邊緣。快了、快了，他用靈敏的舌頭一次又一次逗弄她，一隻手指逐漸進入她體內，她墜落，高潮一波波湧過全身，她高聲嬌喊。

麥克辛親吻她的腹部、乳峰，沿著她的身體慢慢往上移動，最後懸在她身體上方停住。

「妳的叫聲好好聽。」他低語，然後戴上保險套，以無比緩慢的動作進入她。

我從浴室出來時，她那邊的床空了。

噢。

我感到真切的失望。我準備好要再來一次，就算和艾莉希亞歡愛再多次，我都覺得不夠。由透進房間的黯淡光線判斷，現在應該是十點左右，外面在下雨。我拉起百葉窗簾，這時我聽到她的聲音，於是急忙回到床上。餐具碰撞，她走進臥房，穿著我睡衣的上半身，端著裝滿早餐的托盤。「再說一次早安。」她的笑容光芒四射，長髮垂落肩頭。

「哇，哈囉，咖啡！」香氣令人垂涎，我熱愛好咖啡。我坐起身，她將托盤放在我腿上：雞蛋、咖啡、吐司。「真是太享受了。」

「你說想待在床上。」她上床坐在我身邊，偷走一片奶油吐司。

「來。」我用叉子盛起一些炒蛋送到她面前。她張嘴，我餵她。

「嗯……」她閉起眼睛享受。

看到她這副模樣，我的堅挺蠢蠢欲動。

別急，先吃早餐。

炒蛋非常美味，我猜她加了希臘羊乳酪。

「艾莉希亞，這簡直是盤子上的天堂！」

她的臉上浮現紅暈，喝了一口咖啡。

「我想來點音樂。」

「妳想彈鋼琴？」

「不是——我想聽音樂。」

「噢。妳需要手機，來。」我伸手拿起我的iPhone。

我一定要買支手機給她。

「這是我的密碼。」我輸入解鎖密碼。「我用這個程式，Sonos，在家裡任何地方都可以播放音樂。」我把手機交給她。

她開始瀏覽曲目。「你有好多音樂。」

「我喜歡音樂。」

她對我嫣然一笑。「我也是。」

我喝一口咖啡。噁！

「妳放了多少糖？」我苦著臉問。

「噢，對不起，我忘記你不放糖。」她整張臉皺在一起，我猜是因為她無法想像沒有加糖的咖啡。

「你們習慣這樣喝？」

「在阿爾巴尼亞？對。」

「妳的牙齒沒有蛀光真是奇蹟。」

她咧嘴一笑，秀出完美的牙齒。「我從來沒喝過不加糖的咖啡。我去幫你重倒一杯。」她跳下床，長腿赤裸，黑髮飄逸。

「沒關係，別忙了。」

「我想去。」她再次消失，帶走我的手機。不久，樓下的音響系統傳出英國歌手杜娃．黎波的舞曲〈One Kiss〉，看來艾莉希亞不只喜歡古典樂。我微笑……這位歌手好像也是來自阿爾巴尼亞。

艾莉希亞在廚房跳舞，為麥克辛重新準備咖啡。印象中她從不曾感到如此心滿意足，以前在庫克斯和媽媽一起在廚房唱歌跳舞的時候感覺最接近。這裡有更多空間跳舞，燈開著，她可以看到自己的身影映在通往露台的落地窗上。她嫣然一笑，看起來很開心，和剛到康瓦爾時的模樣判若兩人。

外面又濕又冷。她扭舞著到窗前，望著外面的美景。天空與大海都是一片沮喪的灰，通往海灘的小路兩旁，整排銀色樹木被風吹得東倒西歪，儘管如此，她依然覺得這個景色很神奇。浪濤拍岸，激起白色泡沫，但她只隱約聽到海浪呼嘯，落地窗不透一絲風，她覺得很厲害。這棟房子蓋得很好，她很感激能身在這裡，溫暖舒適，和麥克辛在一起。

濃縮咖啡機發出波波聲響，她滑步回到廚房幫他倒咖啡。

麥克辛依然在床上，但已經吃完早餐，將托盤放在地上。艾莉希亞端著剛煮好的黑咖啡進去，他說：「妳回來了，我好想妳。」她將杯子遞給她，他一口氣喝光，她回到床上。

「這樣好多了。」他說。

「你喜歡？」

「非常喜歡。」他將杯子放在一旁。「不過我更喜歡妳。」他的食指勾住她身上寬鬆睡衣的第一顆鈕釦一扯，釦子打開，露出柔軟的胸部上緣，他火熱凝視著她，手指輕撫過她的肌膚，掠過她的乳尖。在他的觸碰下，她不禁屏息，乳尖挺立變硬。

她小嘴微張默默喘息，眼神炙熱誘人，我的昂揚蠢蠢欲動。

「再一次？」我低聲問。

我會有厭倦這個女人的一天嗎？

艾莉希亞嫵媚一笑，我不需要其他鼓勵。我俯身吻上她的唇，解開剩下的鈕釦，將睡衣從她肩頭褪下。「妳好美。」我的語氣有如虔誠祝禱。

她注視我的雙眼，遲疑地舉起手，指尖描著我的下顎線條，輕撫我的鬍碴。她張嘴，舌頭舔過上排牙齒內側。「嗯……」她從喉嚨發出咕噥。

「妳喜歡？還是希望我刮掉？」我輕聲問。

她搖頭。「我喜歡。」她的指尖撫摸我的下巴。

「真的？」

她點頭，靠過來在我嘴角印上溫柔一吻，舔著我的鬍碴，跟隨之前用手指畫出的路線，那感覺直傳我的胯下。

「噢，艾莉希亞。」我捧著她的臉，帶著她一起往後躺倒，再次親吻她。我的唇與她的相貼，舌與她的交纏，她像之前一樣不知厭倦，接受我給予的一切。我一手沿著她的身體往下移，經過酥胸、纖腰、臀部，最後捧住她的臀一捏。我的唇跟上，輪流膜拜她的乳峰，她在我身體下方因快感而扭動。我凝望著她調整呼吸，她嬌喘吁吁。

「我想試試新的方式。」我低聲說。

她的嘴巴張成一個圓。

「可以嗎？」我問。

「嗯……」她說，但圓睜的眼看得出來她有所疑慮。

「別擔心，妳應該會喜歡，假使不喜歡，叫我停就好。」

她愛撫我的臉，輕聲說：「好。」

我再次吻著她。「翻過去。」

她一臉困惑。

「趴著。」

「噢。」她吃吃笑了幾聲，翻身趴好。我用手肘撐起身體，將她的長髮從背上拂開，她的背很美，臀部更是誘人。我一手沿著她的身體弧線摸到臀部上，享受柔嫩光滑的肌膚，我俯身親吻她後頸底端的小痣。

「妳好漂亮。」我在她耳邊呢喃，從耳朵旁一路往下吻，經過頸子、肩膀，手繼續往下探入她臀瓣間，她在我的掌心扭動，我的手繼續在她腿間前進，手指圍著小蒂繞圈。她的頭靠在床上，一側臉頰貼著床單，所以我能夠輕鬆觀察她的反應。艾莉希亞閉著眼睛，嘴巴張開吸氣，感受我的手指帶來的快感。

「這樣就對了。」我低語，拇指滑入她體內，她嗚咽出聲。她又濕又熱非常美妙，抽氣的聲音呼喚我快脹爆的堅挺。我保持節奏，不停繞圈，她低吟，用力抓住床單，緊閉雙眼。她快高潮了。我退回拇指，伸手拿保險套。

她對我眨眨眼睛，傳達渴望。她準備好了。

「別動。」我低喃，移動到她雙腿間，用我的膝蓋將它們分開。我將她拉到腿上，讓她面對牆壁跨坐，我的昂揚貼著她臀瓣間的溝。

遲早有一天……

「我們從後面來。」我呢喃。

她猛地轉過頭看我，緊張地揚起眉。

我大笑。「不是，不是那種。是這樣。」我舉起她，將她緩緩放在我的勃起上，她的指甲陷入我的大腿，頭往後靠在我肩上，我用牙齒磨蹭她的耳垂。她喘息著，雙腿用力，有些不順地上下移動。

要命的讚。

「就是這樣。」我低語，雙手往上捧住酥胸，拇指與食指逗弄乳尖。

「啊！」她嬌喊，聲音原始又性感。

要命。

「妳還好嗎？」

「嗯！」

我緩緩舉起她，讓她往前趴，她雙手按著床鋪。我後退，再次挺進，她高聲叫喊，彎下腰，頭和肩膀貼著床。

她的模樣好美。長髮披散在床單上，雙眼緊閉，嘴巴微張，臀部翹起，光是看著她，我就快不行了。

她的觸感好棒。

該死的、每一吋、都那麼棒。

我握住她的臀部，再次反覆進出。

「啊……」她低吟，我開始加速，更猛烈。加大動作。更加猛烈。

這是天堂。

她高聲叫喊，我停止。

「不！」她的聲音沙啞。「拜託，不要停。」

噢，寶貝！

我全然放縱。我佔有她，一次又一次，汗珠凝結在我的眉頭，滴落身體，我忍住不解放，直到她終於在嬌喊中攫住我再次高潮，一次又一次。我最後一次挺進，加入她、愛戀她、充滿她，喊著她的名字癱倒在她身上。

艾莉希亞趴著，用力喘息，從高峰盤旋落下。他趴在他身上，他的重量……很舒服。她從來不知道自己的身體能感受這麼強烈的歡愉，她滿身大汗、鬆軟無力、極致滿足，難以想像的高潮耗盡了所有體力。

不過當她恢復平靜之後，老實說，這樣荒廢時日讓她有些罪惡感。一整個上午她都待在床上。

他磨蹭她的耳朵。

「妳真是不可思議。」他低低喃語，移動到她身邊，將她擁入懷中。

她閉起眼睛。「不，你才是。」她說。「我從來不知道……我是說……」她停住，抬頭看他。

「會這麼強烈？」

「對。」

他的眉心皺起。「嗯，我懂妳的意思。」他望著窗外黯淡的下雨景色。「妳想出去嗎？」

她鑽進他懷中，讓他充滿她的感官，感受他肌膚的氣味、他的體溫。「不，我想留在這裡，和你在一起。」

「我也是。」他親吻她的頭頂，閉上了眼。

我醒來時獨自躺在床上，聽到樓下傳來拉赫曼尼諾夫的曲子——我最喜歡的那首鋼琴協奏曲。感覺怪怪的……我發覺是因為只有鋼琴，當然，這裡沒有管弦樂團。

噢，這不容錯過。

我跳下床，穿上牛仔褲，但找不到上衣，於是拿起床尾的披毯裹在肩膀上，動身下樓。

艾莉希亞坐在鋼琴前，身上只穿著我的米色毛衣。她找到耳機，閉著眼睛用我的iPhone聽音樂，一邊彈奏。沒有樂譜，沒有樂團。她邊聽邊彈？

肯定是。

她的手指在琴鍵上飛舞，音樂飄揚整個起居室，感情豐沛，技巧細膩，讓我忘記呼吸。我幾乎能在想像中聽見樂團的演奏。

她怎麼辦到的？

她真的是天才。

我看著她，隨著音樂漸漸高昂，我越來越入迷。

多麼……感人。

她彈到樂章最後的漸強段落，頭隨著音樂晃動，長髮如瀑布垂落背脊……接著她停止。她坐著不動片刻，雙手放在腿上，音樂漸漸消散於無形。我覺得自己像是外來干擾物，我看著她，彷彿欣賞珍禽異獸在獨特的環境中棲息，但我忍不住鼓起掌，打破了魔咒。

她睜開眼，似乎很驚訝看到我在那裡。

「真是了不起。」

她摘下耳機，對我羞澀一笑。「對不起，我不是故意吵醒你。」

「是我自己醒來的。」

「這首曲子我只彈過幾次。我原本正在學，但後來離開了……」她頓住。

「妳彈得非常好，我彷彿能聽見管弦樂團的聲音。」

「手機裡的聲音？」

「不是，是在想像中，妳就是那麼厲害。妳在聽那首曲子？」

她臉紅了。「謝謝，對，我在聽。」

「妳應該上台表演才對，我願意花錢聽妳演奏。」

她開懷一笑。

「妳看到什麼顏色？」我問。

「音樂的顏色？」

我點頭。

「噢……這首是彩虹。」她的語氣無比熱烈。「好多不同的色彩。」她敞開雙臂，想要傳達她看到的繁複色彩……但我永遠無法體會。

「就好像……就好像……」

「萬花筒？」

「沒錯、沒錯。」她用力點頭，露出大大的笑容，我明白這個詞在阿爾巴尼亞文想必是一樣的。

「我想也是。我很愛這個曲子。」

我很愛妳。

我走向她，吻一下她的唇。「迪馬契小姐，妳的才華令我讚嘆。」

她站起來，雙手勾住我的頸子，我用披在身上的毯子將她一起裹住。

「麥克辛先生，你的才華也令我讚嘆。」她的雙手在我頸後交握，將我拉過去吻上我的唇。

什麼？再來一次！

她上下擺動。這次動作高雅許多，姿勢筆挺昂揚，酥胸隨之跳動，非常美妙。她專注凝望我，她擁抱自己的力量，真是太該死的性感了。她的節奏很完美，帶我越飛越高、越飛越高，她俯身，雙手與我的交扣，用力握緊，親吻我。那是張開嘴，溫暖霸道的濕吻。

「噢，美人。」我呻吟……我快不行了。

她往上挺起身體，頭往後仰，喊著我的名字達到高潮。

要命！我忍不住了，放棄抵抗加入她。

我睜開眼時，她一臉驚嘆地低頭看著我。

艾莉希亞趴在麥克辛胸口，他們躺在起居室的地板上，就在鋼琴旁。她的心跳趨緩，呼吸恢復正常，但她在發抖。她有一點冷。

「來。」麥克辛將毯子披在她身上。「妳快把我榨乾了。」他苦著臉除下保險套，抬頭對她微笑。

「我喜歡榨乾你，也喜歡從上面看你。」她低喃。

「我喜歡在下面看妳。」

從上面看著他高潮，帶給她一種充滿力量的感覺。她從沒想過能擁有這種力量——真是令人興奮。現在，她只差還沒鼓起勇氣觸摸他全身……

他的晶瑩綠眸注視她的雙眼。「艾莉希亞，妳真的不同凡響。」他說著伸手拂開落在她臉上的髮。一時間她以為他想說別的話，但他只是微笑往上看著她，極其愉悅的笑容，然後他補上一句：

「我餓了。」

她吸一口氣。「我煮飯給你吃。」她想移動，但他不准她動。「別走，我需要妳幫我保暖。我應該生個火才對。」他吻吻她的下巴，她窩進他懷中，感覺無限安寧，她曾經以為不可能有這種感受。

「我們出去吃吧。」麥克辛說。「現在應該已經超過四點了。」外面的雨依然很大。

「我想煮給你吃。」

「真的？」

「嗯，我喜歡煮。」艾莉希亞回答。「尤其是煮給你吃。」

「好吧。」

艾莉希亞在我身上坐起來，表情流露不適。

「怎麼了？」我迅速坐起，我們鼻子對著鼻子，毯子落到她腰間，我拉起來為她保暖。

她臉紅了。「我有點痠痛。」

該死！「怎麼不早說？」

「因為說了你可能不會做那個……」她轉開視線，聲音微弱。

「一點也沒錯！」我閉起眼，前額與她的相抵。「對不起。」我呢喃。

我是白癡。

她按住我的唇。「不、不，不要道歉。」

「我們不必做。」

我在說什麼？

「我想做，真的。我真的很喜歡。」她堅持。

「艾莉希亞，妳必須和我溝通，告訴我。老實說，我可以和妳做上一整天，不過夠了，我們出去吧。我們先去洗個澡，清理一下。」我將她從身上舉起，站起來，撿拾散落滿地的衣物，一起回到樓上。

我打開淋浴間的水，艾莉希亞看著我，整個人縮在毯子裡，眸光深濃神祕。午後陽光已經開始減弱了，我打開燈，試試水溫。很熱。

「準備好了嗎？」我問她。

她點點頭，讓毯子墜落腳邊，她經過我身邊衝進冒著蒸氣的熱水中。我跟進，我們一起站在水流下，用熱水暖身。我拿起沐浴膠，很高興她可以自在展現絕美身軀。

這就是整天歡愛的效果……

我笑著搓出泡沫。

她從來沒有和別人一起洗過澡。站在熱水下，她能夠感覺他在身後移動，他的身體觸碰到她……**那個部位觸碰到她**，她還不敢摸的那個部位。她想摸——只是欠缺自信。

水溫很舒服，她閉上眼享受熱水沖在身上帶來的舒適感，她的皮膚變得有點粉紅。

他撥開她背上的頭髮，在她肩上印下一個濕吻。

「妳真美。」他說。

「啊……」她呻吟。

她感覺他的雙手按在脖子上，以畫圓的動作抹肥皂，強壯的手指按摩她的肌肉。

「妳喜歡？」

「嗯，很非常。」

「很非常？」

「我的英文不對？」

艾莉希亞感受到麥克辛的笑容。

「程度比我的阿爾巴尼亞語好多了。」

她格格笑出聲。「說得沒錯。真的很怪——我說錯的時候，自己聽起來是對的，但從你口中說出來，感覺就變成錯的了。」

「一定是因為我的口音。要我幫妳洗全身嗎？」他的聲音粗嗄。

「全身？」艾莉希亞的呼吸屏住。

「嗯哼。」麥克辛確認，低沉性感的回答近在她耳邊。他的雙手繞到前面，擠上沐浴膠，開始搓洗她的肌膚。他洗她的脖子、胸部、腹部，然後溫柔探進她的雙腿間，她的頭靠在他胸口往後仰，臣服於他的撫摸，臀部上方感覺到他的亢奮。她呻吟，他的呼吸在她耳邊變得粗重急促。

他忽然停止。「好了，洗完了，我們該出去了。」

「什麼？」少了他的手在身上，她感覺悵然若失。

「夠了。」他打開淋浴間的門走出去。

「可是……」她抗議。

他拿起毛巾圍在腰間，遮住勃起。「我的意志力有限，而且很不可思議的，我的身體竟然又準備好提槍上陣了。」

她噘嘴，他大笑。「不要誘惑我。」他舉起藍色睡袍等她過去。她關水，走出淋浴間，他用睡袍裹住她，而後抱住不放。「妳令人難以抗拒。雖然我很想要妳……不過夠了，而且我餓了。」他親吻她的頭頂，放開她，她看著他走出浴室，感覺心中漲滿對他的愛。

我應該表白嗎？

然而，當她跟隨他回到臥房，勇氣又消失了。她喜歡他們現在的感覺，她不知道說出來之後他會有什麼反應，她不希望戳破他們之間的幸福泡泡。

「我先穿衣服，然後煮飯給你吃。」

他揚起一邊的眉。「妳不需要穿衣服。」

她感覺臉頰發燙。他真是不怕羞。但他燦爛一笑，如此耀眼，令她忘記了呼吸。

時間將近午夜，我躺在床上凝視艾莉希亞，她在我身邊睡得很熟。

多麼美好、慵懶、愛意纏綿的星期一。

今天非常完美。

做愛，吃飯。做愛，喝酒。聽艾莉希亞彈鋼琴……看她做飯。

她動了動，在睡夢中含糊說了一句話。她的肌膚在小龍夜燈的照耀下顯得晶瑩剔透，呼吸輕柔平穩。她一定累壞了，我們今天太操勞……她依然有些害羞。遲早有一天，我會讓她摸我，全身每一處。

想到這裡，我又硬了。

夠了！

她會做到，以她自己的步調，我相信。今天我們完全沒有出門，一整天。她再次煮飯給我吃，料理一樣健康美味。明天我打算和她來點特別的活動——特別的戶外活動，希望老天賞臉。

帶她去看你小時候住的地方。

不，還不行。我搖頭。

告訴她。

我想到一個好主意，假使明天天氣變好，一定會很有趣，或許我也可以藉機說出我的身分……到時候再看狀況吧。

我在她的太陽穴印上柔情一吻，嗅聞她甜美的香氣，她動了動，含糊說了句我聽不懂的話，不過很快又安穩睡去。

我愛上妳了，艾莉希亞。

我閉上了眼。

19

艾莉希亞醒來時，聽到麥克辛低沉的聲音。她睜開眼，發現他坐在身邊講手機，他低頭對她微笑，繼續說：「齊諾威斯小姐同意真是太好了，」他說。「我想，給小姐準備二十鉛徑的好了。我用我的普迪對槍。」①

她納悶他在說什麼，無論是什麼，他的眸中閃耀興奮光彩。

「用比較好打的。野鴨。」麥克辛對她擠眉弄眼。「大約十點？好。到時候和簡金斯在那裡見。謝了，麥克。」他掛斷電話，縮回被窩裡，躺在枕頭上面向她。「早安，艾莉希亞。」他靠過去吻了她一下。「睡得好嗎？」

「很好，謝謝。」

「妳真漂亮。餓了嗎？」

她在他身邊伸個懶腰，他的眼神變得濃烈。「嗯……」

「妳太誘人了。」

她微笑。

「不過妳說過會痠痛。」他親吻她的鼻子。「今天我準備了驚喜，吃完早餐我們就出門。穿暖一點，最好把頭髮綁起來。」

---

① James Purdey & Sons，簡稱 Purdey（普迪），是一家位於英國倫敦的著名製槍公司，也是運動及觀賞用獵槍與來福槍的頂級名牌，擁有來自英國及世界多國皇室的皇家製槍委任狀。

他下了床。

艾莉希亞噘嘴。她昨天確實有點痠痛，可今天早上已經好了，但她還來不及引誘他在床上多待一下，他已經裸體踩著華爾滋舞步進浴室了。她只能欣賞他結實的身體，背部的肌肉隨著步伐起伏，長腿……臀部。他轉身對她壞壞一笑，然後關上門。

她開懷微笑。

他準備了什麼驚喜？

「我們要去哪裡？」艾莉希亞問。她戴著綠毛帽，穿著新大衣，我知道她在底下穿了好幾層衣服，相信她應該很暖。

「是驚喜。」我斜斜瞥她一眼，然後打檔。

今天早上她醒來之前，我打電話去府邸，找莊園管理人麥克商量了一下。天氣冷冽晴朗，非常適合我安排的活動。昨天太激烈了，今天我們要休息一下，呼吸新鮮空氣。

羅斯培朗農場從十八世紀喬治王時代就屬於崔夫希克領地。齊諾威斯家承租土地耕作已經超過一百年了，現任的農場負責人齊諾威斯小姐准許我們使用南邊的休耕地。距離越近，我越後悔沒開休旅車來，捷豹跑車不適合在田野行駛，不過我們可以把車停在路邊。我們停好車時，閘門已經開了，我看到簡金斯和他的 Land Rover Defender 越野車已經在裡面，他開心地對我揮手。

我對艾莉希亞微笑，滿懷期待。「我們要射飛靶。」

艾莉希亞一臉困惑。「飛靶？」

「泥鴿？」

她似乎還是不懂。

這下我不太確定這個主意到底好不好了。「反正很好玩。」

她擔憂地笑了笑，我下了車。今天很冷，但沒冷到呼吸會結成白霧，希望我們穿得夠暖。

「早安，閣下。」簡金斯說。

「嗨，」我轉頭確認艾莉希亞有沒有聽見，只見她忙著下車。「簡金斯，叫我『先生』就好。」我低聲說，她走過來。「這位是艾莉希亞．迪馬契。」她和他握手。

「早安，小姐。」

「早安。」她給他一個迷人微笑，簡金斯臉紅了。他的家族三代都為崔佛衍家服務，四年前簡金斯接續家族傳統，在翠希蓮府邸擔任獵場管理人的助手。他的年紀比我小一點，是位衝浪高手，我看過他在衝浪板上的英姿——我和基特都相形見絀。他的射擊功力也很高超，管理獵物非常專業，領地的許多狩獵活動都由他規劃。他戴著扁帽，頭髮被太陽曬得褪色，他頭腦很好，笑容開朗親切。

艾莉希亞一臉疑惑地抬頭看我。「我們要去獵鳥？」

「不是，我們要打飛靶。」

她似乎還是不懂。

「是土做的，形狀像碟子。」

「噢。」

「我帶了兩把獵槍給小姐選，你的普迪對槍我也帶來了，坎貝爾先生堅持要我把你的狩獵外套也帶來。」

「太好了。」

「還有咖啡和香腸捲。暖手爐也準備好了。」簡金斯微笑道。

丹妮果然周到。

「拋靶機已經準備就緒，野鴨模式。」他說。

「很好。」我轉身看著艾莉希亞。「喜歡我的驚喜嗎？」我問她，心中有些不確定。

「嗯。」她回得似乎不太有把握。

「妳開槍射擊過嗎？」

她搖搖頭。「我爸爸有槍。」

「是嗎？」

「他會打獵。」

「打獵？」

她聳肩。「他會帶著槍出門，在外面過夜。獵狼。」

「狼！」

我的表情逗得她大笑。「對，阿爾巴尼亞有狼，可是我從來沒看過。我覺得我爸爸搞不好也沒見過。」她對我微笑。「我想試試射擊。」

簡金斯給她一個溫暖微笑，帶她去越野車後面。我們的槍枝和必須裝備都在那裡。她專心聽他解說。他說明安全守則，示範槍枝的用法，告訴她要做什麼。他講解的時候，我迅速穿上背心和外套，天氣很冷，但這些舊衣服很暖。我打開我的槍盒，拿出普迪十二口徑獵槍，這是很稀有的古董獵槍，原本屬於我祖父。一九四八年，他向普迪公司訂做了這對立式獵槍，槍身上的銀色雕花非常精緻，融入崔夫希克的盾徽，背景則是翠希蓮府邸，優質胡桃木槍托微微反光。祖父過世後，這對槍傳給我父親，基特滿十八歲時，父親送他一把作為生日禮物。父親過世後，基特將這把給我——原本屬於爸爸的獵槍。

現在基特過世了，兩把都屬於我。

我突然感到一陣哀傷。我想起我們父子三人一起在槍械室，爸爸清理他的槍，哥哥清理他當時用的二十鉛徑獵槍，我在旁邊看，當時我八歲，因為終於獲准進入槍械室而興奮不已。爸爸沉著地說明如何拆解槍枝，為槍托上油，保養金屬部分，清潔槍管與槍機。他非常仔細，基特也是，我記得我驚奇地睜大了眼看。

「可以了嗎，先生？」簡金斯將我從回憶中喚醒。

「可以了，很好。」

艾莉希亞戴著護目鏡和耳罩，依然十分可人。她歪頭看向我。

「怎麼了？」我問。

「我喜歡這件外套。」

我大笑。「這件舊外套？這只是哈里斯粗花呢。」我拿起幾顆子彈、護目鏡、耳罩，打開槍管。

「準備好了嗎？」我問艾莉希亞。

她點頭，打開布朗寧獵槍的槍管，我們一起走向臨時射擊場，簡金斯在那裡堆了幾捆稻草。

「我把拋靶機裝在那道田埂後面，這樣角度比較低。」簡金斯說。

「我可以看一下靶嗎？」

「沒問題。」簡金斯按下遙控器，一個泥盤飛上空中，距離我們大約一百公尺。

艾莉希亞驚呼。「我絕對打不到！」

「妳行的。先看我示範，後退一點。」

我很想賣弄一下。她的琴藝比我好、廚藝比我好、棋藝也比我好……

「簡金斯，雙靶。」

「是，先生。」

我戴上護目鏡和耳罩，打開槍管裝上兩發子彈，舉起槍。準備好了。「放！」

簡金斯拋出兩個泥盤，飛到我們前方。我扣下扳機，上方的槍管先發射，接著下方也發射，擊中兩個泥盤，碎片如冰雹落在地上。

「命中，先生。」簡金斯說。

「你打中了！」艾莉希亞開心喊叫。

「沒錯！」我藏不住得意的笑容。「好，換妳了。」我打開槍管，站在一旁指導。

「腳打開，重心放在後腳。很好。看著拋靶機，妳剛才已經看到飛靶的拋射路徑了，以平穩的動作跟隨。」她猛點頭。「槍托要盡可能緊靠肩膀，避免後座力。」

「好。」

我覺得很神奇，她竟然完全能跟上我的指示。

「右腳後退一點，小姐。」簡金斯補充。

「好。」

「子彈在這裡。」我給她兩顆，她裝進膛室之後上膛。我後退。

「妳準備好之後，大喊一聲『放』，簡金斯就會放靶，妳有兩次機會。」

她焦慮地看我一眼，舉起槍。即使戴著毛線帽，她的模樣依然像個英國鄉村女孩，臉頰紅潤，辮子垂在背後。

「放！」她大喊，簡金斯放靶。

泥盤飛到我們面前，她射擊一發，然後第二發。

沒中。

兩發都落空。

她嘟嘴看著泥盤在幾英尺外落地。

「多練習就會進步。再試一次。」

她的眼眸綻放堅毅光輝，簡金斯上前指點。

到了第四個靶，她終於射中了。

「耶！」我歡呼鼓勵，她舞動著奔向我。

「哇！哇！槍管朝地！」我和簡金斯同聲大喊。

「對不起。」她吃吃笑著打開槍管。「可以讓我再四一次嗎？」

「當然，我們有一整個上午。而且是『再試一次』才對。」

她對我燦爛微笑。她的鼻子凍得發紅，但眼眸明亮有朝氣，因為新體驗而興奮不已。她的笑容能融化最硬的心腸，我心中漲滿喜悅，她經歷了那麼多磨難，能看到她開心玩樂的模樣，真是令人滿意。

艾莉希亞與麥克辛坐在簡金斯先生的越野車後方，雙腳懸空，喝著裝在保溫瓶裡的熱咖啡，吃著包肉的酥皮點心。艾莉希亞猜應該是豬肉。

「妳表現得很好，」麥克辛說。「以新手而言，四十個靶能打中二十個已經很不錯了。」

「你比較厲害。」

「我比較有經驗，相當豐富。」他喝一口咖啡。「妳覺得好玩嗎？」

「嗯，我想再玩一次。或許等不這麼冷的時候。」

「我也想。」

她微笑，心漏跳了一拍。他也想再玩，這肯定是好跡象吧？她喝一口咖啡。

「哎呀！」她做個鬼臉。

「怎麼了？」

「沒加糖。」

「有那麼難喝嗎？」

她試探地再喝一口，吞下去。「不會，沒那麼難喝。」

「妳的牙齒會感謝妳。現在妳想做什麼？」

「可以再去海邊散步嗎？」

「當然好。然後去吃午餐。」

簡金斯回來了。

「拋靶機收拾好了。」

「很好。你今天辛苦了，簡金斯。」

「這是我的榮幸，閣——先生。」

「我想把槍帶回藏身窩，在那裡清潔一下。」

「沒問題，所有用具都在槍盒裡。」

「太好了。」

「再會了，先生。」我們握手。「小姐。」他舉起手碰碰帽簷致意，一抹紅暈在臉頰散開。

「謝謝你，簡金斯。」艾莉希亞說著燦爛一笑，他的臉更紅了。看來她征服了新的仰慕者。

「可以走了嗎？」我問她。

「那是你的槍？」

「對。」

她蹙起眉。

「簡金斯幫我保管。依法應該鎖起來，在藏身窩有槍櫃。」

「噢。」她顯然很困惑。

「走吧？」我問，想讓她放下這件事。

她點點頭。

「我要把這個拿回家。」我舉起槍盒。「然後我們去海邊散步，再找個舒服的地方吃午餐。」

「好。」

我幫她開車門，她上車時對我短促一笑。

剛才差點漏餡。

快告訴她呀。

只要不說出我的身分，就等於每天都在欺騙她。

該死。

就這麼簡單。我打開後車廂，將槍盒放進去。

該死，快告訴她。

我坐上駕駛座，關上車門，轉頭看著她。

「艾莉希亞——」

「快看！」她激動地指著窗外。我們面前站著一隻雄偉的公鹿，一身冬季的灰色長毛，白斑點被毛蓋住。牠從哪裡跑來的？根據體型判斷，牠應該還沒滿四歲，但一對大角非常驚人，再過幾個月就會脫落。不知道是府邸養的黇鹿，還是野生的，如果是府邸養的鹿，怎麼會跑出來？鹿垂下巨大的鼻子，黑眼睛注視著我們。

「哇。」艾莉希亞低聲驚嘆。

「妳沒看過鹿嗎？」我問。

「沒有。」

我們望著公鹿，牠的鼻翼歙張，嗅聞空氣。

「說不定被狼吃光了。」我輕聲說。

她轉向我，仰頭開懷大笑，那聲音如此可愛。

我逗她笑了！

在旁邊的田野中，簡金斯發動越野車，噪音嚇到鹿，牠轉身躍過石牆，跑進灌木叢。

「我不知道這個國家有野生動物。」艾莉希亞說。

「還是有一些。」我發動車子，感覺說出實情的良機過去了。

該死。

晚點再告訴她。

內心深處我很清楚，等得越久，她知道時傷害越大。

我的手機在外套口袋裡震動。有訊息，我知道是卡洛琳傳的。

又一件我遲早得解決的事。不過此刻，我要帶我的女人去海邊散步。

艾莉希亞拿起小龍夜燈，他們躺在床上，那是唯一的光。「謝謝你。」她輕聲說。「今天的事，」她低語。「昨天的事。還有這個。」

「這是我的榮幸，艾莉希亞。」麥克辛回答。「我今天很開心。」

「我也是。真希望今天不要結束，這是最棒的一天。」

麥克辛用食指撫摸她的臉頰。「最棒的一天，我很高興能與妳一起度過。妳真的好可愛。」

她吞嚥一下，感謝昏黃的燈光掩飾她臉上的紅暈。「我已經不痠痛了。」她小聲說。

麥克辛定住不動，視線對上她的雙眼。

「噢，寶貝。」說著，他突然一個動作吻上她的唇。

午夜過後，艾莉希亞在我身邊熟睡。我必須告訴她我的身分。

崔夫希克伯爵。

媽的。

應該要讓她知道。我揉搓臉。

為什麼我一直不願意招認？

因為我不知道她會作何感想。

此外，除了頭銜，還有財富這個小問題。

去他的。

我媽多疑的天性在我身上留下痕跡。

麥克辛，女人只會看上你的錢，千萬記住。

老天，蘿薇娜有時候真的很賤。

我拈起一束艾莉希亞的頭髮纏繞在手指上，動作無比輕柔，生怕吵醒她。她不願意讓我出錢幫她買衣服，即使她一無所有，還是不願意；她不肯讓我買手機給她，出去吃飯也總是選最便宜的菜色。這不像拜金女的行為模式。

是嗎？

昨天她說我沒有對手，我認為她對我有意，倘若真是如此，我希望她說出來，如此一來，我也比較容易開口。她才華洋溢、天資聰穎、英勇堅毅——而且熱情如火。想到她對情慾的愛好，我不禁莞爾一笑。沒錯，熱情如火。我靠過去吻了吻她的髮。

而且她會煮飯。

「我愛妳，艾莉希亞．迪馬契。」我低語，躺在枕頭上凝視著她……這個迷人的女子，我美麗珍貴的女孩。

我被手機吵醒。天亮了，但是從百葉窗簾縫隙透進來的昏暗光線告訴我時間還太早。艾莉希亞纏在我身上，我伸手拿起手機——是貝克斯壯太太，我在倫敦的鄰居。

搞什麼鬼，她為什麼打給我？

「貝斯壯太太，有什麼事嗎？」我壓低聲音，不想吵醒艾莉希亞。

「啊，麥克辛，你終於接了。很抱歉這麼早打擾你，不過你家好像遭小偷了。」

20

「什麼？」一股寒意竄過我的皮膚，讓我全身寒毛豎立，瞬間徹底清醒。我伸手抓了抓頭。

遭小偷？怎麼會？什麼時候發生的？

我的頭腦與心臟都在加速。

「對。早上我帶赫丘力士去散步，我很喜歡一早在河邊散步，無論天氣如何，散步感覺很寧靜平和。」

我翻個白眼。**貝太太，拜託說重點。**

「你家的大門開著，搞不好已經開著好幾天了，我不知道。我覺得很怪，所以今天我偷看了一下，當然你不在家。」

我急著出門去找艾莉希亞，是不是忘記鎖門？

我沒印象。

「你家被弄得一團亂。」

媽的。

「我本來考慮報警，不過我想還是先打給你比較好。」

「好，謝謝妳，非常感謝。我來處理。」

「真不好意思，一早就跟你說壞消息。」

「沒關係，貝太太，謝謝。」我掛斷。

靠！天殺的！該死！

那些混蛋偷了什麼？我家沒什麼可偷的——值錢的東西都放在保險箱裡，希望他們沒找到。

可惡、可惡、可惡。

真是太煩人了。搞不好我得回倫敦，但我還不想回去，我和艾莉希亞在這裡很開心。我在床上坐起來，低頭看向她，她眨眨惺忪睡眼看著我，我給她一個笑容，讓她安心。

「我得打通電話。」我不想讓她因為這些瑣事煩心，於是我下床，將披毯圍在腰間，拿著拿手機走進客房。我來回踱步，打給奧利佛。

為什麼保全警報沒有啟動？

我忘記設定嗎？該死！出門的時候實在太急，我毫無印象。

「麥克辛。」他好像很驚訝接到我的電話。「沒事吧？」

「早安。我的鄰居剛剛打電話給我，說我家遭小偷了。」

「噢，真慘。」

「一點也沒錯。」

「我馬上去看看。這個時段，應該不用十五分鐘就能到。」

「太好了，我大約過二十分鐘再打給你。」

我掛斷電話，心情變得無比惡劣。我開始思考，哪些東西被偷走我會真的很難過：我的相機、我的混音台、我的電腦……

要命！我爸的相機！

真他媽的煩死人了——下三濫毒蟲跑去我家搗亂，也可能是無法無天的死屁孩。

去、他、媽、的。

我原本打算和艾莉希亞悠閒打發一天，或許去「伊甸計劃」①逛逛，或許還是可以去，不過我必須先評估損失——我不想用手機進行。府邸有一台蘋果電腦，用那台進行FaceTime視訊會看得比較清楚，他可以用手機把家裡的狀況拍給我看。

我覺得很不爽，內心沉重，回到臥房時，艾莉希亞還在床上。

「怎麼了？」她坐起來，長髮垂落胸前，模樣隨意性感，讓人想要撲倒她。一看到她，感覺就像擦上清涼藥膏，我的心情立刻變好，只是很可惜，我得暫時離開她。我不想說出這件事害她煩心，這幾個星期她已經遭遇太多不好的事了。

「我得出去一趟處理一些事情，我們說不定得提早回倫敦。妳繼續睡吧，我知道妳很累。我很快就回來。」她拉起被子，因為擔憂而皺起眉頭，我匆匆吻她一下，進浴室洗澡。

我洗完出來的時候，她不見了。我迅速穿上牛仔褲和白襯衫，下了樓，看到她在廚房，只穿著我的睡衣上身，正在洗昨晚的餐具。她送上一杯濃縮咖啡。「給你醒腦。」她的笑容很可人，但微微瞠大的眼裡流露擔憂。她很焦慮。

我一口喝光。熱燙香濃，非常美味，有點像艾莉希亞。

「別擔心，我馬上回來。」我再吻她一下，拿起大衣出門，縮著頭躲雨，奔上台階。我上車，在小徑上高速行駛。

艾莉希亞目送麥克辛衝上台階，開車出去，關上閘門。他似乎很擔心，她很想知道他要去哪裡。發生了不好的事，一股不祥的預感竄上背脊，但她不確定為什麼。她嘆息，他有太多事情她不知道。

之前他說可能得提早回倫敦。她即將面對現實。

無家可歸。

① 伊甸計劃，位於康瓦爾的熱門觀光景點，以多座溫室模擬生態環境，蒐集了數十萬種來自世界各地的奇異花草。

Zot.

過去幾天她把這些事完全拋在腦後，但她有太多還沒解決的麻煩。她要住哪裡？丹提會放棄找她嗎？麥克辛對她有什麼想法？她深吸一口氣，搖頭甩開煩惱，雖然不知道出了什麼事，但希望他能速速解決快點回家。雖然他才剛走，但家裡少了他頓時變得空蕩蕩。這幾天非常快樂，她希望他們不必回倫敦，她還沒準備好重回現實。和他一起在這裡，她感覺從來沒這麼幸福過。她決定先把餐具放進洗碗機，然後上樓洗澡。

我抄近路去翠希蓮府邸，從後門小路進去比走大門車道快。雨勢變大了，敲打擋風玻璃與車頂，我駛過狹窄的小路，從南側的門樓進入府邸腹地，車子開上碎石路，我放慢速度，開到切穿南側草坪的車道時再次加速。在冬雨中，景色沉悶潮濕，偶爾會看到幾頭綿羊，到了春天，牲口會重新出來吃草。光禿禿的樹木後方，府邸出現在眼前。矗立在廣闊山谷中，岩板建造的灰色哥德風建築是整片風景中最顯眼的亮點，彷彿勃朗特姊妹小說中的場景。最原始的建築原本是一座聖本篤修會的修道院，亨利八世解散修士並取得這片土地。一百多年後，西元一六六一年，查理二世復辟，為了感謝艾德華・崔佛衍的效忠，於是將這片領地與崔夫希克伯爵的頭銜一起賜予了他。他所建造的豪宅在一八六二年付之一炬，幾乎夷為平地，重新建造之後就出現這棟新哥德風大怪物，有著一堆尖頂、雉堞式裝飾牆。這裡是崔夫希克歷代伯爵的府邸，胡亂擴建的大堆頭建築，我一直很喜歡。

現在屬於我了。

由我負責守護。

車子顛晃駛過第二道欄畜地柵，我繞過大宅後方，停在舊馬房前面，基特收藏的愛車都存放在這裡。我下車，衝上廚房階梯，很慶幸門開著。

潔希在廚房準備早餐，基特的兩隻愛犬蹲在她腳邊。「早安，潔希。」我打聲招呼跑過去，簡森與希利跳起來跟著我。

我跑到走道時，聽見潔希喊我：「麥克辛！不對，閣下！」

我裝作沒聽見，跑進基特的書房——該死，**我的**書房。這個房間的感覺和氣味都沒變，彷彿我哥還在，強烈的悲傷不知從何處冒出，讓我倏地停下腳步。

去你的，基特，我想你。

老實說，這間書房的樣子根本和我父親在世時一模一樣，基特完全沒有做任何改變，只是裝了一台iMac電腦。這裡是我父親的避難所，牆壁漆成血紅色，掛滿他的攝影作品，有風景也有人物，甚至有兩張我媽的肖像。家具年代久遠，應該第二次世界大戰前就有了，大約是一九三〇年代。我走向書桌，兩隻狗以犬類特有的熱情跳起來撲向我，尾巴狂搖，舌頭猛舔。

「嗨，你們兩個。你好啊、你好啊，乖。」我摸摸牠們。

「爵爺，真高興見到你，不過，該不會出了什麼事吧？」潔希問，她跟在我後面進來。

「切爾西的公寓遭小偷了。我想在這裡處理。」

「噢，不！」潔希驚愕地摀住嘴。

「沒有人受傷，」我安慰她。「奧利佛已經過去了，正在評估損失。」

「真糟糕。」她扭著雙手。

「只是有點麻煩，沒什麼。」

「需要幫你準備什麼嗎？」

「我想來杯咖啡。」

「我馬上去準備。」她急忙離開書房，簡森與希利憂傷地看我一眼，然後跟著出去。我在基特的辦公桌——我的辦公桌前坐下。

我啟動電腦，登入之後開啟FaceTime，點選奧利佛的聯絡資料。

艾莉希亞站在水力超強的蓮蓬頭下，享受熱水流過全身的感受。回倫敦之後她一定會很想念這裡的浴室，她洗著頭，發現這個念頭令她憂鬱。她很喜歡在康瓦爾度過的這段神奇時光，只有他們兩個的小天地，她會永遠珍藏和他在這棟獨特房屋裡的記憶。

麥克辛。

她抹上洗髮精，睜開眼，無法甩開焦慮。即使浴室門上了鎖，她還是很緊張。她不習慣一個人，她想他，她習慣了有他在，全身每一處都習慣了。她不禁臉紅微笑。

對，每一處。

現在，她只希望能鼓起勇氣摸他……每個地方。

竊賊造成的破壞並不多。他們沒有進暗房，所以我的攝影器材平安無事，我父親的相機也沒有遺失，這在紀念價值上更為重要。我很幸運，竊賊沒有找到保險箱。他們跑進我的衣帽間，偷走了幾雙鞋和幾件外套，不過因為我平常就習慣亂扔衣服，所以看不太出來。

然而客廳災情慘重。我所有的攝影作品都被他們從牆上拆下來，桌上型電腦被摔爛，筆電和混音台不見了，黑膠唱片被扔得滿地都是。

「差不多就這樣。」奧利佛說。他舉起手機拍攝，讓我評估電腦螢幕受損的程度。

「混帳。知不知道他們什麼時候闖進去的？」我問。

「不清楚，你的鄰居也沒有看到。不過應該是在週末期間。」

「說不定星期五我一出門，賊就來了。他們怎麼進去的？」

「你也看到大門的狀態了。」

「嗯，他們一定用重物硬把門撬開。我太急著出門，大概忘記設保全。」

「警報沒有響，你可能真的忘記了。不過我認為就算保全啟動了，他們應該還是會行竊。」

「有人在嗎……？」公寓裡傳來模糊的聲音，打斷我們的談話。

「應該是警察來了。」奧利佛說。

「你報警了，動作真快。很好，讓我知道他們的看法。你再打給我。」

「是，爵爺。」他掛斷。

我沮喪地看著螢幕。我還不想回倫敦，我想和艾莉希亞待在這裡。

有人敲門，丹妮站在門口。「早安，爵爺。聽說你家遭小偷了。」

「早安，丹妮。是啊，不過看來似乎沒有遺失什麼珍貴的東西，只是被弄得很亂。」

「不管弄得多亂，布雷克太太都有辦法整理。真是惱人呀。」

「是啊。」

「你想在哪裡用早餐？」

「早餐？」

「爵爺，潔希幫你準備了早餐，你最喜歡的法式吐司。」

噢，我想回去陪艾莉希亞。

丹妮察覺我的遲疑，從眼鏡上緣賞我「那個眼神」。我們三兄妹小時候只要看到「那個眼神」，就會立刻聽話。

你們三個小朋友快點乖乖坐下吃飯，不然我要跟你們媽媽告狀喔。

她總是拿我媽當武器。

「我在廚房和妳們跟員工一起吃，不過我不能待太久。」

「沒問題，爵爺。」

艾莉希亞洗完澡，用毛巾包裹住身體和頭髮。她走進衣帽間，翻找麥克辛幾天前買的新衣服。她無法克制心神不寧的感覺，一點風吹草動她就會嚇得跳起來。她很少有一個人的時候，在庫克斯的家裡，媽媽整天都在，晚上爸爸也會回來；即使在賓福特的瑪格達家，艾莉希亞也很少有一個人的時候，瑪格達或米赫爾總會有一個人在。

她強迫自己專注挑衣服，她有這麼多新衣服呢。她決定穿黑色牛仔褲配灰上衣，加上漂亮的粉紅色羊毛開襟外套，希望麥克辛會喜歡她的打扮。

終於穿好衣服，她拿起吹風機啟動，高頻噪音填補了寂靜。

我進入廚房時，場面很熱鬧，員工一早就在互相打趣，簡金斯也在。一看到我，他們全體起立，非常封建時代的作風，我覺得很受不了，不過我沒說什麼。「大家早。請坐，吃早餐吧。」

許多人低聲跟我打招呼：「閣下。」

在全盛時期，翠希蓮府邸曾經雇用多達三百五十人，但現在我們只有十二位全職員工，大約二十位兼職人員。我們也有八位佃農，上次來的時候我見過他們，他們在十萬英畝的土地上飼養家畜、種植穀物，全部有機。感謝我父親的貢獻。

傳統上，崔夫希克家會讓住宅員工與戶外員工分開用餐。此刻餐桌上的成員包括助理莊園管理人、獵場管理人、助理獵場管理人、幾位園丁，大家一起享用潔希準備的美味早餐，我發現只有我的盤子裡有法式吐司。

「爵爺，聽說你家遭小偷了。」簡金斯說。

「是啊，很倒楣。煩死人了。」

「真是遺憾，閣下。」

「麥克去哪裡了？」

「他今天上午去看牙醫，大約十一點會回來。」

我開動。潔希的法式吐司非常美味，入口即化，讓我想起童年。我和基特聊著板球比分，不然就是鬥嘴怪對方在桌子底下偷踢人，瑪麗安總是埋首看書……潔希的法式吐司一向搭配糖煮水果，今天的是肉桂蘋果。

「閣下，有你在這裡感覺真好，」丹妮說。「希望你不必趕回倫敦。」

「警察已經到了，晚一點我會知道要不要回去。」

「我已經通知布雷克太太你家遭小偷的事了，她和愛麗絲會從宅邸過去幫忙清理。」

「謝謝，我會請奧利佛和她聯絡。」

「藏身窩還合你的心意嗎？」

我對她笑了笑。「非常滿意。謝謝妳，很舒適。」

「聽說昨天你的成績不錯。」

「我們玩得很開心。再次感謝，簡金斯。」

他對我點點頭，丹妮微笑。「說到這個我才想到，」她說。「昨天有兩個人來找你，感覺不是什麼好東西。」

「什麼？」我立刻全神關注看著她，其他人也是。她臉色發白。

「他們來問你在不在，我叫他們滾蛋，爵爺。」

「妳說不是好東西，什麼意思？」

「樣子很像壞人，爵爺，態度惡劣，好像是東歐人。總之——」

「該死！」艾莉希亞！

艾莉希亞在梳頭，頭髮終於乾得差不多了。

她關掉吹風機，感覺提心吊膽，總覺得聽到怪聲音，不過只有下面海灣波浪拍岸的聲音。她站在窗前看海。

麥克辛先生給了她大海。

她微笑，想起之前在海邊發生的糗事。雨變小了，或許今天可以再去海邊散步，去上次那家酒館吃午餐。那天很開心，和他在這裡度過的每一天都很開心。

她聽到樓下有動靜，家具在木地板上移動的聲音，還有男人壓低聲音交談。

什麼？麥克辛帶人回來嗎？

「Urtë!」機靈點！有人勉強壓低聲音咬牙說。是她的母語！恐懼與腎上腺素竄過全身，她站在臥房裡動彈不得。

是丹提和伊立。

他們找到她了。

21

捷豹跑車高速衝過小路，顛晃穿越欄畜地柵，我催油門加速。我必須盡快趕回度假屋。我呼吸困難，焦慮如啞鈴壓在胸口。

艾莉希亞。

為什麼我要把她一個人丟在那裡？萬一出了什麼事……我永遠無法原諒自己。

我的大腦狂亂運轉。

是那兩個人嗎？販運她來英國的混蛋？我感到反胃。他們怎麼會找到我們？怎麼會？說不定闖進我公寓的竊賊就是他們。他們找到關於崔夫希克領地與翠希蓮府邸的資料，所以跑來這裡打探。真他媽的該死！膽敢跑來我的府邸。我死命抓住方向盤。

快呀、快呀、快呀。

萬一他們在藏身窩找到她……我就永遠見不到她了。

我的恐慌爆發。

她會被拖進恐怖的地下世界，我永遠無法找到她。

不。該死。不。

我在小路上急轉彎，開向藏身窩，激起的碎石飛進灌木叢。

艾莉希亞的心臟狂跳，即使頭部的血液全都跑光了，脈搏依然敲打耳膜。她感覺一陣天旋地轉，腿開始發抖。

她最害怕的惡夢成真了。

臥房門開著，她聽到他們在樓下低聲交談。他們怎麼進來的？樓梯傳來的聲響讓她鼓起勇氣採取行動。她衝進浴室，悄悄關上門，用滿是冷汗的顫抖雙手鎖上門，努力吸氣。

他們怎麼會找到她？

怎麼會？

恐懼令她暈眩。她感覺毫無防備，於是急忙搜尋浴室，尋找可以防身的東西。*什麼都好。*他的刮鬍刀？她的牙刷？她兩樣都拿起來塞進後口袋。

她打開每個抽屜，裡面空空如也……什麼都沒有。

她只能躲藏。她只希望門能撐到麥克辛回家。

不。麥克辛！

他打不過他們，雙拳難敵四手。淚水湧上眼眶，雙腿發軟，她癱坐在地，靠在門板上當人肉沙袋，以防他們企圖撞門。

「我聽到動靜。」是伊立，他在臥房裡。從什麼時候開始，她的母語變得如此恐怖？「去看看那扇門。」

「小賤貨，妳在裡面嗎？」丹提大聲說，轉動門把，拍打浴室門讓它嘎嘎作響。艾莉希亞用拳頭堵住嘴，以免尖叫出聲，淚水滾落臉頰，她全身發抖，恐懼強烈得難以招架。她喘著氣，呼吸淺短，她從來沒有這麼害怕過，甚至在來英國的卡車上也沒有。她束手無策。她不會打鬥，也不可能從浴室逃出去，她無法警告麥克辛。

「快出來！」丹提的聲音嚇得她驚跳起。他就在門的另一邊，距離她的耳朵短短幾吋。「如果逼我們破門進去，妳只會死得更慘。」

艾莉希亞緊閉雙眼，強忍啜泣，忽地傳來一陣巨響，彷彿一大袋穀物砸在地上，接著是大聲咒罵，艾莉希亞被震得往後跳。

Zot. Zot. Zot.

他想破門而入，但門撐住了。艾莉希亞站著，雙腳抵住門，默默罵自己竟然沒有穿鞋襪。艾莉希亞的腳死命抓住石灰岩地板，用全身的重量壓住門板，希望有助於將他擋在外面。

「等我進去，我會宰了妳，可惡的小賤貨。妳知道妳害我花了多少錢嗎？妳知道嗎？」

他再次撞門。

艾莉希亞知道門遲早會被撞壞。她深吸一口氣，絕望來襲。她還沒找出勇氣告訴麥克辛她愛他。

捷豹跑車快速駛過小路，開往藏身窩，我看到一輛老舊的BMW，車身至少累積了一整年的污垢，歪歪斜斜停在車庫外。

天殺的，他們來了。

不、不、不。

我的恐懼與憤怒瞬間破表，即將讓我失控。

艾莉希亞！

冷靜，老兄，快該死的冷靜下來。想啊、想啊，快點想！

我用車身緊緊擋住閘門，這樣他們便不能從這裡逃出去。如果我從大門的台階下去，他們一定會看到我，如此一來就失去了驚訝帶來的優勢。我打開車門，跑向很少使用的隱藏式側門，衝到洗衣間的門前，我的呼吸粗重短促，腎上腺素不斷湧入血流，讓我的心跳速度加倍。

冷靜，老兄，冷靜下來。

洗衣間的門微開。

可惡，說不定他們就是從這裡進去的。我深吸一口氣穩定情緒，心依然狂跳，我輕輕推開門，躡手躡腳走進去。腎上腺素讓我的感官變得異常敏銳，我的呼吸聲震耳欲聾。

安靜，快點安靜。

樓上傳來喊叫聲。

不、不、不。

假使他們敢碰她一根頭髮，我絕對會殺了他們。我轉向高掛在牆上的槍櫃，打開門鎖。昨天我和艾莉希亞去海邊散步之前，先把獵槍拿來存放。我盡可能保持冷靜，小心拿出一把普迪獵槍，盡可能不發出聲音。我以熟練謹慎的動作舉起槍，打開槍管裝進兩發散彈，多拿了四個放進大衣口袋。我從來沒有像這一刻如此感激老爸教我射擊。

保持冷靜。你只有一次機會可以救她，務必要冷靜。

我在心中不斷重複這句話，像念咒一樣。我打開保險，將槍抵在肩上，悄聲走進起居室。樓下沒人，但我聽到樓上傳來巨響，接著有人用外國話叫囂。

艾莉希亞尖叫。

門終於撐不住了，艾莉希亞放聲尖叫，被甩到浴室地上滑行，丹提幾乎跌進門。她全身縮成一團，不停啜泣，恐懼令她癱軟，她的膀胱失守，小小的水流滑下雙腿，滲進新牛仔褲。

她的命運就此決定。

她的喉嚨緊縮，只能淺淺喘息；她感到暈眩，因為恐懼。

「妳在這裡呀，該死的賤貨。」他抓住她的頭髮，將她的頭拉起來。

艾莉希亞哭喊，他用力搧了她幾個耳光。

「臭婆娘，妳知道妳害我花了多少錢嗎？媽的，每一分錢妳都要用肉體償還。」他的臉距離她短短幾吋，眼神陰沉兇惡，瀰漫憤怒。艾莉希亞作嘔，他的嘴好臭，彷彿有動物死在他嘴裡，他濃濃的體味飄來，她彷彿籠罩在惡臭濃霧中。

他再次用力搧她一耳光，拽著她的頭髮拉她站起來，劇痛難以言喻——她感覺頭皮快被扯掉了。

「丹提！不要！不要！」她哭著大叫。

「爛婊子，不准哭哭啼啼，快給我走！」他用力搖她一下，將她推進臥房，伊立在那裡等。她倒在地上，像海星一樣大張四肢，她急忙蜷起身體。

怎麼會這樣？她緊閉雙眼，等著逃不過的痛毆。

*乾脆殺了我吧。殺了我。*她想死。

「妳竟然尿褲子。骯髒的臭屄，我要幹死妳。」丹提大搖大擺繞到她正面，用力踢她的肚子。

她尖叫，劇烈疼痛傳遍全身，她不得不用力吸氣。

「離她遠一點，該死的王八蛋！」麥克辛的怒吼響徹臥房。

*什麼？*艾莉希亞睜開淚水矇矓的雙眼。*他來了。*

麥克辛站在門口，穿著深色大衣，有如復仇天使，綠眸流露殺意，舉著雙管獵槍。

他來了，而且帶著槍。

那個可惡的壞蛋倏地轉身看我，驚愕得臉色發白，往後一跳，目瞪口呆盯著我，蒼白禿頂冒出汗珠。他的瘦臉朋友也後退一步，舉起雙手，嘴唇抽搐，樣子活像老鼠，被太大件的連帽大衣吞沒。我幾乎控制不住想扣扳機的衝動，我必須抗拒所有本能，制止自己。禿頭男看著我，視線集中在我身上，來回打量。我會開槍嗎？我有種開槍嗎？

「媽的，不要挑釁我！」我狂吼。「舉起雙手，否則我他媽的先斃了你。給我從她身邊滾開！快！」

他再次小心翼翼後退一步，視線從我身上移向艾莉希亞，看得出來在考慮有什麼選項。

一個都沒有。

王八蛋。

「艾莉希亞，站起來，快。動作快！」我大喊，因為她依然在他伸手可及的範圍。她手腳並用慌忙站起身，她一側臉頰紅腫，那個混蛋一定打她了，我很想一槍轟掉他的腦袋，但我努力克制。「躲在我身後。」我咬著牙說。

她從我身邊鑽過去，我聽到她帶著恐懼的喘息聲。「你們兩個，給我跪下！」我大喊。「快！給我閉上嘴，一個字都不准說。」

他們迅速交換一個眼神。

我的手指放在扳機上。「雙管獵槍，全都上膛了，我可以一口氣幹掉你們兩個。我先轟掉你的蛋。」我瞄準禿頭男的胯下。

他臉色灰敗，高高揚起眉，他們兩個一起跪下。

「雙手放在腦後。」

他們聽從，但我沒有東西可以綁他們。

可惡。

「艾莉希亞，妳沒事吧？」

「沒事。」

我口袋裡的手機開始震動。**靠**，我敢說一定是奧利佛。

「我的手機在牛仔褲後口袋裡，可以幫我拿出來嗎？」我對艾莉希亞說，繼續瞄準那兩個混混。

她靈巧地拿出來。「接一下。」我看不到她的動作，但很快就聽到她的聲音。

「喂？」她說，停頓一下之後再次開口，聲音因為恐懼而哽咽。「我是麥克辛先生的清潔工。」

老天，她絕對不只是清潔工而已。

光頭男用輕蔑的語氣對鼠臉男說：「Është pastruesja e tij. Nëse me pastruese do të thuash konkubinë.」*清潔工個屁。嘴上說是清潔工，其實根本是姘頭吧。*

鼠臉男回答：「Ajo nuk vlen asgjë. Grueja asht shakull për me bajt.」*不關你的事。別惹麻煩。*

「給我閉嘴！」我對他們怒吼。「是誰？」我問艾莉希亞。

「他說他是奧利佛。」

「跟他說，我們抓到兩個闖入藏身窩的歹徒，請他幫忙報警。對了，請他打電話給丹妮，麻煩她立刻派簡金斯過來。」

她斷斷續續地傳達。

「跟他說我以後再解釋。」

她重複我說的話。「奧利佛先生說他已經打了……再見。」她掛斷。

「你們兩個趴下。雙手放在背後。」光頭男迅速瞄了鼠臉男一眼。他想搞鬼嗎？我上前一步降低槍管，瞄準他的腦袋。

「有人在嗎？」樓下傳來一個聲音，是丹妮。這麼快就到了？怎麼可能？

「我們在樓上，丹妮！」我大喊，依然注視著那兩個下三濫。我揮一下槍示意：*給我該死的趴好*，他們聽從，我走到趴在浴室地板上的兩人身邊。「敢亂動試試看。」我將槍口抵著禿頭男的背。

「看我會不會開槍。散彈會打斷你的脊椎，進入你的胃，你會死得又慢又痛苦——這樣已經算你走運了，該死的禽獸。」

「不要、不要，拜託。」他嗚咽，感覺像挨揍的狗，口音非常重。

「閉嘴趴好。有沒有聽懂？聽懂就點頭。」

他們兩個一起憤怒地點一下頭，我放膽偷看艾莉希亞一眼，她瞪大了眼，臉色蒼白，環抱上身站在門口。丹妮出現在她身後——簡金斯緊跟在後。

「妳接到奧利佛的電話才來的？」

「噢，我的天。」丹妮一手摀住嘴，「發生了什麼事？」

「不是，閣下。你從餐桌上跳起來衝出去，我們就跟在你後面，我們知道一定出事了……」簡金斯在後面探頭探腦。

「這兩個人闖進來，企圖綁架艾莉希亞。」我將槍管用力抵住禿頭男的背。

「你有沒有可以用來綁他們的東西？」我問簡金斯，視線依然鎖定地上的兩個人。

「我的後車廂有打包用的繩索。」他轉身快步下樓。

「丹妮，麻煩帶艾莉希亞去府邸。」

「不。」艾莉希亞抗議。

「去吧。警方到的時候，妳不能在場，我會盡快去找妳。妳和丹妮在一起很安全。」

「來吧，孩子。」丹妮說。

「我想拿一套替換的衣服。」艾莉希亞含糊說。

我蹙起眉。為什麼？

艾莉希亞衝進衣帽間，不久拿著我們那天買東西的一個購物袋出來。她看了我一眼，眼神難以解讀，然後跟著丹妮下樓。

艾莉希亞茫然望著擋風玻璃，雙手環抱自己，那位叫作丹妮的老太太駕駛哐啷作響的大車，開在鄉間小路上。

我們要去哪裡？

她的頭很痛，頭皮和臉都在抽痛。她呼吸時側腰也會痛，她盡可能淺淺呼吸。

丹妮用度假屋沙發上的披毯裹住她。

「感冒就不好了，親愛的。」她說。

她的聲音溫柔親切，有點口音，但艾莉希亞聽不出是哪裡。她一定和麥克辛先生感情很好，才會這麼盡心照顧她。

麥克辛。

她永遠不會忘記他救她時的模樣，穿著長大衣、扛著獵槍，有如美國老電影裡的英雄。

她竟然以為他只能任由他們擺佈。

她的胃翻攪。

她要吐了。

「拜託，停一下車。」

丹妮急忙停車，艾莉希亞打開門，幾乎跌出車外。她在路邊彎腰嘔吐，把早餐全吐了出來。

丹妮幫艾莉希亞撩起長髮，她不停吐著，直到胃裡再也沒有東西。她終於站直，但全身發抖。

「噢，孩子。」丹妮遞上一條手帕。「我得快點帶妳回府邸。」

她們上車繼續行駛，艾莉希亞聽到遠方傳來警笛聲，想像警察抵達藏身窩，她不停發抖，將手帕扭成一團。

「沒事了，孩子。」老太太說。「現在妳很安全。」

艾莉希亞搖搖頭，想消化剛才發生的事。

他救了她。又一次。

她怎麼有辦法表達感謝？

簡金斯迅速確實地將兩個混混的手綁在背後，以防萬一，把他們的腳踝也綁起來了。「爵爺。」他指著鼠臉男大衣翻起的地方，他的褲腰上插著一把手槍。

「持槍闖入民宅，真是越來越精彩了。」我很慶幸他沒有對我開槍——也沒有對艾莉希亞開槍。我將獵槍交給簡金斯，略微猶豫，接著決定不教訓他一下不行，於是用力踢禿頭男的肋骨一腳。「這是幫艾莉希亞報仇，可惡的大混蛋。」他悶聲痛呼，簡金斯在一旁監視，我再踢他一腳，這次更用力。「這是幫被你賣去當性奴的女人討回公道。」

簡金斯倒抽一口氣。「他是人口販子？」

「對，他也是！他們想抓艾莉希亞。」我對鼠臉男一點頭，他以怨恨的眼神瞪著我，簡金斯立刻踢他一腳。

我跪在禿頭男身邊，揑住他的耳朵，將他的頭往後拉。「你這個人渣，等著在監獄裡關到爛吧！我會叫他們把鑰匙扔掉。」他企圖啐口水到我的臉，但他沒有射中，口水滴在下巴上。我將他的臉往地上用力一撞，發出很大聲響，希望他會頭痛欲裂。我站起來，又覺得想把他踢成爛泥，我努力克制衝動。

「爵爺，乾脆宰了他們棄屍。」簡金斯提議，將槍管抵住鼠臉男的頭。「埋在領地，絕對不會有人發現。」一時間我不太確定簡金斯是不是在開玩笑——但鼠臉男相信他是認真的，他緊閉雙眼，神情充滿恐懼。

很好，讓你體會一下艾莉希亞的感受，王八蛋。

「雖然這個主意很不錯，不過這裡會弄得髒兮兮，清潔人員恐怕會恨死我們。」

我們聽見警笛聲，一起抬起頭。

「還有法律這個小問題。」我補上一句。

丹妮轉上一條小路，旁邊有一棟很可愛的舊式房屋，地上有金屬條，老車搖搖晃晃開過去。雖然是冬天，但這裡的植物依然青翠茂盛，車子經過一片寬闊無垠的草原，感覺好像……修剪過，不像她在這裡見過的鄉村景色，草原上有幾隻肥肥的綿羊。車子哐啷駛過，一棟灰色大宅出現在眼前，氣勢堂皇。艾莉希亞從沒看過這麼大的房子，她認得那根煙囪，她和麥克辛散步時看到過。他提到過這棟房子的主人，但她想不起來叫什麼名字，說不定這裡是丹妮的家。

她住在這種地方，為什麼要幫麥克辛先生煮飯？

丹妮將車開到大宅後方，停在後門前。

「到了，」她說。「歡迎光臨翠希蓮府邸。」

艾莉希亞想對她微笑，但擠不出笑容，只好默默下車。她依然覺得腿有點軟。她跟隨丹妮進門，裡面似乎是廚房，空間挑高寬敞，艾莉希亞第一次看到這麼大的廚房：木質櫥櫃，地上鋪著磁磚，一塵不染，非常乾淨，同時具備古老與現代特色。這裡有兩座爐台，兩座！巨大的餐桌至少可以容納十四個人。兩隻赭紅色長毛大狗蹦蹦跳跳跑來，艾莉希亞往後躲。

「簡森，趴下！希利，趴下！」丹妮的命令讓兩隻狗停下腳步，牠們趴下，表情豐富的眼睛望著她們。艾莉希亞猜忌地打量狗兒，牠們是很帥氣的獵犬……但在她的故鄉，狗不會待在屋裡。

「牠們很乖，親愛的，只是看到妳太開心。跟我來吧。」她說。「妳想洗澡嗎？」她的語氣殷勤和善，但艾莉希亞羞紅了臉。

「好。」她輕聲說。她知道！她知道她尿褲子了。

「妳一定嚇壞了。」

艾莉希亞點點頭，眨眼忍住湧上眼眶的淚水。

「啊，小姑娘，別哭，爵爺一定不想看到妳哭。我來幫妳整理。」

爵爺？

她跟著丹妮走，經過一道牆上有木鑲板的走廊，兩側牆上掛滿歷史悠久的畫作，主題不一：風景、馬匹、建築、宗教場景，還有兩幅肖像。她們經過許多緊閉的房門，從一道狹窄的木造樓梯下去，走過另一道裝著木鑲板的走廊，終於，丹妮停下腳步，打開一扇門，裡面是一間舒適的臥房，有著白色床鋪、白色家具和淺藍色牆壁。她走進位於另一頭的附設浴室，打開水龍頭，艾莉希亞站在她身後，拉緊披在身上的毯子，看著強力水流注入浴缸，蒸氣氤氳。丹妮倒進一些芳香泡泡浴，艾莉希亞認得那個品牌，Jo Malone，和藏身窩用的一模一樣。

「我去幫妳拿毛巾。妳把衣服放在床邊，我拿去洗，一下子就好。」她給艾莉希亞一個帶著憐惜的笑容，然後悄步離開，留下她一個人。

艾莉希亞望著嘩嘩注入浴缸的水，泡泡冒出，佈滿水面。浴缸很古老，下面有四隻獸爪造型的腳，她開始顫抖，抓住披毯緊緊裹在身上。

丹妮拿著乾淨毛巾回來時，她依然站在那裡。丹妮將毛巾放在白色柳條椅上，關水之後轉身看著艾莉希亞，聰慧藍眸流露同情。「親愛的，妳還想洗澡嗎？」

艾莉希亞點頭。

「要我出去嗎？」

艾莉希亞搖頭，她不想一個人。丹妮憐憫嘆息。

「那好吧。要我幫妳脫衣服嗎？妳想要我幫忙？」

艾莉希亞點點頭。

「我們也需要見一下你的未婚妻，做個筆錄。」倪克爾警員說。她和我年紀相仿，高瘦苗條，眼眸明亮，態度積極，一字不漏寫下我講的每句話。我用手指輕敲餐桌。我們還要在這裡耗多久？我等不及想去找艾莉希亞，**我的未婚妻……**

倪克爾與她的上司南凱羅警長非常有耐心，聽完我編的爛故事，說那兩個人企圖綁架艾莉希亞。當然，我省略了很多細節，但我盡可能照實交代。「沒問題，」我回答。「等她身體恢復之後再通知兩位。那兩個混蛋害她受到很大的驚嚇，要不是我及時趕回來……」我閉上眼，一股冷顫沿著脊椎竄過。

我很可能再也見不到她。

「兩位都經歷了很恐怖的事件。」南凱羅憤慨地搖搖頭。「你會請醫生為她檢查吧？」

「當然。」我希望丹妮已經先想到了。

「希望她早日康復。」他說。

我很高興來的警察是南凱羅。我從小就認識他，以前我們經常交手，因為噪音喧譁、深夜派對、海灘飲酒之類的問題，但他一向很公正。當然，基特出事那天，來宅邸通知的人也是他。

「如果這兩個人有前科，資料庫一定查得到，無論輕罪、重罪，一定都有紀錄，崔夫希克爵爺。」南凱羅接著說。「倪克爾，需要的東西都拿到了嗎？」他詢問辛勤的屬下。

「是，長官。謝謝你，爵爺。」她對我說。她的神情滿是興奮，我猜這應該是她第一次經手綁架未遂案件。

「很好。」南凱羅微笑表示讚賞。「爵爺，這棟房子真不錯。」

「謝謝。」

「令兄過世之後，你狀況還好嗎？」

「還過得去。」

「真是憾事。」

「是啊。」

「他是個好人。」

我點頭。「沒錯。」我的手機震動，看看螢幕顯示，是奧利佛，我決定不接。

「爵爺，我們先告辭了。我會隨時報告偵察進度。」

「我敢說，闖進切爾西公寓的一定也是這兩個混蛋。」

「我們會調查清楚，爵爺。」

我送他們到門口。

「噢，恭喜訂婚。」南凱羅伸出一隻手。

「謝謝，我會將祝福轉達給我的未婚妻。」

不過我得先跟她求婚……

熱水帶來舒緩。丹妮去幫艾莉希亞洗衣服，她保證「一會兒」就回來，她要去拿艾莉希亞放在車上的衣服，順便找點止痛藥幫她減緩頭痛——因為被丹提拽頭髮站起來，令她的頭不停抽痛。艾莉希亞停止顫抖，但焦慮依舊。她閉起雙眼，只看到丹提兇惡的臉，她急忙睜開，想起他的口臭，不由得打個哆嗦。

Zot，他好臭，體味很重，是沒有洗澡的陳年汗臭。嘴巴也很臭。

她覺得反胃，掬起水洗把臉，想洗掉記憶，但熱水碰到被他打過的地方，引起一陣刺痛。

她腦海中響起伊立說的話：嘴上說是清潔工，其實根本是姘頭吧。

姘頭。

他說得沒錯。雖然她不想承認，但事實如此，她是麥克辛的姘頭——兼清潔工。她的心情越來越沉鬱。她期待什麼？當她忤逆父親的那一刻，她的命運就注定了。她別無選擇，倘若待在庫克斯，她會被迫嫁給反覆無常又有暴力傾向的男人，艾莉希亞顫抖起來。她哀求父親取消婚約，但無論她們母女怎麼求，他仍然一意孤行。他對那個男人許下榮譽誓言。

Besa.①

她們母女束手無策。爸爸不肯撤回承諾，假使他那麼做，將會令家族深深蒙羞。媽媽想出解決辦法，沒想到卻將她送入那些惡徒的魔掌，不過現在他們被警察抓走了，再也不能威脅她。她必須認清自己的現實處境，她在康瓦爾過得太開心，在海灘上歡笑，在酒館喝酒，在高級餐廳用餐，和麥克辛先生發生關係並且愛上他，令她忘記了現實。和他在一起讓她腦中充滿虛妄幻想，就像外婆以前所做的那樣——給她瘋狂的概念，讓她以為可以得到獨立與自由。艾莉希亞為了逃避婚約而離開家鄉，一心以為能找到工作，她需要的就是這個，工作，自立自強——而不是被男人包養。

她呆望著浴缸裡逐漸消逝的泡泡。

她沒料到會墜入愛河……

丹妮急急忙忙回來，拿著一件深藍色大浴袍。「快出來吧，再泡下去妳要變成梅乾了。」她說。

梅乾？

---

① Besa是阿爾巴尼亞獨特的文化，字面本身有榮譽、信仰之義，十五世紀的部落法《卡努法典》即包含此概念，作為部族間結盟誓言的規範。作為榮譽誓言，一許下便不能打破。此外，Besa也是一種慷慨的待客之道，將客人視為家人。

艾莉希亞站起來，只是身體自己在動。丹妮將浴袍披在她身上，扶她跨出浴缸。「舒服點了嗎？」她問。

艾莉希亞點頭。「謝謝妳，夫人。」

「我的名字叫丹妮。我知道我們沒有正式介紹過，不過這裡的人都叫我丹妮。我準備了水、止痛藥和冰袋，希望能讓妳的頭不那麼痛，還有山金車藥膏，給妳擦臉上受傷的地方，可以消瘀血。妳腰側的瘀血感覺很嚴重，我已經請醫生來了，他會幫妳檢查。來，先去床上躺著，妳一定累壞了。」她帶艾莉希亞進臥房。

「麥克辛呢？」

「爵爺正在和警察處理事情，很快就會過來。來吧。」

「爵爺？」

「是啊，親愛的。」

艾莉希亞蹙起眉，丹妮的表情也同樣困惑。

「妳不知道嗎？麥克辛是崔夫希克伯爵。」

22

崔夫希克伯爵？

「這裡是他的府邸，」丹妮溫和地說，彷彿對小孩子說話。「四周的土地、村子——」她停頓。「他沒有告訴妳？」

艾莉希亞搖搖頭。

「這樣啊。」丹妮的白眉毛糾結，接著她聳了聳肩。「唉，他應該有苦衷。好了，我先出去，妳換衣服吧。裝衣服的袋子放在椅子上。」

艾莉希亞頷首，丹妮離開房間，順手關上門，艾莉希亞呆望著關起的門，內心爆炸。她對英國貴族所知有限，全都來自於喬潔．黑爾①所寫的兩本小說，那是外婆走私進阿爾巴尼亞的書。據艾莉希亞所知，她的國家沒有貴族，古代有，但第二次世界大戰後，共產黨奪取所有土地，貴族紛紛逃亡。

可在這裡……麥克辛先生是伯爵。

不對。不是麥克辛先生，他是麥克辛爵爺。

閣下。

為什麼他不告訴她？

---

① 喬潔．黑爾（Georgette Heyer，西元一九〇二年～一九七四年），英國歷史羅曼史與推理小說作家。開創歷史羅曼史文類與子文類攝政羅曼史之先河。她的攝政羅曼史主要受珍．奧斯汀啟發，但不同於奧斯汀「寫作於當代，讀者亦處當代」的時空背景，黑爾在作品中大量著墨豐富的細節資訊，使讀者體會作品中的歷史時代感。

答案在腦中清楚響起，令她痛徹心扉。

因為她只是區區清潔工。

Nëse me pastruese do të thuash konkubinë.

嘴上說是清潔工，其實根本是姘頭吧。

她用力吸一口氣，用浴袍裹住身體，抵擋冬季寒冷，以及令她傷心的消息。

可想而知，因為她配不上他。

她只配做一件事……

他的背叛令她反胃。她怎麼會這麼傻？他的欺騙讓她難過又受傷，她抹去湧上眼眶的淚水。她一直不肯面對現實。

她和他的關係太過美好。

內心深處她早就有所懷疑，現在她知道真相了。

話說回來，他從來沒有給她任何承諾，一切都只是她的幻想。他從來沒有說過愛她……也從來沒有假裝愛她，然而與他相識的時間這麼短，她卻已經墜入愛河，從極高處墜落。

她是傻瓜，被愛情蒙蔽的傻瓜。

她痛苦地閉上眼，羞恥與悔恨的熱淚滑落臉頰，她憤恨地抹去淚水，迅速擦乾身體。

她該清醒了。

她做個深呼吸──哭夠了。深刻的悲傷帶給她動力，但她不要再為他哭泣。她很生氣，氣他，也氣自己這麼蠢。

她心中很清楚，憤怒只是為了掩飾傷痛，她很慶幸可以生氣。比起他的背叛，憤怒比較不痛。

她將浴袍扔在地上，拿起藍色椅子上的袋子，將裡面的東西全部倒在床上。幸好她臨時起意，把舊衣服也帶來了，她穿上粉紅內褲、胸罩，自己的牛仔褲，阿森納足球隊球衣和運動鞋。屬於她自己的東西只有這些。她沒有帶大衣，但她拿了一件麥克辛先生——麥克辛爵爺——送她的毛衣，加上離開藏身窩時丹妮拿的披毯。

丹提和伊立遭到逮捕，等警方查清楚他們的各種罪行，他們一定會被關進監獄，那兩個壞蛋再也無法威脅她。

她可以離開。

她不要留在這裡。

她不想和欺騙她的人在一起。等他玩膩了，就會把她踢到一邊，她寧願自己離開，也不要被趕走。

她必須離開這裡，立刻。

她迅速服下丹妮送來的兩顆止痛藥，最後一次環顧高雅的臥房，接著將門稍微打開，樓梯轉角沒有人，她溜出去，關上門。她必須設法回到藏身窩，她的錢和所有家當都在那裡。她不能從原路出去——丹妮很可能在廚房，她轉向右邊，在長廊上前進。

捷豹跑車急煞停在舊馬廄前，我推開車門，扔下車子，衝進屋內。我等不及想見艾莉希亞。丹妮、潔希和兩隻狗都在廚房，狗兒跳起來歡迎我並討摸，我說：「乖，等一下。」

「歡迎回來，閣下。警察走了？」丹妮問。

「對。她在哪裡？」

「藍色房間。」

「謝謝。」我急忙奔向門。

「噢，爵爺……」丹妮喊我，她的語氣有點奇怪，我停下腳步。

「怎麼了？她沒事吧？」

「她受到很大的驚嚇，爵爺。她在來的路上嘔吐了。」

「現在她好點了嗎？」

「她洗了澡，換上乾淨的衣服。還有……」丹妮不知所措地瞥了潔希一眼，她繼續削馬鈴薯。

「怎麼了？」我追問。

丹妮臉色發白。「我不小心說出你是崔夫希克伯爵。」

「什麼？」

「糟了！」我衝出廚房，沿著西側走廊狂奔，三步併作兩步跑上後樓梯，往藍色房間奔去，簡森與希利緊跟在後，我的心臟狂跳。

該死、該死、該死。我一直打算告訴她，現在她一定在胡思亂想。

我在藍色房間外停下腳步，做個深呼吸，不理會兩隻狗。牠們一路追過來，以為是什麼新鮮的遊戲。

艾莉希亞今天受到很大的驚嚇，現在來到一個陌生的地方，這裡的人她全都不認識，她很可能驚慌失措。

而且她絕對會非常生氣，我竟然沒有告訴她……

我急急敲門。

等了一下。

我再次敲門。「艾莉希亞？」

沒有回應。

該死，她真的很火大。

我小心翼翼打開門。她的衣服散落在床上——浴袍扔在地上，但沒有她的蹤影。我檢查浴室，沒有人，只有她留下的一絲香氣：薰衣草與玫瑰。我閉上眼，深吸一口氣，香味帶來撫慰。

她跑去哪裡了？

她大概在大宅裡探險。

也可能離開了。

靠。

我衝出去，沿著走廊大喊她的名字，我的聲音在掛著祖先肖像的牆壁間迴盪，但完全沒有回應，恐懼滲入我的骨髓。她在哪裡？她在某處昏倒了嗎？

她逃跑了。

她無法承受，也可能以為我不在乎她……

媽的。

我打開走廊兩邊的每一道門，簡森與希利隨侍在側。

艾莉希亞迷路了。她一直在找路出去，躡手躡腳走過一扇又一扇的門，經過一幅又一幅的畫，再次走上一條鑲著木鑲板的長廊，最後來到一道雙扇門前。她推開門進去，發現自己站在堂皇寬敞的樓梯口，樓梯鋪著紅藍相間的地毯，往下延伸，通往一條隧道般的陰暗走廊。樓梯盡頭有一道格紋凸窗，兩邊各站著一具完整盔甲，拿著像是長槍的東西；樓梯旁掛著一幅巨大的褪色織錦，比之前在廚房看到的餐桌更大，主題是一個人單膝跪在君主面前。艾莉希亞猜他應該是君主，因為他戴著皇冠。對面牆上掛著兩幅肖像，非常巨大，都是男性，一幅很古老，另一幅比較近代，她看出他們應該是一家人，因為長得很像，而且她覺得有些眼熟。畫中人用傲慢的綠眸看著她，他的綠眸。

這是麥克辛的家人，他的祖先。她幾乎難以理解。

她的視線落在樓梯柱頂端的雙頭鷹雕刻上，樓梯頂、轉角處、樓梯底都有。

阿爾巴尼亞的象徵。

突然聽見他喊她的名字，讓她嚇了一跳。

不。

他回來了。

他再次喊她的名字，語氣似乎很慌亂、很焦急。艾莉希亞站在華麗的樓梯頂端，看著四周的歷史，她很掙扎。下方遠處，一個時鐘發出響亮鐘聲報時，令她驚跳起，一下、兩下、三下……

「艾莉希亞！」麥克辛再次大喊，這次很接近，她能聽見他的腳步聲。他在奔跑——奔向她。

時鐘繼續敲響，宏亮清晰。

她該怎麼辦？

她抓住樓梯角落的精緻雙頭鷹雕刻，麥克辛和兩隻狗從雙扇門衝進來，看到她，他停下腳步，視線從她的臉掃向她的腳，然後皺起眉頭。

我找到她了，不過如釋重負的心情很快就不見了，因為她的表情冷漠疏遠、難以看透，還穿著她的舊衣服，拿著一件毛衣和一條毯子。

要命，狀況不妙。

她的姿勢讓我想起幾個星期前，第一次在我家門廳見到她的時候，她緊抓著樓梯柱，就像那時緊抓著掃帚，我所有的感官提高警覺。

老兄，最好當心點。

「妳在這裡呀。妳要去哪裡？」我問。

她以獨特的自然高雅動作將頭髮甩到肩後，朝我的方向昂起下巴。「我要走了。」

不！我感覺彷彿肚子被她踹了一腳。

「什麼？為什麼？」

「你很清楚為什麼。」她的語氣高傲，神情氣憤。

「艾莉希亞，對不起，我應該早點告訴妳。」

「但你沒有說。」

她說得沒錯。我望著她，她深眸中的傷痛將我的良心燒穿一個洞。

「我懂。」她聳了聳一邊肩膀。「我不過是個清潔工罷了。」

「不、不、不！」我大步走向她。「不是這樣。」

「爵爺，沒事吧？」丹妮的聲音從樓梯下面傳來，在石牆間迴盪。

我靠著樓梯扶手往下看，她和潔希一起出現在下面的走廊上，莊園工人布洛迪也跟著。他們三個人目瞪口呆望著我們，模樣有如池塘裡好奇的鯉魚。

「走開，你們所有人全部走開！」我揮手趕他們。丹妮與潔希焦慮地互看一眼，但還是遵命離去。

感謝該死的老天。

我轉身看向艾莉希亞。「這就是我不帶妳來的原因，宅邸人多嘴雜。」

她轉開視線不看我，眉頭深鎖，嘴唇抿成線。

「今天早上我和九位員工一起吃早餐，那還只是第一輪而已。我不希望妳因為……這些東西而緊張。」我揮手比了比我父親與初代伯爵的肖像，她用一隻手指描著雙頭鷹雕刻的細緻線條，依然沉默不語。

「而且我想獨佔妳。」我低語。

一顆淚珠滑下她的臉龐。

媽的。

「你知道他說了什麼嗎？」她輕聲說。

「誰？」

「伊立。」

闖進藏身窩的混蛋歹徒。「不知道。」她到底想說什麼？

「他說我是你的姘頭。」她的聲音很小，充滿羞恥。

不！

「什麼……鬼話！現在已經二十一世紀了……」我用上所有自制力，才忍住沒有將她拉進懷中，但我慢慢接近，距離終於近到她的體溫與我的交融。我不知道怎麼辦到的，但我克制住沒有碰她。「我很想說妳是我的女友，我們這裡都這麼說，但我不想太一廂情願，因為事情發生得太快，我們還沒討論過我們的關係。可是我想這樣稱呼妳，女友，我的女友，這表示我們一起經營一段關係，但前提是妳願意接受我。」

她的睫毛眨動，遮住極深邃的眼眸，沒有流露半點心情。

「艾莉希亞，妳聰慧又有才華。妳是自由的人，可以自由做出妳想要的選擇。」

「我知道我不是。」

「妳在這裡。我知道妳來自於不同文化，也知道我們在經濟上並不對等，但那只是因為我投對胎……在其他方面我們都是平等的。我搞砸了，我應該早點告訴妳，我很抱歉，非常抱歉。我不希望妳離開，我希望妳留下來，拜託。」

她難以看透的眼眸端詳我的臉，我覺得好像被剝光，接著她的視線轉向雙頭鷹雕刻。

為什麼她不肯看我？她在想什麼？

是因為剛才經歷的創傷？

也可能是因為現在那兩個混蛋被逮捕了，她再也不需要我。

該死，說不定是這個原因。

「聽我說，如果妳真的想走，我沒辦法強留。瑪格達要搬去加拿大了，我不知道妳打算去哪裡，就算不為別的，在妳找到可以去的地方之前，先留在這裡。總之，拜託別走，留下來，留在我身邊。」

她不能逃跑……不能。

拜託原諒我！

我屏息等待，感覺非常痛苦，有如站在被告席等候法官宣判。

她滿是淚水的臉轉向我。「你不嫌我丟臉？」

丟臉？怎麼會！

我再也無法壓抑，伸出食指，用指背輕撫她的臉頰，捕捉到一滴淚珠。「不、不，當然不會，我……我……我愛上妳了。」

她倒抽一口氣，聲音只能勉強聽見。

該死，已經太遲了嗎？

她的眼眸再次閃爍淚光，一種不曾體驗過的恐怖感受讓我的心一揪。說不定她會拒絕我，我的焦慮指數瞬間上升好幾度，我從來沒有像現在這麼不堪一擊。

艾莉希亞，妳會如何決定？

我敞開懷抱，她看看我的手又看看我的臉，表情很徬徨，簡直要我的命。她咬著下唇，遲疑著上前一步，投入我的懷抱，我擁住她，將她按在胸前，永遠不想放手。我閉上眼，將鼻子埋進她的髮間，嗅聞甜美香氣。「我心愛的人。」我輕聲喚。

她顫抖，開始啜泣。

「我知道、我知道，有我在。妳嚇壞了。對不起丟下妳一個人，我不該做那種蠢事，原諒我。那兩個混蛋已經被警察關起來，他們不會再來了，也不能再傷害妳。有我在。」她環抱住我，抓住我的大衣背部，抱著我大哭。

「我應該早點告訴妳，艾莉希亞，對不起。」

我們站著不動，就這樣過了幾秒，也可能是幾分鐘，我不知道，簡森與希利嫌我們無聊，漫步走下樓梯。

「妳隨時可以哭得我滿身淚。」我逗她，她吸吸鼻子，我抬起她的下巴，凝望那雙哭紅的美麗眼眸。「那時候我很擔心……噢，老天，我擔心萬一他們抓到妳……我就永遠見不到妳了。」

她吞嚥一下，給我一個無力的笑容。

「妳一定知道，」我接著說，「如果能說妳是我的女友，這對我而言是莫大的榮幸。我需要妳。」我放開她，溫柔愛撫她的臉，避開右側臉頰發紅的地方。看到她身上的瘀血，我滿心憤怒。我小心不碰到，用拇指抹去她的淚，她一手按住我的胸口，透過上衣，我感受到她的體溫，擴散到我全身每一處。

艾莉希亞清清嗓子。「我太害怕了，我以為會再也見不到你。不過讓我最……嗯，難過……呃，後悔的事，」她低喃，「是我從來沒有說過……我愛你。」

23

歡喜在我心中炸開，有如從頭到腳都在放煙火。我激動得無法呼吸，滿是不敢置信。「真的？」

「嗯。」艾莉希亞害羞微笑。

「從什麼時候開始？」

她停頓，靦腆地聳一下肩。「你借我雨傘那次。」

我對她燦爛一笑。「那次我很高興能幫到妳，我家門廳到處是妳的濕腳印。那麼……意思就是妳會留下來？」

「對。」

「在這裡？」

「對。」

「真高興聽到妳這麼說，親愛的。」我的拇指輕撫她下唇，傾身親吻她。我輕輕覆上她的唇，她的熱情瞬間被點燃，激烈的反應令我吃驚，她的唇舌貪婪急迫，雙手伸進我的頭髮拉扯纏繞。她想要更多，更多更多，我悶吟一聲，身體起了反應，我吻得更深入，接下她所給予的一切。她霸道的吻有種急迫感，她非常渴望，我希望能給她滿足。我的雙手移動到她的髮間，固定住她，讓她站穩，放慢我們的速度。我想當場佔有她，就在這裡，這座樓梯上。

艾莉希亞。

我立刻亢奮起來。

我想要她。

我需要她。

我愛她。

但……她剛剛經歷了很大的磨難。我的手摸到她身側，她的神情流露痛楚，她的反應讓我找回理智。

「不行……」我輕聲說，她後退看著我，臉上滿是慾望，神情困惑失望。

「妳受傷了。」我解釋。

「我沒事。」她嬌喘吁吁，伸長脖子想再次吻我。

「先別急。」我低語，前額與她的相貼。「今天早上妳受驚了。」她非常激動，很可能是因為被那兩個混蛋嚇壞了，所以她的情緒失控。

這個念頭讓我清醒過來。

但也可能只是因為她愛我。

我比較喜歡這個想法。

我們站著不動，前額貼靠在一起，各自調整呼吸。

她輕撫我的臉，歪頭看著我，嘴角勾起淺笑。「你是崔夫希克伯爵？」她逗我。「你原本打算什麼時候告訴我？」她的眸中閃著調皮，我大笑出聲，知道她在模仿前幾天晚上我質問她的語氣。

「我現在不就告訴妳了？」

她咧嘴一笑，手指輕點嘴唇，我轉過身，揮手比了比那幅一六六七年繪製的肖像。「請容我介紹艾德華，初代崔夫希克伯爵。這邊這位——」我用拇指比著另一幅肖像。「是我父親，第十一代伯爵，也是農業專家和攝影師。他是切爾西隊的死忠球迷，恐怕不會太欣賞妳的阿森納隊球衣。」

艾莉希亞不解地看我一眼。

「這兩支倫敦球隊是死敵。」

「噢，糟了。」她大笑。「你的肖像在哪裡？」

「我沒有，我才當上伯爵沒多久。我哥基特才是真正的伯爵，但他一直沒空畫肖像。」

「過世的哥哥？」

「對。爵位和隨之而來的一切原本都是他的責任，幾個星期前才落在我頭上。我原本不必扮演這個角色，不必承擔……這一切。」我對那兩套盔甲一點頭。「管理這個地方——這座博物館，我還沒什麼經驗。」

「所以你才沒有告訴我？」艾莉希亞問。

「這也是部分原因。我想我心中有一部分還不願意接受——這一切，還有其他莊園，責任太過沉重，我沒有學過該怎麼做……」

基特從小就學習……

這段談話太過深入，太逼近我的痛處。我淺笑接著說：「我非常幸運。以前我從來不必認真工作，現在這一切都屬於我了，我必須好好保管，交給下一代，這是我的責任。」我充滿歉意地聳聳肩。「這就是我，現在妳知道了，我很高興妳決定留下。」

「爵爺？」丹妮在樓下喊。

麥克辛的肩膀垮了一些，艾莉希亞感覺得出來他不希望被打擾。「什麼事，丹妮？」他回答。

「醫生來幫艾莉希亞看診了。」

麥克辛焦慮地看著她。「醫生？」

「我沒事。」艾莉希亞說，但語帶遲疑。

他皺眉。「請醫生去藍色房間。」

「爵爺，今天來的不是卡特醫生，而是康威醫師。我馬上請他過去。」

「謝謝。」麥克辛高聲對丹妮說，牽起艾莉希亞的手。「那個混蛋對妳做了什麼？」

艾莉希亞無法看他的眼。她覺得很可恥，竟然將這種恐怖的事帶進麥克辛的人生。「他踢我，」她小聲說。「丹妮希望請醫生看看這個。」她掀起球衣，露出腰側上一塊有女性拳頭大小的紅色痕跡，顏色很明顯。

「媽的。」麥克辛的表情變得強硬，嘴唇抿成一直線。「我真該宰了那個混蛋。」他嘶聲說。他牽著她的手，回到藍色房間，一位拎著皮革大包包的老先生在等待。艾莉希亞很驚訝地發現，她之前扔在床上和地上的衣服都收拾好了。

「康威醫生，好久不見。」麥克辛和他握手。醫生有著一頭蓬亂白髮，細細唇髭搭配落腮鬍。他有雙銳利的藍眼，繫著歪歪的藍領結。「聽說你已經退休了，勞動你真是不好意思。」

「爵爺，我確實退休了，只有今天重出江湖。卡特醫生去度假了。你看起來很健康，真是令我欣慰。」他一手按住麥克辛的肩膀，兩人交換一個眼神。

「你也是，醫生。」麥克辛回答，聲音有些沙啞，艾莉希亞猜測醫生應該是在確認麥克辛的狀況，想知道痛失兄長之後他是否安好。

「令堂可好？」

「和以前一樣。」麥克辛苦笑。

康威醫生的笑聲低沉沙啞。他轉頭看向艾莉希亞，她緊握著麥克辛的手。「妳好，孩子，恩尼斯特．康威在此效勞。」他稍稍鞠躬。

「康威醫生，這位是我的女友，艾莉希亞．迪馬契。」

麥克辛看著她，眼中滿是得意，他的視線回到醫生身上，表情變得正經。「她遭到攻擊，腰側被踢傷，歹徒已經被逮捕了。坎貝爾小姐認為最好請醫生來檢查一下。」

坎貝爾小姐？

「丹妮。」他回答她沒有說出口的問題，捏捏她的手。「我先出去。」他說。

「不，拜託不要走。」艾莉希亞脫口道。她不想單獨和這個陌生男人在一起。

麥克辛點頭表示理解。「沒問題，妳要我留下我就留下。」他坐在藍色單人小沙發上，伸直一雙長腿。艾莉希亞安心了，轉頭看著醫生，他的表情很嚴肅。「遭到攻擊？」

艾莉希亞點點頭，因為難為情而臉紅。

「可以讓我看一下嗎？」康威醫生說。

「好。」

「請坐下。」

醫生溫和有耐心。他先問了一些問題，然後請她掀起上衣，他一邊檢查一邊閒聊。他和氣的態度讓她放鬆，醫生告訴她，麥克辛和他哥哥、妹妹都是他接生的，艾莉希亞看了麥克辛一眼，他對她微笑給予安撫。

她的心漲得滿滿。

麥克辛先生愛她。

她也對他微笑。

他笑得更開懷了。

醫生按按艾莉希亞的腹部與肋骨，打破她與麥克辛的神奇交流。康威醫生的觸碰讓她流露痛楚。

「沒有永久性的損傷。妳運氣不錯，肋骨沒有裂，最近多休息就好。如果會痛就服用普洛芬止痛藥，坎貝爾小姐應該有。」康威醫生輕拍她的手臂。「沒有大礙。」他說。

「謝謝。」艾莉希亞說。

「我想拍一下瘀血的部位，警方可能需要照片做紀錄。」

「什麼？」艾莉希亞瞪大了眼。

「好主意。」麥克辛說。

「崔夫希克爵爺，可以請你幫忙嗎？」他將手機交給麥克辛。「只拍瘀血的部位就好。」

「親愛的，我只拍瘀血，不會照到其他地方。」

她點頭，再次掀起上衣，麥克辛迅速拍了幾張照片。

「好了。」他將手機交還給老醫生。

「謝謝。」康威醫生回答。

麥克辛似乎終於安心了，說：「醫生，我送你出去。」

艾莉希亞急忙站起來拉著麥克辛的手，他微笑低頭看她，與她十指交扣。「我們一起送你。」麥克辛指指門口，他們跟著康威醫生走出去。

他們目送老醫生開著老車離去。麥克辛一手摟著艾莉西亞的肩膀，她窩在他身邊，感覺……好自然。他們在大宅前門的寬敞門廳裡。「妳知道，妳也可以抱我。」麥克辛的語氣溫暖，給予鼓勵，她羞澀地摟住他的腰，他咧嘴一笑。「有沒有看到？我們搭配多完美。」他吻吻她的頭頂。「晚一點再帶妳參觀，現在我想先給妳看個東西。」他們轉身，艾莉希亞停下腳步，因為她看到雄踞門廳的石造壁爐上，有個大型雕刻，那是麥克辛刺在手臂上的盾徽，但圖案更加精美。兩側各有一隻雄鹿，頂端有一個騎士頭盔，更上面則是黃黑相間的渦旋圖案，中央有個裝飾雄獅圖案的皇冠。盾徽下方的卷軸圖案上寫著一句話：**Fides Vigilantia.**

「這是我的家族徽章。」麥克辛解釋。

「也是你手臂上刺青的圖案。」她問：「那句話是什麼意思？」

「那是拉丁文，意思是『忠誠誓守』。」

她一臉困惑，麥克辛聳聳肩。「那是第一代伯爵和國王查理二世的故事。走吧。」他似乎不願多說。他十分欣喜，急著想給她看一個東西，她也跟著興奮起來。從大宅深處傳來艾莉希亞之前聽過的報時鐘聲，在整棟府邸宏亮迴盪，他露齒一笑，模樣青春可愛。她還是不太敢相信他愛上她了，他才華洋溢、英俊瀟灑、善良親切、財力雄厚，此外，他再次從丹提與伊立手中救出她。

他們手牽手走過長長走廊，兩邊的牆上掛滿畫作，偶爾會出現精緻的邊桌，上面裝飾著雕像、半身像與瓷器。他們走上大樓梯，就是之前他們表白心意之處，穿過雙扇門走到另一邊。

「我覺得妳應該會喜歡。」麥克辛以誇張的動作打開一扇門，艾莉希亞走進一個大房間，牆壁裝著木鑲板，天花板的石膏雕刻非常精美。一頭的牆壁完全被書架佔據，而另一頭，從大型花格窗灑入的陽光下，矗立著一台全尺寸的平台鋼琴。

她倒抽一口氣，迅速轉頭看向麥克辛。

「請吧，盡情彈奏。」他說。

艾莉希亞雙手一拍，奔向鋼琴，她急促的腳步聲在牆壁間迴盪。

她在距離鋼琴一步的地方停下，欣賞雄偉的美。木質琴身明亮光滑，亮漆表面反射陽光；琴腳堅固，雕刻著精緻的葉子與葡萄圖案，側邊有金色鑲嵌，長春藤圖案十分細膩。她伸出一隻手指摸摸雕花裝飾，著實非常華麗。

「這台鋼琴很老了。」麥克辛說，從艾莉希亞的肩膀後面探頭看。她因為太過驚訝，沒有聽到他走過來的聲音。她不懂他為何語帶歉意。

「真是華麗，我從來沒看過這樣的鋼琴。」她低聲讚賞。

「這是美國製造的。一八七〇年代。我的高祖父娶了紐約鐵路大亨的獨生女，這台鋼琴就是她帶來的。」

「很美。音色如何？」

「試一下就知道了。來。」麥克辛迅速掀開頂蓋，用長支架撐住。「妳用不到，不過應該會喜歡。」他抬起譜架放好，鏤空雕花極為精美。「很酷吧。」

艾莉希亞崇敬地點點頭。

「坐吧，彈彈看。」

艾莉希亞給他一個喜悅的笑容，將雕刻琴凳往前拉。麥克辛走到她看不見的地方，她閉上眼集中精神，雙手放上琴鍵，品味象牙在指尖下的清涼觸感。她按下琴鍵，降D大調和弦響起，在牆上的木鑲板間迴盪，音色醇厚，有如針葉森林的深綠色，但擊弦很輕，如此古老的鋼琴難得這麼輕。她睜開眼，望著琴鍵，十分好奇這台鋼琴為何能夠歷久彌新，又是如何從美國千里迢迢來到這裡。麥克辛與他的家人一定非常惜物。她驚嘆地搖搖頭，再次將雙手放上琴鍵，她跳過暖身曲目，直接演奏她最愛的蕭邦前奏曲，前四個小節的音符在空間中舞動，化作鮮嫩翠綠——麥克辛眼眸的顏色，她繼續彈奏，顏色變得深沉幽暗，讓整個房間染上陰鬱神祕的氣氛。她沉浸在音樂中，將自己交給每個美妙的音符，音樂趕走她的焦慮與恐懼，今天早上的恐懼漸漸褪色，終於在蕭邦感人傑作的翡翠色彩中完全消散。

我沉醉地看著艾莉希亞彈奏〈雨滴〉前奏曲。她閉上眼，完全投入音樂中，表情傳達出蕭邦這首曲子所引起的思緒與感情。她的長髮流洩背部，如同烏鴉羽毛，反射著從窗戶照進來的陽光。她令人著迷，即使穿著足球衫也無損她的魅力。

音符飄揚整個房間……充滿我的心。

她愛我。

她說出口了。

我必須問清楚，為什麼她以為離開比較好，但此刻我只想用眼睛和耳朵享受她的演奏。我聽到外面傳來輕咳聲，抬起頭，發現丹妮與潔希站在門口聽，我揮手要她們進來……

我想炫耀艾莉希亞。

我的女朋友就是這麼厲害。

她們輕手輕腳進來，看著艾莉希亞，臉上滿是驚奇，我第一次聽到她演奏時應該也是這種表情。她們發現她沒用樂譜，全憑記憶演奏。

沒錯，這就是她的本事。

艾莉希亞彈完最後兩小節，音符消散在空氣中……留下癡迷的我們。她睜開眼，丹妮與潔希大聲鼓掌，我也是，她害羞地對她們微笑。

「太棒了，迪馬契小姐！非常出色。」我高聲讚美，走過去彎腰啄吻她的唇。我抬起頭時，丹妮與潔希已經不見了，像來的時候一樣無聲無息。

「謝謝你。」艾莉希亞輕聲說。

「謝什麼？」

「再一次拯救我。」

「是妳救了我。」

她蹙起眉，似乎不相信我說的話，我坐在琴凳上，與她肩並肩。「相信我，艾莉希亞，妳以各種無法估量的方式拯救了我，萬一他們抓走妳，真不知道我會做出什麼事。」我再次親吻她。

「可是我把這麼大的麻煩帶進你的人生。」

「麻煩不是妳造成的，不是妳的錯。拜託妳千萬不要那麼想。」

她抿起唇片刻，我知道她不同意我的看法，但她伸手摸摸我的下巴。

「還有這個，」她輕聲說，看了鋼琴一眼。「謝謝你。」她伸長身體吻我。「我可以繼續彈嗎？」

「盡情彈吧，隨時可以。我要去打幾通電話，週末的時候我家遭小偷。」

「不！」

「我懷疑是那兩個混帳幹的，他們已經被德文暨康瓦爾警察署逮捕拘留了。我猜他們應該是在我家發現線索，所以才能找到我們，我必須和奧利佛商量一下。」

「之前跟我講電話的那個人？」

「對，他為我工作。」

「希望他們沒有偷走太多東西。」

我一手柔撫她的臉頰。「那些東西重買就好，不像妳，無可取代。」深色眼眸對我綻放光彩，她將臉靠進我掌心，我用拇指輕撫她的下唇，不理會在下腹燃燒的烈火。

晚一點還有很多時間。

「我很快就回來。」我匆匆吻她一下，往門口走去。艾莉希亞開始彈奏十七世紀法國作曲家達昆的曲子〈布穀鳥〉，我在準備六級檢定時學過，開朗輕快的音樂伴隨我走出去。

我來到**我的**書房——不是基特的——打電話給奧利佛。我們談話的內容完全是公事，他正在處理竊盜案的後續工作；布雷克太太帶一位助理去公寓打掃；他從梅菲爾改建工地借調兩位工人過去修理公寓的門，也請了鎖匠換掉一樓大門的鎖。保全系統沒有遭到破壞，運作正常，但我們決定更換密碼。我選了基特的生年作為新密碼。奧利佛一直勸我回倫敦，有幾份樞密院文件需簽署，以便登記爵位由我繼承，並登錄貴族名冊。襲擊艾莉希亞的歹徒已經遭到逮捕拘留，我們沒必要繼續留在康瓦爾。和奧利佛講完電話之後，我打給湯姆確認瑪格達母子的狀況，我告訴他發生了綁架未遂事件。

「天殺的，真是膽大妄為。」湯姆氣急敗壞地說。「你的小姑娘呢？她還好嗎？」

「她比你我都堅強。」

「那就好。我想還是繼續護衛亞尼澤克太太和她兒子幾天，等確認警方要怎麼處理那兩個混蛋再說。」

「我也這麼想。」

「如果發生可疑的狀況，我會立刻報告。」

「謝謝。」

「你沒事吧？」

「好得很。」

湯姆大笑。「那就好，先拜啦。」我掛斷電話沒多久，手機開始震動。是卡洛琳。

煩死了，我說過下個星期會打給她。

該死——現在已經是下個星期了。

我忘記時間了。我嘆息著接聽，簡短說聲「喂」。

「終於找到你了。」她氣呼呼地說。「你到底在搞什麼鬼？」

「嗨，卡洛琳，真高興妳打來。是，謝謝，我週末過得很好。」

「麥克辛，省省你的屁話。為什麼沒有打給我？」她的聲音破碎帶啞，我知道她很難過。

「對不起，狀況有點失控，等見面再跟妳解釋。我明天或後天就會回倫敦。」

「什麼狀況？竊盜案？」

「是也不是。」

「麥克辛，為什麼不說清楚？」她輕聲說。「到底怎麼回事？」她把音量壓得更低。「我很想你。」她所說的每個字都洋溢哀傷，我覺得很過意不去。

「等見面再告訴妳，拜託。」

她吸吸鼻子，我知道她在哭。

要命。

「卡洛，拜託。」

「你保證？」

「我保證。一回倫敦馬上去找妳。」

「好吧。」

「那就先這樣。」我掛斷，不理會胃部沉重的感覺。我不知道說出這裡發生的事之後，她會有什麼反應。

其實我知道，一定會鬧得很難看。

我再次嘆息。拜艾莉希亞．迪馬契之賜，我的人生變得複雜無比，然而在這個念頭冒出的瞬間，我揚起微笑。

我心愛的人。

明天我們就可以出發回倫敦。我想親眼確認公寓受損的狀況。

有人敲門。

「請進。」

丹妮進來。「爵爺，潔希為你和艾莉希亞準備了午餐。請問要在哪裡用餐？」

「藏書室好了。謝謝妳，丹妮。」我們只有兩個人，正式餐廳太誇張，早餐室又太無趣。她喜歡書，那麼……

「如果閣下認為合適，我們只要五分鐘就能準備好。」

「太好了。」我這才意識到我有多餓。我看一眼門上的喬治王時代時鐘，發現已經兩點十五分了，滴答聲響讓我想起以前闖禍之後在這裡等爸爸發落——我很常闖禍。現在時鐘說……早就超過午餐時間了。

「對了，丹妮。」我叫住她。

「爵爺？」

「午餐之後，麻煩妳去藏身窩將我們的所有東西拿過來，全部放進我房間，包括床頭櫃上的小龍夜燈。」

「沒問題，爵爺。」她略一頷首之後離開。

我走向樓梯底端，聽到音樂。艾莉希亞在彈奏難度很高的曲子——我沒聽過，即使在這裡聽，琴聲依舊令人驚嘆。我迅速上樓，站在門邊從遠處看著她。由曲風判斷，應該是貝多芬的作品，這是我第一次聽她演奏貝多芬的曲子，是奏鳴曲嗎？音樂一下子慷慨激昂、熱情澎湃，一下子又變得平和溫柔，多麼抒情的曲子。她的演奏極為傑出，她應該在坐滿聽眾的音樂廳表演。

音樂盤旋落下結束，艾莉希亞靜靜坐著，低著頭，閉起眼。她抬起頭時，因為看到我而驚訝。

「這次的表演也一樣精彩。這是什麼曲子？」我問，信步走向她。

「貝多芬的〈暴風雨奏鳴曲〉。」

「我可以整天看著妳，聽妳彈琴。不過午餐準備好了，雖然有點晚了，但妳應該餓了吧？」

「沒錯。」她跳下琴凳，握住我伸出的手。「我喜歡這台鋼琴，它有很圓潤的……嗯……音調？」

「音調。說得沒錯。」

「這裡有好多樂器。我一開始沒發現，眼睛只有鋼琴。」

我咧嘴一笑。「是『眼中』只有鋼琴。妳真的不介意我糾正妳？」

「不會，我想學。」

「大提琴是我妹妹瑪麗安的樂器，我父親拉低音提琴，吉他是我的。那裡的爵士鼓是基特的。」

「你哥哥的？」她問。

「對。」

「他的名字好特別。」

「基特是克里斯多夫的暱稱。他打鼓的功力非常精湛。」我停在碎音鈸前，摸一下光亮的青銅表面。「爵爺打爵士，懂嗎？」我對她微笑，艾莉希亞困惑地看著我。

「我們以前常拿來開玩笑。」我搖搖頭，想起基特表演花式擊鼓的模樣。「走吧，我好餓。」

麥克辛看著她，眼中閃耀光彩，但從他前額緊繃的模樣，她看得出來他依舊哀傷心痛，思念他哥哥。

「妳已經看過音樂室了。」他們走出去，走下大樓梯，停在底端。「那邊的雙扇門進去是主客廳，不過今天我們要在藏書室用餐。」

「你有藏書室？」艾莉希亞興奮地問。

他微笑。「對，我們有不少藏書，其中有一些相當古老。」他們往廚房的方向走去，麥克辛停在走廊上的一扇門前。「我好像應該先讓妳有點心理準備，我祖父熱愛所有埃及的東西。」他打開門，站在一旁讓艾莉希亞先進去。她走了幾步就停下來，感覺好像踏進另一個世界——書本與古董的藏寶庫。每個牆面都被書架佔據，從天花板到地板全擺滿了書，每個牆角都擺著展示座或展示櫃，呈現埃及珍寶：保存木乃伊內臟的卡諾卜罈、法老雕像、人面獅身像，甚至有一座實物尺寸的石棺！

兩扇高而窄的窗戶俯瞰庭院，中間是一座華麗的大理石壁爐，火燒得很旺。壁爐架上掛著一幅歷史悠久的畫作，主題是金字塔。

「噢，老天，員工火力全開了。」麥克辛彷若自言自語地說。艾莉希亞順著他的視線看過去，壁爐前，小餐桌鋪著精美亞麻桌巾，擺上兩人份的餐具：銀刀叉、雕花水晶杯，細緻的瓷器上裝飾著小小薊花。他幫她拉開椅子。「請坐。」他對座位一頷首，艾莉希亞覺得自己好像唐尼卡．卡斯特里奧蒂——阿爾巴尼亞十五世紀民族英雄斯坎德培的夫人。她對他優雅微笑，坐在面對壁爐的位子上，麥克辛坐在桌首。

「一九二〇年代，我祖父年輕的時候，曾經與卡那封伯爵與霍華德・卡特①一起從事考古，在埃及開挖了很多陵墓，這堆古董都是他偷來的。我在想是不是該還回去。」他略微停頓。「不久之前這個難題還屬於基特。」

「這裡有好豐富的歷史。」

「確實如此，或許有點太多。這是我家族的傳承。」管理這麼歷史悠久的祖產肯定責任重大，艾莉希亞無法想像。

有人敲門，丹妮不等回應就直接進來，後面跟著一位端著托盤的年輕女子。

麥克辛拿起亞麻餐巾披在腿上，艾莉希亞有樣學樣。丹妮從托盤上拿起兩個餐盤送到他們面前，看來似乎是沙拉，有肉、酪梨和石榴子。

「手撕豬肉，豬是當地農場養的，搭配鮮蔬沙拉佐石榴子。」丹妮說。

「謝謝。」麥克辛回答，眼神疑問地看著丹妮。

「爵爺，要為兩位斟酒嗎？」

「我來就好。謝謝，丹妮。」

她略微頷首，悄悄催促年輕女子出去。

「來杯酒吧？」麥克辛拿起酒瓶研究酒標。「這瓶夏布利白酒很不錯。」

「好，麻煩你。」她看著他斟上半杯。「除了和你在一起的時候，我從來沒有被……服伺過。」

「服侍。」他說。「乾脆趁在這裡的時候養成習慣吧。」他對她眨眨眼。

「你在倫敦沒有員工。」

①卡那封伯爵（Lord Carnarvon，西元一八六六年～一九二三年），霍華德・卡特（Howard Carter，西元一八七四年～一九三九年），兩人皆為英國考古學和埃及學家，合作發現埃及帝王谷圖坦卡門王的陵墓。

「對，不過說不定以後會有。」他蹙一下眉，然後舉起酒杯。「敬死裡逃生。」

她舉起酒杯。「Gëzuar（乾杯），麥克辛，伯爵閣下。」

他大笑出聲。「我還不太習慣這個頭銜。吃吧，妳今天早上受驚了。」

「下午應該會好很多。」

麥克辛的眼神炙熱……艾莉希亞微笑，謹慎地嘗了一口酒。

「嗯……」這比外婆給她喝的葡萄酒好喝多了。

「妳喜歡？」麥克辛問。

她點點頭，低頭研究餐具。她面前有一整排刀叉，她不知從何選起，看了麥克辛一眼，他微笑拿起最外側的刀叉。「永遠從最外側開始，每上一道菜就換下一副刀叉。」

24

吃過午餐後，我們出了門。我牽著艾莉希亞溫暖的手，天氣清爽寒冷，太陽低垂，我們一起走下通往正面入口閘門的道路，兩旁山毛櫸夾道。簡森與希利蹦蹦跳跳跟隨，有時在後面，有時在旁邊，有時在前面，因為有機會出門而開心不已。經過今天上午的驚恐，我們兩個都很享受在午後陽光下散步的寧靜祥和時光。

「快看！」艾莉希亞驚呼，指著一群黇鹿，牠們在北側牧草原吃草。

「我們養鹿的歷史有幾百年了。」

「我們昨天看到的那隻，也是這裡養的？」

「不是，牠應該是野生的。」

「狗不會去追牠們？」

「不會。不過放牧綿羊的季節，我們會禁止狗跑去南側草原，以免牠們騷擾綿羊。」

「這裡沒有山羊？」

「沒有，我們是養牛和綿羊的民族。」

「我們是養山羊的民族。」她對我嘻嘻一笑。她穿著大衣、帽子、圍巾，但鼻頭還是凍得發紅，模樣可愛又迷人。我很難相信今天上午她差點遭到綁架。

我的女友很鎮定。

不過有件事我始終放不下，我必須問清楚。「為什麼妳想離開？為什麼不留下來跟我攤牌？」我希望她能從我的語氣聽出我有多憂慮。

「攤牌？」

「和我說清楚，跟我吵架。」我解釋。

她在一棵山毛櫸下停步，低頭看著靴子，我不知道她是否會回答。

很久很久之後，她終於說：「我很傷心。」

「我知道，對不起。我不是故意讓妳難過，我從來不想傷害妳。不過，那時候妳打算去哪裡？」

「我不知道。」她轉身看著我。「我想大概是……怎麼說來著？本能。你知道，伊立和丹提……長久以來我一直在逃跑，大概有點發瘋了。」

「我很難想像妳有多驚恐。」我做個苦臉，閉起眼感謝所有神明，讓我及時趕去救她。「不過，妳不能每次和我之間出問題就逃跑。跟我溝通，問我，什麼事都可以。我在這裡，我會聽。跟我吵架、對我大吼，我也會跟妳吵架、對妳大吼。我會誤會，妳會誤會，這些都沒關係，不過要解決我們之間的歧異，就必須溝通。」

她臉上閃過一抹焦慮。

「嘿。」我抬起她的下巴，將她拉過來。「別擔心。如果……如果妳打算和我一起生活……妳知道，就必須告訴我妳的感受。」

「和你一起生活？」她聲音低如耳語。

「嗯。」

「在哪裡？」

「這裡，還有倫敦。沒錯，我希望妳和我一起生活。」

「作為清潔工？」

我大笑著搖頭。「不，作為我的女朋友。剛才在樓梯處我說的話都是真心的，我們試試看吧。」

我屏息等待，心跳飛快。內心深處，我不知道她還有什麼選擇——但我愛她，我想要她在我身邊。結婚似乎是太大的一步，不能貿然對她提出，我不希望她再次逃跑。

老兄，這對你而言也是很大的一步！

「好。」她輕聲說。

「好？」

「好！」

我高聲歡呼，將她一把抱起來轉圈。小狗汪汪叫，搖著尾巴跳，等不及想一起玩耍，她咯咯笑著，但突然露出痛苦的神情。

糟糕。我急忙放下她。

「我弄痛妳了嗎？」

「沒有。」她說，我雙手捧著她的臉，她收斂嘻笑，眼眸閃耀愛意，甚至可能是慾望。

艾莉希亞。

我傾身吻她，原本只打算輕輕吻一下傳達愛意，沒想到變成……完全不一樣的狀況。她如同異國奇花般張開唇瓣，以火熱的激情回吻，我陶醉於她所給的一切。

她的舌頭在我口中。

她的雙手沿著我的背移動，抓住我的大衣。

今天上午所有的緊繃壓力——看到那兩個下三濫抓到她，擔心會永遠見不到她——全部消失於無形，我將所有感情與恐懼注入這個吻，我對於她依然在身邊這件事無限感激。我們終於抬起頭呼吸，兩人的氣息在寒冷的空氣中交融凝結成白霧，她抓著我的大衣領子。

簡森用鼻子推我的大腿，我不理牠，後退一些欣賞艾莉希亞恍惚的神情。「簡森好像想加入。」

她格格笑聲中帶著喘息，直接呼喚我的下體。

「我也覺得我們穿太多衣服了。」我的前額與她的相貼。

「你想脫掉嗎？」她咬著下唇。

「永遠。」

「我好熱，太熱。」她呢喃。

什麼？

我再次低頭看著她。我說那句話只是隨口搞笑，不是真的要脫。

她這麼說是什麼意思？

「噢，親愛的，妳剛經歷了恐怖的折磨。」

她聳了聳一邊肩膀，彷彿在說「那又怎樣」，然後轉開視線。

「妳想跟我說什麼？」我問。

「你應該知道。」

「妳想去床上？」

她露出大大的笑容，這對我而言已經足夠了，儘管我知道不應該，還是牽起她的手。我們笑容滿面，滿心歡喜，小跑步回到府邸，兩隻狗緊跟在後。

「這是我的房間。」麥克辛站在一旁，讓艾莉希亞先進去。這個房間很接近丹妮之前帶她去的藍色房間，只隔幾道門。

深綠色的房間裡，最顯眼的是一張華麗的四柱大床，床鋪的木質像那台鋼琴一樣打磨到無比光亮，同樣有著精美雕花。壁爐中的火搖曳光影，映在雕花上。壁爐架上掛著一幅畫，主題是府邸與周圍的鄉間風景，房間另一頭矗立著一個巨大的衣櫥，所用的木材和床鋪一模一樣。每面牆都被書架佔據，上面擺滿書籍與珍玩，但艾莉希亞的視線卻落在床頭櫃上，小龍夜燈放在那裡。

麥克辛添了幾根木柴，讓爐火燒得更旺。「很好。真高興有人想到要先來生火。」他走到她面前，指著放在床尾腳凳上的柳條籃。「我請人把妳的東西從藏身窩拿來了，希望妳不介意。」他的聲音低沉溫柔，眼眸瑩亮專注，瞳孔逐漸放大——充滿慾望。

一股酥麻沿著艾莉希亞的背脊往下竄。

「沒關係。」她輕聲說。

「妳今天很辛苦。」

「我想上床。」她想起在樓梯上的那個吻。假使她夠勇敢，一定會當場脫掉他的衣服。

他輕撫她的臉。「說不定妳還沒有從震撼中恢復。」

「沒錯，」她低喃。「聽到你說愛我，實在太震撼了。」

「我全心全意愛著妳，」麥克辛真誠地說，接著他笑了笑，一手摟住她。「這個也是。」他的下半身往前一頂，讓她的臀部感覺到他的勃起。他的眼眸鮮活，閃著情慾幽默，她回以微笑，下腹點燃烈火。她一直很想摸他——畢竟他摸遍了她全身上下，用雙手……嘴唇……舌頭，一如他承諾過的。她的視線移到他的唇，他的嘴技術老練、性感誘人，她下腹的烈火更加炙熱。

「妳想要什麼，美人？」他用指背撫摸她的臉，雙眼烙燒她的靈魂。自從他說愛她，她就一直想要他。

「我想要你。」她的聲音低得幾乎聽不見。

他低吟。「妳總是令我驚喜。」

「你喜歡驚喜嗎？」

「妳給的，我非常喜歡。」

艾莉希亞拉扯他的白襯衫，將衣襬從牛仔褲裡拉出來。「妳想幫我脫衣服？」麥克辛的聲音很沙啞，彷彿忘記呼吸。

她從睫毛下偷覷他。「對。」她可以做到。她鼓起勇氣，手指在顫抖，她解開他襯衫最下面的鈕釦，抬起視線看向他。

「繼續。」他勸誘，語氣溫柔誘人。

艾莉希亞聽到他聲音中滿滿的興奮，讓她的慾望更加旺盛。她解開倒數第二個，露出牛仔褲的鈕釦，體毛的線條指向他精瘦的腹部。下一個鈕釦露出他的肚臍與結實腹肌，此時麥克辛的呼吸變了，變得粗重、急促。他的呼吸聲令她受到鼓舞，她迅速解開剩餘的鈕釦，最後襯衫終於敞開鬆垂，露出被太陽曬黑的胸膛。她好想傾靠向前，將唇貼在他的肌膚上。

「現在呢，艾莉希亞？」他在等。「妳想做什麼都可以。」他說，給她行動的勇氣。她靠向前，嘴唇貼上他溫暖的胸膛，他的心臟在肌膚下怦怦跳動。

我等不及想碰她，但必須忍耐。這是我們第一次歡愛以來，她最大膽的表現。我的身體亢奮到極限，她清純的觸摸怎會勾起如此強大的情慾？她令我狂野。她將襯衫從我的肩膀上褪下，拉到手肘上，我送上手腕。「袖釦。」

她對我嫣然一笑，輪流解開它們，然後將襯衫脫下，披掛在壁爐前的單人沙發上。

「現在妳想做什麼？」他說。搖曳火光照亮他健美精壯的身體，艾莉希亞後退欣賞。他頭髮中夾雜的金絲閃耀，眼眸晶瑩翠綠，那雙眼看著她，充滿暗示的凝視。

他的眼神令她更加大膽，伸手拉起下襬脫掉毛衣，然後再將足球衫從頭上脫掉，甩頭讓長髮披垂，但她的勇氣在最後一分鐘耗盡，她遲疑了，將上衣抱在胸前，麥克辛上前一步，輕輕自她懷中取走。「妳很美，我喜歡看妳。妳不需要這個。」他將上衣一拋，落在他的襯衫上，接著拉起她一束髮絲纏在手指上，舉到唇前吻了一下。「妳好勇敢，在許多方面。我愛上妳了，整個妳，瘋狂、激烈地愛著妳。」他的話令她的血液發燙，他輕扯一下那束髮絲，將她拉進懷中。他抬起她的頭，激情熱吻，彷彿賭上性命。「今天我很可能會失去妳。」他輕聲低語。

他溫暖的肌膚與她相貼，她體內的慾望更加燃燒。她想要他，整個他。她貪婪地親吻他，舌頭與他的交纏。她的雙手按在他腦後，將他拉近，她的唇移動到他的下顎、喉嚨，雙手沿著他的身體游移到牛仔褲褲頭。

她想摸他，全身每一吋，但她停頓，不知道該怎麼做。麥克辛溫柔輕捏她的下巴。「艾莉希亞，」他粗聲在她耳邊說。「我想要妳摸我。」他聲音裡的慾求令她亢奮。

「我想摸。」

他用牙齒磨蹭她的耳垂。

「啊……」她嚶嚀出聲，腹部深處的肌肉收縮。

「解開我的牛仔褲。」他在她的頸子上印下一串翩翩點吻。她的手指急忙移到他的褲腰，輕觸他的堅挺，繼而停住。他的身體太奧妙，她以非常大膽的動作，一手放在他的勃起上。

「噢，老天。」他低語。

她的手指怯怯地描畫著他隆起的輪廓。

他猛地吸一口氣，她停止。「我弄痛你了嗎？」

「不、不、不，很棒，真的。」他快喘不過氣了。「真的很棒，別停。」

她開心一笑，感覺更有自信。她以靈活的手指解開他的牛仔褲鈕釦，他一動也不動地站著，讓她解開拉鍊。

我做個深呼吸，她將會讓我雄風盡失。她的喜悅充滿感染力，我很高興她終於找到勇氣脫我的衣服。在火光下，她的肌膚光澤明亮，髮間閃耀深紅與深藍。我想將她扔在床上，輕鬆甜蜜地與她歡愛，但我必須放慢速度，讓她以自己的腳步開發。她解開我的拉鍊，感覺稍微不那麼侷促不安了，她甚至忘記她沒有穿胸罩。她的酥胸美麗飽滿，我想輪流崇拜，讓她的乳尖挺立，讓她在我身下扭動，但我控制住自己，強忍呻吟。她將牛仔褲拉下我的腿，我跨出去，現在我只穿著內褲站在她面前。

「輪到妳了。」我輕聲說，迅速解開她的拉鍊，脫掉她的牛仔褲，她跨出來，我溫柔捧住她的臉親吻她。「很冷，我們去床上吧。」

「好。」她鑽進被窩，雙眼注視著我。

「噢——床好冰！」她尖叫。

「我們來弄暖吧。」

艾莉希亞的視線落在他內褲被撐起的地方。

他露齒一笑。「怎麼了？」他問。

她臉紅了。

「怎麼了？」麥克辛堅持追問。

「脫掉。」

「我的內褲？」麥克辛唇角斜勾。

「對。」

他壞壞笑了一下——脫下一隻襪子，然後換另一隻。「好了！」

「我說的不是這個啦。」她咯咯笑，沒想到他竟這麼孩子氣。他大笑出聲，一把扯下內褲，釋放出勃起——然後將內褲扔向她。

「喂！」她好笑地驚叫，拍開內褲，他跳上床，落在她身邊。

「吼……過去點。」麥克辛在被單下窩在她身邊，一手將她摟住拉過去。「我想抱妳一下，我不敢相信今天差點失去妳。」他在她的頭髮上溫柔一吻，捏捏她的大腿。她看到他閉起眼睛——彷彿在承受疼痛。

「可是你沒有失去我，我在這裡。為了留在你身邊，我會奮戰到底。」她低喃。

「他們會傷害妳。」

他突然坐起身，拉起她的手臂，檢查她腰側的瘀血，表情變得嚴肅。「看看他們把妳打成這樣。」他因為擔憂而遲疑。

「沒關係。」她經歷過更慘的……

「不然我們單純睡覺好了。」麥克辛神情猶豫。

「什麼？不要。」

「我想還是——」

「麥克辛！不要想。」

「艾莉希亞——」

她舉起手指按住他的唇。「拜託……」她說。

「噢，寶貝。」他牽起她的手，親吻每個指節，而後彎腰，在她的瘀血外圍印上一圈溫柔細吻。

她的指尖找到他的髮絲用力一扯，讓他抬起頭看她。

「會痛嗎？」

「不，」她急忙說。「我想要。我要你。」他嘆息著將嘴移到她的乳房與乳尖，一路挑逗吸吮。她低低嬌吟，在他身體下面扭動，他的撫摸與嘴唇帶來歡愉，讓她閉上眼臣服。她的手指陷入他的背，感覺到他的勃起抵著她的臀部。她渴望探索他的身體，每一處。

他抬頭看向她。「怎麼了？」

「我……我……」她臉紅。

「告訴我。」

她睜開一隻眼睛偷看他。

「妳快逼瘋我了。到底怎麼回事？」

「我想摸你。」她說，雙手摀住臉。

她從指縫間偷看，看到麥克辛的眼神變得溫柔——她似乎發現一絲笑意。他在她身邊躺下。「我任由妳發落，」他說。她用一邊手肘撐起上身，他們彼此凝望。「妳好可人。」他低喃。

她撫摸他的臉頰，享受鬍碴粗粗的觸感。

「來，我幫妳……」他握住她一隻手，在掌心印下一吻，拉著她的手移動到胸膛，她張開手貼著他的肌膚，感受他的體溫。他張嘴倒吸口氣。「我喜歡妳摸我。」

她得到鼓舞，手往下移，指尖輕搔他胸前散佈的細毛。她掠過他一側的乳尖，在她的觸碰下挺立。

「噢。」她開心嘆息。

「噢。」他回應的聲音粗嗄，眼睫低垂，眼眸變成深沉的苔蘚綠。他像老鷹般盯著她，她咬著上唇，他低吟出聲。「別停。」他輕聲低語。她感覺更加放縱，因為能使他亢奮而欣喜，她的手繼續往下游移，撫摸他光滑的肌膚，經過凹凸起伏的腹肌。她的撫摸令他全身緊繃，呼吸加速。她抵達毛髮邊緣，只要沿著這條線前進就能前往終點，但她的勇氣又消退了。

「來。」他拉起她的手握住他的勃起，她倒吸一口氣，同時感到震撼又刺激，程度不相上下。那個部位碩大、堅硬，但觸感彷彿天鵝絨。她的拇指輕撫頂端，他閉上眼睛，用力吸氣，她握緊，享受他在手中的感覺，感受他的悸動。他火熱的眼眸轉向她。「像這樣。」他輕聲說，引導她的手，緩緩往下移，然後重新往上。

我從不曾遇到必須教女方怎麼做的狀況，這很可能是我這輩子做過最情色的事。艾莉希亞皺著眉頭集中精神，但眸中點亮敬畏與慾望，她的唇微張，手上下移動，終於抓到節奏，讓我舒服得快發狂。她舔舔唇，我想在她手中高潮。

「艾莉希亞，夠了，我快不行了。」

她立刻鬆開手，彷彿被燙到一樣，我很後悔，早知道閉嘴就好。我想撲倒她、進入她——但不可以，因為那塊可惡的瘀血，我不想弄痛她。她自行解決了我的難題，爬到我身上，找到我的唇熱吻，舌頭伸進我口中，品嘗我。她的長髮如同華麗的簾幕垂落我們周圍，一瞬間，我們在火光中互相凝視，深濃的棕色眼眸對上綠色眼眸。她令人迷醉，主動積極且性感嫵媚。她在我身邊。

她彎腰再次吻我，我伸手拿起放在床頭櫃的保險套。

「來。」我給她看保險套，一時間，我還以為她會拿過去幫我戴上——但她只是不知所措地看著我。「下去一點。我教妳怎麼弄。」我撕開包裝，拿出套子，捏住尾端，迅速套上迫不及待的堅挺。

「好了，完成。現在只要脫掉妳的內褲就好了。」

她大笑，我翻身將她壓在床上，雙手拇指勾住她的粉紅內褲——那件粉紅內褲。我將內褲拉下她的修長雙腿，往地上扔，我跪在她的雙腿間，往後坐，將她拉到我的腿上，一手摟住她的腰，小心不碰到瘀血。「這樣可以嗎？」她雙手抓著我的肩膀，我舉起她，將她放在我脹大到極限的昂揚上。我在等她回答，她傾前，熱切吻上我的唇，我認為這表示可以，於是緩慢地……該死，如此緩慢地……

將她往下放在我身上。她含著我的下唇，有一瞬我還以為她會咬下去。

我完全進入後，她倒吸一口氣，放開我的嘴唇。

「可以嗎？」我喘息著詢問。

「嗯。」她點頭，非常熱切。她再次抓住我的頭髮，用力一扯，將我拉過去親吻。她非常狂熱，幾乎要吃掉我；飢渴，像之前在樓梯上那樣激情地吻我。我不知道是因為之前發生的事情，還是因為我說愛她，總之她有如烈火。她上下擺動，一次又一次，佔有我……佔有我……

醉人，火辣，但太狂野，這樣我很快就撐不住了！

「嘿。」我抱緊她，讓她停止，將落在她臉上的頭髮往後撥。「慢點，寶貝，慢點。我們有整個傍晚和整個夜晚，還有明天，也還有後天。」恍惚深眸對我眨了眨，我心中漲滿令人迷醉的嶄新感受，將我徹底吞噬。「有我在。」我低語。「我愛妳。」

「麥克辛，」她喘息，傾前再次吻我，雙手交握環抱我的脖頸。她重新開始動作，比較緩慢，讓我能夠細細品味她，一吋，一吋，更穩定……更輕鬆……簡直是天堂。

要命。她抬起，落下，抬起，落下，帶著我一起……越攀越高，終於，她定住，在吶喊中高潮。她抬頭張嘴發出嬌喊，讓我隨之崩潰解放。

「噢，艾莉希亞……！」

我們一動也不動地安靜躺著，彼此相對，沒有言語，只有凝視。眼睛。鼻子。面頰。嘴唇。臉龐。我們癡癡相望，吸納對方。唯一的光線來自於搖曳的爐火，我只聽到木柴燃燒發出的爆裂聲響，以及漸漸平復的心跳聲。艾莉希亞舉起手，用指尖描著我的唇。「我愛你，麥克辛。」

我靠過去再次親吻她，她抬起身體迎接，我們再次甜蜜歡愛。

我們在我的臥房裡用床單充當帳棚，窩在兩人小天地裡。我們兩個盤坐，膝蓋碰在一起，眼睛專注看著對方，小龍夜燈和我們一起躲在祕密藏身處，為我們提供照明。

她在說話，說了又說。

我聆聽。

她一絲不掛，長髮垂落披散到腰間為她遮羞，她說明她如何學習彈奏新曲目。

「一開始，我會讀譜，看音樂的顏色。顏色會……怎麼說？配合音調。」

「每個音調都有各自的顏色？」

「對。降D大調是綠色，像針葉林，庫克斯的森林。〈雨滴〉前奏曲全都是綠色，但隨著曲子變化會有深淺差異。其他音調都有不同的顏色，有時候一首曲子有很多顏色，例如拉赫曼尼諾夫那首協奏曲。顏色會……呃……印在我腦海裡，這樣我就記住了。」她聳聳肩，淘氣地笑了笑。「很長一段時間，我以為每個人都能看到音樂的顏色。」

「如果我們有這麼幸運就好了。」我用一隻手指輕撫她柔嫩的臉頰。「妳很特別，對我而言非常特別。」

她的臉冒出可愛的粉紅色。

「妳最喜歡哪個作曲家？巴哈？」我問。

「巴哈。」她無比崇敬地低聲說出他的名字。「他的音樂實在……」她揮舞雙手尋找靈感，盡可能捕捉她想傳達的偉大，她閉起眼，彷彿體驗宗教狂喜……

「令人讚嘆？」我提出。

她大笑。「對。」她恢復正經，垂下睫毛，偷覷我一眼。「不過我最喜歡的作曲家是你。」

我倒吸一口氣。我不習慣聽到她的讚美。

「我寫的曲子？哇，妳太抬舉我了。妳看到什麼顏色？」

「那首曲子悲傷憂鬱，所以是藍色和灰色。」

「很適合。」我喃喃，心思轉向基特。她伸手輕撫我的臉頰，將我拉回她身邊。

「我在你家看過你彈奏，我應該要打掃才對，但我忍不住想看、想聽。那首曲子很美。」她的聲音變得無比輕柔，以幾乎聽不見的音量呢喃。「那時候我覺得更愛你了……」

「真的？」

她點點頭，那句話讓我的心漲滿愛意。

「真希望那時候我知道妳在聽。妳喜歡真是太好了，在藏身窩的時候，妳彈奏得很美。」

「我很愛那首曲子，你很有作曲的才華。」

我拉起她的手，在掌心描繪圖案。「妳的琴藝非常出色。」

她露出笑容，同時羞紅了臉。

她應該更習慣稱讚。

「妳才華洋溢，美麗動人，勇敢堅毅。」我的手指撫摸她的臉，將她拉過來覆上她的唇。在床單下，我們在熱吻中遺忘自己。艾莉希亞為了呼吸而放開我時，她看著我的眼神再次充滿渴望。「我們……要不要……再做一次？」她往前，嘴唇貼上我的胸膛，心臟上方的位置。

噢，老天。

艾莉希亞橫躺在我身上，頭枕著我的胸口，手指在我的腹部輕敲出旋律。我不知道是什麼曲子——但我喜歡。我打內線去廚房。「丹妮，麻煩送晚餐來我房間。可以幫我們準備三明治和一瓶紅酒嗎？」

「沒問題，爵爺。牛肉好嗎？」

「好。酒要法國的歐布里雍堡。」

「我會把托盤放在門外，爵爺。」

「謝謝。」她喜孜孜的語氣令我不禁莞爾，我掛斷電話。我不清楚原因，但丹妮知道艾莉希亞和其他女人不同，我以前也帶女人來過府邸，但丹妮從來沒有表現得像今天這麼殷勤。她一定看出我戀愛了，神魂顛倒，渾然忘我，全心全意，毫無保留地深深愛著她。

「你們有房子裡的電話？」艾莉希亞抬頭看著我。

「房子太大。」我笑著說。

她大笑。「沒錯。」她看一眼窗戶，外面一片漆黑。現在幾點？七點？十點？我完全忘記了時間。

艾莉希亞蜷起身體窩在面對壁爐的單人沙發中，裹著一條綠色披毯，享用烤牛肉沙拉三明治配紅酒。她的長髮絕美披散，經過肩頭落在腰間，她光彩照人，如此可愛，屬於我。

我拿起一根柴丟進火堆，坐在她對面的椅子上，喝一口美味的紅酒。自從基特過世後，我很久沒有感受到這麼深刻的平靜……事實上，印象中似乎從來沒有這樣過。

麥克辛放下酒杯，拿起三明治。他的模樣極度英俊，凌亂頭髮，滿臉鬍碴，壞壞綠眸在火光中閃著慾望與愛意。他穿著那件大大的米色毛衣和膝蓋有破洞的黑色牛仔褲，她偷看露出的肌膚……艾莉希亞品賞他的模樣。

「開心嗎？」他問。

「嗯，很……非常。」

他露齒一笑。「我也一樣，我好像沒有這麼開心過。我知道妳想留在這裡，我也是，但我認為明天應該回倫敦了，如果妳願意。我有些事要處理。」

「好。」艾莉希亞咬著唇。

「怎麼了?」

「我喜歡康瓦爾。這裡不像倫敦那麼繁忙,沒那麼擁擠,沒那麼吵雜。」

「我知道,但我得回倫敦確認公寓的狀況。」

艾莉希亞端詳酒杯。「回歸現實。」她輕聲說。

「嘿,不會有事。」

她呆望爐火,看著一根柴火噴出火星落在壁爐中。

「親愛的,怎麼了?」麥克辛關切詢問。

「我……我想工作。」

「工作?做什麼?」

「不知道。打掃?」

他皺起眉頭。「艾莉希亞,我覺得這樣不好,妳再也不需要打掃了。妳很有天分。妳真的想做?我們應該幫妳找個比較有趣的工作,而且必須讓妳能合法在這裡工作。我會想辦法,我認識能幫忙的人。」他的笑容真誠,給她鼓勵。

「但……我想自己賺錢。」

「我懂。不過,萬一妳被抓到非法打工,會被遣送回國。」

「我不想回去!」艾莉希亞心跳加速。她不能回去。

「我也不希望妳回去。」麥克辛安撫她。「別擔心,我們會想辦法解決,說不定以後妳可以從事音樂相關的工作。」

她端詳他。「我會變成你包養的女人。」她的語氣相當低落,她極力想避免這樣的結果。

他的笑容很惆悵。「只有這段時間,等妳可以合法工作就不會了,就當作財富重新分配吧。」

「崔夫希克爵爺，您還真是有社會主義精神呀。」她揶揄。

「誰想得到呢？」他舉杯對她敬酒。她同樣舉杯，喝了一口酒，一個主意在腦中成形，但他會同意嗎？

「怎麼了？」他問。

艾莉希亞深吸一口氣。「我幫你打掃，你付我錢。」

麥克辛蹙眉，十分錯愕。「艾莉希亞，妳不需要——」

「拜託，我想做。」她望著他，默默求他同意。

「艾莉希——」

「拜託。」

他萬分無奈地翻個白眼。「好吧，既然妳想，那就這樣吧。不過，有一個條件。」

「什麼？」

「可以不要穿罩袍、包頭巾嗎？」

「我考慮考慮。」她得意一笑，感覺心情輕快多了。

他大笑，她鬆了一口氣。他手下的人解決她的移民問題時，她至少有事可做。

一股暖意擴散全身，她沒想過人生會走到這一步，她竟然身在這棟富麗堂皇的古老大宅裡，身邊有個英俊溫柔又善良的男人。當然，她做過這樣的夢——只是隱隱約約，但她認為不可能成真。

離開阿爾巴尼亞等於挑戰命運，風險非常大，而命運也不肯輕易放手。

然而她的「先生」介入改變一切，現在她在這裡，在他身邊。

安全無虞。

他愛他，她愛他。她面前有無盡的未來，充滿無限可能，或許，經過這麼長的時間，幸運女神終於對她露出和善微笑了。

25

野獸哀嚎般的聲音打亂我的夢境，讓我瞬間醒來。

在小龍的燈光下，我看到她睡在我身邊，但完全一動也不動，雙手握拳放在下巴底端，有如因為天災而石化的塑像。她張嘴再次尖叫，那聲音非常詭異陰森，我用手肘撐起上身，輕輕搖醒她。

「艾莉希亞，親愛的，快醒醒。」

她的眼睛突地睜開，眼神狂亂地看看四周，立刻開始抗拒我。

「艾莉希亞，是我，麥克辛。」我抓住她的雙手，以免她弄傷自己或我。

「麥……麥……麥克辛。」她停止掙扎。

「妳做惡夢了。我在這裡，有我在。」我將她攬入懷中，拉到我身上，親吻她的頭頂。她在發抖。

「我……我以為……我以為……」她結巴。

「沒事了，只是惡夢，妳很安全。」我抱著她，溫柔撫摸她的背，希望能帶走她所有的恐懼與痛苦。她依然顫抖，不過似乎平靜下來了，未久，她重新入睡。

我閉上眼，一手探入她髮間，一手按著她的背，享受她的體重與肌膚相貼的感覺。這會變成我的習慣。

艾莉希亞在灰亮晨光中醒來。她窩在麥克辛的手臂下，一手張開按著他的下腹。他睡得很熟，臉轉向她，頭髮凌亂，嘴唇微張，他的臉頰與下顎滿是鬍碴。他的表情放鬆，令人難以抗拒。她在他身邊伸個懶腰，享受肌肉伸展的感覺。她的腰側有點痠痛，瘀血依然一碰就疼，但她感覺……很好。

不，不只是好而已。

滿懷希望。寧靜沉著。充滿力量。安全無虞。

因為這個好得沒話說的男人躺在她身邊。

她愛他。全心全意。

更不可思議的是，他也愛她，她幾乎無法相信。

他帶給她希望。

麥克辛動了動，眨眨眼之後睜開。

「早安。」她輕聲說。

「看到妳，我的早晨就變美好了。」他眼眸閃動淘氣光彩。「妳好漂亮。睡得好嗎？」

「嗯。」

「妳又做惡夢了。」

「我？昨天晚上嗎？」

「妳不記得？」

艾莉希亞搖搖頭，他用指背輕撫她的臉頰。「我很高興妳不記得。妳的身體還好嗎？」

「很好。」

「很好？還是，嗯，很好？」他的語氣很撩人。

「非常好。」她笑著說。

麥克辛翻身將她壓在床墊上，往下注視著她，綠眸炙熱。「老天，我好愛在妳身邊醒來。」他呢喃，親吻她的喉嚨。她張開手臂抱住他的頸子，開心臣服於他技巧過人的吻。

「我們好像該起床出發回倫敦了。」麥克辛貼著她的下腹低聲說。艾莉希亞把玩他的頭髮，她太放鬆，無法動彈。她在品味激情暴風雨過後的平靜時刻，終於，他打斷她的白日夢。「和我一起洗澡。」他轉頭看著她，露出最燦爛的笑容。

她怎麼有辦法拒絕？

我刮鬍子的時候，艾莉希亞用毛巾擦乾頭髮。她腰側的瘀血似乎稍微消了，但顏色依然很紫，我深深感到內疚——昨晚和今早她都沒有表現出疼痛模樣。她回頭對我嫣然一笑，有如微風吹散海霧，我的內疚消散於無形。

我心中有一部分想永遠和她待在這裡，但我也等不及想離開。我不希望南卡羅警官或其他警察來府邸找艾莉希亞問話，我想讓她遠離警察。假使有必要，我會通知他，因為工作，我不得不回倫敦。離開很可惜。我享受我們逐漸培養出的親暱，她的改變也令我讚嘆。才短短幾天，她已經比之前有自信多了。她將頭髮甩到一邊，瞥我一眼，曼妙走出浴室，像剛出生時般一絲不掛，我探頭從門口張望，這景色太誘人，錯過實在可惜——她的秀髮長度幾乎到腰，隨著步伐搖曳，她停在床前，翻著放在腳凳上的柳條籃找衣服穿；她抬起頭，發現我看得目瞪口呆，便回以燦笑。我回到鏡子前，我的倒影一臉得意傻笑。她新發現的自信性感得要命。

不久，她出現在門口，靠在門框上。她穿著我買給她的衣服，我知道今天會很美好。「衣櫥底下應該有個行李袋，妳可以用來裝衣服，不然我也可以請丹妮來幫妳打包。」

「我自己來就好。」她雙手環在胸前端詳我。「我喜歡看你刮鬍子。」

「我喜歡被妳看，」我輕聲說，刮完，我轉身，啄吻她的唇，接著擦掉臉上殘餘的刮鬍泡沫。

「我們先吃早餐，然後準備上路。」

回倫敦的車程，艾莉希亞非常活潑。我們有說有笑，話題聊不完——她的笑聲感染力極強。開上M4高公路時，她搶走了音樂主控權，我們聽著拉赫曼尼諾夫，鋼琴協奏曲的第一個小節開始演奏，我想起她在藏身窩彈過這首曲子——回憶令我騷動。我看著她沉浸在音樂中，她帶我一同遨遊音樂天地，我的眼角餘光發現她跟著彈奏裝飾樂段，手指敲著想像的琴鍵。我很想再看她彈奏這首曲子，但要在音樂廳，有管弦樂團伴奏。

「妳有沒有看過『相見恨晚』①這部電影？」

「沒有。」

「那是英國經典老片，導演用這首曲子貫穿整部電影，非常酷。我媽很喜歡。」

「我很想看，我喜歡這首曲子。」

「妳彈得非常好。」

「謝謝。」她給我一個羞澀微笑。「她是怎樣的人？」

「我媽？她……很有事業心，聰明風趣，不太有母性。」這句話一出口，我覺得自己很不孝，但老實說，我們小時候蘿薇娜似乎覺得我們很無趣或很麻煩，她很樂意將我們交給眾多保母，不然就送去寄宿學校。直到我父親過世，她才對我們稍微多點關心。

不過她總是非常關注基特。

「噢。」艾莉希亞說。

---

① 相見恨晚（Brief Encounter），一九四五年推出的英國電影，由知名導演大衛連執導。說的是一對各自有配偶的男女，在火車站偶遇而發展出一段戀情，卻因都已婚而無法在一起。

「我和我媽的關係有點……緊張。大概是因為她拋棄我爸之後，我從來沒有原諒她。」

「她拋棄他？」她似乎非常震驚。

「她拋棄了我們全家。當時我十二歲。」

「真遺憾。」

「她有了年輕新歡——我爸傷心欲絕。」

「噢。」

「沒關係，已經是陳年往事了，我們現在處於尷尬的停戰狀態。唉，自從基特過世之後就這樣了。」談起這件事讓我鬱悶。拉赫曼尼諾夫結束之後，我提出要求：「換首曲子吧，開朗一點的。」

她微笑，捲動音樂列表。「〈Melody〉？」

「滾石樂團？好啊，放那首。」她點選，倒數開始：二、一，二、三，藍調鋼琴開始演奏。艾莉希亞綻放笑容，她喜歡，老天，我有好多音樂想和她分享。

路上車不多，一路順暢。我們高速通過斯文敦交流道，再開八十英里就能回到切爾西，但我必須停車加油，於是我開下閘道，前往門伯瑞休息站。艾莉希亞的姿態突然變了，她一手抓住門把，大眼擔憂地看著我。

「我知道休息站讓妳很焦慮。我們加好油馬上走，好嗎？」我伸手捏捏她的膝蓋讓她安心，她點頭，但似乎不太相信。我把車停在加油機前，我加油的時候，她下車站在我身邊。「妳來陪我？」

她點點頭，不停左右輪流跺腳取暖，她呼出的氣形成白色薄霧圍繞她身邊。她環視四周，鎖定一輛停好的卡車，她提高警覺，留意風吹草動。看到她這樣讓我很心痛，尤其今天早上她明明很輕鬆。

「妳知道的吧？妳現在很平安，他們已經被警察抓走了。」我安撫她，這時油錶停了，發出很大的金屬聲響，我們兩個都嚇一跳。油箱滿了。「我們去付錢吧。」我將油槍掛回勾子上，摟住她的肩膀，我們往商店走去，她順從地走在我身邊。

「妳沒事吧？」我們在排隊，她全身釋放出焦慮，驚慌地看著店裡每個人。

「那是我媽的主意，」她脫口道，速度很快，音量很小。「她以為這樣能救我。」我花了幾秒才領悟到她在說什麼。

要命，她現在要說**那個故事**？一波戰慄竄過我的背脊。為什麼偏偏選這個時候？我得付汽油錢。「等一下再繼續說。」我舉起食指，將信用卡交給店員。他的視線飄向艾莉希亞，一連好幾次。

小鬼，少不自量力了。

「請輸入密碼。」他說，對艾莉希亞微笑，她連看都不看他。她望著加油機，確認外面有什麼人。

結帳完畢，我牽起她的手。「我們去車上慢慢聊，好嗎？」

她點頭。

我們上車，我很納悶為什麼每次她都選在休息站和停車場吐露過往。我駛出加油站，停在面向樹林的地方，引擎怠速。「好了。妳還想說嗎？」

艾莉希亞望著我們前方光禿禿的樹，點了點頭。「我的未婚夫，他很暴力。有一天……」她欲言又止。

我的心往下沉。我最怕的就是這個。

那個混蛋對她做了什麼？

「他不喜歡我彈鋼琴。他不喜歡我……嗯……受到矚目。」

這下我更討厭他了。

「他很生氣，他不准我再彈琴……」

艾莉希亞的聲音細若蚊鳴。「他打我，想折斷我的手指。」

「什麼？」

我握緊方向盤。

她低頭看著雙手，那雙珍貴的手。她一手捧著另一隻手，溫柔地握住。

那個該死的王八蛋對她動粗。

「我不得不逃跑。」

「可想而知。」

我必須觸摸她，讓她知道我在她身邊，我一隻手掌握住她的雙手，輕輕一捏。我很想乾脆把她拉過來，讓她坐在腿上，衝動幾乎難以抑制，但我還是忍住了。她必須說出來，她徬徨地看了我一眼，我放開手。「我坐上一輛小巴，到了斯庫台①，我們被趕上大卡車。丹提與伊立在那裡，還有其他五個女生，其中一個只有……不對，才十七歲。」

我倒抽一口氣，非常驚愕。**那麼小。**

「她的名字叫布蕾莉安娜。在卡車上，我們聊了很多，她也來自阿爾巴尼亞北方，家住在費爾澤。我們成為朋友，計劃要一起找工作。」她停頓——迷失在恐怖的往事裡，也可能是擔心朋友的遭遇。

「他們拿走我們所有的東西，除了身上穿的衣服和鞋子。卡車後面有個水桶，讓我們……你知道。」她越說越小聲。

「太可怕了。」

「對，很臭。」她顫抖起來。「我們只拿到一瓶水，一人一瓶。」她的腿開始發抖，臉色慘白——我想起第一次見面時她的模樣。

「沒事了，有我在，我會保護妳。我想知道。」

她轉過頭，流露痛苦的深色眼眸看著我。「真的？」

「對。如果妳願意說。」

她的視線在我臉上移動，細細觀察我，令我無所遁形，就像在我家門廳第一次見面時那樣。

為什麼我想知道？

因為我愛她。

因為過往的所有經歷造就了現在的她，很遺憾，這也是其中一部分。

她做個深呼吸，接著講下去：「我們在卡車上待了三天，也可能是四天，我不確定多久。卡車停下來，準備開上……那叫什麼？……渡船，能載車輛和卡車的那種。他們給我們麵包，還有黑色塑膠袋，用來戴在頭上。」

「什麼？」

「為了應付移民檢查。他們會測量，呃……dioksidian e karbonit？」她拚命想那個詞。

「二氧化碳？」

「對，就是那個。」

「車廂裡的？」

她聳聳肩。「我不知道，不過如果濃度太高，執法單位就會知道卡車裡有人。他們會測量，我不知道他們怎麼做。卡車開上渡船。船上很吵，非常吵。引擎聲。其他卡車……卡車裡很黑。我頭上戴著塑膠袋。然後車停了，引擎熄火，我們只能聽見金屬和輪胎發出的聲響。風浪很大，船搖得很厲害，我們全部躺下。」她舉起手找到脖子上的小十字架把玩。「很難呼吸，我以為我會死。」我的喉嚨哽住，聲音沙啞。「難怪妳怕黑，那時候一定很恐怖。」

---

① 斯庫台（Shkodër），位於阿爾巴尼亞西北部，斯庫台州的都市。是阿爾巴尼亞最具歷史的城市之一，同時也是阿爾巴尼亞北部文化及經濟的中心。

「一個女孩吐了，因為那個味道。」她停下來，乾嘔了幾下。

「艾莉希亞……」

但她接著講下去，似乎停不下來。「卡車開上渡輪之前，我們在吃麵包的時候，我聽到丹提說英文——他不曉得我聽得懂，他說我們會在床上賺大錢，於是我知道他們打算怎麼處置我們。」

怒火瞬間引爆，沿著我的血液燃燒。我很後悔，之前明明有機會宰了那個混蛋，聽簡金斯的建議處理掉屍體。我從來沒有像這一刻覺得自己這麼沒用。艾莉希亞垂下頭，我用指尖輕輕抬起她的下巴。「我很遺憾。」

她轉頭面對我，眸中閃動火光，映在我眼中，那並非悲傷，亦非自憐——她很憤怒，真正的憤怒。「我之前就聽過傳聞，我們鎮和隔壁村莊都有少女失蹤，科索沃也是。坐上那輛小巴的時候，我隱約想到這件事——但人總是有僥倖心理。」她吞嚥一下，在憤怒之下，我看出她眼眸中的懊惱。她覺得自己很傻。

「艾莉希亞，這不是妳的錯，也不是妳媽媽的錯。她是好意。」

「沒錯，我也確實逃離了。」

「我懂。」

「我告訴其他女生丹提說了什麼，其中三個相信我。布蕾莉安娜，她相信我。等到一有機會逃跑，我們立刻把握，拚命地跑。我不知道其他人有沒有成功，我不知道布蕾莉安娜有沒有逃脫。」她的語氣帶著一絲歉疚。「我有瑪格達的地址，寫在一張紙上。這裡的人在慶祝聖誕節。我走了好幾天……應該有六、七天，我不確定，終於我找到她家。她照顧我。」

「感謝老天，幸好有瑪格達。」

「嗯。」

「妳走那段路的時候，晚上睡在哪裡？」

「我不睡覺，不會真的睡著。天氣太冷。我找到一家店，偷了一份地圖。」她垂下視線。

「我無法想像妳竟然經歷過這麼恐怖的事，我很難過。」

「沒什麼好難過的。」她對我淺淺一笑。「這些都是我認識你之前的事。現在你知道了，所有經過。」

「謝謝妳願意告訴我。」我傾身輕吻她的前額。「妳真的非常非常勇敢。」

「謝謝你願意聽。」

「我永遠願意聽，艾莉希亞，永遠。我們回家吧？」

她似乎放鬆了，對我點了點頭，我發動引擎，倒車離開停車位。我開過閘道，重新上高速公路。

「有一件事我想知道。」我回想著她剛才分享的恐怖遭遇。

「什麼事？」

「他有名字嗎？」

「誰？」

「妳的……未婚夫。」我像罵髒話一樣啐出那個詞。我恨那個人。

她搖頭。「我從來不說他的名字。」

「像佛地魔一樣。」我小聲嘀咕。

「哈利．波特？」

「妳知道哈利．波特？」

「噢，知道。我外婆——」

「讓我猜猜，她走私那套書進阿爾巴尼亞？」

艾莉希亞大笑。「沒有，她請人寄給她，瑪格達寄的。小時候我媽讀給我聽過，用英文。」

「啊，難怪妳英文這麼好，這也是部分原因。她的英文也很流利嗎？」

「媽媽？對。我爸爸……他不喜歡我們用英文交談。」

「可想而知。」聽越多關於她爸爸的事，我越討厭他，不過我沒有說出來。「換首歌好嗎？」

她瀏覽螢幕，看到RY X的時候眼睛一亮。「這是我們跳舞的歌。」

「我們的第一支舞。」回憶讓我露出微笑，感覺恍如隔世。

我們安靜下來，不說話也很自在，一起聽著音樂，她似乎沉浸在節奏中，輕輕來回擺動。她剛剛說完恐怖經歷，我很高興看到她的心情恢復平靜。

她選了另一首歌，而我默默思考。那個人，那個對她施暴的王八蛋，她的*未婚夫*，我想知道關於他的一切，這樣我才能保護她不受他傷害。我必須盡快解決艾莉希亞的居留問題——但我不知道該怎麼做，娶她或許有幫助，不過她似乎必須合法居留我才能娶她。我決定盡快聯絡拉賈。

經過梅登黑德（Maidenhead）交流道時，我傻笑了一下——這個詞有處女膜的意思，我搖搖頭，覺得自己超白癡。我在擁抱內心的十二歲小鬼。我看了艾莉希亞一眼，她似乎沒發現，很專心在思考，用手指點著嘴唇。

「他的名字叫安納托利・薩齊。」

什麼？「那個不能說出名字的人？」

「對。」

「因為沒有名字只會讓他更強大。」

「就像佛地魔？」

她點頭。

「他是做什麼的？」

「我不太清楚。我爸爸欠他一大筆債，好像是因為生意的問題，我不清楚詳情。安納托利很有權勢，很有錢。」

「是喔？」我的語氣很冷。老天保佑，希望我的銀行存款數字比他的大。

「我覺得他的事業似乎……呃……違法。是這麼說嗎？」

「對，我們就是這麼說。他是壞人。」

「黑道。」

「妳怎麼和黑道這麼有緣？」我板起臉。她笑了，那笑聲出乎意料，也令人放下戒備。「什麼事這麼好笑？」

「你的臉。」

「啊。」我笑了。「這個理由不錯。」

「我愛你的臉。」

「我本人對這張臉也感情很深。」

她再次大笑，但很快就收斂笑意。「你說得對。他不好笑。」

「沒錯。但他在很遙遠的地方，妳在這裡，他不能傷害妳。我們很快就到家了，可以再聽一次那首拉赫曼尼諾夫的協奏曲嗎？」

「當然好。」她再次捲動螢幕上的歌單。

我將捷豹 **F-Type** 跑車停在辦公室外，奧利佛出來找我，將我家的新鑰匙交給我。

「這位是我的女朋友，艾莉希亞．迪馬契。」我往後靠，奧利佛從車窗伸手進去和艾莉希亞握手。

「妳好，」他說。「很遺憾在這種狀況下見面。」他給她一個溫暖的笑容。

她回應的笑容燦爛奪目。

「經歷過那樣的驚恐，希望妳已經恢復了。」

艾莉希亞點點頭。

「謝謝你幫忙後續處理，」我說。「明天辦公室見。」他對我揮揮手，我將跑車開上馬路。

麥克辛將行李搬下車拎到電梯前。回到這裡感覺好奇怪，因為從今以後她要住在這裡了。電梯門開了，他們走進去，麥克辛放下她的行李，將她擁入懷中。「歡迎回家。」他低喃，她的心漏跳了一拍。她伸長身體親吻他，他找到她的唇，這個吻激烈纏綿，讓她忘記自己的名字。

門打開時，他們兩個都氣喘吁吁。

一位老太太站在電梯口，她戴著深色大墨鏡，一頭刺眼的紅髮，耳環和外套的顏色搭配頭髮，懷中抱著一隻像毛球般的小狗。麥克辛放開艾莉希亞。「妳好，貝克斯壯太太。」

「噢，麥克辛，真高興見到你。」她的聲音很尖。「還是說現在該用頭銜稱呼你了？」

「叫我麥克辛就好，貝太太。」他先讓艾莉希亞出去，然後幫老太太按住電梯門。「這位是我的女朋友，艾莉希亞．迪馬契。」

「幸會。」貝克斯壯太太對艾莉希亞熱情微笑，但沒有等她回答就直接繼續說下去：「看來你家大門修理好了，希望竊盜事件沒有造成太多損失。」

「都是些重買就好的東西。」

「希望他們不會又跑來。」

「警察應該已經抓到他們了。」

「很好。希望他們被判絞刑。」

絞刑？這裡有絞刑？

「好不容易雨停了，我要出門去遛赫丘力士。」

「祝你們散步愉快。」

「一定會的。也祝你們愉快！」她斜瞥了艾莉希亞一眼，她忍不住臉紅了。電梯門關上，貝克斯壯太太離去。

「從我搬來她就一直是我的鄰居。她應該有一千歲了，而且有點秀逗。」

「秀逗？」

「瘋瘋癲癲。」他解釋。「還有，千萬不要以為那隻狗長得小就很安全，牠可是個惡毒的小畜生。」

艾莉希亞微笑。「你住在這裡多久了？」

「我十九歲那年搬來的。」

「我不知道你幾歲。」

他大笑出聲。「夠老了，知道不能隨便說。」

她蹙眉，麥克辛拿出鑰匙開門。

「我二十八歲。」

艾莉希亞開懷一笑。「你好老喔。」

「老？我讓妳見識一下老人的威力！」他突然彎下腰，她吃了一驚，他一把將她扛上肩，小心不碰到瘀血的腰側。他大搖大擺進入公寓，她尖叫大笑。

保全系統發出警示音，麥克辛轉身，讓艾莉希亞面向保全面板。他告訴她新密碼，她氣喘吁吁輸入，警示音停止後，他讓她沿著他的身體正面滑落，再次抱住她。

「我很高興妳和我一起在這裡。」他說。

「我也很高興。」

他從口袋取出奧利佛之前給他的鑰匙。「給妳。」

艾莉希亞收下。鑰匙圈上有個藍色真皮吊飾，印著「安文莊園」字樣。

「打開王國大門的鑰匙。」她說。

麥克辛咧嘴一笑。「歡迎回家。」他彎腰親吻她，嘴唇誘惑著她，她嚶嚀一聲給予回應，他們迷失在彼此的激情中。

艾莉希亞尖叫著達到高潮，她的叫聲讓我的昂揚更加堅硬。她緊抓住床單，頭往後仰，小嘴微張。她在我下面扭動，我吻著她的小蒂、下腹、肚臍、上腹、胸骨，她發出輕聲嬌吟，我吻上她的小嘴，將她的吶喊吸進口中，緩緩地進入她。

我的手機震動，不用看顯示我也知道是卡洛琳。我答應過會去見她。我不理會手機，低頭看向艾莉希亞，她在我身邊半睡半醒。她在床上變得相當霸道——我喜歡，我彎腰吻了吻她的肩膀，她動了動。

「我得出門一趟。」我輕聲說。

「去哪？」

「探望大嫂。」

「噢。」

「我好幾天沒見到她了，也有點事情要跟她說明。我很快就回來。」

艾莉希亞坐起身。「好。」她望向窗外。天黑了。

「已經六點了。」我告訴她。

「我準備一點東西，等你回來一起吃？」

「如果妳找得到能煮的食材，請自便。」

她微笑。「我來煮。」

「如果找不到食材，我們就出去吃。我大概一個小時之後就會回來。」我不情不願地掀開被子下床，在艾莉希亞欣賞的注視下穿衣服。

我沒有告訴她，想到要和大嫂見面我就怕。

26

「您好，閣下。」布雷克打開崔佛衍宅邸的大門。

「嗨，布雷克。」我沒有糾正他。畢竟無論我覺得多難接受，我依然是伯爵。「崔夫希克夫人在嗎？」

「夫人應該在晨間起居室。」

「好，我自己上去。噢，對了，謝謝布雷克太太幫忙處理竊盜案後的整理工作，辛苦她了。」

「我會轉達，閣下，真是令人不快的事件。請將大衣交給我。」

「謝謝。」我脫掉大衣，他摺好掛在手臂上。

「請用要什麼飲料？」

「不用了。謝謝，布雷克。」

我跑上樓梯，左轉，做個深呼吸穩定情緒，然後打開晨間起居室的門。

艾莉希亞觀察麥克辛臥室裡的衣帽間，簡直像被炸彈炸過。抽屜、掛衣桿全都被他的衣服塞爆，沒有半點空間可以放她的衣服。她拎著行李走向客房，動手整理，將新衣服掛在小衣櫥裡。

她將盥洗包放在床上，在屋裡四處遊蕩。所有的東西都那麼熟悉，但她看待這間公寓的眼光不同了。她一直將麥克辛的家視為她工作的地方，完全不敢想像有朝一日能和他一起住在這裡。她從來沒想過能住在這麼奢華的地方。她在廚房門口轉個圈，歡天喜地、滿懷感激——幸福洋溢，這種感受珍貴且罕有。她的人生依然有很多事得解決，但長久以來第一次，她感覺充滿希望，只要麥克辛在身邊，她就覺得沒有克服不了的障礙。不知道他會不會真的只去一個小時……她想他。

她摸著門廳的牆壁，之前掛在這裡的攝影作品不見了。或許被竊賊偷走了。

鋼琴！

她衝進起居室。鋼琴還在，毫無損傷，她鬆了一口氣，打開了燈。客廳感覺十分乾淨，他收藏的唱片整整齊齊，但辦公桌上空無一物——電腦和混音器消失了。這裡也是，之前掛在牆上的攝影作品不見了。她有些不安地走向鋼琴，仔細檢查每個部分，在水晶燈照耀下，琴身平滑光亮——應該剛打過蠟。她一手放在烏木上，繞著鋼琴走一圈，撫摸流暢的弧線，到了琴鍵前，她發現他寫的譜不見了，說不定收起來了。她掀起鍵盤蓋，按下中央C：金黃音調響徹起居室，帶來誘惑與平靜……讓她找到重心。她坐在琴凳上，甩開寂寞，開始彈奏巴哈的B大調第二十三號前奏曲。

卡洛琳坐在壁爐前，望著爐火，身上裹著一條格紋披毯。我進去的時候她沒有抬頭。

「嗨。」我輕聲打招呼，幾乎被木柴燃燒的聲音蓋過。卡洛琳轉頭看向我，神情惆悵，嘴角悲傷下垂。

「噢，是你呀。」她說。

「妳在等別人嗎？」她沒有站起來迎接我，我覺得有一點不受歡迎。

她嘆息。「對不起。我只是在想如果基特還在，這個時候會在做什麼。」我的哀傷從不知名處冒出，像刺人的羊毛毯罩住我。我甩開壞心情，嚥下卡在喉嚨裡的硬塊，走到她面前，發現她哭過。

「噢，卡洛……」我低喃，蹲在她的座位旁。

「麥克辛，我是寡婦，我才二十八歲就守寡了。我的人生不該發生這種事。」

我握住她的手。「我知道。沒有人能預料到這種事，就連基特自己也一樣。」

痛苦的藍眸對上我的雙眼。「我不確定。」她說。

「什麼意思？」

她傾前，正面對著我，鬼鬼祟祟地小聲說：「我認為他是刻意尋死。」

我捏捏她的手指。「卡洛，不是這樣，不要那麼想。那只是一場不幸的意外。」我對上她的雙眼，努力擺出最真誠的表情，但老實說——我自己也有過同樣的想法，可我不能讓她知道，我也不願意相信。自殺對我們這些遺族而言更加痛苦。

「我一直回想那天的事，」她在我臉上尋找答案。「我想不通……」

唉，我也一樣。

「那只是一場意外，」我重申。「讓我坐下。」我放開她的手，癱坐在她對面的椅子上，面向爐火。

「你想喝點東西嗎？畢竟這裡是你家。」她語帶酸意，但我不計較。我不想吵架。

「布雷克已經問過了，我不想喝。」

她嘆口氣，轉頭繼續望著爐火。我們都一樣，各自沉浸在失去基特的痛苦中。我以為她會逼問我這幾天在做什麼，但她沒有開口，我們就這樣彆扭地沉默對坐。許久之後，火變小了，我站起來，拿起兩根柴火放進壁爐中，讓火重新燒旺。

「妳希望我走嗎？」我問。

她搖頭。

那好吧。

我重新坐下，她歪著頭，頭髮垂落臉龐，她伸手塞到耳後。「聽說你家遭小偷，有沒有遺失重要物品？」

「沒有。只丟了我的筆電和混音台，他們好像砸爛了我的 iMac 桌型電腦。」

「人真的很爛。」
「沒錯。」
「你去康瓦爾做什麼？」
「有的沒的……」我企圖以幽默脫身。
「哼，交代得真清楚。」她翻個白眼，我瞥見從前活潑的卡洛琳。「你到底去康瓦爾做什麼？」
「如果妳一定要知道，我是為了逃離黑道。」
「黑道？」
「對……還有談戀愛。」

艾莉希亞搜遍廚房櫥櫃與抽屜，尋找可以用來煮晚餐的東西。她之前沒有仔細看裡面的東西，但現在一翻才發現，所有餐具都清潔溜溜，鍋碗瓢盆都乾乾淨淨，她猜可能從來沒用過，有兩個平底鍋甚至連價格標籤都沒撕掉。她在食品儲藏室找到一些食品：義大利麵、青醬、日曬番茄乾、幾瓶香草與香料，雖然可以湊合著煮一餐，但這些東西沒有帶給她靈感。她看一眼廚房時鐘，還要過一陣子麥克辛才會回來，她可以去附近的商店看看，買些能讓她的男人胃口大開的食材。
她滿臉傻笑。
她的男人。
她的「先生」。
她在衣櫥底找到她藏的夾鍊袋，塞在米赫爾的舊橄欖球襪裡——裡面放著她珍貴的存款。她拿出兩張二十英鎊鈔票，塞進牛仔褲後口袋，拿起大衣，設定好保全，出發去買東西。

「什麼?」卡洛琳氣急敗壞地問。「你?戀愛?」

「有這麼難以置信嗎?」我發現她把黑道的問題拋在腦後。

「麥克辛,你只愛你的老二。」

「才沒這回事!」

她狂笑不已。雖然能聽到她笑是件好事,不過被嘲笑我還是有點不爽,她察覺我的反應很冷淡,於是稍微收斂。「好吧,請教一下,哪個倒楣鬼被你愛上了?」她故作大方地問。

「不必說得這麼難聽吧?」

「你沒有回答我的問題。」

我注視著她,溫暖與幽默漸漸從她臉上消失。

「是誰?」

「艾莉希亞。」

她皺了一下眉頭,然後高高揚起眉。「不會吧!」她驚呼。「你的女傭?」

「為什麼不會?」

「麥克辛,她是你的女傭欸——現在變成你每天的床伴?」烏雲籠罩她的臉,醞釀暴風雨。

我在座位上動了動,她的反應令我煩躁。「她現在已經不是女傭了。」

「我就知道!上次在你家廚房遇到她的的時候,你的表現很怪,對她太過殷勤。」她說的每個字都像噴出毒液。她嚇壞了。

「不要這麼誇張,這樣不像妳。」

「我就是這樣的人。」

「從什麼時候開始?」

「從我可惡的老公跑去自殺之後。」她嘶聲說,無神雙眼充滿怨恨。

該死,她使出了禁忌武器。吵架的時候搬出基特的死。

我嚥下震撼與哀傷,我們彼此互瞪,所有沒說出口的想法懸在我們兩人之間。

她突然轉頭看向爐火,緊繃的下巴傳達出輕蔑。「你應該睡她睡到膩,就可以甩掉她了。」她恨恨地說。

「恐怕我永遠不會膩。我不想甩掉她,我愛上她了。」我溫柔地說出這句話,字句懸在空氣中,我等著看卡洛琳的反應。

「你瘋了。」

「為什麼?」

「你很清楚為什麼!她是你該死的清潔工。」

「有差嗎?」

「當然有!」

「才沒有。」

「由此可證。你竟然覺得沒差,這證明你瘋了。」

「愛到發瘋。」我聳聳肩。這是事實。

「對方是下人!」

「卡洛,不要這麼勢利。會愛上什麼人由不得我們,是愛情選擇我們。」

「去你的!」她倏地站起來,氣勢驚人。「別拿那套陳腔濫調的鬼話訓我。她只是個厚顏無恥的小賤貨,想找個長期飯票,麥克辛,你看不出來嗎?」

「給我閉嘴,卡洛琳!」我站起來,因為覺得太不公平而怒髮衝冠,我們幾乎鼻子對著鼻子。

「妳對她毫無瞭解——」

「我很瞭解她那種人。」

「從哪裡?妳從哪裡瞭解她、那、種、人,崔夫希克夫人?」我清楚說出每個字,藍色牆壁與裱框畫作反射我的聲音,在小起居室迴盪。

我狂怒。

她竟敢批判艾莉希亞?卡洛琳完全跟我一樣,一輩子過著奢華安逸的上流生活。

她臉色發白,後退一步,彷彿挨了我一耳光。

該死。老兄,狀況失控了!

我爬一下頭髮。「卡洛琳,這並不是世界末日。」

「對我而言是。」

「為什麼?」

她瞪著我,表情既受傷又憤怒。我搖搖頭。「我不明白,為什麼妳要鬧成這樣?」

「那我們該怎麼辦?」她問,語帶哽咽,眼睛瞪大。

「從來沒有『我們』。」老天,她真的很煩。「我們只是睡了。當時我們都傷心,現在依然傷心。我終於找到對的人,讓我想要有所作為,反省我一直以來的生活方式,而且——」

「可是我以為——」她打斷我的話,看到我的表情,她說不下去了。

「妳以為什麼?我們會在一起?我們在一起過!我們試過了!妳選了我哥!」我大吼。

「當年我們都太年輕,」她低語。「基特過世之後……」

「不、不、不,妳沒資格做這種事,妳休想讓我內疚——一個巴掌拍不響,卡洛琳,是妳先主動,那時候我們都內心空虛、悲痛萬分,或許這只是藉口,我不知道。但我們不適合,我們從來都不適合,我們有過機會,但妳變心睡了我哥,妳得到他的人和頭銜。我不是妳該死的安慰獎。」

她目瞪口呆地看著我，臉上滿是震驚。

該死。

「滾。」她輕聲說。

「這是我家，妳要趕我出去？」

「王八蛋！快滾出去！滾！」她厲聲嘶吼，拿起空酒杯扔我，杯子打中我的大腿，掉在木地板上碎裂。我們在沉重的死寂中互瞪。

淚水湧上她的眼眶。

我再也無法忍受，轉身離開，用力甩上門。

艾莉希亞快步走在小路上，她知道皇家醫院路有一間便利商店。天氣很冷，夜色很黑，她的雙手深深插在口袋裡，很感激麥克辛買了這件保暖大衣給她。突地，一股寒意竄上背脊，她後頸的毛髮直豎。

她察看身後，忽然覺得不安，但街燈下一切都很平靜，路上除了她，只有一個小姐在對面遛一隻大狗。艾莉希亞搖搖頭，責怪自己反應過度。在阿爾巴尼亞的時候，晚上出門她會怕精怪——那是種在天黑後出來作祟的怪物，不過她知道那只是迷信。日前差點被丹提與伊立抓走，她依然驚魂未定。不要想太多，她加快步伐走向街尾，繞過轉角，走向特易購便利店。

店裡的人比平常多，她很慶幸有這麼多客人在貨架間走來走去。她拿起一個購物籃，走向生鮮區，看著特價蔬果。

「嗨，艾莉希亞，妳好嗎？」她過了半秒才意識到，那個冷靜熟悉的聲音說的是阿爾巴尼亞語，又過半秒，恐懼扼住她的心與靈魂。

不！他來了！

我站在崔佛衍宅邸外，努力控制火氣。我氣沖沖扣上大衣，抵擋二月寒風。

這次見面鬧了個不歡而散。

我雙手握拳插進口袋。

現在的我火冒三丈，我不能帶著滿腔怒火回家見艾莉希亞，得先散散步冷靜一下。我思緒紛亂、怒氣衝天，右轉大步走上切爾西堤岸。

卡洛琳怎麼會以為我和她有機會在一起？

我們太瞭解對方，我們應該是朋友才對。她確實是我最要好的朋友，此外，她是我哥哥的遺孀，老天爺。

真他媽的一團亂，老兄。

老實說，我沒想到她竟然對我有其他想法，我以為我們只是偶爾上上床而已。

靠，她在吃醋。

吃艾莉希亞的醋。

要命。

我的心亂七八糟，板著臭臉穿過奧克利街，漫步走過賓士展示中心。就連街角那座高雅優美的「男孩與海豚」雕像也無助於改善我的心情。我的憤怒如夜色般漆黑。

艾莉希亞轉過身，心臟重重敲打，恐懼如閃電在血管中一道道掠過，她突然覺得頭暈目眩、口乾舌燥。安納托利高高站在她面前，入侵她的空間，他距離很近，太近。他飽滿的嘴唇上揚，做出輕鬆微笑的模樣，但那雙銳利的淺藍眼眸毫無笑意。他仔細觀察她，尋找答案。他和她印象中不太一樣，輪廓分明的臉變得更瘦，頭髮留長了，他站在她面前，穿著似乎很昂貴的義大利大衣，即使是現在，依然企圖令她恐懼。

她開始發抖，納悶他怎麼會找到她。「你、你、你好，安納托利。」她結結巴巴地說，聲音顫抖，充滿恐懼。

「怎麼這麼冷淡，親愛的？看到未來的老公，怎麼不笑一個？」

不、不、不。

艾莉希亞的腳彷彿凍結黏在商店地板上，絕望傳遍全身。她的頭腦迅速轉動——怎樣才能逃脫？身邊有許多顧客在忙各自的事，她卻感到有如禁錮，無比孤單。他們看不到眼前發生的事。

安納托利伸出一隻手指，隔著手套摸摸她的臉頰，她的胃翻攪。

不要碰我。

「我來帶妳回家了。」他的態度很平常，彷彿他們昨天才見過面。艾莉希亞呆望著他，無法言語。「妳怎麼不說點好聽的話？不想見到我？」他的眼眸點燃煩躁的火光——還有一種更黑暗的東西，猜忌？欣賞？接受挑戰？

膽汁湧上艾莉希亞的喉嚨，她硬是嚥下。他抓住她的手肘一捏。「乖乖跟我走。我花了一大筆錢好不容易才查出妳的行蹤。妳突然失蹤，妳父母快擔心死了，妳爸爸說妳完全沒有隻字片語，甚至沒有報平安。」

艾莉希亞被搞糊塗了，事實並非如此。他知道媽媽幫她逃離嗎？媽媽平安嗎？她媽媽怎麼解釋？

他握緊她的手臂。「妳應該對自己的行為感到可恥，不過這件事以後再說。現在先去拿妳的東西，我要帶妳回家。」

27

我氣呼呼地走過切恩道。

天殺的，我得喝杯酒讓心情平靜下來。我看看錶，艾莉希亞知道我七點才會到家，還有時間。我向後轉，走回奧克利街，打定主意要去庫伯酒館。

寒風撲面而來，但我不覺得冷。我太憤怒，不敢相信卡洛琳竟然有那種反應。

或許我心中早就有數，這次見面絕不會有好結果。

是嗎？糟到這種程度？把我趕出門的程度？

見鬼去吧。

通常只有我媽能讓我這麼火大。

她們兩個勢利得令人噁心。

我也是。

媽的。

我不是！不是。

如果告訴卡洛琳我想娶艾莉希亞，她會說什麼？

我媽又會說什麼？

娶個有錢人吧，親愛的。

基特的選擇很明智。

我在夜色中踏著沉重的步伐，陰鬱的心情變得更黑暗。

「我不要跟你走。」艾莉希亞的聲音顫抖，洩露了她的恐懼。

「我們去外面談。」安納托利更用力抓緊她的手肘，到了會痛的程度。

「不要！」艾莉希亞叫喊，甩開他的手。「不要碰我。」

他怒瞪著她，脖子漲紅，眼睛眯成寒冰般的一條線。「妳為什麼這樣？」

「你很清楚。」

他緊抿著嘴，變成嚴厲的細線。「為了妳，我大老遠跑來這裡，我一定要帶妳一起走。妳父親將妳許配給我了，為什麼妳要讓他蒙羞？」

艾莉希亞臉紅了。

「是因為妳有其他男人了嗎？」

「男人？」

艾莉希亞的心跳加速。他知道麥克辛的事嗎？

「如果是這樣，我會宰了他。」

「沒有其他男人。」她急忙低聲說，恐懼失控，如漩渦將她拉進絕望深處。

「妳媽媽的那個朋友，她寄了一封電子郵件，說有個男人。」

艾莉希亞十分錯愕。

瑪格達？

安納托利接過她手中的提籃，再次抓住她的手肘。

「走吧。」他拉著她走向自動門，將提籃往門邊的一疊提籃上一扔。艾莉希亞依然因為他突然出現而受驚過度，任由他拉著走到外面街上。

我站在吧台前，慢慢喝著一杯尊美醇愛爾蘭威士忌。琥珀色液體燒灼我的喉嚨，但進入胃裡之後讓憤怒的狂亂風暴平息。

我是個傻瓜。

只用下半身思考的傻瓜。

我明明知道和卡洛琳上床會後患無窮。

可惡。

不過她說得對。我向來只想著自己的老二，直到艾莉希亞出現，一切從此改變。往好的方向。

我從來沒有遇到過像她那樣的人，一無所有——除了天分才華、敏捷心思與美麗臉龐。我很想知道，如果我不是生在優渥的環境，會變成怎樣的人？說不定我會是個懷才不遇的音樂家——說不定我根本沒機會學音樂。靠。太多事情我都視為理所當然，我一輩子養尊處優，什麼都有人幫我準備得妥妥當當，天塌下來也不關我的事，過著隨心所欲的生活。現在我得工作，幾百個人仰賴我和我所做的決定，這份考驗太過艱難，責任太過重大，但我若想要維持現有的生活方式，就必須接受。

在迷惑混亂中，我找到艾莉希亞，在短得離譜的時間裡，我對她的關心超過所有人，甚至超過我自己。我愛她，她也愛我、關心我。她是難得的禮物，如此美好的女子，而且她需要我，我也需要她。她讓我願意積極振作。

她讓我願意變成更好的人。

能有這樣的人生伴侶，夫復何求？

還有卡洛琳。我望著酒杯沉思，不得不承認我討厭和卡洛琳吵架。她確實是我最要好的朋友，一直都是，和她爭執，我的世界彷彿偏離重心。以前我們偶爾會吵架，總是基特出面調解，不過她從來沒有把我踢出門外。

最糟的是，我原本打算請她幫忙解決艾莉希亞的居留問題。卡洛琳的父親是內政部高官，如果有人能幫忙，那一定是他。

但這條路暫時行不通了。

我喝乾杯中的酒。卡洛琳會改變想法。

我希望她會改變想法。

我將杯子重重放在吧台上，對酒保頷首。七點十五分，該走了，我要回到心愛的女孩身邊。

安納托利牢牢抓住艾莉希亞的手肘，拉著她往麥克辛家所在的那條街快步疾行。「妳是他的管家？」

「對。」她的回答很簡短。她盡可能保持冷靜，思考她有什麼選擇。

萬一麥克辛在家呢？

安納托利威脅過要殺死他。

想到安納托利會怎麼對付麥克辛，她非常害怕。

瑪格達一定寫信給媽媽了。**為什麼？**她明明求她不要寫。

她必須逃跑，可是她知道跑不過他。

快想呀，艾莉希亞，快想。

「那麼，他是妳的雇主？」

「對。」

「就這樣？」

艾莉希亞突地轉過頭。「當然！」她的語氣非常兇。

他停下腳步，粗魯地拉扯她，半瞇著眼打量她，在黯淡街燈下，他的眼神充滿猜忌。「他該不會奪走了屬於我的東西吧？」

艾莉希亞過了片刻才領悟他的意思。「沒有。」她急忙說，氣喘吁吁，臉頰羞紅，即使在二月的刺骨寒風中依然發燙。安納托利點一下頭，彷彿接受她的回答，她暫時安心了。

他跟隨她進入公寓。保全警示音響起，艾莉希亞很慶幸麥克辛還沒有回來。安納托利在門口左右張望，她的眼角餘光看到他揚起眉，這間公寓令他佩服。

「這個人很有錢？」他輕聲說，她不確定他是在問她，還是自言自語。「妳住在這裡？」

「對。」

「妳睡在哪裡？」

「那個房間。」艾莉希亞指著客房。

「他睡在哪裡？」

她朝主臥室一點頭，安納托利打開門大步走進去。艾莉希亞站在門廳，因為恐慌而動彈不得。她能逃脫嗎？但沒多久他就出來了，手裡拿著一個小垃圾桶。「這是什麼？」他怒吼。

艾莉希亞看著裡面的保險套，好不容易扯動五官，皺起鼻子做出噁心的表情。她聳肩，拚了命想表現出不以為意的模樣。「他有女朋友。他們出門了。」

他放下垃圾桶，似乎很滿意她的回答。「收拾東西。我的車停在外面。」

她呆站著不動，心臟狂跳。

「快去，我不想等到他回來，也不希望鬧得大家難看。」他解開大衣鈕釦，一手伸進外套中，拿出一把槍。「我不是說說而已。」

看到槍，艾莉希亞的臉色發白，因為驚怕而呼吸急促。他會殺死麥克辛，她毫不懷疑。她感到暈眩，她默默祈求外婆的神，不要讓麥克辛回來。

「我特地來這裡救妳，雖然我不懂妳為什麼要跑來，這些以後再談。現在，妳快點去收拾東西，我們要出發了。」

她的命運就此決定。她必須和安納托利走，為了保護心愛的男人，她別無選擇。她怎麼會傻到以為能擺脫爸爸的誓言？

無助憤怒的淚水湧上艾莉希亞的眼睛，她走進客房，迅速安靜地收拾，憤怒與恐懼在內心交戰，雙手發著抖。她想趁麥克辛回來之前離開，她必須——必須保護他。

安納托利出現在門口，視線掃過她和空蕩蕩的房間。「妳的樣子……變了，很有西方人的味道，我喜歡。」

艾莉希亞一言不發地拉上行李袋的拉鍊。說不出為什麼，但她很慶幸還穿著大衣。

「我不懂妳為什麼要哭。」他似乎真的很困惑。

「我喜歡英國，我想留下來。我在這裡很快樂。」

「妳開心夠了，現在該回家接受妳的責任，親愛的。」他將槍放進大衣口袋，拎起她的行李。

「我得留張字條。」她急忙說。

「為什麼？」

「因為這樣才對。我的雇主會擔心，他對我很好。」說到這裡，她差點哽咽。

安納托利注視著她，她猜不出他在想什麼，或許在考量她說的話。「好吧。」他終於說道。他跟隨她走進廚房，電話旁放著筆和便條紙，艾莉希亞急急書寫，謹慎選擇用詞，焦急祈求麥克辛能讀出隱藏的意思。她不知道安納托利的英文程度如何，她不能冒險——她不能寫出真正想說的話。

謝謝你保護我。

謝謝你讓我明白愛的真諦。

但我無法逃脫宿命。

我愛你。我會永遠愛你，直到我死去的那天。

麥克辛，我的摯愛。

「妳寫了什麼？」

她拿給他，看著他的眼睛隨文字移動。他點了點頭。「很好，我們走吧。」她將剛拿到的鑰匙放在字條上。在這珍貴的幾個小時裡，這副鑰匙曾經屬於她。

夜色寂靜淒冷，剛結成的霜在街燈下閃耀冰冷潔白。我轉過街角，路上很安靜，只有一個男人關上車門，那是一輛賓士S-Class轎車，就停在我家大樓前面。

「麥克辛！」

我轉身，看到卡洛琳朝我奔來。卡洛琳？搞什麼？

但那個開賓士車的男人有點奇怪，我的視線回到他身上。他的舉動不正常，因為他繞過車子，走向靠近人行道的車門。不對勁，我漏掉了什麼。我的感官突然變得高度敏銳：我能夠聽見卡洛琳踩著高跟鞋接近的聲音，我能夠嗅到冬季氣息，以及微風中泰晤士河的氣味。我集中注意力想看清那輛車的車牌號碼，即使隔著一段距離，我依然能看出那是外國車牌。

那個男人打開的那邊車門一定是駕駛座。

「麥克辛！」卡洛琳再次呼喊我的名字。我轉過身，她跑過來，張開雙手抱住我的頸子，因為衝力太猛，我必須抱住她，否則兩個人會一起跌倒。「對不起。」她啜泣。

我沒有說話，注意力回到那輛車上。駕駛上車，用力關門，同時卡洛琳不停道歉，但我充耳不聞，那輛車的方向燈開始閃，車子駛離人行道，進入街燈照亮的範圍。

我看到了。車牌上印著阿爾巴尼亞的紅底黑鷹國旗。

艾莉希亞聽到街道遠處有人喊著麥克辛的名字。安納托利開車門時，她在座位上轉身張望：麥克辛站在街頭，一個金髮女子衝進他懷中抱住他。

那是誰？

他抱住她的頭。

不！

他摟住她的腰。

她想起來了——站在廚房裡，穿著他襯衫的女人。

艾莉希亞，這位是我的朋友，也是我的大嫂，卡洛琳。

安納托利用力關上車門，艾莉希亞驚得一跳，不得不轉回頭。

他的大嫂？他已婚的大嫂——但他哥哥過世了。

卡洛琳是寡婦。

艾莉希亞強忍啜泣。原來他去了那裡，去找卡洛琳。現在他們在馬路上擁抱，他緊緊抱著她不放，遭到背叛的感覺迅速來襲，殘酷無情地凌遲著艾莉希亞，粉碎她對自己的信心——對他的信心。

他。她的「先生」。

一滴淚溢出眼眶，滑落臉頰。安納托利發動引擎，順暢地駛出停車位，離開艾莉希亞人生中唯一的幸福。

「該死！」我大吼，黑暗奪命的恐懼鑽進內心。

卡洛琳嚇了一跳。「怎麼了？」

「艾莉希亞！」我拋下卡洛琳，衝過街道，卻只看到那輛車消失在遠方。

「該死、該死、該死，不要又來了！」我雙手抓著頭髮，深深感到無助，全然無助。

「麥克辛，到底怎麼了？」卡洛琳和我一起站在我家公寓的大門前。

「他們抓走她了！」我慌亂地找鑰匙開門。

「誰？你在說什麼？」

「艾莉希亞。」我衝進大門，沒空等電梯。我將卡洛琳拋在樓梯底端，狂奔到六樓，一打開門，保全警示音響起，證實了我最大的恐懼。

艾莉希亞不在。

我解除警示音，仔細聆聽，希望是我弄錯了。當然，我什麼都沒有聽見，只有門廳天窗被風吹得喀喀作響，血液悸動敲打耳膜。

我狂亂地奔跑察看每個房間，我的想像力過度活躍。他們抓到她了，他們又抓到她了，我貼心又勇敢的女孩。那些禽獸會怎麼對付她？她的衣服不在我的房間，也不在客房……

我在廚房找到她的鑰匙和一張字條——

麥克辛先生，

我的未婚夫來了，他要帶我回阿爾巴尼亞。

謝謝你的關照。

艾莉希亞

「不！」我大叫，絕望排山倒海而來。我拿起手機往牆上砸，手機零件散落一地，我沉沉跪倒在地，雙手捧著頭。

我想哭，短短不到一個星期，這已經是第二次了。

28

「麥克辛，到底是怎麼一回事？」

我放開雙手抬起頭，卡洛琳站在門口，頭髮被風吹亂，模樣相當狼狽，但比幾分鐘前冷靜多了。

「他抓走她了。」我的聲音嘶啞，努力壓抑憤怒與絕望。

「誰抓走她？」

「她的未婚夫。」

「艾莉希亞有未婚夫？」

「這件事很複雜。」

她雙手環抱胸前，皺起眉頭，似乎真的很擔心。「你好像傷心欲絕。」

我轉頭看著她，眼睛噴火。「沒錯。」我緩緩站起來。「我想娶的女人疑似遭到綁架。」

「娶？」卡洛琳臉色發白。

「沒錯，我很想娶她！」我狂吼的聲音在牆壁間迴盪，我們彼此互瞪，那句話懸在我們之間，載著沉重的懊悔與怨懟。卡洛琳閉上眼，將頭髮塞到耳後，重新睜開時，藍眸映出鋼鐵般的決心。

「那麼，你最好快點去追。」她說。

艾莉希亞望著車窗外，卻什麼都看不見，止不住的淚水模糊了視線。悽慘之上又多了一層悲傷，眼淚恣意落下。

麥克辛與卡洛琳。

卡洛琳與麥克辛。

和他在一起所經歷的一切，難道都只是虛假？

不！她不敢相信自己竟然這麼想。她依然想要相信他，不過這件事已經無關緊要了，她永遠無法再見到他。

「妳哭什麼？」安納托利問，但她沒回答。她不在乎他會怎麼對待她，她的心已裂成碎片，她知道永遠無法復原。他打開收音機，喇叭傳出重節拍流行歌曲，震動艾莉希亞的神經。她猜想他大概是不想聽到她的輕聲啜泣，才大聲放音樂，安納托利將音量調小，遞給她一盒面紙。「拿去，擦乾眼淚。鬧夠了沒？再哭我就讓妳更哭不完。」

她抽出一把面紙，繼續無精打采望著窗外。她甚至無法看他。

她知道她會死在他手裡。

她無計可施。

或許進入歐洲之後她可以逃跑。至少她可以選擇怎麼死……她閉上眼，飄進她專屬的地獄。

「去追？」我問，大腦高速運轉。

「對。」卡洛琳加重語氣。「不過我必須問，為什麼你認為她遭到綁架？」

「她的字條。」

「字條？」

「這個。」我將揉皺的紙條遞給她，轉身揉搓臉，盡可能整理破碎的思緒。

他會帶她去哪裡？

她自願跟他走嗎？

不，她對他只有厭惡。

天殺的，他想折斷她的手指！

她一定是被強迫離開。

他怎麼會找到她？

「麥克辛，字條的內容感覺不像遭到綁架。你有沒有想過，說不定她決定要回家？」

「卡洛，她絕不是自願離開，相信我。」

我得把她找回來。

可惡。

我從卡洛琳身邊衝過去，跑進起居室。

「去他媽的！」

「又怎麼了？」

「我沒有電腦可用！」

「我需要妳的護照。」安納托利說，他們正高速穿過倫敦街道。

「什麼？」

「我們要坐火車過英法海底隧道。」

英法海底隧道。不！

艾莉希亞吞嚥一下。真的發生了，他要帶她回阿爾巴尼亞。

「我沒有護照。」

「什麼意思？妳沒有護照？」

艾莉希亞瞪著他。

「怎麼會？艾莉希亞，告訴我！妳忘記拿了嗎？我不懂。」他蹙起眉。

「我是偷渡進來的，那兩個男的拿走了我的護照。」

「偷渡？男人？」他繃緊下巴，臉頰的一條肌肉抽搐。「到底怎麼回事？」

她太累、太崩潰，無法解釋。「我就是沒有護照。」

「見鬼了！」安納托利猛地一拍方向盤，巨大聲響讓艾莉希亞嚇得一縮。

❧

「艾莉希亞，醒醒。」

有什麼東西不一樣了，艾莉希亞很困惑。

麥克辛？

她睜開眼睛，心更加沉入地獄。她和安納托利在一起，車子停在路邊，天很黑，但在車頭燈照明下，她看得出來這是一條鄉間道路，兩旁都是結霜的田野。

「下車。」他說。艾莉希亞望著他，心中綻放一朵小小的希望之花。

他要把她扔在這裡。她可以走路回去，她已經走過一次了。

「快下車。」他更加強勢地命令。

他打開他那邊的車門，繞過來她這邊，將門敞開。他握住她的手，將她拉出車外，帶她走到車子後方，打開後車廂。裡面只有一個有輪子的小行李箱和她的行李袋。

「妳進去躲著。」

「什麼？不要！」

「我們別無選擇，妳沒有護照。快進去。」

「拜託，安納托利，我怕黑，拜託不要。」

他皺眉。「快進去，不然我會把妳丟進去。」

「安納托利，拜託，不要，我怕黑！」他的動作很快，將她舉起扔進後車廂，一把關上，艾莉希亞根本來不及抵抗。

「不！」她大叫。裡面伸手不見五指，黑暗滲入她的肺，令她窒息，就像上次坐渡輪過海峽時戴著黑塑膠袋的感覺。她開始踢打尖叫。

她無法呼吸。她無法呼吸。她尖叫。

我不要關在黑暗裡。我不要關在黑暗裡。我怕黑。

過了幾秒，後車廂打開，一束強光照在她臉上，讓她眨了眨眼。「喏，拿去。」安納托利給她一支手電筒。「我不知道電池能撐多久，但只能這樣了。等上了火車，我就可以打開後車廂了。」

艾莉希亞錯愕地接過手電筒，抱在胸前保護好。他移動她的行李袋，讓她當枕頭，然後脫下他的大衣蓋在她身上。「妳可能會冷，我不知道後面有沒有暖氣。繼續睡吧，不要出聲。」他嚴厲地看她一眼，再次關上後車廂。

艾莉希亞緊抓著手電筒，用力閉上雙眼，盡可能調節呼吸，車子開始移動。在腦中，她重複彈奏巴哈的D小調第六號前奏曲——明亮的鮮藍與青綠在她腦中海飛舞，她的手指在手電筒上按出每個音符。

艾莉希亞被搖醒，她睡眼惺忪看著安納托利，他高高站在旁邊，舉起後車廂的蓋子。他呼出的氣息形成白色濃霧，停車場唯一的燈照亮他的身影，他的臉嚴肅慘白。「妳怎麼這麼久才醒過來？我以為妳失去意識了！」他似乎鬆了一口氣。

鬆了一口氣？

「我們要在這裡過夜。」他說。

艾莉希亞眨眨眼，窩進大衣中，天氣很冷。因為哭太久，她的腦袋一片混沌，眼睛也腫了。她不想和他一起過夜。

「下車。」他命令，伸出一隻手，艾莉希亞嘆息著坐起身。冷風在四周呼嘯，將她的頭髮吹到臉上，她動作僵硬地爬出後車廂，拒絕安納托利的幫助，她不想被他碰到。他伸手進去拿出大衣穿上，拿出他的行李箱，接著將她裝衣服的行李袋交給她，最後關上後車廂。停車場空蕩蕩，除了他們，只有兩輛車。不遠處有一棟四四方方、毫無特色的建築，艾莉希亞猜測應該是旅館。

「跟我來。」他快步走向大門。艾莉希亞悄悄將行李袋放在地上，轉身奔跑。

我呆望著天花板，腦子不停運轉，思索艾莉希亞遭到綁架之後我展開的所有計劃。明天我要飛往阿爾巴尼亞，湯姆．亞歷山大會陪我一起去，可惜時間太短來不及安排私人飛機，我們只好搭商業客機。感謝瑪格達，我們得到艾莉希亞父母家的地址，但艾莉希亞會被未婚夫抓到，也是因為瑪格達。我不願多想這件事，因為我會氣到火冒三丈。

冷靜，**老兄**。

抵達之後，我們租車開往地拉那，在那裡的「廣場飯店」過夜。湯姆找好了隨行口譯，他會去飯店和我們會合，隔天一起出發前往庫克斯。

我們會在那裡停留，無論多久，總之要等到艾莉希亞和綁架犯出現。

這個晚上，我不止一次後悔沒有買手機給她，無法聯絡她令我非常沮喪。希望她平安。

我閉上眼，想像恐怖的場景。

我可愛的女孩。

我最最可愛的艾莉希亞。

我馬上去找妳。有我在。

我愛妳。

艾莉希亞慌不擇路逃進黑夜中，暴衝的腎上腺素提供燃料。她跑到柏油路邊緣，跑上凹凸不平的草地，她聽到身後傳來吼叫。是他。她聽到他的腳步在結冰路面上發出重重聲響，越來越接近。更接近了。

然後聲音停止。

他來到草地上了。

不。

她逼自己加快速度，希望雙腳能帶她逃離，但他抓住她，她摔倒，跌落，重重倒在地上，臉被結冰的草刮傷。安納托利壓在她背上，粗重喘息。「愚蠢的賤貨，這種時候，妳以為能跑去哪裡？」他在她耳邊嘶聲說。他跪坐起來，拉扯將她變成仰躺，跨過她身上，狠狠打她一耳光，讓她的頭偏往一邊。他彎腰，一手握住她的脖子用力掐。

他打算殺死她。

她無意抗拒。

她注視著他，望進他的雙眼。在寒冰般的藍眸中，她看到他內心的黑暗，他的仇恨，他的憤怒，他的自卑。他的手更加用力，眼看要奪走她的生命，她開始頭暈，伸手向上握住他的手臂。

原來我會這樣死呀……

她看到生命的盡頭。這裡，法國某處，死在一個暴力男性手中。她想要死去，她歡迎死亡，她不想一輩子活在恐懼中，像媽媽那樣。「殺死我。」她用嘴形說。

安納托利怒吼了幾句聽不懂的話——放開了她。

艾莉希亞猛吸一大口氣，雙手按住喉嚨，不停嗆咳。她的身體不顧她的意志，奮力求生，吸進寶貴的空氣，讓她重新活過來。

她喘著氣說：「就是因為這樣我才不想嫁給你。」她的聲音粗嗄低微，從瘀血的喉頭硬擠出話。

安納托利捏著她的下巴，充滿脅迫地低頭看她，他的臉非常靠近，她的臉頰能感覺到他呼出的熱氣。「女人就像沙包，生來要挨拳頭。」他咆哮，眼中閃著兇殘。

艾莉希亞瞪著他，熱淚灼痛她臉龐兩側，凝聚在耳中。她不知道自己哭了。他剛才說的那句話，出自阿爾巴尼亞十五世紀的貴族萊克．杜卡季尼所制訂的古老部落法《卡努法典》，這套原始的封建制度法律，規範了她祖國的北部與東部山區數百年之久，至今依然影響深遠。安納托利往後坐。

「我寧願死，也不要和你在一起。」她的語氣毫無感情。

他蹙起眉，很不高興。「別說傻話。」他緩緩起身，站在她身邊。「快起來。」

艾莉希亞再次嗆咳，強忍劇痛搖搖晃晃站起來。他抓住她的手肘，拉著她回到她扔下行李的停車場，他拎起袋子，往前走幾步，拿起放在那裡的行李箱。

他迅速辦妥登記入住。艾莉希亞在後面等，他將護照與信用卡交給櫃台人員，安納托利法語流利，但她心力交瘁、全身痠痛，無暇感到驚訝。

裝潢簡單的套房有客廳和臥室。客廳的家具是深灰色，一邊有個簡易廚房，沙發後面的牆壁漆上繽紛線條作為裝飾。透過臥室敞開的門，她看到裡面放著兩張雙人床。她略感寬慰，兩張床，不是一張。兩張。

安納托利將她的行李扔在地上，脫下大衣往沙發一拋。艾莉希亞看著他，聽到脈搏敲擊耳膜的聲音，在寂靜的房間裡，那聲音震耳欲聾。

現在呢？他會做什麼？

「妳的臉很髒，去洗乾淨。」安納托利指著浴室。

「也不想想是誰弄的？」艾莉希亞厲聲說。

他怒瞪著她，她現在才發現，他的眼眶泛紅、臉色蒼白，似乎非常疲憊。「去就是了。」連他的聲音都感覺很累。她走進臥房再進入浴室，用力甩上門，聲音之大，她自己也嚇了一跳。

浴室狹小昏暗，一盞小燈照亮鏡子，艾莉希亞看到自己的倒影，倒抽一口氣。她的一側臉頰因為挨了他一耳光而紅腫，另一邊則因為摔倒時撞到地面而擦傷；她的喉嚨上有一圈明顯的鮮紅指印，明天就會變成瘀血。但最令她震驚的，其實是浮腫眼瞼下回望她的那雙眼，毫無生氣。

她已經死了。

她機械式地迅速洗臉，肥皂水碰到傷口，她痛得一縮，接著用毛巾擦乾。

她回到客廳。安納托利已經掛好了外套，正在研究小冰箱裡的東西。

「妳會餓嗎？」他問。

她搖搖頭。

他倒了一杯酒——她猜應該是蘇格蘭威士忌，一口喝乾，閉上眼品味。他睜開眼時，似乎平靜了一些。「脫掉大衣。」

艾莉希亞沒有動。

他捏捏鼻梁。「艾莉希亞，我不想和妳爭執，我很累。房間很暖，明天我們又要在寒冷中趕路。請妳脫掉大衣。」

她不情願地脫下大衣，安納托利一直盯著看，令她感到侷促不安。「我喜歡妳的牛仔褲。」他說，但艾莉希亞無法看他，他的稱讚讓她覺得自己像得獎的綿羊。她聽到瓶子碰撞的聲音，安納托利這次拿出來的不是酒，而是一瓶沛綠雅礦泉水。「拿去，妳一定渴了。」他把水倒進玻璃杯遞給她，她略微遲疑，而後接過去喝了一口。

「已經快十二點了，我們該睡了。」

她對上他的視線，他冷笑。「啊，親愛的，妳剛才在外面鬧了那一回，我應該乾脆把妳變成我的人。」他伸手想捏她的下巴，可一碰到她的皮膚，她立刻閃躲。

不要碰我。

「妳真美。」他喃喃，彷彿只是自言自語。「但我沒精神跟妳鬥。我猜妳不會乖乖就範，對吧？」她閉上眼睛，抵抗一波令她反胃的厭惡。安納托利嗤笑一聲，輕柔吻一下她的前額，嘴唇略微愛撫。「妳會慢慢愛上我。」他輕聲說，將他們的行李拿進臥房。

休想。

他儘管作夢吧！

她心有所屬，永遠屬於麥克辛。

「去換睡衣吧。」他說。

她搖搖頭。「我這樣睡就好。」她不信任他。

安納托利歪著頭，表情嚴厲。「不，脫掉衣服。脫光妳就不能跑了。」

「不。」她雙手抱胸。

「不？妳不會跑？還是妳不要脫？」

「都不。」

他嘆息，挫敗疲憊。「我不相信妳，我也不懂妳為麼要逃。」

「因為你脾氣壞又會打人，安納托利，我怎麼會想和你共度一生？」她的聲音毫無情感。

他聳肩。「我沒精神和妳扯這些。快上床吧。」她把握機會，以免他改變主意。她小心翼翼走進臥房，脫掉靴子，躺在寢具上縮到最裡面，轉身背對她。

她聽著他在房間裡走動，脫下衣服摺好，每個動作、每個聲音，都讓她更加焦慮。他赤腳在房間走來走去，經過彷彿一輩子的時間，他來到她床邊。他站在一旁，呼吸淺短，她感覺到他的視線在她全身游移，她緊閉雙眼裝睡。

他噴了一聲，她聽到他翻動被單與毯子的聲音，沒想到他竟然拿一條毯子蓋在她身上。他關燈，整個房間一片漆黑，他躺下時床墊下陷。

不！他應該睡另一張床。

她全身僵硬，但他鑽進寢具裡，而她躺在上面，他一手抱住她，移動身體貼近。「這樣妳下床我就會知道。」他吻了吻她的頭髮。

她縮起身體閃躲，握住金色小十字架。

很快，他的呼吸變平穩，她判斷他睡著了。

艾莉希亞望著她最怕的黑暗，希望能乾脆被吞噬。她的眼淚不肯落下，早已乾涸。

麥克辛在做什麼？

他想我嗎？

他和卡洛琳在一起嗎？

她眼前浮現卡洛琳撲進麥克辛懷中，他抱緊她，艾莉希亞想尖叫。

不、不、不。

艾莉希亞覺得熱，而且有人一直低聲說話。她暫時睜開一隻眼，搞不清楚自己在哪裡。

她想起來了，一波恐懼與絕望讓她極度悲痛。

安納托利。

他在客廳講電話。艾莉希亞坐起來聽。

「她沒事……不。完全相反……她非常不願意回家，我不懂。」他和對方以阿爾巴尼亞語交談，他似乎感到困惑不快。「我不知道……或許……有個男的，她的雇主。郵件裡提到的那個人。」

他在說麥克辛的事！

「她說她只是清潔工，但我覺得有鬼，雅克。」

雅克！他在和爸爸說話。

「我非常愛她，她真美。」

什麼？他根本不懂「愛」這個字的意義！

「她還沒告訴我。不過我也想知道，她為什麼想離開？」他的聲音嘶啞，情緒很激動。

就是因為你我才想離開！

她逃到盡可能遠離他的地方。

「對。我會帶她回去見你，我會確保她毫髮無傷。」

艾莉希亞摸摸依然疼痛的喉嚨。說什麼鬼話？毫髮無傷？

大騙子！

「她和我在一起很安全。」

哈！這句話實在太諷刺，艾莉希亞差點大笑。

「明天晚上……對……再見。」她聽到他在客廳裡走動，他突然出現在臥房門口，只穿著長褲和汗衫。

「妳醒了？」

「很可惜，似乎沒錯。」

他用奇怪的表情看她一眼，選擇不理會她說的話。「外面有早餐，起來吃吧。」

「我不餓。」艾莉希亞覺得放肆大膽。她什麼都不在乎了，既然麥克辛已經不會受到傷害，她想怎樣都行。

安納托利搓搓下巴，若有所思地看著她。「隨妳便。」他說。「我們二十分鐘後出發，還有很長一段路程。」

「我不要跟你走。」

他翻個白眼。「親愛的，妳沒有選擇。妳不想見父母嗎？」

他略微揚眉，注意到她的盔甲出現缺口，感覺勝利在望，於是使出殺手鐧。「妳媽媽很想妳。」

她鬱悶下了床，拎起行李，盡可能遠遠從他身邊繞過，走進浴室盥洗更衣。

站在蓮蓬頭下，一個主意在心中成形。

她有錢。或許她確實應該回阿爾巴尼亞，她可以申請一本新護照——和簽證，然後回英國。

或許她應該活下去。

她迅速用毛巾擦乾頭髮，重新振作起來。

她要回麥克辛身邊。她要親眼證實，他們之間的一切是否虛假。

29

艾莉希亞在前座打瞌睡。車子行駛在高速公路上，速度非常快。他們已經上路好幾個小時了，穿越法國與比利時，她相信現在這裡應該是德國。天氣濕冷，地貌平坦荒蕪，可謂是艾莉希亞內心的寫照。不，她的感覺不是荒蕪，而是孤寂淒涼。

安納托利似乎下定決心要盡快帶艾莉希亞回阿爾巴尼亞。此刻他正在聽收音機播放的德國談話節目，艾莉希亞一個字也不懂，單調的說話聲、持續不斷的公路噪音、枯燥的鄉間景色，在在令她感官麻痺。她只想睡覺，睡著之後，痛苦會變成低低的背景音效，有如廣播的靜電音。清醒時，痛苦太過尖銳，撕扯她的心。

她的心思轉向麥克辛。

痛苦加倍。

停，她受不了。

她疲憊的雙眼望著她的「未婚夫」，仔細打量他。他的臉因為專注而顯得嚴厲，賓士車迅速駛過一英里又一英里。他的膚色很白，看得出他的祖先來自北義大利——他的鼻梁筆直，嘴唇飽滿，在庫克斯罕見的金髮偏長，有點凌亂。艾莉希亞可以淡漠地看著他，評斷他的長相確實英俊，但那雙唇流露殘酷，那雙眼睛瞪著她時銳利冰冷。

她記得初次見面的印象，當時他非常溫柔體貼。爸爸告訴她，安納托利是生意人，經營跨國事業，那次見面時，他感覺如此英挺帥氣、博學多聞。他去過很多國家，她興致勃勃地聽他描述克羅埃西亞、義大利、希臘——那些遙遠的國度。她很害羞，但非常高興爸爸為她選了如此見多識廣的人。

她完全沒想到會變成這樣。

見過幾次面之後，她偶爾會瞥見他的真面目。他來看她的時候，附近的小朋友會因為好奇而包圍他的車，他對他們很兇、非常不耐煩，他和她爸爸因為政治理念而爭執時，他會大發雷霆，有一次她媽媽不小心弄灑了茴香酒，爸爸責罵她，安納托利則暗地表示讚賞。很多蛛絲馬跡，他也曾經斥責艾莉希亞幾次，但他一直用社交禮儀掩飾真實天性。

有一次，一位地方上的大人物舉行婚禮，艾莉希亞去彈鋼琴，安納托利終於顯露黑暗面。演奏結束後，兩個她在學校認識的男生留下來聊天，他們和她有說有笑，安納托利跑來，將她拉到旁邊的小房間，離開兩個男生與宴會。這是他們第一次獨處，艾莉希亞心中小鹿亂撞，以為他想偷偷吻她，事實並非如此——安納托利非常憤怒，他用力打她耳光，兩下。她非常驚愕，儘管和父親一起生活讓她早就習慣男人在生氣時動手。

他第二次打她，發生在學校裡。她演奏結束之後，一個男生過來問她幾個問題，安納托利把他趕走，將她拉進寄物室，他打她，抓住她的手，把手指往後拗折，威脅如果再看到她和男人有說有笑，他會折斷她的手指。她哀求他住手，幸好他真的住手了，但將她推倒在地，丟下她在那裡獨自哭泣。

第一次挨打，她沒有說出去。她幫他找藉口，想著應該不會有下次，是她做錯了，對那兩個男生微笑，等於鼓勵他們來搭訕。

第二次，艾莉希亞傷心欲絕。

她以為能打破暴力循環，不會像媽媽一樣挨打，然而，當她蜷縮在地板上哭泣顫抖，媽媽來找她。

我不希望妳和暴力男人共度人生。

她們抱頭痛哭。

媽媽隨即採取行動。

沒想到一切努力都白費了。

此刻她在這裡——和他在一起。

安納托利斜看她一眼。「怎麼了？」

艾莉希亞轉開視線不理他，望著車窗外。

「我們該停下來休息了。我很餓，妳也一整天都沒吃東西。」他說。

她繼續忽視他，但飢餓抓撓她的胃，讓她想起徒步前往賓福特的那六天。

「艾莉希亞！」他大吼，嚇得她驚跳起來。

她轉頭看著他。「怎樣？」

「我在跟妳說話。」

她聳肩。「你綁架我。我不想和你在一起，你竟然還期待我跟你說話？」

「我不知道妳竟然脾氣這麼硬。」安納托利咕噥。

「這樣還不算什麼。」

安納托利的嘴抽動一下——出乎她的意料，他似乎覺得很有趣。「親愛的，至少妳這一點還不錯，妳並不無趣。」他打方向燈，他們離開高速公路，進入休息站。「這裡有家咖啡店。我們去買點東西吃。」

安納托利將托盤放在她面前，裡面有一杯黑咖啡、幾包糖、一瓶水，以及一個起司口味的法式潛艇堡。「真不敢相信，竟然是我在服侍妳。」他嘀咕著坐下。「快吃吧。」

「歡迎光臨二十一世紀。」艾莉希亞反唇相稽，雙手抱胸表示反抗。

他的下顎緊繃。「我不會說第二次。」

「噢，你儘管兇吧，安納托利。我不要吃，你買的，你自己吃。」她不客氣地說，不理會咕咕叫的胃。他的眸中閃過驚訝，但他用力抿住飽滿雙唇，艾莉希亞懷疑他在憋笑。他嘆息，伸手過來拿起潛艇堡，以誇張的動作咬了一大口，他含著滿嘴食物，樣子荒唐可笑，似乎非常自滿，艾莉希亞忍不住竊笑。

安納托利微笑——真心的笑，雙眼流露笑意。「拿去。」他說，將剩下的潛艇堡遞給她，她的胃偏偏選在這一刻發出很大聲響，聽到那個聲音，他笑得更開懷了。她看看潛艇堡、看看他，嘆了一口氣。她餓了，儘管知道不應該，但還是接過來開始吃。

「這樣才對嘛。」他開始吃自己的餐點。

吃了幾口之後，艾莉希亞問：「這是什麼地方？」

「我們剛經過法蘭克福。」

「什麼時候能到阿爾巴尼亞？」

「明天。我希望明天下午能到家。」

他們默默繼續吃。

「快吃完，我想出發了。妳要上洗手間嗎？」安納托利站起來，急著想上路。艾莉希亞端起沒加糖的咖啡。

麥克辛喜歡的那種。

雖然很苦，但她還是喝光了，然後拿起水瓶。休息站的寬敞停車場與柴油廢氣味，感覺非常熟悉，讓她回憶起與麥克辛去康瓦爾的旅程——差別在於，她樂於和麥克辛在一起。艾莉希亞的心很痛，她已離他越來越遠。

我在蓋威克英航商務艙休息室坐著，等候下午飛往地拉那的班機。湯姆翻閱《泰晤士報》，啜飲香檳，我則悶著頭想事情。自從艾莉希亞被奪走之後，我一直處於高度焦慮狀態。

說不定她是自願跟他走。

說不定她改變主意，不想和我在一起了。

我不願這麼想，但疑慮偷偷爬進我腦海。

暗中煽動。

倘若真是如此，至少我可以當面問清她變心的原因。為了暫時放下不安的念頭，我拍了幾張照片，上傳到Instagram，完成之後，我開始回想今天早上做的事。

首先我買了一支手機給艾莉希亞，此刻在我的背包裡。我去見奧利佛，迅速安排好莊園的事務，我非常慶幸，營運似乎沒有問題。我簽了樞密院寄來的文件，正式登錄貴族名冊，我的律師拉賈先生擔任見證人。我簡短告訴他們上週末我和艾莉希亞發生了什麼事，刪減掉不能說的部分，並請拉賈推薦移民服務的專業律師，盡快設法為艾莉希亞取得簽證，讓她能留在英國。

接下來，我臨時起意去了一趟貝爾格萊維亞區的銀行，崔夫希克的家傳珠寶存放在那裡。如果順利找到艾莉希亞，她對我依然有感情，那麼我會向她求婚。幾世紀以來，我的祖先積存了大量高級珠寶，全都由當代最頂尖的工匠打造，這些珠寶有時會出借給博物館展覽，平常則存放在貝爾格萊維亞區的地底深處。

我需要一枚戒指，要能配得上艾莉希亞的美貌與才華。珍藏裡有兩個或許合適，但我選了一九三〇年代的卡地亞白金鑽石戒指，這是我的祖父休．崔佛衍於一九三五年送給妻子愛蕾格拉的禮物。這枚戒指優美、簡潔、高雅，二點七九克拉的鑽石，目前價值四萬五千英鎊。

希望艾莉希亞會喜歡。倘若一切順利，她將以不同的身分回到英國——我的未婚妻。

我再次拍拍口袋確認戒指好好放在裡面，我擺著臭臉看湯姆一眼，他正在狂吃堅果，他抬起了頭。「鎮定點，崔夫希克。我看得出來你心裡很急，她會平安無事的，我們會順利拯救她。」我打電話告訴他發生了什麼事，他堅持要陪我來。他留下一名手下繼續保護瑪格達，他跟我一起走。湯姆最愛冒險，當初才會選擇從軍，他有如騎著白馬的勇士，準備上陣殺敵。

「希望如此。」我回答。在艾莉希亞眼中，我們會是拯救她的英雄嗎？還是找麻煩的壞人？我不知道。我等不及想上飛機前往她父母的家，我不曉得在那裡會發現什麼，但希望能找回我的女孩。

回到高速公路上，安納托利問：「妳為什麼離開阿爾巴尼亞？」他的語氣柔和，艾莉希亞懷疑他想藉此讓她安心，誤以為自己很安全。她沒那麼蠢。

「你知道原因，我說過了。」話說出口她才想到，不知道他聽說的版本是什麼內容，或許她可以美化一下真相，這樣她和媽媽都能少受一點苦。不過她必須先知道瑪格達說了什麼。「我媽媽的朋友怎麼說？」

「妳父親攔截了那封郵件，他看到上面有妳的名字，要我讀給他聽。」

「上面說什麼？」

「妳活著，過得很好，即將去一個男人家裡幫傭。」

「就這樣？」

「差不多。」

看來瑪格達沒有提起丹提與伊立。「我爸爸怎麼說？」

「他拜託我來找妳。」

「我媽媽呢？」

「我沒有跟妳媽媽討論，這件事與她無關。」

「當然與她有關！你可以改改原始人的想法嗎？」

他斜看她一眼，似乎因為她的憤怒而不知所措。「原始人？」

「對，你根本是恐龍。應該要問過她的意見才對。」

安納托利疑惑蹙眉的表情道盡一切，他不明白她的意思。艾莉希亞接著說下去，越說越激動：「你像是幾百年前的人，屬於另一個時代。你對女性的態度跟尼安德塔人一樣，在別的國家絕對行不通。」

他搖頭。「妳在西方待太久了，親愛的。」

「我喜歡西方，我外婆是英國人。」

「所以妳才跑去倫敦？」

「不是。」

「那為什麼？」

「安納托利，你知道原因。我要跟你說清楚，我不想嫁給你。」

「艾莉希亞，妳會清醒過來的。」他揮揮手，彷彿她的抗拒無關緊要。

艾莉希亞氣呼呼，感到忿忿不平但也勇氣十足。畢竟他在開車，能對她做什麼？「我想自己選擇結婚對象，這個要求應該相當基本。」

「妳想令妳父親蒙羞？」

艾莉希亞臉紅了。可想而知，她的態度——叛逆、任性，絕對會讓家人非常丟臉。

她轉頭看著窗外，但在心中，這個話題還沒結束。或許她可以再次求爸爸解除婚約。

她允許自己稍微想念一下麥克辛，她的悲傷湧上，疼痛且真實。她好不容易鼓起的勇氣消失了，她的情緒再次跌落絕望深淵，她的心雖然在跳，但空空洞洞。

這輩子她還能再見到他嗎？

在奧地利某處，安納托利再次開進休息站，這次只是為了加油。他堅持艾莉希亞一起去店裡付帳，她心不甘情不願地跟在他身後，對周遭環境毫無興趣。

回到高速公路上，他宣布：「我們快到斯洛維尼亞了。到了克羅埃西亞，妳得再躲進後車廂。」

「為什麼？」

「因為克羅埃西亞沒有加入申根公約，所以有邊境檢查。」

艾莉希亞臉色發白。她討厭躲在後車廂，她厭惡黑暗。

「等一下停車加油的時候，我順便多買一點電池。」

她看了安納托利一眼，他對上她的視線。「我知道妳不喜歡，但沒有辦法。」他的注意力回到路上。「這次應該不會太久。之前在敦克爾克停車的時候，我還以為妳一氧化碳中毒失去意識了呢。」他蹙起眉，假使艾莉希亞沒看錯，她敢發誓他真的很擔心。今天下午在餐廳，他看她的眼神也很溫暖。

「怎麼了？」他問，打斷她的思緒。

「我不習慣你的關心。」她聲明。「只習慣你的暴力。」

安納托利握緊方向盤。「艾莉希亞，假使妳不乖乖聽話，會有嚴重後果。我期待妳能成為蓋格民族①的傳統賢妻，妳只要知道這個就好。我認為妳在倫敦期間，變得意見太多。」

她沒有回答，只是轉頭望著飛馳而過的鄉間景色，懷抱著憂傷。

車子繼續行駛在午後的公路上。

我們的班機於當地時間晚上八點四十五分降落在地拉那，天空落下冰冷大雨。我和湯姆都只有手提行李，於是直接過海關，進入燈火通明的現代化機場航站。我不知道心中期待什麼，不過這裡感覺就是個典型的歐洲小機場，旅客需要的服務這裡都有。

然而，我們租的車暴露出當地生活的真相。旅行社警告過我們，阿爾巴尼亞沒有高級車款可租，我坐上的這輛屬於從沒聽過的廠牌：達西亞（Dacia）。這是我開過最基本、最「類比時代」的車，不過音響倒是有USB孔，我們連結我的iPhone使用Google地圖。我沒想到竟然會覺得這輛車還不錯，實用又堅固，湯姆為它命名為「黛西」，我們在停車場出口跟管理員討價還價，賄賂一小筆之後，終於順利上路。

在夜晚開車已經夠難了，更別說還下著傾盆大雨，駕駛座在我不習慣的那邊，而且這個國家直到一九九〇年代中期才開始有私家車，這簡直是一大挑戰。不過四十分鐘後，黛西與Google地圖合力帶我們平安抵達位於地拉那市中心的廣場飯店。

我們終於把車停在飯店大門前，湯姆說：「媽的，真是要命。」

「可不是。」

「不過我在更糟的狀態下開過車，」他嘀咕。我熄火，知道他是暗示在阿富汗打仗的時候。「你說那丫頭的故鄉在哪裡？」

「她的名字叫艾莉希亞，」我火大地回。我至少已經告訴他十次了，不禁開始懷疑答應讓湯姆一起來是否明智。「距離這裡大約三小時車程。」他是個大好人，但圓滑從來不是他的強項。

「抱歉，老兄弟，艾莉希亞。」他點點前額。「我記住了。希望明天不會下雨。我們去登記入住吧，然後找個地方喝一杯。」

---

① 蓋格民族（Ghegs），主要分布於阿爾巴尼亞北部、科索沃、馬其頓北部與蒙特內哥羅，有自己的方言與傳統文化。蓋格民族認為女性是丈夫的財產，必須忠於丈夫。

在賓士車的後車廂裡，艾莉希亞緊抓住手電筒，車子緩緩停下。他們一定是到了克羅埃西亞邊界。她閉上眼，用安納托利的大衣蓋住頭，關掉手電筒。她不想被逮到，她只想回家。她聽到說話聲——平和的輕聲交談。車子重新上路，她安心嘆息，打開手電筒。她想起那天和麥克辛用床單搭起臨時帳棚，帶著小龍一起躲在裡面，他們坐在他那張氣派的大床上聊天，膝蓋靠在一起，然後……心痛來得又快又急，來自靈魂最深處的疼痛。

不久，賓士車放慢速度停止，引擎怠速，很快地，安納托利就打開後車廂，艾莉希亞關掉手電筒坐起來，在黑暗中眨眼。

他們停在一條沒有人車的鄉間小路上，對面有棟小平房陰森矗立。車尾燈照亮安納托利，在紅光下他的臉有如惡魔，呼出的氣息形成不祥的雲霧在他身邊繚繞。他伸手扶她出去，她因為太累，加上全身僵硬，於是接受了。她跨出後車廂時腳步踉蹌，他往前一拉，她跌進他懷中。

「為什麼妳這麼仇視我？」他在她的太陽穴旁輕聲問。他抱緊她的腰，一手扣住她的後腦，抓住她的頭髮。儘管氣溫很低，他的氣息暖熱沉重，懸在兩人之間，艾莉希亞驚覺不對時，他已經倏地低頭重重吻上她的唇，他想將舌頭硬伸進她口中，她奮力掙扎，濃烈的恐懼與厭惡混合在全身迅速流動。雖然沒什麼用，但她用力推他的手臂，瘋狂扭重身體，想要掙脫他的箝制。

他往後仰，低頭看著她，她來不及制止自己，手已經揮出去打了他一耳光，力道讓她的掌心感覺刺痛，他後退，神情驚愕。她大口呼吸著，腎上腺素在血管奔流，趕走恐懼，只留下憤怒。安納托利瞪著她，搓搓臉，她還來不及眨眼，他已用力打上她的臉，一下又一下，她的頭左右甩動，每一下的力道都令她站不穩。他粗魯地將她一把舉起扔回後車廂，她的肩膀、臀部、頭都撞得很痛，她還來不及爭論，他已經用力關上後車廂。

「除非妳學會文明舉止，否則就一直待在裡面吧！」他大吼。艾莉希亞抱住抽痛的頭，憤怒灼痛她的喉嚨與雙眼後方。

從今以後她的生活就是這樣了。

我喝了一口內格羅尼調酒。湯姆和我在飯店隔壁的酒吧用餐，這裡的風格屬於現代風，時髦又舒適，員工友善殷勤，也不會太煩人。更重要的是，這裡的內格羅尼好喝極了。

「看來我們來對了。」湯姆又喝了一口酒。「我不知道原本期待會看到什麼，大概是一大堆山羊和小木屋吧。」

「對，我也這麼以為。這個地方非常出乎意料。」

他猜疑地打量我。「崔夫希克，原諒我，不過我必須問清楚，你到底為什麼這麼做？」

「什麼？」

「為了追那個女孩跑到歐洲另一頭？為什麼？」

「因為愛。」我聲明，彷彿這是全世界最簡單明瞭的理由。

為什麼他不懂？

「愛？」

「對，就那麼簡單。」

「愛你的女傭？」

我翻個白眼。他們為什麼這麼在意艾莉希亞曾經幫我打掃？**而且依然想幫我打掃！**「接受現實吧，湯姆，我要娶她。」

他嘴裡的酒噴出來，弄得桌上到處是紅色液體，我再次懷疑帶他來是否明智。「少來了，崔夫希克。印象中她確實長得挺不賴，不過娶她會不會太誇張？」

我聳肩。「我愛她。」

他難以置信地搖搖頭。

「湯姆，只因為你沒種做正確的選擇，跟亨莉葉塔求婚——她願意忍受你，根本是聖人——但不要隨意評判我的決定。」

他蹙起眉，眸中燃起好戰的火光。「聽清楚了，老哥兒們，這麼明顯的狗屁，我不戳破就不算朋友了。」

「什麼明顯的狗屁？」

「你傷心過度了，麥克辛。」他的語氣出奇溫和。「你有沒有想過，你突然迷戀上這個女人，只是為了藉此轉移哥哥過世的打擊？」

「這件事與基特無關，也不是該死的迷戀。你不像我那麼瞭解她，她非常特別。我認識數不清的女人，她與眾不同，她不會因為一些雞毛蒜皮的小事抓狂……她很聰明、風趣、勇敢。你真該聽聽她彈鋼琴，她真的是個天才。」

「真的？」

「對，我是認真的。自從認識她之後，我看待世界的眼光完全改變了，我甚至開始懷疑自己在世上的地位。」

「少來了。」

「不，湯姆，你才少來了。她需要我，被人需要的感覺很棒，我也需要她。」

「但這不是建立感情的基礎。」

我咬牙切齒。「不只這樣而已。你為國奮戰，你事業有成，而我這輩子有過什麼成就？」

「呃，你即將在崔夫希克家族的歷史上得到自己的位置，並且保存家業讓後代繼承。」

「我知道。」我嘆息。「這份責任太重大，我希望身邊有個能信任的人、愛我的人，不是看上我的財富與頭銜，而是真心喜歡我這個人。這樣的要求會太過分嗎？」

他皺眉。

「你已經找到了對的人，」我接著說。「但你卻不把亨莉葉塔當一回事。」

他吁一口氣，低頭看著剩下的酒。

「你說得對，」他悶悶地說。「我愛亨莉葉塔，我應該做正確的選擇。」

「沒錯。」

他點頭。「好吧，我們再來一杯。」他對服務生打手勢，再來一杯一樣的調酒。我擔心以後恐怕得不斷面對這樣的疑慮，來自朋友……家人。

「雙份。」我大聲說。

艾莉希亞醒來，發現車子停了。引擎熄火，後車廂打開，安納托利再次站在她旁邊。「妳學會禮貌了嗎？」

艾莉希亞充滿恨意地看他一眼，坐起來揉眼睛。

「出來，我們要在這裡過夜。」這次他沒有伸手扶她，只是拿起蓋在她身上的大衣穿上。刺骨寒風由四面八方吹來，讓她冷得發抖。她全身疼痛，但她還是爬出後車廂，心中憂鬱，站在一旁觀察他的一舉一動。

安納托利的視線跟隨著她，嘴唇抿成憤怒的細線。「現在願意順從了，是吧？」他蔑笑。

艾莉希亞沒有說話。

他冷哼一聲，從後車廂拿出兩人的行李。艾莉希亞看看四周，他們在市中心的一座停車場，附近有一棟高聳的飯店，樓層很高，像好萊塢電影裡那樣燈火通明，立面最高處有著「威斯汀酒店」字樣。安納托利突然抓住她的手，拽著她往大門走，他的腳步毫無停頓，她不得不小跑步趕上。

大廳的裝潢使用大量大理石、鏡子，風格現代，艾莉希亞看到一個隱密的招牌：這裡是克羅埃西亞首都薩格勒布的威斯汀酒店。安納托利辦理入住登記，他說著似乎完美無瑕的克羅埃西亞語，幾分鐘後，他們搭電梯上到十五樓。

安納托利訂的是豪華套房，裝潢以米色搭配棕色，裡面有沙發、辦公桌和小餐桌，透過拉門，艾莉希亞看到一張床。

只有一張。

不！

她在剛進門口的地方站著不動，疲憊無助。

安納托利脫下外套扔在沙發上。「妳會餓嗎？」他問，打開電視下面的小櫃子，終於找到小冰箱。「會餓嗎？」他厲聲問。

艾莉希亞點點頭。

安納托利往辦公桌一點頭，那裡有本真皮封面的服務指南。「叫客房服務吧，看妳要吃什麼。把大衣脫掉。」艾莉希亞拿起服務指南，翻到客房餐飲那一頁。菜單上克羅埃西亞語與英語並列，她瀏覽選項，立刻選了最貴的一道。亂花安納托利的錢，她一點也不會良心不安。她蹙眉，想起她曾經多不願意讓麥克辛付錢……安納托利拿出兩小瓶蘇格蘭威士忌打開。沒錯，她一點也不會良心不安，她是綁架受害者，他已經對她施行了太多肉體虐待，他欠她的。和麥克辛在一起的時候……完全相反，她欠他太多，她的「先生」。她讓他靜靜從內心溜走，晚一點再來傷心。

「我要紐約牛排。」她昂然說。「多加一份沙拉，還要薯條，再來一杯紅酒。」安納托利驚訝地轉頭看她。

「紅酒？」

「對，紅酒。」

他打量她片刻。「妳變得非常西化。」

她抬頭挺胸站直。「我要一杯法國紅酒。」

「還指定要法國的？」他揚起一邊的眉。

「對。」她想了一下，補上一句：「麻煩你。」

「好，我們叫一整瓶。」他不以為意地聳肩，語氣非常講理。

但他才不是講理的人，他是禽獸。

他將兩瓶威士忌倒進同一個玻璃杯中，看著她，伸手拿起電話。「艾莉希亞，妳知道，妳非常迷人。」

她僵住。*他想怎樣？*

「妳還是處女嗎？」他的語氣柔和，想拐出答案。

她倒抽一口氣，感覺有些暈眩。「當然。」她小聲說，努力表現出憤慨又尷尬的模樣。

絕不能讓他知道真相。

他的眼神變得冷硬。「妳感覺不一樣了。」

「我確實不一樣了，我開了眼界。」

「誰幫妳開的？」

「只是……因為我的生活體驗。」她輕聲說，多希望一開始就不回答。她感覺像和毒蛇對峙。

安納托利撥打客房服務的號碼點餐，艾莉希亞脫下大衣，坐在沙發上提高警覺地盯著他。他講完電話，拿起電視遙控器，轉到當地新聞台，端著酒杯走到辦公桌後坐下。他專心看新聞，不理會她，偶爾喝一口威士忌。艾莉希亞安心了，他的注意力不在她身上，她也轉頭看電視，努力想弄懂主播在說什麼，偶爾會聽到幾個熟悉的詞。她集中精神，不希望心思亂跑，因為她的心緒只會飄向麥克辛。她不想讓安納托利發現，她因為失去他而難過。

節目結束之後，他的注意力又回到艾莉希亞身上。「妳想逃離我？」他說。

他在說昨天的事嗎？

「妳離開阿爾巴尼亞的時候。」他喝掉最後一口酒。

「你威脅要折斷我的手指。」

他揉揉下巴，思忖片刻。「艾莉希亞，我——」他停住。

「我不想聽你的藉口，安納托利。無論有什麼理由，你都不該那樣對我，你簡直不把我當人，看看我的脖子。」她拉下毛衣領口，露出他昨天留下的瘀血，她抬起下巴，讓他看個清楚。

他臉紅了。

外面有人敲門，安納托利沮喪地看了艾莉希亞一眼，走過去開門。一個穿著威斯汀飯店制服的年輕男子站在外邊，推著一輛餐車，安納托利打手勢要他進房，站在一邊看著服務生將餐車打開變成餐桌。上面鋪著亞麻桌巾，擺了兩人份的奢華餐具，餐桌中央的瓷花瓶裡插著一朵漂亮的黃玫瑰，增添幾許浪漫氣息。

真諷刺。

艾莉希亞的憂傷浮上表面，蠶食她的心，服務生開酒的時候，她不得不強忍住淚水。他將瓶塞放在瓷盤上，從餐車下面的暖盤櫃拿出幾個盤子，以優美的動作掀起金屬蓋，香味令人食指大動。安納托利用克羅埃西亞語說了幾句話，拿出一張鈔票交給服務生，好像是十歐元，他滿懷感激收下。服務生離開之後，安納托利叫艾莉希亞過去餐桌。「來吃吧。」他似乎在生悶氣。

因為她餓了，而且無力繼續反抗，艾莉希亞在臨時餐桌邊坐下。這就是她的未來，意志一點一滴被侵蝕，假以時日，她遲早會臣服於這個人。

「這樣夠西方了吧？」他在她對面坐下，拿起酒瓶為她斟上一杯。

艾莉希亞思索他之前說的話。既然安納托利想要傳統的阿爾巴尼亞妻子，那就成全他吧，她不會和他一起吃飯，也不會和他一起睡覺，除了他想做愛的時候。可想而知，他要的不是這樣。她低頭望著餐點，感覺牆壁收縮，令她窒息。

「乾杯，艾莉希亞。」他說。她抬起頭，安納托利舉起酒杯默默向她敬酒，他的眼睛微瞠，表情和善，而她頭皮發麻。她沒想到會有這種……榮幸！她端起酒杯，不情願地對他致意，然後喝了一口。

「嗯。」紅酒的美味令她忍不住閉起眼。她再次睜開時，安納托利看著她，他的眸光深沉，眼神預告著她不想要的事情。

她胃口盡失。

「艾莉希亞，不准妳再逃離我，妳會成為我的妻子。」他低聲說。「快吃吧。」

她低頭望著盤子裡的牛排。

30

安納托利再幫她斟酒。「妳怎麼都沒吃？」

「我不餓。」

「既然如此，我覺得應該上床了。」他的語氣令她倏地抬起頭。他往後靠在椅背上，仔細觀察她，靜靜等候，猶如掠食動物。他用食指點點下唇，彷彿在沉思，眼中閃耀精光。他至少喝了三杯紅酒，加上之前的威士忌。他將杯中剩下的酒一口喝光，以極慢的動作從座位站起來，他注視著她，眼神專注陰沉，令她無法動彈。

不。

「我覺得沒必要等到洞房花燭夜。」他逼近。

「不要，安納托利。」她的聲音細若蚊鳴。「拜託，不要。」她死命抓住餐桌。

他伸出一隻手指，沿著她的臉頰往下輕撫。「真美。」他呢喃。「快起來，別讓我們雙方都為難。」

「我們應該等到結婚後。」艾莉希亞小聲說，腦中迅速思考各種選擇。

「我不想等。妳想抗拒，那就來吧。」他突然走過來，抓住她的肩膀，將她從座位上強行拉起來，因為太過用力，她的椅子倒在地上。恐懼與憤怒竄過她全身，她扭動踢踹，一隻腳踢中他的小腿，然後踢到餐桌，餐具震動，她的酒杯掉在地上，剩下的紅酒灑了一地。

「噢，該死。」他抱怨。

「不要！」她大叫，雙腳猛踢，揮舞拳頭，希望能打到他。他一把抱住她的腰，硬將她抱進懷中，將她舉離地面，一路上她不顧一切瘋狂亂踢，希望能踢中他。

「不要！」她尖叫。「求求你，安納托利。」

他不顧她的哭喊，更加抱緊她，半扛半拽將她帶進臥房。

「閉嘴！」他怒吼，用力搖晃她，然後將她臉朝下扔在床上。他坐在她旁邊，壓制住她，一手按住她的背，另一手開始扯她的靴子。

「不要，不要，快住手！」

「不要！」她再次尖叫。她轉身踢他，一次又一次，同時揮拳打他，企圖掙脫他的箝制。

「去你媽的，艾莉希亞！」

她非常狂亂，憤怒與厭惡帶給她力量，連她自己也沒想到她力氣這麼大。她死命反抗，被怒火吞噬，將所有憤怒發洩在她恨的男人身上。

「見鬼了。」安納托利整個人壓在她身上，她陷入床墊，喘不過氣。她企圖甩開他，但他太重了。

「冷靜點，」他在她耳邊喘息。「冷靜點。」

她靜止不動，努力動腦，拚命將空氣吸進肺裡。安納托利移動重心，將她翻過來，兩人鼻尖相對。他用一條腿壓住她的雙腿，抓住她的雙手高舉過頭，用一隻手按住。

「我要妳，妳是我的妻子。」

「不要，安納托利，拜託。我來那個，拜託，我來那個了。」她撒謊，不過這是絕望中的最後一招。他蹙起眉，彷彿不明白，但接著表情從慾望變成厭惡。

「噢。」他說。

他放開她的手，翻身離開她，望著天花板。「看來還是等吧。」他粗聲說。

艾莉希亞翻身側躺，收起膝蓋蜷成一團，盡量讓自己變小。絕望、噁心、恐懼——現在這些感受成為她的床伴。淚水快令她窒息，她感覺床舖晃動，安納托利下床回到客廳。

要哭多久眼淚才會乾？

幾分。幾秒。幾小時。

後來安納托利幫她蓋上毯子。她感覺到他上床時床墊下陷，他鑽進被窩裡，靠近，一手摟住她，將她不情願的身體拉過去。「親愛的，妳會非常適合我。」他喃喃，嘴唇輕觸她的臉頰，印上出奇溫柔的一吻。

艾莉希亞用拳頭堵著嘴，封住無聲尖叫。

她突然醒來。房間半明半暗，只有灰亮晨光照明。安納托利在她身邊睡得很熟，他在睡眠中表情放鬆，比較不那麼嚴厲。艾莉希亞望著天花板，頭腦完全清醒，她穿著外衣和靴子，她可以逃跑。

*快跑，就是現在。*她在心中催促自己。

昨天沒吃完的晚餐還放在餐桌上。艾莉希亞看著冷掉的薯條，急忙抓了幾根塞進嘴裡。吃東西的同時，她翻行李找到她的錢，將鈔票放進後口袋。

她靜止聆聽。

他還在睡。

安納托利的行李箱放在她的袋子旁邊，她看了看。說不定他把錢放在裡面……倘若如此，在她逃跑的路上會很有幫助。她小心翼翼拉開拉鍊，裡面有一些衣物——和他的槍。

*槍。*她撈出來。

她可以殺死他。

先下手為強。

她的心開始怦怦狂跳，頭一陣暈眩。

她有力量、有工具，槍在她手中感覺沉甸甸。

她站起來，悄悄走向臥房門口，看著熟睡的安納托利。她沒有動，戰慄衝上她的脊椎，她的呼吸變淺。他綁架她、毆打她、掐她脖子，差點強暴她，她唾棄他，以及他所代表的一切。她怕他。她舉起顫抖的手瞄準，靜靜打開保險，她的頭抽痛，汗水凝結在眉毛上。

就是現在。

時機來了。

她的手發抖，淚水模糊了視線。

不、不、不、不。

她抹去淚水，放下槍。

她不是殺人犯。

她把槍轉過來，注視著槍管。她看過很多美國電視劇，知道該怎麼做。

她不願意盲目接受命運，這也是一種解脫的方法。

她可以現在就結束這一切。她悲慘的人生將在此終結。

她再也不會有感覺，直到永遠。

她腦海浮現媽媽哀傷的臉。

媽媽。

她會有多傷心？

她想到麥克辛，立刻又將他從腦中趕走。

她再也無法見到他了。

她的喉嚨緊縮，激動的情緒令她呼吸困難，她緊閉雙眼，用力喘著氣。

她可以死在自己手裡，而不是安納托利手裡……

可是打掃房間的人會很辛苦。

不、不、不。

她癱倒在地，感覺挫敗。她真沒用，她沒辦法自殺，她沒有魄力。內心深處，她想繼續活下去，說不定還有一絲希望能再見到麥克辛。她不能逃跑，她必須回家。這次和剛到倫敦時不一樣，薩格勒布離家很遠，就算走上五天也到不了。她十分無助，默默前後搖晃，抱著自己抱著槍，默默對哀傷投降。她從不曾如此失意，她從不曾落下這麼多淚，從來沒有，就連逃離人口販子，走了幾天終於找到瑪格達，她也沒有哭得這麼厲害。外婆過世時她傷心欲絕，深深感受到失去親人的悲痛——可她不曾感覺如此孤寂，這樣的憂傷難以承受。她不能殺死他，也不能自殺。她失去了深愛的人，無法擺脫厭惡的人。

她的心碎了。不對，她的心消失了。

太陽從地平線露出臉來，她止住啜泣，淚眼婆娑檢查那把槍。很像她爸爸的槍。

至少有一件事她能做，她看過爸爸做過很多次。她拆下彈匣，驚訝地發現裡面只有四顆子彈，她全部取出，然後用力將滑套往後拉，卡住裡面剩下的子彈退出。她將彈匣重新裝好，把子彈收進口袋，接著將手槍放回安納托利的行李箱，拉好拉鍊。

她站起來，抹去淚水。哭哭啼啼有什麼用？她斥責自己。她望向窗外，薩格勒布的天際線出現在破曉晨光中，從威斯汀飯店十五樓看出去，城市在下方一覽無遺，有如紅磚色的百納被。景色迷人，她略微分心，想著地拉那是不是也像這樣。

「妳醒了。」安納托利的聲音讓她嚇了一跳。

「我餓了。」她看一眼桌上的剩菜。「我想先去洗澡。」

她拿起行李，迅速走進浴室關上門。

她出來的時候，安納托利已經起床換好衣服了。昨晚用過的餐具和剩菜全都清掉了，桌子重新鋪上乾淨的亞麻桌巾，上面放著全套歐陸早餐。

「妳沒有逃跑。」安納托利輕聲說。他似乎安心了，不過依然保持警戒。

「我能跑去哪裡？」艾莉希亞無力地回答。

他聳肩。「妳以前逃跑過。」

艾莉希亞望著他，一言不發，沒有反應，同時心力交瘁。

「是因為妳對我有感情了嗎？」他低語。

「別往自己臉上貼金。」她說完之後坐下，從麵包籃拿出一個巧克力可頌。

他在她對面坐下，她看得出來，他正在掩飾充滿希望的淺笑。

我和湯姆穿過寬闊的斯坎德培廣場，它距離飯店不遠。今天早上萬里無雲、氣溫寒冷，超大廣場上的彩色大理石地磚反射陽光。廣場的一邊矗立著一座雕像，阿爾巴尼亞十五世紀的民族英雄騎著駿馬，另一頭則是國立歷史博物館。雖然我等不及想去艾莉希亞的城鎮，找到她家，但我們必須等口譯員來會合。

我心慌意亂、緊張兮兮、坐立不安，為了殺時間，我和湯姆決定去博物館逛逛。為了分散心思，我拍了幾張照片，將其中最奇特的一張上傳，警衛來制止過兩次，但我不予理會，繼續偷偷拍照。這裡遠遠比不上大英博物館，但伊利里亞①工藝品很有意思，至於湯姆，他當然忙著研究中世紀武器——阿爾巴尼亞的歷史悠久而血腥。

十點整，我們沿著三線大道走向與口譯員約定的咖啡館。即使天氣很冷，依然有很多男人坐在外面喝咖啡，我感到十分驚訝。

女人在哪裡？

薩納斯．賽卡的頭髮和眼睛都是深色的，他是地拉那大學的研究生，正在念英國文學博士。他的英文非常好，總是笑容滿面，個性很好相處——他把女朋友也帶來了，她的名字叫德麗妲，是個大學生，主修歷史。她身材嬌小、臉蛋漂亮，英文口語能力比不上薩納斯。她想跟我們一起去。

唉，一個弄不好就會很複雜。

湯姆瞥我一眼，聳聳肩。我沒時間爭執。「我不確定要在那裡停留多久。」我聲明，喝光杯子裡的咖啡。這裡的咖啡簡直可以拿去清除油漆——我好像沒有喝過這麼濃的咖啡。

「沒問題，我空出了整個星期。」薩納斯回答。「我自己沒有去過庫克斯，但德麗妲去過。」

「妳對庫克斯有多少瞭解？」我直接問德麗妲。

她緊張地看了薩納斯一眼。

「那麼糟？」我打量他們兩個。

「那個地方名聲不太好。共產黨垮台之後，阿爾巴尼亞……」薩納斯略停。「經歷了一段很艱困的時光。」

湯姆搓搓雙手。「我喜歡挑戰。」他說，薩納斯和德麗妲很配合地大笑。

「天氣應該沒問題，」薩納斯說。「公路開放了，已經兩個星期沒有下雪。」

「我們出發吧？」我等不及想動身。

地貌景觀改變了。歐洲北部休耕田地的荒蕪樣貌消失了，大地在冬陽下顯得貧瘠荒蕪，岩石嶙峋，寸草不生。換作其他狀況，這趟旅程應該會讓艾莉希亞很開心。開車閃電遊歷歐洲高速公路，然而她的旅伴是安納托利，她即將被迫成婚的對象——更別說回到庫克斯之後，她還得面對爸爸。雖然無法避免，但她不想和爸爸起衝突，因為內心深處她知道，他的憤怒大多會發洩在媽媽身上。

他們以危險的高速飛馳過另一條橋。橋下的廣大水域讓艾莉希亞想到德林河——也想到大海。

大海。

以及麥克辛。

今生還有機會見到他嗎？

「克羅埃西亞的海岸風景很美，我經常來這裡做生意。」安納托利終於打破沉默，他們離開薩格勒布之後一句話都沒說。

艾莉希亞瞥他一眼，她不在乎他的事業，她曾經很好奇，但那段時光已經過去了。更何況，身為他的妻子——阿爾巴尼亞的傳統賢妻，她絕不能過問。

「我在這裡有很多房地產。」他露出狼一般的笑容，她明白他想讓她崇拜，就像第一次見面時那樣。

她轉頭望著大海，心思盤旋回到康瓦爾。

離開地拉那的路程簡直是惡夢。行人經常突然跑到馬路上，圓環毫無管制——小客車、大卡車、

---

① 伊利里亞（Illyria），歐洲歷史上的一個地區，位於今巴爾幹半島西部、亞德里亞海東岸，大約為今克羅埃西亞、塞爾維亞、波赫、蒙特內哥羅和阿爾巴尼亞地區。

客運車一起搶道，這簡直像一場大型試膽遊戲，再這樣下去，等我們終於到庫克斯，我的神經恐怕已經崩潰了。湯姆不停拍打儀表板，對路上行人和駕駛大吼大叫，非常惱人。

「去你的，湯姆，快給我閉嘴！我想專心開車。」

「抱歉，崔夫希克。」

奇蹟發生，我們毫髮無傷離開市中心。到了大馬路，我稍微放鬆一些，但還是不敢開太快，這裡的駕駛很難捉摸。

路邊有很多汽車經銷處，加油站更是多到數不清。我們開出地拉那，經過一棟氣派富麗的巨大新古典主義建築，造型很像婚禮蛋糕。

「那是什麼地方？」我問。

「一家飯店，」薩納斯說。「施工很多年還沒蓋好。」我們的視線在後視鏡中交會，他聳肩。

「噢。」

雖然是二月，但低地感覺生氣蓬勃、綠意盎然，田野間妝點著低矮的紅瓦房屋。一路上，薩納斯簡單介紹阿爾巴尼亞歷史，也說了一些關於他自己的事。他父母親身經歷共產黨垮台，儘管在共黨統治下禁止學習英語，但他們兩個收聽英國國家廣播公司國際台學習英文。感覺得出來，在阿爾巴尼亞，英國國家廣播公司與所有英國事物都極受推崇，他們所有人都想去英國或美國。

湯姆和我互使眼色。

德麗妲輕聲對薩納斯說話，他翻譯給我們聽。二〇〇〇年，庫克斯獲得諾貝爾和平獎提名，因為在科索沃戰爭期間，這個城鎮收容了數十萬難民。

我知道這件事。在崔夫希克村的酒吧裡，艾莉希亞講過阿爾巴尼亞的事給我聽。我想起提到這件事時，她引以為榮的模樣。

她離開已經兩天，我感覺像少了一隻手腳。

我的摯愛，妳在哪裡？

我們開上高速公路幹道往庫克斯前進，很快我們就飛向一片最清冷的藍天，公路不斷往上爬，經過白雪皚皚的阿爾巴尼亞阿爾卑斯山區，以及聳立的夏爾山與科拉比山。我們看到湍急河流切過深谷，陡峭峽谷，嶙峋懸崖。景色壯麗，除了這條現代化的高速公路之外，四周的大地彷彿不曾因時光改變。偶爾會出現小村落，紅瓦房屋，煙囪飄出裊裊煙霧，乾草堆上猶有殘雪，曬衣繩上晾掛衣物，放養的山羊、拴起的山羊——這就是艾莉希亞的祖國。

我甜美的女孩。

希望妳平安無事。

我來接妳了。

海拔越高，氣溫越低。湯姆接手駕駛，我在一旁擔任DJ、用手機拍照。薩納斯與德麗妲很安靜，一邊欣賞美麗風景，聆聽我用iPhone連結音響系統播放的音樂，我選了搖滾樂團Hustle and Drone的專輯。我們穿過一條很長的山間隧道，發現身處群峰之間，山頂覆蓋白雪，我沒想到會如此荒蕪，沒有幾棵樹。薩納斯解釋，共產政權垮台之後，發生了嚴重的能源短缺，一些地方的居民為了燒柴而砍光了所有樹木。

「我還以為是因為海拔太高，樹木長不出來呢。」湯姆說。

在岩石嶙峋的荒野中，我們遇到一個收費站，我們排在幾輛老舊的轎車與卡車後面，我的手機開始震動。我很驚訝，竟然在歐洲最高的山區還有訊號。

「奧利佛，什麼事？」

「麥克辛，很抱歉打擾你，不過警方聯絡我，他們希望能找你的……呃……未婚妻問話，也就是迪馬契小姐。」

啊……看來他知道了。我不理會他說「未婚妻」的那部分。「你也知道，艾莉希亞回阿爾巴尼亞了，得等她回倫敦才能去見他們。」

「我也這麼想。」

「他們還有說什麼嗎？」

「他們找到了你的筆電和混音設備。」

「太好了！」

「這起案件已經轉由倫敦市警局偵辦。襲擊迪馬契小姐的歹徒似乎早有案底，因為其他罪行而遭到通緝。」

「市警局？太好了。南卡羅警官說過那些混蛋可能有前科。」

湯姆斜斜瞥我一眼。

「他們被起訴了嗎？」

「據我所知還沒有，爵爺。」

「盡可能通知我最新進展。我想知道他們有沒有被定罪、有沒有交保。」

「沒問題。」

「請代我轉達關於迪馬契小姐的事，就說她家裡有事回阿爾巴尼亞了。還有其他事嗎？」

「一切頂呱呱，爵爺。」

「頂呱呱？」我哼笑一聲。「很好。」我掛斷電話，給湯姆五歐元付過路費。

假使丹提和他的同夥依然受到拘留，警方一定很重視這件案子。或許他們查出了那兩個傢伙販賣人口，希望如此，我希望他們將那兩個混蛋關進大牢，扔掉鑰匙。

不久，我們看到前往庫克斯的指示牌，我精神一振。就快到了。沒多久，我們開到一個大湖邊，我查過Google地圖之後才發現，那不是湖而是河——德林河，注入費爾澤湖。我想起艾莉希亞描述故鄉景致時的熱切，我的期待指數上升。我催促湯姆加快車速，我要去見她，我要去救她，希望一切順利。

說不定她根本不需要拯救。

說不定她想留在這裡。

別這麼想！

高速公路轉個大彎，終於看到庫克斯了。這個小鎮藏在山谷裡，前方有片碧綠的水域，河流變成湖，四周高山環繞，景色美不勝收。

哇。

這就是艾莉希亞每天看到的風景。

一座結實的橋橫跨水面，我們開過去。上方的峭壁有一座陰森的廢棄建築獨自矗立，我猜想是不是另一棟未完工的飯店。

到了蒙特內哥羅的尼克希奇市郊外，安納托利開進咖啡廳的停車場。艾莉希亞無精打采地望著窗外。

「我餓了，妳一定也餓了。走吧。」他說。艾莉希亞懶得爭執，默默跟著他走進舒適清潔的店面。這家店還算新，裝潢很有趣，以汽車為主題，吧台上方畫著一輛櫻桃紅老爺車。這家店令人心情愉快，對安納托利則毫無效果，他很煩躁，這兩個小時他經常被其他車輛激怒，不時拍打方向盤、大聲咒罵。他不太有耐性。

「妳點餐吧，隨便幫我點一份。我要去洗手間。別想逃跑，我會找到妳。」他怒看艾莉希亞一眼，讓她自己去選坐位。

現在她等不及想回家。因為安納托利昨晚的行為，她不想再和他一起過夜，她寧願面對爸爸。她瀏覽菜單，努力想找出類似英文或阿爾巴尼亞文的詞彙，但她太累了，無法專心。安納托利回來了，他好像很累，這也難怪，他連續開車好幾天了，不過艾莉希亞不願意表現出任何同情。

「妳點了什麼？」他沒好氣地問。

「我還沒點，菜單在這裡。」她交給他，不等他抱怨。服務生來了，安納托利沒有問她要什麼就直接點餐。她很驚訝，他似乎也精通蒙特內哥羅的語言，服務生迅速離開，安納托利拿出手機。冷酷藍眸對上她的視線。「不要出聲。」他說，然後撥打號碼。「妳好，詩佩莎，雅克在嗎？」

媽媽！

艾莉希亞坐正，集中精神。他在跟她媽媽說話。

「噢……好吧，請轉告他，我們大約晚上八點會到家……」安納托利的視線移向艾莉希亞。「對，她和我在一起。她很好……不……她去洗手間了。」

「什麼！」

安納托利用食指按住嘴唇。

「安納托利，讓我和媽媽說話。」艾莉希亞堅持，伸手要手機。

「晚上見。再見。」他掛斷。

「安納托利！」憤怒的淚水眼看要落下，喉嚨緊縮。她從來沒有像這一刻這麼想家。

媽媽。

她只是想和媽媽說幾句話，他竟然狠心拒絕？

「如果妳乖一點，懂得感激，我就會讓妳跟她說話了。」他說。「我為了妳費了很大的工夫。」

艾莉希亞瞪著他，繼而垂下視線，不想接受他眼中的挑釁。他做了那麼過分的事，她連看他都受不了，他殘忍、記仇、任性且幼稚。

他做了那麼多可惡的事，她永遠不會原諒他。

永遠。

她只希望爸爸願意聽她的懇求，不要逼她嫁給他。

真的進入庫克斯，我才發現並非我想像的模樣。這座城鎮毫無特色，只有一堆老舊的蘇聯式水泥公寓建築。德麗妲透過薩諾斯告訴我們，現在的建築都是一九七〇年代建造的，庫克斯老城已經沉入水中——當年為了建造水力發電廠為周圍地區供電，築起水壩將整個山谷淹沒了。道路兩旁長著針葉樹，積雪覆蓋地面，路上人車稀少。鎮上的商店還算多，主要販賣家用品、服飾、農具，加上兩家超市；此外還有一家銀行、一間藥局，許多咖啡館，男性坐在午後陽光下喝咖啡，全身包緊緊禦寒。

還是一樣，女人都在哪裡？

這座城鎮最明顯的特徵，就是無論往哪一條街看過去，盡頭總是有高山昂然雄踞，作為令人驚嘆的背景。四周都是壯麗景色，我忽然好希望有帶萊卡相機來。

旅行社幫我們訂的飯店，什麼名字不好取，偏偏叫作「美國飯店」。Google地圖帶我們從飯店後方過去。這家飯店很奇特，古老摻雜新潮，大門活像百貨公司布置的聖誕小屋，因為積雪而更相似。裡面則是我見過最庸俗的飯店大廳，塞滿各種美國觀光小紀念品，包括好幾個塑膠自由女神。裝潢風格難以定義，亂七八糟摻雜在一起，不過整體效果——相當溫馨友善。接待人員身材結實，留著大鬍子，大約三十多歲，態度開朗好客，說著一口破英文歡迎我們，然後帶我們搭乘小電梯上樓去房間。我和湯姆選了兩張單人床的房間，將有一張大床的那間給薩納斯和德麗妲。

「幫忙問一下怎麼去這裡。」我將寫著艾莉希亞父母地址的紙條交給薩諾斯。

「好。你希望什麼時候出發？」

「五分鐘後，整理一下行李就走。」

「別急，崔夫希克。」湯姆插話。「不能先喝一杯嗎？」

嗯……我爸曾經說過，喝酒壯膽准沒錯。

「動作快，而且只能喝一杯，好嗎？我要去見未來的岳父岳母——我不希望醉醺醺。」湯姆熱切地點點頭，選了靠門的那張床。「上帝保佑，希望你不會打呼。」我著手整理行李。

一小時後，我們的車子停在一條小路邊，前面有兩道生鏽的鐵閘門，全都開著。再過去，經過一條水泥車道，有一棟房屋獨自矗立，德林河畔的紅瓦屋，只能隱約看見屋頂。

「薩納斯，你和我一起去。」我們下車，德麗妲和湯姆在車上等。夕陽在車道上投下長長黑影，我們站在一小塊空地上，四周全是光禿禿的樹木，不過有幾棵針葉樹依然茂密，旁邊有一片菜園，面積相當大，維持得很不錯。就我所能看到的部分，房屋外牆漆成淺綠色，三層樓高，有兩個面湖的陽台。這棟房子比我們在路上看到的都大，說不定艾莉希亞家境富裕，我不知道。在冬季的落日餘暉中，湖景美不勝收。

屋外有個碟型天線，我想起和艾莉希亞聊過的話。

電視節目帶我去過美國。

美國節目？

對，Netflix、HBO。

我找到應該是大門的地方，伸手敲了敲。門板是很堅固的高級木材，於是我用力再敲一次，確保裡面的人能聽見。我的心狂跳，儘管天氣很冷，一道汗水依然滑落我的背。

見真章的時候到了。

表情嚴肅點，老兄。

我即將見到未來的岳父母——但他們還不知道。

門開了一半，室內燈光照亮一個包著頭巾的瘦小中年婦女。在逐漸褪去的暮光中，我看出她用疑問的眼神看著我，有點像艾莉希亞。

「迪馬契太太？」

「是。」她一臉困惑。

「我的名字是麥克辛．崔佛衍，我是為了令千金而來。」

她目瞪口呆地看著我，猛眨了幾下眼睛，然後把門開大一點。她身材苗條，肩膀很窄，穿著相當樸素，厚重長裙配罩衫。她的頭髮藏在頭巾下，讓我想起第一次在我家門廳遇見她女兒的時刻，當時她有如受驚的小白兔。

「艾莉希亞？」她小聲說。

「對。」

她蹙起眉。「我先生……不在。」她感覺很久沒說英文了，口音比女兒重。她焦慮地望著我身後的車道——我不知道她在找什麼，然後她直視我。「你不能進來。」

「為什麼？」我問。

「我先生不在家。」

「可是我需要跟妳商量艾莉希亞的事，我認為她正在回來的路上。」

她歪著頭，突然緊張起來。「我們在等她，她很快就會回來了。你聽說她要回來？」

這句話讓我心跳加速。

她真的回家了，我沒猜錯。

「是。我來這裡是為了請求伯母和伯父……」我吞嚥一下。「答應讓我娶令千金。」

「親愛的，最後一次過邊境，」安納托利說。「妳回到祖國了。妳的行為真是可恥，像賊一樣偷偷離開，令家人蒙羞。等我們回去，妳一定要向父母道歉，他們非常擔心妳。」

艾莉希亞轉開視線，心中默默咒罵他，他竟然企圖讓她因為逃離而內疚。還不是因為他，她才會逃！她知道很多阿爾巴尼亞男性出國工作，但女性要出國並不容易。

「這是妳最後一次躲在後車廂。不過先等一下，我要拿東西。」她後退，望著西方，太陽終於落在山丘後，空氣中的寒意滲進衣物，纏住她的心，她知道是因為她在思念唯一愛過的男人。淚水出乎意料地湧上，她眨眼忍住。

現在不能哭。

在安納托利面前流淚，只會讓他覺得痛快。

今晚再哭吧。

和媽媽一起哭。

她深吸一口氣。這就是自由的氣息——寒冷、陌生，下次深呼吸的時候，她就回到祖國了，她的冒險將成為……麥克辛怎麼說的？年輕時的傻事。

「快進去，天要黑了。」安納托利兇巴巴地說，撐著後車廂的蓋子。

精怪會在夜晚出沒。

現在她眼前就有一個，他就是那種怪物，化為人形的精怪。她爬進後車廂，沒有抱怨，沒有碰到他。她快到家了，上路之後第一次，她期待能見到媽媽。

「快了，親愛的。」他眼中的光芒令人不安。

「關上後車廂。」她回答，緊抓著手電筒。

他露出殘虐的笑容，用力闔上，將她關在黑暗中。

迪馬契太太倒吸一口氣，再次焦慮地迅速察看我身後，然後往旁邊讓開。「快進來。」

「你去車上等。」我對薩納斯說，跟著她走進狹小的玄關，她指了指旁邊的鞋架。

噢。我迅速脫掉靴子，很慶幸沒有穿不成對的襪子。

這也要感謝艾莉希亞……

玄關的牆壁是白色的，乾淨到發亮的地磚覆蓋色彩鮮豔的土耳其手工薄地毯。她揮手招呼我進隔鄰的房間，那裡有兩張舊沙發面對面放著，上面放著花樣繽紛的披毯，中央的茶几上也鋪了漂亮的印花布。再過去有一個壁爐，壁爐架上放著舊照片，我眯起眼，希望能找到艾莉希亞的照片，其中有一張的主角是一個少女，大眼睛很嚴肅，坐在鋼琴前。

我的女孩！

壁爐中堆滿柴火，儘管天氣寒冷，卻沒有生火，我猜這裡應該是專門接待客人的地方。客廳裡最大的亮點，絕對是靠在牆邊的老舊立式鋼琴，雖然外觀樸素不起眼，但我相信音調絕對很完美。這是她彈鋼琴的地方。

我才華洋溢的女孩。

鋼琴旁邊有個書架，堆滿書籍，看得出來讀過很多次。

艾莉希亞的媽媽沒有要我脫大衣，我猜應該不會讓我停留太久。

「請坐。」她說。

我坐在其中一張沙發上，她端坐在對面那張沙發的邊緣，全身輻射出緊張，她雙手交握，一臉期待地看著我。她的眼睛是深色的，像艾莉希亞一樣——不過艾莉希亞的眼眸流露神祕，她母親卻滿溢悲傷。我猜想她因為女兒的事情而心急，她臉上皺紋密佈，髮絲夾雜銀白，可見她的生活並不輕鬆。

庫克斯的生活對一些女人而言很痛苦。

我回想艾莉希亞輕聲說過這句話。

她母親眨了幾下眼睛，我猜想大概是我讓她感到緊張或不安，因此我有些歉疚。

「我的朋友瑪格達，寫信告訴我有位男士幫助我的艾莉希亞，也幫助了她。你就是那個人？」她語帶猶豫，聲音溫柔。

「是。」

「我的女兒還好嗎？」她低聲問。她專注觀察我，顯然渴望知道艾莉希亞的消息。

「我最後一次見到她的時候，她非常好，不只是好而已，她很幸福。她原本為我工作，我們因此而認識。她來我家打掃。」我簡化用詞，希望艾莉希亞的母親能理解。

「你大老遠從英國來這裡？」

「是。」

「為了艾莉希亞？」

「是。我愛上了令千金，我相信她也愛我。」

她睜大了眼。「是嗎？」她似乎很驚慌。

好吧……不是我預期中的反應。

「是，她說過愛我。」

「妳想娶她？」

「是。」

「你怎麼知道她想不想嫁給你？」

啊！

「迪馬契伯母，老實說，我不知道，我還沒有機會求婚。我相信她遭到綁架，被強行帶回阿爾巴尼亞。」

她的頭往後仰，專注評估我。

不妙。

「我的朋友瑪格達對你讚譽有加。」她說。「但我不認識你。你憑什麼以為我先生會願意把女兒嫁給你？」

「我知道她不想嫁給伯父選的對象。」

「她連這個都告訴你了？」

「她把所有事情都告訴我了，更重要的是，我全都仔細聽進去了。我愛她。」

迪馬契太太咬著上唇，這個小動作實在太像艾莉希亞，我得努力掩飾笑容。

「我先生很快就會回來。艾莉希亞的未來只有他能決定，他打定主意要她嫁給訂親的對象，他承諾過了。」她低頭看著交握的雙手。「我已經幫她逃走過一次，我傷心至極，恐怕無法再讓她離開。」

「難道妳寧願她困在不幸福的婚姻裡，被暴力丈夫虐待？」

她倏地抬起視線看向我，我瞥見她的痛苦與體會，接著是震驚，我知道——這就是她的人生。

艾莉希亞提到過關於她父親的所有事瞬間浮上我心頭。

迪馬契太太低聲說：「你該走了，快走。」她站起來。

該死。我惹她生氣了。

「對不起。」我說著站起來。

她皺眉，一時感覺困惑徬徨，接著她語氣急促地說：「艾莉希亞晚上八點會回來，和她的未婚夫一起。」她的視線從我身上離開一下，很可能不確定說出這個國家級祕密是否明智。

我伸出手，原本想捏捏她的手表示感激，但我及時停止，說不定她不想被我碰到，於是我改為露出笑容，表達最誠摯的感激。「謝謝妳，令千金是我的全世界。」

她稍微軟化了一下，給我一個躊躇的笑容，我再次在她身上看到艾莉希亞的影子。她送我到門口，我穿上靴子，她催我出去。「再見。」她說。

「妳會告訴妳先生我來過嗎？」

「不會。」

「好，我懂了。」我對她笑一下，希望能讓她安心，然後我出門回到車上。

回到飯店，我坐立不安。我們想看電視分散心思，但我和湯姆都看不懂；我們也試過閱讀，但最後還是來了酒吧。酒吧位在屋頂上，白天時庫克斯的美景一覽無遺，湖光山色盡收眼底，但現在天色昏暗，朦朧的風景無法給我安慰。

她在回家的路上。

和他在一起。

希望她平安無事。

「坐下，喝杯酒也好。」湯姆說。我看他一眼，這種時候我多希望自己還在抽菸，期待與緊張幾乎令我無法負荷。我喝光一杯威士忌，再也無法乾等下去。

「我們走吧。」

「太早了吧！」

「我不管。我沒辦法繼續窩在這裡，我寧願和她父母一起等。」

七點四十分，我們回到迪馬契家。

該表現出大人的樣子了。

這次湯姆也和德麗妲在車上等，我和薩納斯走下車道。「千萬記住，我之前沒有來過，我不想害迪馬契伯母惹上麻煩。」我對薩納斯說。

「麻煩？」

「她丈夫。」

「噢。她拉那的生活不一樣，這裡更傳統。男人。女人。」他做個鬼臉。

我將汗濕的掌心在大衣上抹了抹。自從伊頓公學的入學面試之後，我再也沒有這麼緊張過。我必須讓艾莉希亞的父親留下好印象，我必須說服他，比起他選的那個混蛋，我是更適合他女兒的對象。

前提是她想要我。

要命。

我敲門之後靜靜等待。

「迪馬契太太？」我問。

她點頭。

「妳先生在家嗎？」

她再次點頭，因為擔心她丈夫可能聽得見我們對話，因此我將之前說過的自我介紹重複了一次，假裝之前沒來過。「請進。」她說。「你必須和我先生商量。」我們脫掉鞋子之後，她接過我們的大衣掛在客廳。

我們走進裡面的大房間，迪馬契先生站起來。這是間寬敞通風、一塵不染的起居室，旁邊連著廚房，以一道拱門作為區隔；迪馬契先生身後的牆上掛著一把手動式獵槍，感覺很陰森。我發現他只要一伸手就能拿到。

迪馬契比妻子年長，滿面風霜，頭髮白多於黑。他穿著沉悶的黑西裝，讓他顯得有點像黑手黨老大。他的眼神沒有透露任何心思，我很高興他比我矮一個頭。

迪馬契太太輕聲說明我們是誰，他的表情越來越猜忌。

該死。她說了什麼？

薩納斯簡短傳達。「她告訴他，你希望和他商量關於女兒的事。」

「好。」

迪馬契和我們握手，微笑的表情感覺很沒把握，他揮手比了比一張老舊的松木沙發，請我們坐下。他眼神精明地打量我，眼睛的顏色和艾莉希亞一模一樣，迪馬契太太走過拱門進入廚房。

迪馬契看看我又看看薩納斯，然後開始說話。他的聲音低沉渾厚，幾乎有讓人心情平靜的作用。薩納斯立刻開始翻譯。

「內人說你是為了小女而來。」

「是，迪馬契先生。艾莉希亞在倫敦的時候曾經為我工作。」

「倫敦？」一瞬間他的表情似乎有些欽佩，但很快就收斂了。「她做什麼工作？」

「她是我的清潔人員。」

他閉了閉眼，彷彿不忍心聽到這個消息，令我十分驚訝。或許他認為她太屈就……也可能是因為思念她，我不知道。我做個深呼吸，讓騷亂的神經平靜下來，接著說：「我來是為了請求她嫁給我。」

他錯愕地睜開眼，臉色一沉。他的表情非常誇張，我不知道是因為哪個部分。「她已經許配給別人了。」他說。

「她不想嫁給那個人。她之所以離開故鄉，就是為了逃離他。」

我直言不諱的態度讓迪馬契睜大了眼，我聽到廚房傳出輕聲驚呼。

「她跟你說的？」

「對。」

迪馬契的表情難以看透。

他到底在想什麼？

他前額的皺紋變得更深。「為什麼妳想要她？」他似乎十分不解。

「因為我愛她。」

即使在黑暗中，庫克斯依然熟悉得令人心痛。想到即將見到父母，艾莉希亞既興奮又害怕。爸爸一定會打她，媽媽會抱著她，和她一起哭。

就像以前一樣。

安納托利開車駛過通往庫克斯半島的橋之後往左轉。艾莉希亞坐直，伸長脖子想看到家。不到三十分鐘，她看到爸媽家的燈光，她蹙起眉，因為接近車道盡頭處停著一輛車，兩個人靠在上面，望著河水抽菸。艾莉希亞覺得很怪，但這個念頭只是一閃而過，因為她滿心想著即將與父母團圓。安納托利駕駛賓士車繞過那輛車，開進車道。

車子還沒完全停好，艾莉希亞已經打開前座車門，衝過小徑，進入大門。她沒有脫鞋，直接跑過客廳。

「媽媽！」她喊，奔進起居室以為會看到媽媽。

麥克辛站起來，她幾乎沒發覺他旁邊還有一個人。他們和她父親坐在一起，爸爸抬起頭看向她。

艾莉希亞的世界頓時靜止，她呆站在原處動彈不得，努力理解眼前的狀況。

她眨了幾次眼睛，空洞疼痛的心重新啟動。她眼中只有一個人。

他來了。

31

我的心狂亂敲擊著快節奏。艾莉希亞站在起居室中央，神情驚愕。

她來了。

她終於來了。顏色最最深的大眼難以置信地看著我。

對，我來接妳了。

有我在。永遠。

她美麗動人，纖細苗條，甜美可人。她的頭髮很狂野，但臉色蒼白，我從來沒看過她這麼蒼白的模樣，而且一邊臉頰擦傷，另一邊瘀血。她的黑眼圈很嚴重，眸中淚光閃爍。

我的喉嚨哽住。

親愛的，妳受了什麼苦？

「嗨，」我低聲說。「妳沒有道別就離開了。」

麥克辛來了，為了她。起居室裡的其他人彷彿消失了，她眼中只有他。他的頭髮凌亂，臉色蒼白疲憊，但似乎安心了。他無比翠綠的眼眸凝望著她，他說的話觸碰她的靈魂，他去賓福特找她的時候，也說過一樣的話。他的表情流露疑問，急切地要她解釋，那個表情在問她為什麼要離開。他不知道她是否變心，但他還是不顧一切來到了這裡。

他來了。

他沒有和卡洛琳在一起。

她怎麼可以懷疑他？他怎麼可以懷疑她？

她發出輕聲吶喊，衝進他等候的懷抱。麥克辛將她擁在胸前，緊緊抱住。她吸進他的氣息，清潔、溫暖、熟悉。

麥克辛。

永遠不要放開我。

她的眼角餘光察覺動靜。她爸爸從座位站起來，目瞪口呆望著他們倆，他張嘴想說話——

「我們到家了！」安納托利在客廳大喊，拎著她的行李得意洋洋地走進起居室，以為會受到英雄式的歡迎。

「信任我。」她對麥克辛耳語。

他凝視她的雙眼，臉上充滿愛意，他親吻她的頭頂。「永遠。」

安納托利在門口愕然停下腳步，因為太過震驚而說不出話。

艾莉希亞轉身看著她爸爸，他的視線從我們身上移到綁架她的混蛋身上。安東尼？安東尼奧？我不記得他的名字，不過這個王八蛋很帥。他藍色的眼睛像冰河，先是困惑瞪大，然後很快瞇起，冷冷打量我和我懷中的女人。我一手護住艾莉希亞，不讓她受他或她父親傷害。

「Babë,」艾莉希亞對她父親說，「më duket se jam shtatzënë dhe ai është i ati.」

其他人齊聲倒抽一口氣，起居室彷彿因為他們的震撼而動搖。

她到底說了什麼？

「什麼？」那個混蛋用英文狂吼，他扔下她的行李，因為暴怒而臉龐扭曲。

她父親錯愕地瞪著我們兩個，氣得滿臉通紅。

薩納斯靠過來耳語：「她剛剛告訴她父親，她好像懷孕了，你是孩子的爸。」

「什麼？」

我覺得有點暈。不過等一下……她不可能……我們只……我們用了……

她騙他。

她爸爸伸手拿獵槍。

該死。

❧

「妳不是說妳來那個！」安納托利對艾莉希亞怒吼，因為憤怒而前額青筋暴突。

媽媽哭了。

「我騙你的！我不想被你碰！」她轉身看向她爸爸。「爸爸，拜託，不要逼我嫁給他。他脾氣很壞，有暴力傾向，他會殺死我。」

爸爸注視著她，眼神困惑又憤怒，麥克辛身邊站著一個艾莉希亞不認識的人，低聲將她所說的內容翻譯成英文，不過她無暇理會這個陌生人。「你看，」她對爸爸說，解開外套，拉下毛衣領口，露出脖子上的一圈深色瘀血。

媽媽大聲啜泣。

「去你媽的！」麥克辛怒吼，衝向安納托利，抓住他的頸子，兩人一起倒地。

❧

他死定了。

腎上腺素在我體內狂飆，我的攻勢讓他措手不及，他倒在地上，衝擊讓他猛地吐一口氣，我壓在他身上。

「該死的王八蛋！」我怒吼，跨坐在他身上，揮拳揍他的臉，他的頭跟著甩動。我再次揮拳，他奮力抵抗，企圖打我的臉，我躲開了，不過他力氣很大，在下面不停掙扎，於是我扼住他的喉嚨用力掐，他抓住我的手，企圖甩開我。他挺起臀部，對我的臉吐口水，但這次我也躲開了，他的口水落回他臉上，反而把自己弄得狼狽不堪。他更氣憤，一次又一次挺起身體，用母語對我大吼大叫，我聽不懂——也他媽的不在乎。

我更用力掐。

去死吧，爛人。

他漲紅了臉，眼睛暴突。

我舉起雙手，抓住他的頭往上拉，然後用力砸在廚房地磚上，響亮撞擊聲讓我痛快無比。

我聽到身後有人尖叫。

艾莉希亞。

「快、下、去！」那個混蛋喘著氣用破英文說。

突地，一雙手抓住我，想把我拉開，我死命抗拒，彎腰逼近他，距離近到甚至能聞到他噁心的口臭。「你敢再碰她，我絕對該死的會幹掉你！」我咆哮。

「崔夫希克！麥克辛！麥克辛！」是湯姆。他抓著我的肩膀，將我拉開，我站起來，大口吸氣，憤怒與復仇的慾望讓我全身顫抖。那個混蛋視線往上瞪著我，我發現艾莉希亞的父親站在我們中間，拿著獵槍，他表情兇惡，揮動槍管示意要我後退。

我不情願地遵從。

「冷靜，麥克辛，惹出國際紛爭就糟了。」湯姆說，他和薩納斯合力將我往後拉。那個混蛋手腳並用爬起來，陰沉的表情流露純粹憎恨。

「你們英國人都一樣！」那個混蛋咆哮。「你們的男人軟弱無能，你們的女人太過強硬。」

「我們是很軟弱，但剛好可以打得你屁滾尿流，該死的爛人！」我怒吼。

憤怒的紅霧散去，我聽到艾莉希亞在我身後焦急擔憂的聲音。

靠。

艾莉希亞的父親站在兩個男人中間，驚愕地輪流看著他們。

「你跑來我家施暴？在我妻女面前？」他對麥克辛和他的朋友湯姆說。

*湯姆是從哪裡跑來的？*艾莉希亞納悶。她記得在賓福特見過他，也在麥克辛家的廚房看過他腿上的疤。湯姆伸手爬一下鐵鏽色的紅髮，注視著她爸爸。

翻譯靠過去，輕聲用英文向麥克辛轉達她爸爸的話，麥克辛舉起雙手後退。「迪馬契先生，我很抱歉。我愛你的女兒，我不希望看到她受任何傷害，尤其是被男人傷害。」麥克辛意有所指地看爸爸一眼，爸爸蹙眉，視線轉向安納托利。

「還有你，你把她弄得滿身是傷才送回來給我？」

「雅克，妳也知道她多頑固，她需要馴服。」

「馴服？像這樣？」爸爸指著她的頸子。

安納托利聳聳肩。「她是女人。」他的語氣暗示她無足輕重。

翻譯將這句話告訴麥克辛，他咬牙切齒、握緊拳頭，激烈憤怒讓他快炸了。

「不要。」艾莉希亞輕聲說，伸手摸摸麥克辛手臂，希望他冷靜。

「妳閉嘴！」她父親怒斥，忽地轉身看著她。「妳讓我們蒙羞。妳逃家，變成妓女還敢回來。妳張腿服侍這個英國人。」

艾莉希亞低下頭，臉色灰白。

「爸爸，安納托利會殺死我，」她輕聲說。「假使你想看我死，我寧願你用手上的槍打死我，這樣至少我會死在應該愛我的人手中。」

她看了爸爸一眼，她的話讓他臉色蒼白，薩納斯低聲翻譯。

「不，」麥克辛發自內心的堅定語氣讓所有視線都轉向他。「不准碰她。你們兩個都不准。」

爸爸瞪著他，但艾莉希亞不確定爸爸是生氣還是敬佩。

「迪馬契，你的女兒是骯髒爛貨，」安納托利說。「為什麼我要接手別人的破鞋和雜種？你留著她吧，至於之前我答應要借你的錢，就當作沒這回事。」

爸爸怒看著他。「你竟然這樣對我？」

「你的承諾狗屁不如。」安納托利怒吼。

翻譯輕聲將內容以英文傳達。「借錢？」麥克辛稍微轉過頭，壓低音量只讓艾莉希亞聽見。「這個混蛋付錢買妳？」

艾莉希亞臉紅了。

麥克辛看著她父親。「無論他出多少錢，我也出一樣的。」他說。

「不！」艾莉希亞驚呼。

她爸爸怒瞪著麥克辛。

「你讓他丟臉了。」艾莉希亞小聲說。

「親愛的，」安納托利在門口大聲說。「我應該趁有機會的時候跟妳爽一下。」他故意用英文，讓麥克辛也能聽懂。

麥克辛撲向他，再次狂怒失控，但這次安納托利做好了準備。他從大衣口袋拿出手槍，瞄準麥克辛的臉。

「不！」艾莉希亞尖叫，急忙衝到麥克辛面前擋住他。

「我不知道該殺妳還是殺他，」安納托利用母語對她咆哮，他看她父親一眼，希望得到他的同意。爸爸看看安納托利，又看看艾莉希亞。

所有人都安靜下來，緊繃張力如厚重毛毯籠罩起居室。艾莉希亞傾身向前。「安納托利，你打算怎麼做？」她對他伸出食指。「殺他還是殺我？」薩納斯翻譯。

麥克辛抓住她的手臂，但她甩開。

「男子漢竟然躲在女人背後？」安納托利用英文奚落。「我有足夠的子彈，可以殺死你們兩個。」他得意洋洋的表情令她作嘔。

「不，你沒有。」艾莉希亞反駁。

安納托利蹙著眉。「什麼？」他掂掂手槍的重量。

「今天早上在薩格勒布，我趁你睡覺的時候把子彈拿出來了。」

安納托利瞄準艾莉希亞，扣下扳機。

「不！」她父親大吼，用槍托重擊安納托利，力道很大，他立刻倒地。安納托利怒火中燒，再次舉槍，這次瞄準她父親，扣下扳機。

「不！」艾莉希亞和媽媽齊聲吶喊。

不過什麼都沒有發生，擊錘帶動撞針，但槍膛沒有子彈，只發出喀一聲。

「媽的！」安納托利怒吼，瞪著艾莉希亞，表情很奇怪，混合著敬佩與輕蔑。「妳這個可恨的臭女人。」他咕噥，搖搖晃晃站起來。

「滾！」爸爸怒吼。「立刻給我滾，安納托利，不然就換我開槍。你想引發血仇嗎？」

「為了這個小妓女？」

「她是我女兒，這些人是我家的客人。快滾，這裡不歡迎你。」安納托利瞪著她爸爸，臉上緊繃的肌肉每一絲都傳達出憤怒與無力。「這筆帳我會慢慢跟你們算清楚。」他對爸爸和麥克辛咆哮，轉身推開湯姆走出起居室。不久，他們聽到他用力甩上大門的聲音。

迪馬契緩緩轉身看著艾莉希亞，眼中燃著怒火。他不理我，只看著女兒，表情非常兇狠。「妳讓我蒙羞，」薩納斯翻譯。「讓家族蒙羞。讓城鎮蒙羞。妳這副德性還敢回來？」她父親舉起手上下比了比她的身體。「妳讓自己蒙羞。」

我看到艾莉希亞因為羞恥而低下頭，淚水滾落面頰。「看著我。」他怒吼，她抬起視線，他舉手要搧她耳光，但我抓住她，拉到他打不到的地方。她在發抖。

「不准你碰她一根頭髮！」我咆哮，氣勢洶洶站在他面前。「你女兒經歷過地獄般的折磨，全都是因為你和你幫她選的丈夫。她被人口販子綁架，差點被抓去賣淫。她逃脫了，挨餓受凍，一無所有徒步走了好幾天。經過這一切，她憑著毅力找到工作，幾乎沒有任何幫助，只靠自己維持身心健全。你怎麼可以這樣對待她？你算什麼父親？你的榮譽在哪裡？」

聽到我痛斥她父親，艾莉希亞抓住我的手臂，神情驚恐。「麥克辛！他是我爸爸。」但我說到激動處無法停止，薩納斯似乎順利趕上我的速度。

「你這樣對她，竟然還有臉說什麼榮譽？不只這樣，她很可能懷著你的外孫——你竟然要對她動手？」

我的眼角餘光瞥見艾莉希亞的母親，她緊抓著圍裙，神情驚恐，讓我不由得控制住自己。

迪馬契看著我的眼神彷彿我徹底瘋了。他看看艾莉希亞，又轉回來看我，深色眼眸清楚表現出憤怒與厭惡。「你竟敢跑來我家教訓我？你！你這傢伙應該看緊你褲子的拉鍊才對，別跟我說什麼榮譽。」薩納斯翻譯的時候臉色發白。「你讓我們所有人蒙羞，你讓我女兒蒙羞，不過至少你可以做一件事來彌補。」他咬牙怒吼，一個流暢的動作將槍上膛，發出響亮的喀答聲響。

糟糕。

我說得太過分了。

他要殺死我。

我雖然沒看見，但感覺到湯姆在門口蓄勢待發。

迪馬契用槍指著我，大吼：「Do të martohesh me time bijë!」

在場的阿爾巴尼亞人全都大驚失色，湯姆準備撲過去，所有人都看著我：迪馬契太太、艾莉希亞和薩納斯，他們全都因為震驚而目瞪口呆。

薩納斯輕聲翻譯：「你必須娶我女兒。」

32

噢，爸爸，不！

艾莉希亞驚覺她剛才謊稱懷孕時沒有想清楚。她慌張地轉身背對拿著獵槍的爸爸，心急如焚想跟麥克辛解釋清楚，她沒有要逼他結婚的意思！

沒想到麥克辛露出最絢爛的笑容。

他的眼眸綻放歡喜，所有人都看得一清二楚。

他的表情令她忘記呼吸。

他緩緩單膝跪下，從外套內袋拿出……一枚戒指，美麗的鑽戒。艾莉希亞倒抽一口氣，雙手摀住臉，極度驚訝。

「艾莉希亞．迪馬契，」麥克辛說，「請給我這個榮幸，成為我的伯爵夫人。我愛妳，我想永遠和妳在一起，與我共度此生吧！陪在我身邊，直到永遠。嫁給我。」

艾莉希亞熱淚盈眶。

他帶了戒指來。

這就是他來這裡的目的。

娶她。

她震驚得無法呼吸。

然後她才猛然領悟，感覺有如被貨運列車撞上。她無比歡喜，他真的愛她，他想和她在一起，不是卡洛琳。他要她在身邊，直到永遠。

「好。」她輕聲回答，喜悅的淚水滑落臉龐，所有人呆呆看著，說不出話，像艾莉希亞一樣驚詫。麥克辛將戒指套上她手指，吻一下她的手，然後他歡呼一聲，跳起來將她擁入懷中。

「我愛妳，艾莉希亞．迪馬契。」我低喃。我放下她，親吻她，非常熱烈。我閉上眼，不在乎旁邊有人在看，不在乎她爸爸依然舉著獵槍瞄準我，不在乎她媽媽依然在廚房大睜著眼哭泣。我不在乎我最要好的朋友呆望著我，表情錯愕又驚恐，彷彿我瘋了。

此時此地，在阿爾巴尼亞庫克斯鎮，這是我一生中最幸福的一刻。

她說好。

她的嘴溫柔順從，舌頭與我互相愛撫。雖然才短短幾天，但我已經如此思念她。

她的淚水沾上我的臉，濕潤清涼。

我真的愛極了這個女人。

迪馬契先生大聲咳嗽，艾莉希亞和我才分開，因為剛才的吻而氣喘吁吁、歡天喜地。他在我們中間揮舞槍管，我們兩個各自後退，但我牢牢牽著她的手，我絕不會再讓她離開。艾莉希亞笑容滿面、害羞臉紅，我因為強烈的愛意而頭昏。

「Konteshë?」她父親皺著眉頭問薩納斯。薩納斯看看我，但我不知道迪馬契說了什麼。

「伯爵夫人？」薩納斯詢問。

「噢，沒錯，伯爵夫人。艾莉希亞將成為崔夫希克夫人，崔夫希克伯爵夫人。」

「Konteshë?」她父親重複，似乎想體會那個詞與其中的含意。

「Babë, zoti Maksim është Kont.」*爸爸，麥克辛是伯爵。*

三個阿爾巴尼亞人轉頭看向我和艾莉希亞，彷彿我們各自多長了一顆頭。

「像拜倫爵爺一樣？」薩納斯問。

拜倫？

「他應該是男爵，不過他也是貴族。沒錯。」

迪馬契先生放下槍，依然目瞪口呆看著我。起居室裡沒有人動彈、沒有人說話。這真的很尷尬。

湯姆慢吞吞走過來。「恭喜，崔夫希克，沒想到你會當場求婚。」他擁抱我，拍拍我的背。

「謝了，湯姆。」我回答。

「這個故事夠精彩，以後可以講給孫子聽。」

我大笑。

「恭喜，艾莉希亞。」湯姆接著說，對她稍稍一鞠躬，她給他一個無比眩目的笑容。

迪馬契先生轉向妻子，大聲說了一句話，她走進廚房更裡面的地方，出來時拿著一瓶透明的烈酒和四個杯子。我看了艾莉希亞一眼——她光彩耀眼，進門時的憂傷全部消失。她綻放喜悅。她的笑容，她的眼眸，她讓我忘記呼吸。

我多麼幸運。

迪馬契先生斟好酒分給大家——只限男性，艾莉希亞的父親舉杯。「Gëzuar.」乾杯，他說。那雙精明的深色眼眸如釋重負。

這次我明白這個詞的意思，於是跟著舉杯。

「Gëzuar.」我重複，薩納斯和湯姆也跟著敬酒，我們全部仰頭一口喝乾。我這輩子倒過很多液體進喉嚨，這種最烈、最殺。

我盡可能忍住不咳嗽，但我失敗了。

「真棒。」我撒謊。

「茴香酒。」艾莉希亞低聲說，努力掩飾笑容。

迪馬契放下酒杯，重新斟滿，幫其他人也斟滿。

還喝？要命了。我做好心理準備。

艾莉希亞的父親再次舉杯。「Bija ime tani ështё problem yt dhe do tё martoheni, kёtu, brenda javёs.」

他一口喝乾，喜不自勝地揮舞獵槍。

薩納斯小聲翻譯：「我女兒現在是你的責任了。你們要在這裡結婚，一週內舉行婚禮。」

什麼？

要命。

33

一週！

我對艾莉希亞呆笑一下，她燦爛微笑，放開我的手。

「媽媽！」她激動地喊，我看著她奔向媽媽，她一直靜靜站在廚房裡。她們擁抱許久，彷彿永遠不想放開，她們一起以女性特有的方式默默哭泣。

這……實在很感人。

顯然她們母女感情深厚，非常思念對方。

她媽媽抹去女兒的眼淚，用母語迅速說話，我不知道她們在講什麼。艾莉希亞破涕為笑，她們再次擁抱。

她爸爸看著她們，然後轉身對我說話。

「女人，總是這麼情緒化。」薩納斯翻譯他說的話，但我覺得迪馬契似乎終於安心了。

「是，」我粗聲回答，希望夠陽剛。「她很想念媽媽。」

但不想念你。

艾莉希亞的媽媽放開她，艾莉希亞走向父親。「爸爸。」她輕聲說，再次因擔心而瞠大眼。

我屏住呼吸，做好準備，假使他敢對她動一根手指，我就會立刻上前制止。

迪馬契舉起手，溫柔地捏住她的下巴。「Mos u largo përsëri. Nuk është mirë për nënën tënde.」不要再逃跑了，妳媽媽很傷心。

艾莉希亞怯怯一笑，他閉著眼彎腰親吻她的前額。「Nuk është mirë as për mua.」我也很難過。他輕聲說。

我看著薩納斯等他翻譯，但他轉過身，不打擾他們的溫馨時刻——看來我也該這麼做。

時間很晚了，我累壞了，但我睡不著。一下子發生太多事，我的腦子停不下來。我躺在床上望著天花板上搖曳的水光倒影，很像我在倫敦的房間，我感到非常安心，水光反映出我狂喜的心情。這裡不是倫敦，我在未來岳父母的家，倒影來自滿月，月光灑在深邃幽暗的費爾澤湖上。

我不得不在這裡過夜——迪馬契堅持要我留下來。我的房間在一樓，雖然很樸素，但相當舒適溫暖，窗外湖景宜人。

門口傳來窸窣聲響，艾莉希亞偷溜進來之後關上門，躡手躡腳走向床，身上穿著我看過款式最貞潔的睡衣，從頭包到腳，彷彿維多利亞時代的東西。我突然覺得自己身在哥德小說裡，這狀況荒謬得令我發噱。接著，她的手指按住唇，然後一個動作將睡衣從頭拉起脫掉，扔在地板上。

我停止呼吸。

她美麗的嬌軀沐浴在銀白月光下。

她真完美。

所有方面。

我口乾舌燥，身體躁動。

我掀起被單，她鑽進床上和我躺在一起，赤裸的身體瑩亮。

「嗨，艾莉希亞。」我低語，吻上她的唇。

不需言語，我們擁抱重聚的歡喜，她的激情令我驚訝。她完全解放，用手指、手掌、舌頭、嘴唇感受我，我也同樣感受著她。

我迷失了。

我尋回了。

噢，她的觸感。

當她在狂喜中仰起頭，我摀住她的嘴以免叫聲被聽見，我的臉埋在她柔軟豐盈的秀髮中，和她一起到達高潮。

我們重新安靜下來，她窩在我懷中，身體與我交纏，沉沉睡去。她一定累壞了。

我任由滿足感滲入骨髓。

我找回她了。我人生的摯愛在我身邊，她屬於這裡。不過假使她爸爸發現她跑來這裡，絕對會開槍把我們一起宰了，毫無疑問。

過去幾個小時，看到她和父母相處的狀況，我感覺更瞭解她了。她和媽媽的激動團圓十分動人——和爸爸也是。我想他確實愛她，非常愛。

但她似乎一直在抗拒從小接受的教養，甚至在遇到我之前就是如此，她努力抗爭想做自己，她成功了。除此之外，她也帶領我一起經歷了一場史詩級的自我發現之旅。我想和這個女人共度餘生，我非常愛她，想給她全世界——她值得擁有全世界。

她動了動，眼睛睜開，往上看著我嫣然一笑，她的笑容照亮整個房間。

「我愛妳。」我呢喃。

「我愛你，」她回應，伸手輕撫我的臉頰，她的手指輕搔我的鬍碴。「謝謝你沒有放棄我。」

「絕對不會。妳有我，永遠。」

「你也有我。」

「萬一妳爸發現妳在這裡，我覺得他會開槍殺死我。」

「不，他會殺死我。他好像很喜歡你。」

「他喜歡我的頭銜。」

「可能喔。」

「妳還好嗎？」我的態度轉為嚴肅，壓低聲音，檢查她的臉，尋找她這幾天吃苦的痕跡。

「現在有你在身邊，我很好。」

「要是他膽敢再接近妳，我會宰了他。」

她伸出手指按住我的唇。「不要講他的事。」

「好吧。」

「對不起，我說謊了。」

「說謊？懷孕的事？」

她點點頭。

「艾莉希亞，這一招超天才。更何況，我不介意生幾個孩子。」

嗣子加備胎。

她微笑，挺起身體親吻我，舌頭誘惑挑逗我的唇，我渴望更多。

我輕輕讓她躺下，再次與她歡愛。

細膩。美麗。滿足。相愛。

就該如此才對。

這週我們就要結婚了。

我等不及了。

只是我得告訴我媽……

艾莉希亞的音樂

第二章

路易・克勞德・達昆，〈布穀鳥〉（艾莉希亞的暖身曲）

"Le Coucou" by Louis-Claude Daquin

巴哈，C小調第二號前奏曲，作品編號八四七（艾莉希亞的憤怒巴哈前奏曲）

Prelude no. 2 in C Minor, BWV847, by J. S. Bach

第四章

巴哈，升C大調第三號前奏曲，作品編號八四八

Prelude no. 3 in C-sharp Major, BWV848, by J. S. Bach

第六章

巴哈，G大調第十五號前奏曲與賦格，作品編號八八四

Prelude and Fugue no. 15 in G Major, BWV884, by J. S. Bach

巴哈，升C大調第十三號前奏曲，作品編號八七二

Prelude no. 3 in C-sharp Major, BWV872, by J. S. Bach

第七章

李斯特，〈艾斯特莊的噴泉〉，選自《巡禮之年第三年》，作品編號一六三之四

Années de Pèlerinage, 3ème année, S. 163 IV, “Les jeux d’eaux à la Villa d’Este,” by Franz Liszt

第十二章

巴哈，C小調第二號前奏曲，作品編號八四七

Prelude no. 2 in C Minor, BWV847, by J. S. Bach

第十三章

巴哈，降E大調第八號前奏曲，作品編號八五三

Prelude no. 8 in E-flat Minor, BWV853, by J. S. Bach

第十八章

拉赫曼尼諾夫，C小調第二號鋼琴協奏曲，作品編號一八之一

Piano Concerto no. 2 in C Minor, op. 18-1 by Sergei Rachmaninoff

第二十三章

蕭邦，降D大調第十五號前奏曲（雨滴）

Prelude no. 15 in D-flat (“Raindrop”) by Frédéric Chopin

路易．克勞德．達昆，〈布穀鳥〉

“Le Coucou” by Louis-Claude Daquin

貝多芬，D小調第十七號鋼琴奏鳴曲（〈暴風雨〉第三樂章），作品編號三一之二
Piano Sonata no. 17 in D Minor, op. 31, no. 2 ("Tempest" III) by Ludwig van Beethoven

第二十六章

巴哈，B大調第二十三號前奏曲，作品編號八六八
Prelude no. 23 in B Major, BWV868, by J. S. Bach

第二十八章

巴哈，D小調第六號前奏曲，作品編號八五一
Prelude no. 6 in D Minor, BWV851, by J. S. Bach

謝辭

感謝我的出版商、編輯、親愛的好友，Anne Messitte，謝謝妳，一切的一切。

Knopf出版社與Vintage書系的團隊，我欠你們很大的恩情。感謝你們對細節的慎重，感謝你們的熱忱投入與支持，你們為了作品上天入地，不辭辛勞。你們的表現非常出色。特別感謝Tony Chirico、Lydia Buechler、Paul Bogaards、Russell Perreault、Amy Brosey、Jessia Ceitcher、Katherine Hourigan、Any Hughes、Bethe Lamb、Annie Lock、Maureen Sugden、Irena Vukov-Kendes、Megen Wilson以及Chris Zucker。

感謝Selina Waler、Susan Sandon，以及Corner Stone公司團隊全體，感謝你們所有人，你們的工作非常傑出，充滿熱忱與幽默，非常感謝。

感謝Manushaqe Bako協助翻譯阿爾巴尼亞語。

感謝我的丈夫、我的基石，奈爾・雷諾，感謝你為我進行一校，也感謝你泡的無數杯茶。

感謝Valerie Hoskins，我無人能及的經紀人，感謝妳的細心諮詢與所有笑話。

感謝Nicki Kennedy以及ILA的員工。

感謝Julie McQueen，謝謝妳在後方為我打點。

感謝樞密院的Grant Bavister，Griffiths Eccles LLP投資顧問公司的Chris Eccles，感謝Chris Schofield、Anne Filkins協助諮詢伯爵爵位、紋章學、信託、房地產等等事項。

萬分感謝James Leonard，謝謝他教導我英國上流年輕人說話的方式。

感謝Dainel Mitchell與Jack Leonard，謝謝你們幫我解答關於飛靶射擊的大小事。

感謝我的審書員Kathleen Blandino與Kelly Beckstrom，感謝我的試讀員Ruth Clampett、Liv Morris、Jen Watson——感謝你們所有人提供的評論，感謝有你們在。

感謝The Bunker①——到現在已經快十年了，謝謝你們陪我一同踏上這段旅程。感謝我的作者朋友——你們自己知道是哪些人，謝謝你們每天給我的啟發。也要感謝臉書粉絲頁Bunker3.0的成員，感謝你們無時無刻的支持。

感謝兩個兒子「大大和小小」，謝謝你們在音樂方面的協助，你們是非常出色的年輕人。發光發熱吧，傑出的孩子們，你們是我的榮耀。

最後，讀過我的書、看過我的電影、喜歡我的故事的所有人，我永遠感謝你們。因為有你們，這場神奇的冒險才得以實現。

① The Bunker Babes《格雷的五十道陰影》還是網路小說時的粉絲團。

國家圖書館出版品預行編目資料

伯爵先生／E L詹姆絲（E L James）著；康學慧譯. -- 初版. -- 台北市：春光出版：家庭傳媒城邦分公司發行；民108.08
譯自：The mister
ISBN 978-957-9439-68-8（平裝）

873.57　　108011394

伯爵先生

原著書名／THE MISTER
作　　者／E L 詹姆絲（E L James）
譯　　者／康學慧
企劃選書人／王雪莉
責任編輯／李曉芳

版權行政暨數位業務專員 ／陳玉鈴
資深版權專員 ／許儀盈
行銷企劃／陳姿億
行銷業務經理 ／李振東
副總編輯／王雪莉
發 行 人／何飛鵬
法律顧問／元禾法律事務所　王子文律師
出　　版／春光出版
台北市 104 中山區民生東路二段 141 號 8 樓
電話：(02) 2500-7008　傳真：(02) 2502-7676
部落格：http://stareast.pixnet.net/blog E-mail：stareast_service@cite.com.tw
發　　行／英屬蓋曼群島商家庭傳媒股份有限公司城邦分公司
台北市中山區民生東路二段 141 號11 樓
書虫客服服務專線：(02) 2500-7718 / (02) 2500-7719
24小時傳真服務：(02) 2500-1990 / (02) 2500-1991
服務時間：週一至週五上午9:30～12:00，下午13:30～17:00
郵撥帳號：19863813　戶名：書虫股份有限公司
讀者服務信箱E-mail: service@readingclub.com.tw
歡迎光臨城邦讀書花園 網址：www.cite.com.tw
香港發行所／城邦（香港）出版集團有限公司
香港灣仔駱克道 193 號東超商業中心 1 樓
電話：(852) 2508-6231　　傳真：(852) 2578-9337
E-mail : hkcite@biznetvigator.com
馬新發行所／城邦（馬新）出版集團　Cite(M)Sdn. Bhd
41, Jalan Radin Anum, Bandar Baru Sri Petaling,
57000 Kuala Lumpur, Malaysia.
Tel: (603) 90578822 Fax:(603) 90576622　E-mail:cite@cite.com.my

封面設計／周家瑤
內頁排版／極翔企業有限公司
印　　刷／高典印刷有限公司

■ 2019 年（民 108）8 月 6 日初版　　Printed in Taiwan

售價／499元

城邦讀書花園
www.cite.com.tw

ISBN　978-957-9439-68-8

廣告回函
北區郵政管理登記證
台北廣字第000791號
郵資已付，免貼郵票

104 台北市民生東路二段 141 號 11 樓
英屬蓋曼群島商家庭傳媒股份有限公司
城邦分公司

請沿虛線對折，謝謝！

書號：OG0030　　書名：伯爵先生

請於此處用膠水黏貼

讀者回函卡

謝您購買我們出版的書籍！請費心填寫此回函卡，我們將不定期寄上城邦集
最新的出版訊息。

姓名：＿＿＿＿＿＿＿＿＿＿＿＿＿＿＿

性別：□男　□女

生日：西元＿＿＿＿＿＿年＿＿＿＿＿＿月＿＿＿＿＿＿日

地址：＿＿＿＿＿＿＿＿＿＿＿＿＿＿＿＿＿＿＿＿

聯絡電話：＿＿＿＿＿＿＿＿＿＿ 傳真：＿＿＿＿＿＿＿＿＿＿

E-mail：＿＿＿＿＿＿＿＿＿＿＿＿＿＿＿＿＿＿＿＿

職業：□ 1. 學生 □ 2. 軍公教 □ 3. 服務 □ 4. 金融 □ 5. 製造 □ 6. 資訊

□ 7. 傳播 □ 8. 自由業 □ 9. 農漁牧 □ 10. 家管 □ 11. 退休

□ 12. 其他＿＿＿＿＿＿＿＿＿＿＿＿＿＿＿＿

您從何種方式得知本書消息？

□ 1. 書店 □ 2. 網路 □ 3. 報紙 □ 4. 雜誌 □ 5. 廣播 □ 6. 電視

□ 7. 親友推薦 □ 8. 其他＿＿＿＿＿＿＿＿＿＿＿＿＿＿＿＿

您通常以何種方式購書？

□ 1. 書店 □ 2. 網路 □ 3. 傳真訂購 □ 4. 郵局劃撥 □ 5. 其他＿＿＿＿

您喜歡閱讀哪些類別的書籍？

□ 1. 財經商業 □ 2. 自然科學 □ 3. 歷史 □ 4. 法律 □ 5. 文學

□ 6. 休閒旅遊 □ 7. 小說 □ 8. 人物傳記 □ 9. 生活、勵志

□ 10. 其他＿＿＿＿＿＿＿＿＿＿＿＿＿＿＿＿

請於此處用膠水黏貼